ÚLTIMAS TARDES CON TERESA

与特雷莎共度的最后几个下午

〔西班牙〕胡安·马尔塞 著　王军宁 译

天津出版传媒集团
百花文艺出版社

新经典文化股份有限公司
www.readinglife.com
出　品

巨大的海鸟信天翁
犹如无精打采的旅伴
追随着漩涡上滑行的航船
水手们常以捕鸟儿作乐寻欢
刚刚被放在航船甲板
笨拙而害羞的蓝天之王
便可怜地垂下白而大的翅膀
仿佛身边划动的船桨
长翅的旅行者懦弱而笨拙
美丽多姿瞬间化作可笑丑相
有人用烟斗逗弄它的尖喙
还有人瘸腿模仿那弱者的飞翔

——波德莱尔

CONTENTS

目 录

引 子

一个满天星辰的九月之夜。两个人踏着落满彩带纸屑的路面，沿着空寂的长街漫步而行，五颜六色的花环、纸带和破破烂烂的彩灯，装饰起一路华盖：这是城郊一座普通小镇的节日最后之夜的景象（彩带已经道别，华尔兹扬帆远去）。时已凌晨四点，万籁俱寂。戏台上，乐队刚刚还在演奏动人的旋律，现在已是空空荡荡，钢琴罩上了黄色的套子，灯光已经熄灭，折叠椅堆在人行道上。停车场、屋顶平台上，狂欢舞会刚散，大街上顿时一片死寂：每天到点开张的杂货亭，和草草搭起的铁架、木棚和砖台，重新缩在门前、窗下，探头探脑地等待着天亮时人们来收拾。两人中，一个神情恍惚、谎话连篇、专在夏日里拈花惹草、坑蒙拐骗的小痞子，正在一位不知底细、以为夏日是一片绿洲的陌生佳丽的陪伴下茫然行进。一条条闪光的彩带，从凉台和路灯上盘旋而下，冷若残星的昏暗灯光，纷纷扬扬地洒落在被雪花般的纸屑覆盖的街道上。一阵微风拂过，吹起满天的纸片，发出芦苇般的沙沙响声。

这对孤独的伴侣，穿着打扮迥然不同，同眼前的景色也格格不入：小伙子脚穿篮球鞋，身着牛仔裤和一件黑色的、胸前印有罗盘的耐克牌T恤，挎着一位身着玫瑰色筒裙，脚蹬名牌高跟鞋，双肩裸露，一抹金发垂肩的摩登女郎。姑娘的头依偎着小伙子的肩膀，两人悠然地踏着撒满街面的软绵绵的纸屑，向前方拐角处一辆泛着耀眼白光的跑车缓缓走去。步履从容，仿佛在举行庄严的婚礼，令人如入梦境。他们互相注视着，来到那辆白色的“佛罗里达”跑车旁。突然，一阵湿润的海风卷过街角，吹向他们，掀起的团团纸云，雨点一般打在他们脸上。那是第一场秋风，那是宣告夏日已经过去的点点“秋雨”。年轻的伴侣吓了一跳，笑着松开对方，用手捂着眼睛。纸屑的旋风在他们脚下呼啸着越刮越猛，张开雪白的翅膀，把他们团团围住，一时看不见对方的踪影。于是他们像捉迷藏一样摸索着，你找我，我找你，笑呀、叫呀，一会儿搂在一起，一会儿又消失在旋涡一般围绕着他们的白色雾霭之中，最后终于松开手，背靠背，神色庄重地等待着混沌纷乱的时刻过去。

第 一 部

1. 初遇

在世界什么地方？在什么人群中央，
你将获得尊重、许诺和影响。
一个意志坚定勇敢无畏的年轻人，
他理直气壮，具有钻石般的力量？

——埃斯普龙塞达

绰号有时不仅能反映出生活方式，而且能反映出人们赖以生存的世界的社会本质。

一九五六年六月二十三日夜晚，圣胡安的狂欢舞会。人称"痞猴"的年轻人，穿着一身簇新的桂皮色夏装，从昏暗的住处走了出来，沿着卡梅洛公路往下来到桑雷依广场，他见到一辆摩托车停在路旁，无人看管，便一跃而上，加足油门，沿着大街直奔蒙锥克（这次他不是偷车，不过是顺手牵羊，临时派个用场）疾驰而去。今晚，他原打算去西班牙村，许多外国女人会出席那里的晚会。可是，半途他突然改变了主意，掉头向圣赫瓦西奥驶去。他放慢车速，呼吸着带有冥冥遐想的六月之夜散发的芳香，沿着空旷街道两侧的铁栅栏和花园慢慢开着。最后他决定扔掉摩托车，倚在别墅前不远处一辆漂亮赛车的挡泥板上，点燃了一支烟。赛车锃亮的电镀车身折射出他忧郁滞重的目光和冷峻铁青的脸庞。头上是一片群星闪烁的苍穹，一支轻柔的福克斯舞曲滋润着他的心神。对面，花环彩灯装饰下的一家私人花园正在举行舞会。

欢庆的夜晚、热闹的场面和喜悦的气氛似乎不大适合打劫，更何况在这个地区。可是成双成对衣着入时的男女不时从眼前走过，他实在无法压抑那种常使人跃跃欲试的难以言状的隐隐冲动。引人注意的是，他英俊的南方相貌和某种令人不安的沉着同华丽的赛车之间有一种奇怪的联系，确切地说，一种令人怀疑的不平衡。除此之外，人们几乎看不出别的。人们有灵敏的嗅觉，对物质上极细微的不协调非常敏感，却看不到此人决定铤而走险时漂亮的前额上病态的麻木不仁，更看不到他苦苦思索时，寒星一般的双眼中显露出的那种虚无茫然，而他的思索应该足以对什么是罪恶做出理智的判断。年轻人点燃了第二根烟，微微颤抖的手上好像有一处橄榄色的疤痕，向后梳着的黑发中除了一种天生的魅力，还有某种使女人不寒而栗的东西：一种徒劳而诡秘的努力、一种历经失败却依然如故的希冀。他是那种善于修饰打扮的人，在这种人身上，你会看到他们的与众不同，看到他们日复一日地同贫困和遗弃斗争，看到独来独往的光棍汉和野心勃勃的当权者故弄玄虚的神态。

终于，他下定决心，推开花园的铁栅栏，就像酒徒紧握着重新斟满的酒杯，手不再颤抖，身体挺得笔直，两只眼睛充满微笑。他沿着铺满卵石的小径向里走去。突然，他发现右边的栏杆间有个黑影一闪，在一处黑得什么也看不见的地方，有两只发亮的眼睛在树枝间凝神地盯着他。他停住脚步，扔掉烟蒂，发现那是两个黄色的圆点，一动不动，轻佻露骨地直盯着他的脸。不速之客知道，碰上这种事最好是面带微笑，从容不迫。可是走近一看，亮点消失了，模模糊糊地辨认出一个女人的身影，正急急忙忙地向别墅走去，手里还拿着一个类似托盘的东西。“妈的，出师不利。”他脱口自语道，沿着围有篱笆的石子路向原本是旱冰场的舞场走去。他手插在兜里，若无其事地来到一棵大树下临时搭起的自助餐台前，挤进熙熙攘攘的人群，用吸管喝了一杯白兰地。看来，没任何人理会他。一位姑娘从他身边经过，向舞场走去，他刚一转身打算搭讪，胳膊碰到一个小伙子的后背，洒出几滴酒。

“对不起。”他说。

“没关系，朋友。”那人笑着回答后走开了。

小伙子无动于衷，脸上几乎不屑一顾的自负反倒使他定下神来。他拿着酒杯，站在树影下感到一阵解脱。他尽量不引起别人的注意，小心翼翼地活动，想寻觅一位既不妖艳又不古板的合适的舞伴。他发现这是一场年轻人的舞会。聚会的约有七十来人。姑娘大多穿长裤，小伙子们则穿着花衬衣。没几个人像他那样西服革履的，他一时感到好笑和局促不安。“比我想象的有钱。”他自语道。他蓦然感到这身正儿八经的礼服实在不合时宜。几对男女坐在游泳池边，淡绿色的池水清澈见底，一只玩具船在水面漂浮。他看到几拨人似乎玩腻了，围坐在树下的桌边，心不在焉地东拉西扯，无精打采地眉来眼去。一扇低矮的窗户里亮着灯光，一位少女穿着睡衣坐在那儿，一群上了年纪的人围坐在一张小桌旁喝酒。

一张古典伦巴舞曲的唱片一直播放着。“痞猴”的眼睛好似两把利剑，落在游泳池边的一位姑娘身上：她皮肤黑黑的，穿着一条普通的玫瑰色裙子和一件白衬衣，低着头，无聊地用手在暗红色的石板上胡乱画着，好像对跳舞毫无兴趣，脸上有一种畏怯和失落的奇怪神情。看上去她也是初来乍到，不认识什么人。不速之客犹豫着：“如果数到十我不站在她面前，非砍下自己的脑袋喂狗不可。”他举着高脚酒杯，信心十足地——为什么一只紫色的高脚杯竟使他如此信心十足？——穿过舞厅中的一对对舞伴向姑娘走去。一束强烈的灯光伴随着蜂鸣的议论，顷刻间洒在他的身上。他挺胸抬头，想入非非中故意装出一副不可一世的神态，沿路招来一片惊诧和称羡的目光（就像在闹市街头，他望着一位金发飘逸的女郎驾着敞篷车疾驶而过时的目光）。不出几秒钟的光景，一个用心诡秘的绝妙圈套就已在脑海中设计好了。然而，百密一疏，他不知道他的体形已经暴露了他的安达卢西亚血统：一个乡巴佬，一个穆尔西亚人[①]，一个遥远神秘的穆尔西亚的后代。他朝游泳池走去，发现另一位姑娘坐在他选中的姑娘身旁，

①这是市井切口，并非地理学术语，意为另一种少见的卡塔卢尼亚人。——译者注（全书如无特殊说明注释均为译者注）

用胳膊搂着她的肩膀，亲热地交谈着。他仔细观察着两位姑娘，盘算着找谁更可能得手：一定要拿定主意再开口。刚刚坐下的姑娘是一位穿长裤的金发女郎，看不清楚脸，好像在向朋友倾诉着什么；另一位双目低垂，默默地听着。她抬起头，看见年轻人走近她俩时，双唇画出一个微笑，年轻人当机立断，选中了金发女郎。不是因为她风韵动人，其实他连脸都没看清楚，而是另一位姑娘异样的目光使他不安。谁知，当他走到姑娘身边打算躬身致意时，金发女郎爱搭不理，猛地站起来，远远坐到正在用手玩水的一位小伙子旁边。也许是过于冒昧和直截了当了，他自语道。即使她金色的秀发半遮半掩，穆尔西亚人仍然在她起身的刹那间，看清了那一双令人怦然心动的蓝湛湛的眼睛。他真想跟过去，可最后还是请了另一位。“反正是一码事。”他暗自思忖。

姑娘已经站起身来，大方地面对着他，犹疑地向金发女郎投去惶恐的目光。可是，金发女郎背对着她，坐在两米开外，毫无察觉。黑皮肤的姑娘见她没有注意，突然兴奋地向陌生人伸出手，重新露出她那神秘的微笑。她没有让他领进舞场，却拽着小伙子，一头钻进黑暗而僻静的花园深处。在大树下，这对男女拥抱着跳起舞来。“痞猴”仿佛坠入了梦中。姑娘的手摸上去异常亲切、柔软和湿润，仿佛伸在水中，传给他一种难以形容的丝丝清凉。他拥抱着她，露出最动人的微笑，注视着她的眼睛。他比她高得多，姑娘要想看清他的脸庞，非得使劲向后仰头才行。“痞猴”开腔了。他的声音，一种沙哑的、地道的南部口音，本来就令人倾倒，再加上漂亮的眼睛，更使他显得完美无缺。

“告诉我，你跳舞还需要姐姐同意吗？”

“她不是我姐姐。”

“可你好像挺怕她的，她是谁？”

“特雷莎。”

他兴味索然地跳着，甚至没挨着她的身体。她快满十九岁了，名叫玛露哈，长得像安达卢西亚人，其实和他父母一样，是卡塔卢尼亚人。“真倒霉，冤家路窄，偏偏是同乡。”他想。

“真看不出来，你没有一点卡塔卢尼亚口音。”

姑娘的发音的确不错，柔软、清纯的嗓音娓娓动听。她非常怯弱，清瘦而充满惊人活力的胴体在他怀中颤动。唱机里播放着波莱罗舞曲。

“你上大学了吗？”“痞猴”问，“奇怪，我怎么从来没见过你？”姑娘没搭话，竭力做出神秘的微笑。“慢点，碎步，慢点。”他说。

她低下头问道：“你呢？你叫什么名字？”

“里卡多。不过朋友叫我里查德，叫着玩儿的。”

“刚见到你时，我还以为你是特雷莎的朋友。”

“为什么？”

“我也不知道，大概是特雷莎总带些莫名其妙的小伙子来吧，谁知道她从哪儿带来的……”

“这么说我让你感到莫名其妙喽？”

“我的意思是……不认识。”

他笑了。

“你真有意思。”

他搂紧她，用双唇轻轻地蹭着她的前额和脸颊，试图吻她。

“你住在哪儿，玛露哈？”

“不远，奥古斯塔路。”

“你长得挺黑的。”

“你才黑呢。”

“其实，我天生这样，你是在海边晒的。其实，我今年只去过两三次海边，”他故意重复着“其实”两字，“我正准备考试，所以没去成。你去哪家浴场，萨卡罗吗？”

“不，我去布拉内斯。”

“噢。”

“痞猴”希望是萨卡罗。不过话说回来，布拉内斯也凑合。“住饭店？其实……”

“不住饭店。”

“你父母的别墅？”

“嗯。”

“你跳得真好。瞧我，啰啰唆唆问了这么多，却把最重要的忘了。你有男朋友吗？”谁知，姑娘突然将头埋进他的怀里，使劲搂住他，浑身战栗着。他惊奇地发现，她的大腿和腹部一直紧贴着他。他又一次感受到她坐在女友身旁时的那种孤独和寂寞。他没理会，大概是因为欲火中烧，他试着轻轻吻了吻她的上唇，然后吻了她的嘴。

“我渴。”

不知是娇生惯养的阔小姐心血来潮，抑或是自我守持的本能反应，还是她确实口渴，反正他听到这话，一时不知所措。

“我给你拿杯香槟好吗？我想你是要喝交杯酒吧。”

姑娘忸怩一笑。

“不，这儿想喝什么就喝什么。”

“我说呢。你们女孩子没事就爱想入非非。好了，我给你拿一杯？”

“我要‘库瓦利夫雷’。”

“好主意，我也要，你在这儿等我。”

爆竹在高处呼啸。远处渐渐稀落的鞭炮声、乐曲声和不夜城广袤的喧嚣，赋予黑夜一种夏夜从未有过的神奇的深邃。花园里散发着浓郁、湿润、略带腐烂气味的芳香。他从美丽的金发女郎们的臂膀间，从年轻人汗涔涔、散发着身体甜香的黝黑颈项间，从暴露的腋窝和颤动的胸脯间穿过，向自助餐台走去。他一边倒酒，一边觉得这儿的一切使他压抑。他从没有这样近地嗅到光滑细腻的玉臂散发出的芳香，从没有这样近地见过这一双双火花般跳动的湛蓝的眼睛。他信心十足，感觉胜券在握，有几个小伙子（当然是晚会的组织者了）带着戒备的神态围着他走来走去，上下打量着他，他也满不在乎。

他给玛露哈的杯子加满了杜松子酒，然后回到她身边向她敬酒：“为了明天。”他开心地说。

姑娘注视着他的眼睛，慢慢地呷着。过了一会儿，小伙子把她拉到草坪中央一只活动沙发旁坐下，良久而甜蜜地吻着。但是，夜色已经不再像先前那样能够庇护他们。他看了看表，快四点了。

身后，别墅古老的剪影在微露晨曦的天空下清晰起来，群星宛若草丛中被遗忘的康帕瑞酒中的冰块，悄悄融化。一些客人已经告辞。不能再耽搁了。亮处，三个年轻人神色狐疑地注视着他：他们正在互相打听那个家伙是谁，跑到他们的晚会干什么来了。

“现在才是跳舞的时候。”他自语道，弯腰拿起酒杯，然后贴着姑娘的耳根低声道，“再来一杯‘库瓦利夫雷’好吗？你别走开，我去去就来。”

她妩媚地一笑。

“你快点。”

他不紧不慢地、认真地调酒，等着三位年轻人，盘算着下一步该怎么办。其实，没什么了不起的。干脆甩掉他们，约玛露哈明天见面，然后告辞。这时，他听见了他们的脚步声。

“喂，”一个带着浓重鼻音的声音，用讥讽的语气说，“请问尊姓大名？”

不速之客两手各拿着一杯斟得满满的酒，慢慢转过身，坦然地笑了笑，目中无人、玩世不恭地把脸对着他们。他似乎准备任由一个司空见惯而幼稚可笑的玩笑降临在头上，他和善地点点头说：“我叫里卡多·德萨尔瓦罗萨。有何贵干？”

“哼。”三个人中最年轻的一位冷笑了一声，他的肩上搭着一件运动衫，运动衫的袖子绕在脖子上。

“痞猴”突然沉下脸来：“小子，本人的名字有什么好笑的？”他神情冷峻，出人意料地突然闭上眼睛，随后又睁开，下意识地看了一眼手中的酒杯，那神情仿佛在说，搞不懂为什么没有掐死眼前这家伙。也许正是因为这种神情，所以人们虽然不知道他到底要干什么，却没有人怀疑他后面的话：“算你走运。”

“我们不想惹事，明白吗？”另一个人说。

“谁想惹事了，朋友？”他不慌不忙地说。

“那好吧，我问你，谁请你到这里来的？你跟谁一起来的？”

南方小伙子神情突然庄重起来，他傲慢地抬起头。这时，他发现一位妇人抱着双臂站在小伙子们身后注视着他，无动于衷的表情难以掩饰她的担心。她大概就是屋子的主人吧。事不宜迟，他果断地穿过人群走向妇人，脸上重新焕发出穆尔西亚人奇异的微笑，向妇人微微鞠了一躬，镇定自若中更显出他脸上特有的青春活力。

他说：“夫人，向您请安。我是里卡多·德萨尔瓦罗萨，您也许认识我父母。”妇人木然地站在那里，显得有点不太开心，不过，“痞猴”的讨好使她感到舒服些。“很遗憾还未有向您介绍自己的荣幸！”

他滔滔不绝地大谈晚会，大谈花园多么适合这种聚会，兴致勃勃地说虽然这天晚上他初来乍到，但感觉大家已经组成了一个大家庭，称赞这片住宅区安乐祥和，游泳池在夏天的作用和好处远比海滨多得多，等等。他竭力装出毕恭毕敬的样子，可是说话腔调里隐隐的土气又使他弄巧成拙。他的口音同样引人注意，人们会误以为他是南美人。然而细细一琢磨，不过是卡塔卢尼亚乡下人咬文嚼字说安达卢西亚语的腔调——元音微呈降调，发 S 音时带有“嘶嘶”声和满口词组的特有风格，夹杂着哗众取宠赶时髦的新词，以及胡编滥用的副词。尽管他不知道怎样排列组合词语，就莫名其妙地生搬硬套，但是说起话来倒显得彬彬有礼、能言善辩，是一个十足虔诚、对文化赎罪救世的功德坚信不移并为之感动的文盲。

妇人脸上毫无表情。她在竭力忍受这位不速之客、这位装腔作势的漂亮小伙的目光。他滑稽可笑，言谈话语早已道破了他的出身。妇人一直忍着，恨不得一口吞掉他。可她摸不准双方的力量对比和对立的程度：结局对好心的妇人总是灾难性的（她唯一得到的满足，是身体内她曾以为已经沉睡的那部分，经历了一种多年没有的轻微的战栗）。她急忙将视线移向一位年轻人。

“出什么事了，孩子？”

“没什么，妈妈。有我呢。”

“痞猴”灵机一动。

“夫人，”他故作正经地说，“他们在侮辱我，为了避免给您惹麻烦，我想同您到书房谈谈。”

妇人一下愣住了。她想告诉小伙子，他们根本无话可谈，更何况她没有书房。谁知年轻人又生一计。

“好吧，”他郑重其事地说，“有人让我保密，我也不知道为什么，不过，这会儿也许该说了，”他停顿了一下接着说，“我和特雷莎一起来的。”

究竟是什么东西驱使他抬出玛露哈的好友，那位金发女郎的芳名来掩护自己，他自己也不知道，也许因为他侥幸希望姑娘已经走了，这样别人就无法获知真相，至少要等到明天才能核实真伪。因为他想起玛露哈议论女友时曾说过的话，“特雷莎总带陌生人来”。不管怎样，特雷莎的名字无疑提对了。人们顿时鸦雀无声。妇人笑了，然后，舒了一口气，仰头望着天空，仿佛在请老天作证。出乎他的意料，一位小伙子顿时满脸堆笑。谁他妈生出这种人，他想。

“这么说，”一位年轻人问，“是她请你来的？”

“没错。”

“我敢发誓，”又一个人看着同伴们嚷道，“这是她的最新政治发现。”

“这个傻丫头跑到哪儿去了？”小主人问，“特雷莎在哪儿？”“和路易斯在一块儿，他们去陪内内了，一会儿就来。”

“特雷莎越来越疯了，”他笑着又说，“疯透了。”

“简直得寸进尺。”小主人又说。

“卡洛斯！”他母亲喝阻道。

“太过分了。想请谁就请谁，也不打个招呼，真是的，我非训训她不可。”

“好了，孩子们。”妇人出来圆场。她发现穆尔西亚人仍然深情地望着她，那边在议论什么，一句也没听进去。

问题暂时弄清了（她了解塞拉特夫妇的女儿，那个调皮捣蛋、大大咧咧的姑娘，她知道她完全可能拉来一个吉卜赛人）。妇人不耐烦地笑了笑，离开大家，向房间走去。晚会就要结束了。三个小伙子犹疑地慢慢向舞场走去。只听小主人还不依不饶，悻悻地对朋友们说：“等那蠢丫头来了，你们告诉我一声。”

玛露哈若有所思地待在原地，一动不动，有点不知所措，好像一个不幸的女孩在生命的某个时刻决心做一个良家女子，而事到临头却由于自己百思不得其解的理由，根本无法做一个良家女子。也许在他的喜怒哀乐中，在他的欢声笑语里，有主张门当户对的人们那种完全无奈和可悲的执着。她颤抖着松开穆尔西亚人的肩膀，表现出一种长期逆来顺受而今已沉重不堪的心态。她对做良家女子的追求只剩下穆尔西亚人无法揣测的畏怯，脸上只剩下孤单的神态。这种神态让他感到熟悉，使他惶然，他仿佛预感到一种熟悉的危险。

他们在花园最阴暗潮湿的深处跳着、吻着，鸟儿惊醒了，嫣红的天空在槐树枝丫间时隐时现。南方年轻人已不再做作，爱的呢喃突然热烈地冲出他的双唇，化作至诚的热望。虽然此时此刻他逢场作戏的本性可以暴露无遗，他招摇撞骗的神通可以使他为所欲为，但他身上却有某种东西，使他对自己、对自己的地位和精神境界起了一种奇怪的观念，约束他在一些时刻安分守己。他不由自主地将嘴唇贴住姑娘的朱唇，他真正意识到为一场爱情奠基需要信心，需要奋不顾身，需要年轻人大胆的梦想中产生的某种纯情。爱情的存在不只是为了寻欢作乐，他理所当然要为晚会上其他的年轻人所炫耀的一切付出更多的努力、更多的想象和更大的胆量。

曲终人散。他和姑娘约定，翌日下午六点在马德里大街的一家酒吧会面。之后，他客气地提出送送姑娘，可是她说要等好友特雷莎，特雷莎答应用车送她回家。他没有坚持，正好顺水推舟。

那边，霞光淡抹的槐树下，晨风吹醒花园阵阵花香。仿佛开赴战场的将士，南方青年最后一次拥抱姑娘，疯狂地吻着她，“亲爱的，明天见……”

“直到永远，里卡多……”

经过别墅女主人面前时，里卡多·德萨尔瓦罗萨彬彬有礼地点点头，向她道别。

2. 玛露哈

为拥有全部，
你不必因小失大；
为成为一切，
你不必似是而非。

——圣胡安·德·拉·格鲁斯

卡梅洛山地处城市东北，是一座荒芜的小山丘。山上经常可以看到孩子们熟练地操纵着依稀可辨的线绳。几只五彩缤纷的风筝在蔚蓝色的天空随风飘曳，高悬在山顶，好像昭示着一场战争噩梦的点点信号。在战后昏暗的岁月里，当人们终日食不果腹、衣不蔽体，需要有一种幻想使现实变得可以忍受时，卡梅洛山便成了卡萨巴罗、吉纳多和拉萨卢德等贫民区那帮衣衫褴褛的孩子们调皮捣蛋的大好场所。他们爬上狂风呼啸的山顶放风筝，那些他们用面糊、茅草、破布条、旧报纸粗制滥造的风筝，带着德国人在欧洲前线推进的照片和报道，带着四处弥漫的死亡和废墟，西班牙人实行粮食按周定量，以及贫困、饥饿的消息，久久地在城市上空起劲地飘来荡去。如今，在一九五六年的夏天，卡梅洛的风筝上，没有新闻，没有照片，取而代之的是某家商店里买来的彩纸，鲜艳的色彩令人眼花缭乱。风筝的样子大有改进，但依然是自制的，骨架依然粗糙笨重，简直难以起飞，仍然是贫民区的标志。

格尔公园林木葱茏，建筑物雕廊画栋，宛如神话传说中的描述。卡梅洛山，倚园傲然耸立，它同山坡上的图罗·德拉鲁维拉和贝拉达山梁连成一片。半个多世纪来，这里早已不是郊外那处荒无人烟、与世隔绝的地方。战前，高大的别墅，矮小的平房组成了吉纳多和这座乡镇。这里曾是巴塞罗那中产阶级某些飞黄腾达的商人们隐居的地方，古老的别墅，破败的花园，藏龙卧虎的痕迹依然历历在目。然而现在已是人去楼空。不知是因为亲眼目睹了四十年代仿佛大难临头一般疲惫不堪的逃难人群，还是看见了那一张张被一场失败战争的硝烟炮火和失败的生活所灼烧的面孔，它们终于认识到全国在遭难，小岛将永远沉没，用不了几年，卡梅洛山将成为失落的天堂。城里的人潮很快涌到山丘南坡，渐渐包围了山坡，漫延到山北、山西，继续向埃夫伦山谷和佩尼特德斯进军。连绵起伏的山麓好像一座阶梯式露天剧场，一种淡绿色的野草漫山遍野，到处点缀着怡人的黄色金雀花。柏油路犹如一条长蛇，在晨曦下泛着紫色，黄昏时又变成黝黑、滚烫，散发着臭气从桑雷依广场起始，经过格尔公园旁门，穿过长满紫荆树的洼地，穿过搭着窝棚的破烂果园，沿着东坡，一直伸展到乡镇尽头的几所房子。在那里，长蛇声嘶力竭地低下宽大的头颅，新的道路又出现了，路面没有铺柏油，弯弯曲曲，尘土飞扬，有的通往山下，有的通向山上，沿着北坡直通平川，通往奥尔塔蒙特堡方向，通向四面八方。除了古老的别墅和四十年代地皮便宜时建造的另一所稍新点的别墅，就是移民们盖起的红砖瓦房未经粉刷的铁阳台，锈迹斑斑、雕满奇花异草的小内廊。几位妇人正在给种在掉了底的木箱中的花儿浇水，姑娘们哼着小曲，拿着夹子在晾晒衣服。卡梅洛寺庙台阶下的水塘中有一孔露天的泉眼，孩子们光着脚在里面戏水。风吹日晒的小腿、黑黝黝的膝盖，长着塌鼻子、凸颧骨和亚洲人眯缝眼皮的橄榄色的长脸上，布满点点紫瘢。路再往上更是尘土飞扬，山风凛冽，一片荒芜景象。

镇上住着一群平易近人的人，来自全国四面八方，尤其是南方各地的人们拼成了一盘辣味沙拉。经常可以看到一位老人的身影，他身穿灰色格子西装，格子衬衫的窄领子紧系着喉头，头戴一顶黑色宽边礼帽，时而坐在寺庙的台阶上，时而背着手漫步在空旷的田野，抒发着点点乡愁。他的生活分成两个阶段：过去，出门需思考再三；现在，出门则是为了不再思考。如今，卡梅洛的年轻人居高临下俯瞰全城时，目光和神情中充满一如往昔的向往和梦想，只不过梦想不是在这里萌发，曾几何时早已伴随着他们，在他们移居的父母的胸膛中萌动。每天早晨，向往和梦想越过朦胧山城的千家万户，滑下山坡，滑向晨雾中显露的高楼大厦和万家灯火。他们倦怠而未泯灭的黑色眸子，眯缝着充满猜疑的眼皮，不信任地注视着巨大的雾幔和点点灯火。晨雾和灯火让他们一次又一次地看到像是迎亲的热闹场面，让他们梦怀牵动，想入非非。夏日，阳光明媚的早晨，当孩子们成群结队，一窝蜂似的跑下山坡，卷起阵阵尘土时，卡梅洛山宛若一面巨大的遮光屏。然而，此时此地，往日节假日里如玫瑰般香透整座城市的全面和解全面宽容的气氛，却极少光顾卡梅洛。这并不是卡梅洛山势太高：据说，除了礼拜日上帝勉强、苍白的笑容，那种欲将山上的人们置于上帝才知道的听天由命、逆来顺受的虚伪笑容，卡梅洛山还回荡着耶洗别① 所崇拜的、被驱逐出巴勒斯坦原教山地的异教之神巴力② 的笑声，一种满脸肌肉颤抖、寡廉鲜耻、阴险狡诈的笑声。时间还早，隐隐只见几条狗和一些好似大难不死的遇难者穿过卡梅洛。一阵狂风不知从哪儿吹来，夹杂着电台播音员讨厌的声调、烦人的歌曲、孩子的哭闹声、破报纸和草灰，发疯似的铺天盖地而来，散发出混合着青草、猫粪、水泥、干柴和树脂的气味。大街发出阵阵颤抖，饱经风霜的苍蝇四处乱飞，一个破纸箱被吹得在地上滚来滚去，上面印着一行让人突然感到亲切的文字：Dry milk——Donated by the people of the United Stetes of America③。箱子滚到一位年轻人脚下，他一副黑黑的脸膛，披着乌黑的头发，木然地站在路边眺望着全城，仿佛在眺望一个污浊的泥潭。

①耶洗别，以色列国王亚哈之妻，她蔑视神灵，挑起仇杀。

②巴力，司生育之神，是众神中最重要的神灵。

③意为：奶粉——美国人民赠送。

是“痞猴”，他刚打发一个小家伙去德利西亚酒吧买烟。他边等人边整理领带和衬衣的白袖口。他仍然穿着晚会上的那套西装，还有带网眼的凉鞋、一色浅蓝的领带和手绢。背后传来扑哧扑哧的笑声，一群年龄相仿的小伙子在帕斯特乌尔大街的拐角处，望着他窃窃私语。当他回身朝他们看去时，他们的脑袋顿时像被风吹似的，齐刷刷地甩向一边。

他刚刚离开家门。他住在城市一块居高临下的高地最后拐弯处的那片简易房里，沿路走近，感觉如临深渊，勉强才能看清下面座座低矮的砖房。屋顶盖着油毡，上面铺满石板，屋墙粉刷着鲜嫩的颜色。所有房屋仅仅高过男人一头，鳞次栉比地向大海延伸，组合成一条条精心清扫、干净明亮的街巷。有些人家有小小的庭院，院里种着葡萄。再往远看，城市在浓重的雾色和沉重刺耳的机器轰鸣中伸向地中海蔚蓝色的广阔海面，在大海这幅背景上显现着圣家教堂酒瓶一般灰蒙蒙的身影和圣保罗医院的座座钟楼。再过去，大教堂钟楼的黑色尖顶和老城区一片朦胧的景象，一一映入眼帘。轮渡上的金属塔楼、蒙锥克咄咄逼人的剪影，都被框入码头和海平线一片迷迷蒙蒙的景色之中。小伙子的家在右排第二间屋子，紧贴着最外面的山嘴。他和哥哥嫂子还有四个特别淘气的侄子住在一起。房子是哥哥岳父的。老人原本是佩切的一位老修理工，失去妻子之后，便带着保留下来的工具和积蓄，随着一九四一年大移民的浪潮最先来到这里。他亲手盖起了这间小房并且买下了马路上段的一家面包店和现在的彼贝酒吧之间的一所小棚子，把它改成了自行车修理铺，生意看上去还不坏。女儿是一个脸庞潮红、目光热烈温情的姑娘，老人看着她成了家，并把手艺传给女婿之后便离开了人世。女婿是龙达当地人，格拉西亚狂欢节期间，他在修理几辆事故车时认识了姑娘。龙达人继承了这份平常的生意后大吃一惊。原来，车铺的收入来源其实并不是修车，而是靠一个相貌不凡、办事干练、当地人称之为“红衣大主教”的教士。他买下了吉纳多一位老气横秋、沉默寡言的年轻人晚上送到车铺的所有摩托车。这位佩切的老修车工，直到将女儿许给女婿的前一天，才怀着忐忑不安的心情，像拿出一份价值万贯的嫁妆似的，把摩托车的来历，以及如何在当铺里拆卸，然后一并交到红衣主教手里的来龙去脉向女婿和盘托出。生意勉勉强强，小铺时而萧条，时而红火（他们毕竟生了四个孩子），偷摩托车的黑生意虽然不够修理工全家买房置地，但是仍然维持着。那会儿是困难年代。吉纳多人移居法国以后，送车的人前后换了一个又一个(都是红衣大主教挑选的),都是精明能干的家伙。有贝尔敦的、特立尼达的、托雷巴罗的，全都来自外地和周围郊区。红衣大主教从来不允许两个人同时干这种活。一九五二年夏天，当“痞猴”突然出现在卡梅洛，来投奔他哥哥时，生意纯粹由于人为的原因出现了决定性的进展,红衣大主教对此特别敏感。然而，一切直到很久以后才真相大白。

“你的烟，马诺洛。”一个童音在他身边响起。

他给了小孩一块钱小费，揣好烟，走下山坡。在高处，昨夜某家晚会没有放完的鞭炮，在午后湛蓝无云的天空噼啪作响。

六点钟，他来到马德里大街的埃斯科塞斯酒吧，店里空无一人。他足足等了三个小时，也没有见到姑娘的影子，只好垂头丧气地回家了。

同年九月中旬的一天，他和一位卡梅洛的伙伴，带两个女孩到布拉内斯附近的海滩游泳。那是一个星期天，一大早他们就骑着摩托车，背着饭袋出发了。“痞猴”长这么大，头一次心甘情愿和本镇一位姑娘寻欢作乐，朋友们对此大感意外，都以为他小子开始堕落了。

过了布拉内斯四公里后，他们甩开大路，拐上一条经过一家私人庄园直通海滩的车道。他们放慢车速，在尘土中慢慢滑行。一块牌子上写着几个醒目的大字：专用车道，禁止通行。“痞猴”没有理会。

“见他妈的鬼！”他嚷道，“让我们怎么去海边？坐直升机？”

“就是，就是！”

朋友拉开一段距离跟在他身后，低声笑着。他叫贝尔纳多·桑斯。小伙子身材矮小，敦实健壮，两只无精打采的小眼睛紧贴着大鼻子，突出而略有点歪的下巴使他的脸上有一种心地善良多愁善感的神态。桑斯崇拜他的朋友，敢为他赴汤蹈火。他排行老七，父亲是卡塔卢尼亚吉卜赛人，是格拉西亚赫赫有名的剪马毛专家。后座的姑娘是他的女友罗莎，一个胖墩墩、小短腿、月牙脸、两个乳房格外发达的姑娘。

路把他们带到一座高大而幽静的古老别墅后面，大家只好顺路往左边拐。摩托车撞倒了松树林的篱笆墙，冲到离沙滩不远的一片阴凉地里。顿时，他们的目光被两百米开外的那座巍然矗立的红砖别墅牢牢吸引，别墅面对大海，院墙爬满了常青藤。这是一座二十世纪初的古老建筑，是那种尖尖的钟楼，虽然经过改建，但依然保持着中世纪城堡的绰约风姿。建在别墅一侧的平台同伸入海里的礁石相连，礁石上凿出的一级级台阶直通码头，码头上停泊着一艘摩托艇。

看来他们不是私闯民宅的首恶，篱笆墙早已被撞烂，松树林里随处可见吃剩的食物和油渍渍的包装纸。可是，林间空无一人。那种恍惚中仿佛一个封建领主的巨手在头上挥动的感觉，令人刺痒，大家顿时群情激愤，纯粹发泄般的又毁掉了几米篱笆墙。

“算了吧，不要留下痕迹！”桑斯说。

“痞猴”保持着沉默。已经脱光衣服的姑娘们嬉笑着扑到他们身上，用自己的身体唤起他们本能的反应，终于，他们停止了破坏行为。吃完早餐后他们游泳、打水球，沿着空旷的海滩四下追逐。微风不时从远方吹来一支支乐曲，那是从别墅传来的。“痞猴”突然心神烦躁，他忽而在海边徘徊，忽而干脆沉默不语，钻进树林，半个小时不出来。他很反常，不过说来也不足为奇，近段时间，他动不动就大发雷霆，不然就独自愣神。这会儿，又时不时远远地避开大家，头枕着胳膊躺在沙滩上。

女朋友劳拉殷勤地问长问短，百般调情打趣，反而惹得小伙子更加心烦意乱。姑娘没有凭肉体（在这位穆尔西亚人眼中，如果卡梅洛的女孩子真有什么可取之处的话，肉体是她们唯一可供的奉献）而是靠她可怜的机灵劲儿来讨好小伙子。仅凭这点机灵，他也能猜到姑娘“不食人间烟火”。她是贝尔纳多·桑斯女友的朋友，也住在卡梅洛，可是“痞猴”从未注意过她。他不喜欢她。是桑斯介绍时保证姑娘如花似玉，风骚十足，他拗不过才带上她的。吃完午饭后，他们准备各就各位，在树下找个隐秘的地方和姑娘睡下时，他终于证实了自己的猜测，他拥在怀中的是一个僵硬、呆板而陈旧的躯体，是那种已经深深陷入一种无法摆脱的不信任深渊的躯体。那种奇怪的躯体多年以前就表明：他认识的女孩里，十有八九在追求中产阶级的安逸，她们惧怕肉体接触。

她还在没完没了。

“不，不是我不想，”她依偎在他身边，失神地盯着抚弄她的手，嗲声嗲气地说，“不，不是那回事，我这人就这样，你别以为我不喜欢你，我一直喜欢你。每天晚上我看见你从我们家门口经过，特别是今年冬天，你去酒吧时，我总觉得你与众不同，不光是帅气，我也不知道，反正和其他人不一样。星期天你不去跳舞，而是和一些老头到德利西亚酒吧打牌。四邻五舍议论你，说你的朋友桑斯和别人偷摩托车卖、拆汽车，说你哥哥在车铺里帮你们忙。不过，你也得留神。你们早晚有一天要出事，人家都这么说，明摆着嘛，你们的钱是从哪儿来的？倒不是和我有什么关系，本来就是这样。挣钱不容易，可我知道你从来就没工作，只不过刚从乡下来时在你哥哥的车棚里干过一阵子。我跟你说过了，这不关我的事……别，你别这样，这可不行，这样不好……你常常很有钱，现在你可别说是吹牛，老实巴交干活挣得来那么多钱？”她沉默了片刻，面对着气喘吁吁的他，把游泳衣又往上拽了拽，小伙子紧接着又把它扒了下来，但是心里已经不抱多大的希望了。劳拉属于那种多疑、善良、忧郁而死板的胖女人，尽管她们这类人从来没有被人抚弄过，但她们臃肿而富态的面庞上刻着对性欲深深的厌恶，这不是由于过度的做爱，而恰恰因为她们从无爱的经历。她们的面孔混合着厌恶、甜美和忸怩之情，似乎在以某种方式维护尊严和信仰。他们始终在用鼻子捕捉着一种臭气，捕捉造成她们终身恪守独身的丑恶。

“马诺洛，不是我多管闲事，说真的，我从来不是个碎嘴女人，随便你问谁。有人议论你和那个讨厌的女孩，就是红衣大主教的外甥女赫琳卡，你老泡在她家干嘛？他们能帮你什么？我知道你不是冲着她去的，是冲着他舅舅和你们手里的东西。可他舅舅也够怪的，他和路易斯·波罗之流肯定有什么事，就是那个和你混在一起的加利西亚小子，听说他偷外国人的车子时被警察当场抓住，你小子却奇迹般的溜了，镇上人都这么说。一个星期六，我和罗莎去看电影，那天贝尔纳多和她吵翻了，她一个劲地哭，把什么都告诉我了。哎哟，你真讨厌，咬得我好疼！”她用胳膊护着乳房，发现他仍然露着牙齿。她没有理会他贪婪的目光和抚摸头发的松软的手，继续说：“看见了吗？你们男人彼此彼此，过后又怎么样？你们也干烦了吧……你干什么？不行……”她的声音失去了平静，变得急促起来。“那可不行，我早料到你会这样，一个姑娘家要是让人……你怎么想？反正，你得告诉我，那些摩托车到底是不是偷的？别看我从来没见过你在家门口酗酒，惹是生非，但这都是事实，事情明摆着呢……别，这可不行，我早跟你说过了。你把我想成……你怎么才知道尊重女孩？”

他松开姑娘。她身体上有太多的冷漠，太多的恐惧，两胯冷冰冰的。他咬牙切齿地转向一旁，仰面躺倒在松针上。头顶上，一只麻雀在树枝上唱歌。“找地方去维护你的尊严吧！”他暗想。阳光直射他的眼睛，他眯缝着眼，想挡住刺眼的阳光，泪水从眼眶涌了出来。“真他妈没法过了。钱，钱，钱，我兜里就剩下卖最后一个半导体的十块大子，更糟糕的是贝尔纳多还不紧不慢的，这下他可被宠着了，鬼灵精，罗莎可比他诡计多。看把这小子给折腾的，抖了个干净，把什么事都抖搂给了这个故作风骚的烂货，全镇人谁不知道，这群王八蛋，妈的……”

他忽地欠起身，在姑娘们的食品袋里摸出一个橘子。

“你去哪儿？”劳拉问，眸子里突然显出恐惧，“你要干什么？你生气了？”

“痞猴”穿过松林，向桑斯和女友躺着的地方走去。他听到了他们的嬉笑声。桑斯趴在地上，姑娘依偎在他身旁，用一根草棍给他挠背。“贝尔纳多！”他喊道，他肩头抵着大树干，一边剥着橘子，“你过来，我有话说！”“现在？”“是的，现在。”贝尔纳多不情愿地半欠起身子。女朋友厌烦地撇了撇嘴，却没敢正视“痞猴”。一种朦胧的恐惧，而不是羞耻，使她不得不急忙抓点衣服遮挡自己裸露的身体。穆尔西亚人已经不是第一次突然袭击了，当然，小伙子不是外人，而是贝尔纳多的铁哥们儿，虽然他的目光有时的确怪怪的，你不用看（她现在也不敢抬眼看他），就知道他的目光正遍扫自己的全身，目光中没有惊讶，没有渴望，好像在侮辱，好像在责怪自己裸露的身体为贝尔多纳所做的一切。

罗莎总使他心神不定，特别是她那张令人讨厌的，仿佛贪得无厌的嘴。一张苦涩而毫无血色的嘴，就像一块又厚又硬的腱子肉。双眸朦胧而矜持，乳白色的肩膀上长着点点雀斑。游泳衣衬出一个线条优美的美丽身段，只是过分地臃肿和白皙了，白得就像是去了皮的马铃薯，是镇上可怜的生活方式和道德观使她丰乳肥臀。身上俨然有一团稍纵即逝、难以持久的欲火，即将熄灭。这会儿，她用嗔怪的语气喃喃道："总该先打声招呼吧？"他继续剥着橘子，没作声。他早就知道，那画着两朵深紫色、几乎是金属色的花朵，仿佛太阳镜一般紧盯着他的两只圆圆的、麻木不仁的巨乳，具有一种神秘而可怕的摧毁力。恍惚摆出一副好战的、拼命的、咄咄逼人的架势，使人好像面对一架轰隆隆播下动乱和死亡的可怕的战争机器一样束手无策。这时，桑斯又微欠起身子，胳膊肘撑着地，头歪向一边望着他，嘴角露出一丝痛苦的表情，似乎受到了致命的打击。

"你到底想干什么？"他咧开那张大猴嘴，狡黠地笑了笑，说，"劳拉呢？已经是囊中之物了？"

"少废话，跟我来。"

罗莎小声嘟囔了几句，依偎着贝尔纳多，左胸紧贴着他的肩膀发出一种神经兮兮的怪笑声。"痞猴"朦胧地感到，有朝一日，这台要命的机器将开火，把他的朋友全干掉。

"你到底听见了没有，贝尔纳多？"他吼道，"你过来，装什么糊涂！"

他离开大树，最后望了罗莎一眼，朝海边走去。桑斯只好站起身，嘴里嘟嘟囔囔，怏怏不乐地尾随他。罗莎仰身躺下，她一番辛苦，满腹衷肠，就像竹篮打水，落得一场空。他们刚刚走到沙滩，穆尔西亚人倏地转过身来，将橘子皮甩到桑斯的脸上。

“贝尔纳多，你这个混蛋！总有一天我要撕烂你的脸。我警告过你多少次，别什么都跟那个娼妇说，你还记得吗？你倒好，被她迷得信口开河，全镇的人都在议论咱们。”

“怎么了？”桑斯似乎莫名其妙。他用手遮住刺眼的阳光，沙石灼烤着他的脚掌，烫得他直蹦，“你等一等，你怎么啦？镇上人向来小题大做，瞎起哄，你从来不在乎，我也没当回事，你现在发哪门子火呀？”

“你非把咱们都折腾到大狱里不可，你对罗莎说什么了？”

“我？没说什么呀，你自己心虚了吧。”

“心虚？小子，小心我拉你老子一身屎！昨天晚上你就不想干活，车撂在那儿没人管。不就是要你在我干的时候望望风吗，你不干。上礼拜，前礼拜也不干。你见哪门子鬼了？白兰地喝多了是不是？不行就干脆结婚，像我哥哥似的烂在车铺里。你们还配干什么！”

“别这样，老兄。”

“今天早上，摩托车一到手，你不拿到车铺去，却哭丧着脸跑到我那儿，说什么咱们和姑娘们去海滩，什么罗莎和你怎么样了，什么劳拉多么多么好……她纯粹是个祸害，你明白吗！”

阳光洒落在他们身上，两个人额头上淌着汗珠，一动不动地站在沙滩上。

“不是那么回事，马诺洛，是……昨晚上我跟你说过，她不是那种人，我爱她。”

“你爱她？她跟你花言巧语，你却爱她。”

“你别这样说好不好。根本不是那么回事，再说，你看看咱们过的日子……”

“比不少人强多了，笨蛋。”

“不定哪天，咱们得和波罗一样完蛋，红衣大主教总是虎视眈眈的，够悬的……”

“你真是个傻瓜……”

贝尔纳多弯腰抓起一把沙子。

“知道吗？罗莎可能怀上了。”

“痞猴”望着他沉默不语。罗莎终于让他忍无可忍。

“呸！纯粹胡说八道，”他沉思片刻说，“贝尔纳多，你别信，上帝的话你也别信，你什么时候知道的？”

“人早晚要结婚，不是吗？”

“你这个可怜鬼，我真替你难过。告诉我，她什么时候告诉你的？”

“前几天，她在我面前掉眼泪。不过，还不敢肯定。”

“算了，你真傻……”

“不过，她说……”

“去她的，纯粹骗人！他妈的你被人耍了！你们都他妈一丘之貉。有个姑娘来勾你，你就迫不及待了，兔子挤眉弄眼你都上钩，你一个大子也没挣着。你记住我的话吧。我就不会上当，我以我妈的名义起誓。”

“你也不例外，等着瞧吧，”他恭维、讨好地微笑着，“你对我说赫琳卡什么来着？嗯？漂亮呀，正经呀……”

“住口。你懂什么，大傻瓜，真不知道我怎么交上你这种朋友的。”

穆尔西亚人手里拿着剥光皮的橘子，围着桑斯转了几圈。他看了看橘子，掰开瓤，闷头吃了起来。桑斯注视着他：在那下颌有节奏的咀嚼中、在那萎靡不振的前额上、在那茫然的眼神里、在那阳光照耀下略呈蓝色的长长睫毛间，倏地生出一丝凄凉。桑斯说：“我知道你说的是气话，马诺洛。你是好人，你是我最要好的朋友。”

“痞猴”背过身去。

“贝尔纳多，我跟你说正经的，哪一天我要是烦了，你们会连我的影子都见不着。我要让咱们所有的哥们儿都赚大钱。”

“可这已经结束了，马诺洛，你就是不承认，红衣大主教已经完了，他就他妈会吹牛皮，胆小鬼，老家伙。大家都和他分道扬镳了，你也该离开他。”

“不是这么回事，别说了，咱们离开这儿。”

他缓缓朝松林走去，沾满橘汁的手在胸前擦抹着。“行了，哥们儿，咱们还年轻。”他说。

桑斯一路小跑跟在身后，仿佛一匹训练有素的小马，点着头，像是踩着炭火似的把膝盖高高地抬到胸前。

大约下午五点钟，他们听到一阵急刹车和一个女人的叫骂。

姑娘们几乎来不及穿上衣服。“痞猴”第一个站了起来。一个四十多岁的妇人手叉着腰站在被压倒的篱笆和两辆摩托车旁边，骂骂咧咧。她身穿一条白色长裤，戴着一副太阳镜，紧盯着破篱笆。马诺洛光着满是汗水的身子，穿过松树林，一边扣着裤子的扣子、一边朝妇人走去。桑斯走在他身后几米远的地方，姑娘们用衣服遮掩着胸脯，站在原地没动。妇人发了疯似的想用脚把摩托车挪开。“痞猴”发现一辆汽车停在别墅旁边，正好一个黑皮肤的姑娘从车里走了出来，她身穿一条带褶的蓝色裙子和一件庄重的酱紫色长袖衫，手里拿着一本弥撒经文集和一条披巾。

妇人怒不可遏：“太不像话了！个个礼拜天如此！难道你们就没看见篱笆！赶快从树林里滚出来，不要脸的！”看见半裸着身子的姑娘们后，她又添上一句，“我非得叫警察不可！”

“喂，夫人。”穆尔西亚人扣好裤子扣，站在妇人面前，慢慢吞吞地说。他用一条腿支撑着全身的重量，摆出一副惯有的满不在乎的架势。多少天来积聚起来的怒气终于可以一泄无余了。他用手把长长的鬈发往后一甩，理直气壮地晃着脑袋，“怎么啦，我们来的时候篱笆就烂了，你少他妈一个劲叫唤。”

“你们这些没教养的家伙！从来就不知道爱惜东西，想在哪儿就在哪儿，吃起来就像猪，弄脏了地方，压烂了篱笆，还和这些丫头不干不净……不要脸的，你竟敢这么放肆地跟我说话？”

“当然敢，女士，你看我不撕烂你的嘴才怪。”

他往前迈了一步。近来什么事都不顺，他正想找个人发泄一番。谁知好像被闪电击中了似的，他突然停住了脚步，脸色煞白，目光直愣愣地望着几米外的地方：一位姑娘，正木然地靠在打开的车门旁，直勾勾地注视着他的眼睛。顿时，穆尔西亚人态度大变。立刻摆出他那爽朗而动人的微笑，他向暴怒的妇人一鞠躬，张开臂膀做了一个请求宽恕的动作。

“夫人，您说得有理。您也知道，我们年轻人喜欢玩。我真不知怎样向您道歉。”他回身冲着呆如木鸡地望着他的桑斯喊：“过来呀，别像个傻子似的愣在那儿，快向夫人赔不是。”

桑斯不知咕哝了句什么。妇人安静片刻，只能把火撒在东西上。

“看你们给我弄的！这些纸屑垃圾我都扫烦了。这儿不是野餐的地方，到别处去……”她有点莫名其妙，话怎么突然拐了弯，她隐隐约约感到大家在耍她，便转身向汽车走去，钻进车里甩出一句话：“希望你们半小时之内离开。走吧，孩子，咱们走，简直无法无天！”车发动了。“痞猴”拼命朝汽车冲去，打算再正面看姑娘一眼。一切已经无济于事。她仿佛已经把他忘了。他看见姑娘坐在大概是她母亲的女人旁边，双目低垂，面色绯红。他想到了自己的蛮横无理。怎么让她撞个正着！他竟然一边系着文明扣，一边朝她母亲走去，这还不算，居然还冲她妈一派胡言。“真他妈倒霉！”他想着，无可奈何地望着车子向别墅驶去。

下午余下的时间里，“痞猴”好似一条丧家犬，围着沙滩、树林和别墅游来荡去。劳拉怎么都无法使他回过神来，曾拒绝他的、眼下变得百依百顺的女性的万种风情已无济于事。她终于开始明白，男性是由一种天真浪漫、异想天开的物质所造就的，比她想象的更黑暗，更难相处。其实看到伙伴眼睛里突然现出的无穷凄凉，她便猜到了他的隐私和苦衷。她多少意识到情爱常常可能不单是野兽般的肉体接触，也是一种使心中的某些梦想和希望成为现实的痛苦期待。但是一切太迟了，她所得到的只是空洞的目光和一双在她身上游走片刻便停止不动的冰冷、迷茫的手。“痞猴”的思想和心情早就跑到九霄云外去了。

天色已近傍晚，小伙子仍然在别墅周围徘徊，希望能见小姐一面。哪怕就一面。终于，他看见了，爬满常青藤的后墙上，一楼的一扇窗户里露出了她的身影，没等他反应过来，她又急急忙忙地伸出胳膊关上了窗户。那只是极短的一瞬间，却没有逃过小伙子的眼睛。无聊之中，他禁不住神思遐想起来，幻觉又一次抢在行动前面：他疯子一般冲向重新打开的窗户，看见纤弱无力的姑娘正在一个醉醺醺、满身烟气的金发小伙子怀中挣扎。他目不转睛地盯着，窗户却再也没有打开。桑斯犹豫不定，不知是等他还是和姑娘们先走，反正每次提醒他天色晚了，都会遭到他的白眼。

夜幕就要降临了，他终于发现姑娘离开别墅朝码头走去，她脚步急促，不住地回头向平台张望。穆尔西亚人用胳膊肘拱拱桑斯，拉着他的胳膊走到一旁。

“你还不和她们快走。”

“什么？那你呢？”

“我留下。”

“你怎么了？疯啦，天都快黑了。再说，哼，你真不是个东西，带俩妞要被罚款的！”

“那你就掏钱呗。”边说边亲热地拱了他一下。“走吧，你花的可比塔鲁桑买领带少多了，快把她们带走吧，拜托了，贝尔纳多。”

他拍拍朋友的背，贴着树林向海边走去。阵阵清风吹来，皎洁的月光映照在大海上。他从别墅前五十多米处走过，这时，两个窗户里先后亮起了灯。海浪的喧嚣声中，他仿佛断断续续地听到一支小提琴曲。

姑娘赤脚蹲在停泊在码头边的摩托艇上，肩上挂着几只鸭蹼，正在翻弄几条花毛巾。她下身穿一条轻飘飘的黄色长裙，上身穿一件紧绷绷似乎不合身的无袖短衫。海浪连绵起伏，轻轻拍打着船舷，小船微微摇曳着。“痞猴”攀着礁石绕了一小圈，跳上码头，驻足观察了姑娘片刻。姑娘没有发现他，仍旧蜷着身子，一动不动地把头埋在胸前，独自一人孩童般聚精会神地玩着自己的游戏。在广阔的大海面前，她显得那样软弱无力。穆尔西亚人脑海里顿时浮现出一片海市蜃楼，一片滞留在童年英雄梦想之中的景象：一场可怕的飓风袭来，姑娘待在小艇里面没有察觉，任凭风吹浪打，他敞开胸膛同风浪搏斗，把她抱在怀里。她昏迷不醒，她在呻吟，撕烂的衣服已经湿透（“醒醒小姐！你醒醒！”），晒黑的大腿上血迹斑斑，金色的胸膛上被蝰蛇咬得伤痕累累，必须赶紧挤出毒汁，必须赶紧抢救。他点起一堆篝火，脱下湿透的衣服以防她着凉。两人紧裹着一条毯子，最好用担架把她送到别墅去。学会尊重裸体女性，将实现他的美梦，为自己打开通向至今仍是禁区的灯红酒绿之地的大门（“老伯，人给您救来了”“小伙子，真不知怎样感谢你，敬你一杯酒……”），他怀抱着美女，爬礁石碰伤的一条腿一瘸一拐，瘸得心安理得，拐得心甘情愿，在众目睽睽之下，在羡慕的目光中走向山坡的安乐椅，走向瞬息将至的宁静与体面的生活。

“傻小子，没门儿！”哗哗的海水不停地拍打着船舷，仿佛在嘲笑他：想时来运转，想飞黄腾达，根本没门儿！穆尔西亚人干咳了两声，满脑子的空想早已烟消云散，他迈着坚定的步子向码头走去。

“玛露哈，恐怕你应该拆走发动机，”他笑着说，“附近常有不三不四的家伙出没。”

姑娘平静地抬起头，脸上先露出一种不知所措的神态，继而回以微笑。

“是吗？”她说着，重新埋头去做她的事。

“世界真小啊，是吗？”他说，“我为刚才的事道歉（他承认玩笑开重了），同时我也在想，在想你是不是还记得我。”

玛露哈没搭话，虽然她在笑，用眼偷偷瞟他，却一直在摆弄着手中的毛巾。他察觉到了她的做作，认为她想争取时间。她弯着腰，耐克衫翻到背上，露出黝黑的皮肤和线条分明的脊梁。

“算了，其实，”他又添上一句，“那些跟我在一起的人不是我朋友，是在布拉内斯碰巧认识的。其实，你和你母亲来的时候，我正要走呢。”

姑娘站起身，胳膊夹着毛巾，肩上背着鸭蹼，从艇上跳到了码头上。她一跳，将鸭蹼颠到了地上。“痞猴”急忙捡起来，重新给她挂上，趁势将手在姑娘肩上停了一会儿。

“你为什么失约？”他语气一变，往前凑了凑，“还是你不记得了？”

“我记得。可是我脱不开身。”

她闪身朝前面的石台阶走去，谁知穆尔西亚人三步并作两步，挺身挡住她的去路，笑着说：“哎，等等。既然有缘相会，你以为我会轻易让你走？你知不知道，我发疯似的找了你好几个月，你知不知道我白天黑夜地想你？美人儿，你说呀，你知不知道？”

“不知道。”

玛露哈低下头笑了。他们挨得很近。她的膝盖无意间蹭到了小伙子的大腿。这时，有人点亮了别墅平台上的灯，一缕灯光越过他们头顶洒落在礁石上。同时传来女人声嘶力竭的笑声和突然加大音量的乐曲声。这种现象对姑娘说来，也许无关紧要，毫无意义，然而，对“痞猴”说来至少是一个信号，连接着天知道多么遥远的梦想。他迫不及待地把肩膀倚在礁石上，站稳身子，伸出胳膊，趁着鸭蹼又往下滑的时候，一把将姑娘揽了过去，不等他的嘴唇跑完通向姑娘热唇的短途，姑娘已经疯狂地贴住了他。恰似那天晚会上，“痞猴”发现姑娘拥抱他时，莫名其妙地紧张和用力，那劲头不光是寻找一种快感，隐隐约约是在寻求一种保护，保护自己尽享男欢女爱的云雨之情，这一套他早已了如指掌，应对自如。

他多少年也忘不了松林的清香，忘不了海浪的喧嚣，忘不了轻柔拍打船舷的水花，他永远忘不了别墅雄伟的塔楼灯火辉煌直射星空，忘不了它巨大的窗户伴随着夜空宛若圣饼般皎洁端庄的明月，向夜色献上阵阵优美的音乐、光芒和情怀，送上佳偶般的柔情蜜意和欢声笑语。灵敏的身体兴奋了，极端的热情和渴望传到姑娘那酷似久旱逢雨的枯树般迫不及待而大胆敞开的身体。小伙子顿生疑窦，她真是行事谨慎、自我约束、有教养的小姐吗？突然，姑娘拉下耐克衫，舒展一下身体，把头依偎着穆尔西亚人的胸膛。

“大家等我吃晚饭呢，”她柔声柔气地说，“他们都等着我呢……”

他未加思索：“玛露哈，今天晚上我来看你，”他俯首低语，“等大家都睡了，我从窗户进去……”

“别说了，你疯啦。”

“我非去不可。告诉我哪扇是你的窗户。”

“你放开我，放开我。”

她想挣脱，可是小伙子抱住不放。

“你告诉我你睡在哪儿我就放你走。”

“你到底想干什么，你把我看成什么人了？”她显得有气无力。

他一个轻吻，使她沉默下来。这一吻，轻到不能再轻，几乎是轻轻的一蹭，那温柔随意的赔礼道歉之吻，恰恰证实了他宁愿悔改一切罪恶，唯独那迫在眉睫的罪恶企图除外。可是，他没法指望姑娘说出自己的房间。

“是不是你下午露面的那间？”

姑娘吃惊地瞪了他一眼。她使劲攥住他的胳膊，眼泪汪汪地看着他："求求你，你如果来，我就喊人，我发誓我会喊人。"她拔腿跑上台阶，消失在高处。

四个小时过去了，窗户依然紧闭。几米之上，平台上仍然灯火辉煌，一片佳夜良宵的热闹景象。他坐在一个松树墩子上，手托下巴盯着那扇窗户。他感到时光从来没有这么难熬。他感到脊背发凉，五脏六腑深处的某种东西渐渐勾起孩提时便在他血液中流淌的深深悲伤。"她不愿意，"他自语道，"她不愿意。"耳边传来唱片的乐曲声，还有平台上年轻人的喧哗。他看见一个男的，一位满头灰发、仪表堂堂的绅士驱车驶来，人们欢笑着迎接他。接着便是吃晚餐时可怕的沉寂。一些朋友起身告辞，又一阵彬彬有礼的寒暄，最后终于一片沉寂。他顾不上去看窗户，前额耷拉在手臂上。别墅里最后的灯光相继熄灭，一切都结束了。"她不愿意，他妈的，她不愿意。"

从来没人见过如此贪婪的目光、如此忧郁的神情，从来没人见过如此广漠的夜色、如此汹涌的海浪。被抛弃的感觉将他钉在那儿，浑身无力，毫无希望地在黑暗中瞪大双眼，蜷缩在树墩上，酷似母亲腹中的胎儿。他抱着双膝，几小时的时间里，冷漠的苍穹仿佛压在头顶。他像打了麻醉剂，一张无比呆板的面孔（似乎是张口结舌），一副无比僵硬的神情，仿佛已经超脱了失意，融化在冥冥宇宙之间。"哗……"头顶上的松树枝在微风摇曳下沙沙作响。

过了一会儿，他发现窗棂中射出一缕灯光，紧接着又熄灭了，然后就是木器敲击墙壁发出的啪嗒声。"痞猴"站了起来，战栗着，思绪早比双脚还快地飞向了别墅。其实，人仍在原地，他急忙整理好头发，检查一下衣着。随后，一边向爬满青藤的院墙走去，一边辨认着打开的窗户和屋内比夜色更浓的黑影。他踏过挡在墙根的花坛，停住脚步。窗户有齐腰高。听不到丝毫动静。爬进去之前，他先往里探了下头，除了一个人盖着一条白被单之外，什么也没有。他悄悄跳进屋里，径直向床上溜过去。

玛露哈似乎睡得正香，她脸朝下，胳膊贴着两肋，紧裹着被单，晒得发亮的肩膀半裸露着。枕头上优雅的侧影清丽动人。不速之客站在床前，谛听着她心脏的跳动声，然后，走到她跟前，朝她的头俯下身去。他感到了温床的热气，感到了女人肉体和头发散发出的香气，恐惧一扫而去。他贴着姑娘的耳根，轻轻呼唤着她的名字，然后小心地扶住她的肩膀，但是，玛露哈突然挣脱他的双手，被单紧裹胸前，欠起身来。

“你怎么敢……我跟你说过我会喊！”

“我也跟你说过我一定会来。我们应该谈谈，玛露哈，我只想告诉你一件事，不告诉你我绝不离开这……”

她从另一边跳下床，披着被单站在那里。他跟着站起来向她走过去。姑娘缩在床头柜旁，咕哝道：“我的天呀，真不敢相信！”她的面孔和黝黑的双肩同黑暗的房间混为一体。

“你要不马上走，我就喊了，”她几乎是哭着央求，“你听见没有？！我要喊了！……”

穆尔西亚人一动不动。他发现有什么东西突然打消了自己对成功的全部怀疑，不是姑娘威胁的话语——的确她已经快哭出声来了，但是她从一开始就缺乏信心，而是她的手势。纵然天色黑暗却仍然清晰可辨。她抬手梳理了一下自己的头发，微微歪着脑袋，尽管女性在这种出人意料的场合会有一种本能反应，但她却流露出满不在乎的神情。他确信本能常常向他发出的信息，“痞猴”胸有成竹地向她伸出手，朝前走去。

“亲爱的，你骗不了我，”他说，“来呀，喊吧。”

一阵沉寂，此时此刻他对姑娘将属于自己已确信不疑。几乎同时，姑娘不由自主地跌倒在床上，沮丧地闷着头发出轻声的抽泣。南方小伙子坐在她身边，搂住她，含情脉脉地轻吻着她的眼睛，欲火焚心地吻干她的泪花。终于，姑娘炽烈地拥抱着他，甩掉了身上的被单，仰面躺在床上。

昏暗中，看得出她久晒的双膝在颤抖，上面布满一层薄薄的汗水和惊恐。他看见姑娘歪着漂亮而桀骜不驯的脑袋，在黑暗中摸索着，终于把脑门停在那与其说是被私家海滩的毒日头，不如说是被渴望烧灼的火辣辣的皮肤上。对他说来，适得其反，用双唇上下扫遍那古铜色的青春玉体，闭着眼将一切记在脑海中，不仅感到一股咸滋滋的味道，而且是在探索一个陌生的星体和一幅生活史册从未展现过的璀璨绚烂画面的奥妙。

大千世界上所有的海滩，姑娘们奇形怪状的遮阳帽，薄的不能再薄的蓝绿红相间的游泳衣，染着指甲的赤脚上一双双离奇古怪的凉鞋，五颜六色的太阳伞，带条的耐克衫和丝衬衣下颤动的乳峰，媚人的微笑，裸露的后背，光滑而宁静、柔润而有力的肌肉、手掌、颈项，可爱的腰肢，被金钱揣肥的臀部。壮丽的海滨在阳光下安详地熠熠闪光，传来一阵轻快的乐曲声，是从何处传来的？颀长的颈项，清秀端庄的前额，金色的美发和令人惬意的神情，浓妆的朱唇，仿佛一个个可口的草莓飘荡在云雾之中，洒满阳光的小腿黝黑细长，好似金光闪闪的鳄鱼慢条斯理地迈着庄重的步伐，你听见乐曲声了吗？它从哪儿传来？你看小船划出的道道涟漪，还有渔舟的白帆和神秘的游艇，你看外国女人神奇的胸脯，那支歌，那张照片，松树的气味，大胆的拥抱，带着唇膏甜香的静静长吻，黄昏时公园石子路上的漫步，草坪上的良宵，阳光下的离散……

不一会儿，他趴在姑娘身上，两肘贴着她的双肩紧撑着开始冲刺。他感到背上那双小手在滑动，配合着他用力，他感到，真真切切地感到另一种无形却又更令人神魂飘荡的爱抚。它超过了两个身体，超越了黑暗和屋顶随同整个别墅傲然而立的一切，超越了所有其他房间、华贵而古老的家具、铺满地毯的楼梯、黑暗中的大厅、各式灯具和七嘴八舌的议论。他走进了姑娘，好像初入交际场的新人，凝神、庄重而自豪，神情中焕发着登堂入室的悠然自得，可怜的稚气奇迹般地一扫而光。

突然，他发现一件在我们这片土地上可算是重要的事实：姑娘不是新手。他欣喜若狂而发昏的脑海里一阵天旋地转。刹那间，他似乎迷失了方向。与其说是感情，不如说是一种感觉，突然感觉血液倒流，满脑空白，但仅此而已，他没有抽身离去。

窗外还没有泛白，晨曦前的昏暗还无法显现出房间的陈设，云雀还没有开始唱歌，直至这一切到来之前，他并没有意识到他犯了一个难以置信的大错。当他挨着睡着的姑娘躺在床上，嘴边隐然挂着一丝幸福的微笑，睁眼做着美梦时，晨曦渐渐清晰地勾勒出挂在衣架上的黑布工作服、围裙和女帽，直到这时，他才意识到可怕的现实。原来，他睡在一个女仆的房间里。

3. 曦光无情

他不漂亮，很丑陋。

——维克托·雨果

他完全没有料到，长长几个小时如醉如痴的时光居然是在这间四面寒墙的下房中一点点度过的。这里，说不定哪一天曾发生过此类鲜为人知、神魂颠倒的美梦。他第一个念头就是扇她的嘴巴。

他猛地起身，气急败坏地坐在床上，两只眼睛瞪得像两个盘子。小屋，除了清晨投进来的骄横残忍的阳光，毫无特别之处。房间不大，高高的天花板阴森森，一个双开门的老式柜子，一只床头柜，两把椅子和一个立式衣架。床头柜上有一只闹钟，一盒香烟，一本廉价的言情小说和一张带镜框的照片。照片上，玛露哈穿着衣领笔挺的黑布制服，旁边站着一位穿长裤的金发女郎，用手遮挡着刺眼的阳光，两人靠在别墅正门前一辆“佛罗里达”

汽车旁，金发女郎的面孔在暗影中很难辨认。相反，玛露哈的面孔十分明亮，正向身后的车门比划什么，好像突然想起关上车门，照片才能照得更好似的。

他猛地一巴掌把照片打翻在地。借着一道闪电的光亮，仿佛人们所说的弥留之人，在临终前的一瞬间，看到生活镜头中某些熟悉的身影杂乱无章地在眼前一幕幕闪过。“痞猴”仰面躺倒在床上的一刹那，在他本能地抡起巴掌，用耳光将女仆叫醒之前的一刹那，脑海中突然闪过童年他最最迷恋的身影。一个他也许永远深深地铭刻在心中的身影：飘忽的时光中，跳动的星空下，他又一次拥抱着一位身穿真丝睡衣的小女孩。

玛露哈闭着眼睛蜷缩在床上。没有发出一声呻吟。她先用胳膊挡住脸，然后干脆撒开手，一动不动、毫无反应地任其抽打，黑皮肤下完全放松的肌肉似乎表明，她在渴望一种穆尔西亚人意料不到的新快感。于是，他的手吃惊地在离她火辣辣裸体几厘米的地方停住了，这时她回过身来，好像被一顿巴掌打醒了，并没什么大惊小怪，她早就习以为常似的。过了一会儿，“痞猴”跳下床，走到窗前，胳膊肘撑着窗台，向外，向远处，向仍然是黑蒙蒙的松林那边望去。一丝隐然而悲怆的冷笑在唇角跳动。

“原来是个女仆，”他喃喃自语，“一个臭不要脸的女仆！真可笑！”

她没敢动。面颊和前臂火辣辣的。她缩在床角，慢慢伸出手想捡回掉在地上的被单裹住自己，但是，她一听见小伙子说“妈的，真可笑”，便没有动，赶紧缩回手放在心口，膝盖抱在胸前，两只恐惧的眼睛注视着穆尔西亚人的一举一动。

“这是谁的别墅？”他转身问道，“我问你呢？”

玛露哈没有回答。她飞快地向小伙子投去哭诉的目光，恐惧而倦怠的目光之中，充满一种特别的柔媚，柔媚深处所掩藏的是马诺洛早已司空见惯，一眼便会识破的饱经风霜和忍辱负重。那是在冒险中祈求团结，在共同的不幸、共同的贫困和共同的遗弃之中跌倒的人们祈求相互慰藉的感人而真诚的目光，那是倾注在患难与共的狱中难友身上，倾注在花街柳巷里殊途同归的嫖客身上的一阵强烈的惺惺相惜。一种与生俱来的桀骜不驯从小就伴随着他。

“你说！这是谁的别墅？”

他仍旧倚在窗户上望着姑娘。她展示着胴体的能量。臀部向上，摆出一副懒洋洋、满不在乎的姿态，丰腴的后背形成一条微微的曲线，使黎明的光亮从肩头轻轻地一直洒落在美丽、黝黑的腰肢上。

姑娘双目低垂。“你打听这些做什么？”

“你管得着吗。你说，谁住在这儿？”

“先生小姐们，别墅的主人。”

“你的主人？”

“嗯。”

“他们叫什么？”

“塞拉特。”

“痞猴”沮丧地晃了晃脑袋，嘲讽地一笑，努力在她轻蔑的神情中寻找突破口。

“你接着说！”他说，“他们每天除了游泳扯闲话，还在这儿干什么？”

“什么也不干……避暑。”

“他们特别有钱吗？”

“嗯……我想是的。”

“嗯，你想是的！你连你生活在什么地方都不知道，你简直就是个废物。他们有多少人？”

“什么？”玛露哈细声细气地说，“不，老爷每个周末才回来。”

“可昨天晚上有不少人。”

“全是小姐的朋友……”

“你大点声！”

“全是小姐的朋友。”

玛露哈重新闭上双眼。他惊讶地注视着她，一连串奇怪的梦想把他带到了这间屋子，他开始以一种不无怜悯的嘲弄来关心姑娘的处境。他走到床边。

“你以为自己挺聪明，对吗，丫头？”

她令人难以察觉地摆摆头表示否认。几乎要哭出声来。她咬着下嘴唇，眼珠像两点炭火在昏暗中熠熠闪光。

“里卡多……”她讷讷地道。

“我不叫里卡多！很多事咱们得在这儿说明白，你先说。”

他跪在床上。玛露哈起身坐到另一边，背对着他，用手捋着头发。

"我该穿衣服了，"她有气无力地说，"还得做早餐呢。"

"你急什么，早着呢。"

"她每天起得很早……"

"我跟你说话的时侯你不要背对着我！"他咆哮着。姑娘脊梁一阵寒战，赶忙挺起腰来。玛露哈手摆弄着头发，正了正身子，往一旁坐了坐，低垂双目，给了他一个侧影。"这还差不多。她是谁？"

"特雷莎小姐。"

"谁？"他陷入了沉思，好像在回忆，"晚会上那位金发姑娘，你说是你朋友的那位？"

"嗯。"

穆尔西亚人带着一丝惬意慢慢仰身躺倒在床上。"特雷莎，"他盯着天花板低语道，他的目光似乎在说，他明白了，原来不是自己搞错了姑娘，而是走错了房间。

当玛露哈准备站起来时，他穿过床，使劲抓住她的胳膊，强行使她继续坐下。

"现在你老老实实告诉我，混蛋，痛快点，你为什么这么做？"

"我做什么了……我什么也没做。"

"你知道我指什么。你像妓女一样骗了我。"

"不是这样的。是你的错。我让你别来。我不知道你怎么看我，可我从来没有骗过你。我以为……"

"以为什么？"

"以为你挺喜欢我……挺爱我。圣胡安晚会上你跟我讲的事都那么美好，还有昨天晚上……”

“哟，你倒真痴情！你以为什么，以为我是毛孩子？晚会上你做了什么混蛋事？”

“求求你，放开我，疼死我了。”

“你在那儿做什么？一个女仆，混在人家小姐堆里。你说！”

“我来不及了，”她企求起来，“求求你！”

他逼着她完全转过身来，使劲扒开她的胳膊，他想用手背打她的脸，可是姑娘哭哭啼啼地抱住他。穆尔西亚人咕哝地骂了一句，想抽自己的耳光，他开始怀疑唯一的混蛋是自己。一阵良久的沉寂，只有玛露哈将头埋在小伙子胸前发出的抽泣声打破寂静。“痞猴”恨不得立刻离得远远的，可是有什么东西使他无法放弃姑娘。突然，床头上的闹钟响了，清脆的金属声格外刺耳。他感觉一切都在颤动，他感到那个破闹钟仿佛就在自己的脑袋里轰响着。

“真倒霉！”

“你要是真的爱我，里卡多……”她开口道，可是“痞猴”猛然跳起来，然后又倒在床上。

“见鬼去吧，听见没有，别叫我里卡多，我叫马诺洛！”

闹钟好像一只受了重伤的猛兽，在小桌上响着，抖着，一会儿便慢慢没了力气。玛露哈猛然缓过神来，伸手摁停闹铃，然后立即站起来，低下头用手臂擦干脸上流淌的泪水。

“我该穿衣服了。特克拉一定已经起来了……”

“特克拉是什么东西？也是女仆吗？少提她！”

“她是厨师。”

“赶快滚，我不想看见你。”她光着身子，迈着灵活畏怯的脚步，走到窗前关上窗户。看到她扭动的腰肢，“痞猴”惊叹不已，无论微微上翘的臀部怎样挑逗似的扭动，无论她怎样懒洋洋却灵巧地晃着膝窝，她都有一种少妇的温文尔雅，一种寓于静中的动感和松软处一阵微微的颤动。短短几秒钟的时间，微微弯曲的膝盖，向前摆动大腿的线条和人体最敏感部位的颤动协调地勾勒出一朵生意盎然的鲜花。魅力当然与胆怯和羞涩毫无关系，与其说它来自举手投足时的收敛和节制，不如说女仆们把侍候的那些先生们身上有钱人的彬彬有礼和恰如其分的习惯，很难说以哪种方式，潜移默化地学为己用。“她狡猾，狡猾的狐狸精，所以她骗了我。”他自语道。与坚实的臀部相比而隐约显得消瘦尖耸的肩膀、两只分开的柠檬一般不朝前耸立反而形成一个开角的乳房，和乳房微微颤动中姑娘节奏欢快的脚步，都显得她魅力十足。

关好窗户之后，玛露哈从地上捡起他摔掉的镜框，用手掌小心地撣了撣。

“是你的照片吗？”他问。

“嗯。”

“怎么让你保管，你就是个笨蛋！和你在一起的那个人是谁？”

“小姐。是给她买车时照的，她把照片送给我了。”

“真不错啊！你倒是挺讲感情的。”

玛露哈把照片放回床头柜上。他随手拿了起来。“我看看……”他装出若无其事的语气说道。他努力回忆着晚会上的金发女郎。

挡太阳的手把脸遮得死死的，勉强看得见头发的颜色和披散的发型。玛露哈走到柜子边开始穿衣服。

“马诺洛，”她说，“你怎么总是满嘴脏话？”

“我爱怎么说就怎么说，你刚知道吗？”

他把照片放回小柜上，挺直身子，望着天花板，深深地叹了一口气。他突然意识到，这一趟没有白来……

“干嘛，还在生气呀？”待了一会儿她讷讷道。小伙子没有回答，于是，她转过身，“你想怎么样？已经很晚了。”

“你能不能闭上你的嘴，小妞？”

玛露哈不好意思地冲他笑了笑。他把手枕在脖子下闭上眼睛。一会儿，他听到光脚走过来的声音，接着一团软绵绵、火辣辣的肉体压在他的胸脯上。姑娘身上散发出的阵阵芳香包围着他。他听到她恍如梦中的声音：“马诺洛，亲爱的，这儿不能再待了。”他睁开眼睛，她的眼睛黑亮黑亮的，笑眯眯的就在他眼前。不知哪一巴掌留下的红印仍然清晰可见。

“畜生，”他自语道，“畜生都不如！”“起来，傻瓜，我没有不高兴。”

他咕哝着，手却滑到姑娘的臀部。

“求求你，别这样叫我，”她一边吻他，一边咬着他的下巴。“你知不知道你长得可精神了？你是我认识的最漂亮的小伙子。你漂亮得让人害怕……”

“你少废话。告诉我，谁是第一个？”

“什么？”

“明摆着，你少装蒜。谁是第一个？”

玛露哈把头埋进穆尔西亚人的颈窝里。

“你别笑话我，行吗？”她问，“答应我，如果我说了，你不会笑话我。过去我有个男朋友，他是加那利人，在巴塞罗那当兵，后来我再也没见过他。”

“你喜欢他吗？”

“刚开始时喜欢。”

“痞猴”笑了。

“准是个新兵。你说你傻不傻。你知不知道新兵是一群专找你这样的傻瓜上床的地痞流氓？”

“你别这么粗鲁。”

“你是哪里人？”

“我？格拉纳达。不过我从小住在卡塔卢尼亚。”

“你父母呢？”

“我父亲在雷乌斯，他是塞拉特先生庄园的佃户，我在那儿长大的，也在那儿认识了小姐，当时她和父母去避暑。我们从小就是好朋友。现在他们很久没去那儿避暑了，因为他们更有钱了。我十五岁的时候，母亲死了，夫人就把我带到巴塞罗那，来给家里帮忙。”

她又说到祖母和一个马上要入伍的兄弟，他们都住在雷乌斯。他继续抚摸着她。他要把她重新按到床上时，她挣脱开，倏地一下直起身子。

“不行，时间不早了，你最好走吧。”

“我当然要走，傻瓜！你以为我想干吗？我早想从你面前消失了。”

他跳下床，飞快地穿上衣服，朝窗户走去。看到他已经迈出一条腿，玛露哈立刻跑向前去。

“你等等！你就这么走了？什么时候能再见到你？”

她右手拿着一个雕花的小木盒，盒耳刚刚安上铁环，她本打算拿这件东西让他大吃一惊。可是，马诺洛已经跳到窗外，伫立在花丛中，目光焦虑地眺望着大海，随手将衬衣塞进裤子，然后用手把头发向后面一拢。玛露哈顾不上穿好衣服，目光忧郁地站在窗口注视着他。在他身后，松树林中依然弥漫着夜晚深深的沉寂，只有海边阵阵涛声不时打破这种沉寂。天空一片静谧，见不到丝毫太阳的影子。“痞猴”面色冷峻,转身朝着女仆却又不看她，那神情似乎经历了一次大地震，经历了曾经消逝而今又被海浪送回，在清晨的新鲜空气中回荡的浪涛声。一会儿，他突然盯着玛露哈，一丝微笑浮上他的面孔。

“宝贝吗？哪儿弄来的？夫人送你的？”

“这些铁环不是，我一星期前买的。真的很漂亮吗？喂，你什么时候再来？”

“痞猴”的眼睛紧盯着匣子。

“很快就来，傻丫头！”他喊着，身子转了半个圈慢慢向树林走去。

摩托车还在老地方。他推着车来到大路，飞速向巴塞罗那狂奔而去。一路上只有一个念头萦绕在心中，玛露哈一次又一次地出现在眼前，她站在窗户旁，手里拿着她的小匣子，小匣子里放着她可怜的宝贝。

他回到城里时，阳光已染红卡梅洛山顶，这时，在穆赫贝克大街的家里，劳拉刚刚从床上蹦下来准备去上班。她心情烦躁，精神沮丧，没完没了地埋怨自己，发着脾气。当她往桑雷依广场走去时，竟然在卡梅洛路拐弯的地方迎面撞见了"痞猴"。他形容邋遢，精神恍惚，黑头发由于一路心急火燎、发疯似的狂奔，像巨鹰展翅般随风飘扬。朦胧的晨光中，穆尔西亚人的身影仿佛一只高高翘起的船头。奥萨牌车震耳欲聋的轰鸣声中，姑娘猛一愣神，一个人影恍若一只猛禽盘旋在车把上，停顿了不到一秒钟，便一闪而过。

"痞猴"向卡梅洛山顶飞奔，到别墅偷珠宝的念头第一次萌发。直到车从劳拉身边擦过，他也没发现她。反光镜在刹那间捕捉到她的身影，整个身体在冷冰冰的凸镜里扭曲着，越变越小，最后终于失去了踪影。

4. 海边的少年

其实，歹徒冒着生命危险，让金发女郎继续嚼口香糖。

——引自一个电影故事

清晨，站在卡梅洛山顶，不时可以看见迷雾下耸立着一座陌生的、仿佛梦境般邈远的城市，残雾和夜色像龌龊的尘埃在城市上空飘浮，睡梦中刚刚睁开的眼前又一片迷茫。直到天幕好似重启，一片喷薄的曦光从高处直泻而下，愈来愈强烈，在地中海海水的反射下扑向山腰，照射在窗户玻璃和茅草屋顶上熠熠闪光。海风没等吹到这里便销声匿迹了，淹没和飘散在杂乱的渔区、破旧的船身、袅袅升腾的蒸气和工厂烟囱的烟雾之中。不过，如果可能的话，如果距离再近一点——他靠着刚偷来的摩托车，在格尔公园的草地上若有所思——海风应该直扑网球场和科托兰哥，一直刮过拉萨卢德最后几间茅屋，应该不顾那长蛇般蜿蜒崎岖的山路刮到卡梅洛大道（如同镇上的人们抄近路一样），刮进格尔公园，刮上贝拉达山，滞留在静寂、衰颓、贫困的埃夫伦山谷，没有芬芳，没有活力，没有那在遥远的地中海生成、曾夜以继日地催动汹涌浪涛的力量。

他感到无比孤单，无限惆怅。

他又困又累。他看见卡梅洛山东坡的灯光渐渐黯淡，隐没在冉冉而来的晨光之中。久久地坐在草地上，好让玫瑰色衬衫和牛仔裤上的潮气渐渐散去。他想，最好还是去海滩玩一天，林间树下心旷神怡。说不定劳拉不像他想象得那么轻浮，老天爷，镇上都是些什么女人。“她大概还在睡觉，昨天晚上为我准备晚餐时，可能感觉很幸福，我恍惚看见她扳着手指算时间。不过，那种姑娘只能玩玩而已。”虽说贝尔纳多已经坠入情网，但在那种事上总算还把握着主动，除了撬车门，弄摩托，在自己身边还是学了点东西的。好个贝尔纳多，怎么说也是情投意合的老朋友了，就是成事不足。“幸亏红衣大主教有眼力，没打算马上成交，也没把车存在他家，贝尔纳多这小子干不了这种事。”

他又看见贝尔纳多昨天晚上那副德性，紧挨着他坐在兰布拉斯的一条长凳上，缩着身子，抱着双膝，注意着他或许意味着命令的每一个微小的动作。难道那是他们最后的合作？他对偷汽车已经感到厌烦了，再说红衣大主教也不是一如往常的好买主了，贝尔纳多不想干时就搬出种种理由，但是他知道贝尔纳多愈来愈不合作的真正原因绝非如此。原因在于罗莎，就是那些和罗莎鬼混的烂事，贝尔纳多还认真地说是什么爱情，然而对他来说纯粹是一种寻欢作乐的自我陶醉，根本与爱情没关系。他的直觉告诉他贝尔纳多是个好人，在这种人身上，似乎一切都说明他们命中注定只能用女人来代替爱情，哪怕是在城郊欢快喧闹的家庭环境中，到头来也不过是用亲情和欢乐来代替爱情。“痞猴”想起节前他们的谈话，他曾试图在桑斯的话语中找到那微微闪现的一点点希望，找到他成家立业的可恶幻想，是这种幻想一点一点、残酷地夺走了他身边剩下的唯一好友。那大概是子夜刚过的时候，他们俩待在兰布拉斯哥伦布舞厅对面，穆尔西亚人目光焦虑不安地注视着一群身穿油亮的皮夹克、鬼头鬼脑的小混混把摩托车停靠在路旁人行道中央和他们坐着的街凳两旁。那群兰布拉斯的混混，穿着打扮和高速车之间有一种光怪陆离的奇怪联系，一种滑稽可笑的平衡，“痞猴”对此常常把嘴一撇，显出一副不屑一顾和轻蔑的表情，仿佛真的看透了人类的某些奋斗常常是徒劳无益和昙花一现的。“这帮人绝对成不了气候。”他想。他们有人带着妓女，打算美美地享受夜晚。成双成对的男女跳下摩托车，相互打量着，流露出心满意足的目光。摩托车一辆挨着一辆，慢慢排成一大片，赏心悦目。这大概便是簇新闪亮的摩托车在小主子身上所激起的朦胧性感本身的自然延伸吧。

“臭味相投，”穆尔西亚人说，“你说，咱们在皮诺广场看到的那辆车怎么样？”

“不行，”贝尔纳多急忙答道，“我跟你说不可能。再说，你拿什么干？咱们没带灯，没带螺丝刀，什么都没带。”

“我带水果刀了。”

“照样不行。这样吧，咱们做个交易：我在摩托车上帮你一把，条件是你明天带姑娘们到海边去。”

“那倒没必要，我会自己安排。”

“不过，我确实想泡一个，我需要。”他沉默了一会儿，又添了一句，“马诺洛，想想劳拉的好，忘了那辆车吧。”

“你永远是个穷光蛋。”“痞猴”咕哝着。

从这时起，笼罩在心头的压抑感更加强烈。他搓了搓手，两只漆黑的眼睛仿佛染上了墨水，紧紧盯着几个拉着两个柯士莫斯姑娘的手、走进哥伦布舞厅的美国海员。随后，两眼闪出一丝疲惫，低下头，舌头发出啧啧的声音。他讨厌到处缺少追求和希望，讨厌听天由命的感觉，这感觉像一块湿毛巾，憋得他喘不过气来。这时，桑斯开腔了，声音中带着一丝沮丧。

“我不像你，我还想想其他事。你想什么？我在惦记罗莎！这几天除了想她，我什么都没干。”

“你简直是个傻瓜，你以为你在恋爱！”

“必须换个活法，我受够了。”

“你永远出不了头，傻小子。”

后来，街上的年轻人渐渐稀疏了，有人一动不动地站在路中央，左顾右盼，迟疑不决，打情骂俏、东奔西忙的劲头，天晓得跑到哪里去了，最后一点力气全用来争抢出租车。“痞猴”他们又等了一会儿。全神贯注地观察着，装出一副满不在乎和不慌不忙的样子，空虚的大脑和静止的肉体驱动着双眼观察车祸似的，紧盯着一个赶来度周末、一身乡巴佬打扮的家伙。只见他飞快地驾着车，犹犹豫豫、笨手笨脚地把车停在一棵大树旁，径直向离哥伦布舞厅不远处那群刚从出租车上下来的朋友奔去。那帮人穿着节日的盛装，勾肩搭背，沿着人行道向柯士莫斯走去。“痞猴”看见他们人人嘴叼雪茄烟，个个拖着酒足饭饱的身躯，心想，这帮家伙准是在巴塞罗那哪家餐厅吃饱喝足后，跑到这儿寻花问柳来了。“傻小子，这下有你好看的。”他望着刚放下摩托车的人暗想。

“痞猴”抽出别在腰里的黑皮手套，戴到手上。“干吧，”他说，“你先上。”“等一会儿再上。”桑斯回答。“有什么好等的，这会儿正好。”“还是稳妥点。”桑斯坚持着，回身看看他。“要不是我，你不知道被人逮到多少回了。”“住口，贝尔纳多，你今天怎么唠叨个没完没了。”“行，行……”“叫你开口你再说，别忘了这儿谁说了算。”“好吧，反正你心里明白。”“动手吧，还等个屁。”

马诺洛简直连推带搡。“不是这小子胆小，”他看着桑斯走开自语道，“贝尔纳多本来天不怕地不怕。一个女人就把他弄成这样了，还真着迷了！”

他依然坐在长凳上，双眸中射出一道闪亮的目光，在眼眶里滴溜溜打转，注意着人行道附近过往行人的一举一动。他看见桑斯手插着兜，慢慢腾腾，像拐着罗圈腿的猴子，憨头憨脑地晃悠着身子，他突然感到于心不忍：眼下正是他神不守舍、软弱不堪的时候——所以他想方设法避开干这种事，这样会使两人都付出沉重的代价。待他醒过神来时，发现桑斯已经骑上了摩托车，正要干傻事。他显得很平静。他没有听见“痞猴”的第一声口哨，更没有看见“痞猴”好像被弹簧顶了一下似的从椅子上跳起来。“白痴，长脑袋了没有！”又是一声报警的口哨，可是已经太迟了。

贝尔纳多偷错了车，两辆摩托车都是奥萨牌，停在一起，精心保养，擦拭得亮闪闪。车主是一个文质彬彬的瘦小年轻人，他刚把车停好，走开。当他最后回过头来，仿佛注视别离的恋人似的（毫无疑问，由于时光的流逝和隐隐的性要求，他们也许在摩托车上比在恋人身上获得了更大的满足）想含情脉脉地再看摩托车一眼的时候，正好看见毫无察觉、在车座上坐稳的贝尔纳多。陌生人大惊失色，破口大骂起来，桑斯顿时愣在那里。"痞猴"站在自己的地方听不见他在骂什么。贝尔纳多跳下车，伸开手臂做了个道歉的动作。年轻人这才向委内瑞拉路走去。"痞猴"轻轻地舒了一口气，重新坐到长凳上。

但是，桑斯一定是为了他那可怜的职业虚荣心，或是故意以冒险为乐，见那个家伙走得没影了，又跳下车，重新骑上"他的"那辆车，撬开挂锁，若无其事地踩下脚踏杆。虽然距离很远，"痞猴"仍然能够感觉到他猴子般奸笑着，猛地一下发动了摩托车。两脚蹭地，从人行道跳到街上，在发动机的怪叫声中，熟练地驾着车，猫儿似的缩着身子，沿着兰布拉斯大街向山上飞驰，一直消失在剧院广场尽头。

马诺洛对于蛛丝马迹向来敏感，桑斯又一次成为自己胡思乱想的牺牲品，对于像他那样不太坚固的大脑来说，这纯粹是一个恶兆。从桑斯精彩的逃逸之中，"痞猴"仿佛看到天鹅在为他的生命历程歌唱，一段行将结束的生命历程，同晚会那个奇妙姑娘会面的失败完全填满了他梦想的世界，回忆她时似乎容不得他人的闯入。他心里很清楚，最后桑斯也会像圈里人一样抛弃他，没人可以超过六个月。他们胸无大志，意志消沉，只会愚蠢地弄大女朋友的肚子，然后结婚，找工作，心甘情愿烂在工厂和作坊里。贝尔纳多总说什么认命。认什么命？打短工？娶一个披着婚纱的娼妓作老婆？让女人一辈子吸你的血？穆尔西亚人要求不高，你们给我瞪大眼睛等着瞧，我一定折腾个翻天覆地，他恨不得说。然而此时此刻，他又一次感到心灰意冷，他在惦记皮诺广场那辆奔驰汽车，惦记车里看到的一切，惦记他失去的一切。明天的前景不会更妙：海滩、海浪，还有那个人们口中的扭着成熟的大屁股的劳拉。他抬起头，四个醉醺醺的美国海员站在桑卢卡尔人行道上停着的一排汽车后面，同一个瘦小的妓女嘀咕着。突然，虽然没有看清，但他敏感地注意到，一位陌生人可疑地侧着身子站在他左边二三米处，也在一动不动地注意着摩托车。那一双炯炯发光的眼睛仿佛一只昏睡的猫，轻轻活动着双颌，随时准备捕食猎物。他发现那双睡猫般迸发着火光的眸子里，那微微放松伺机而动的双颌上，有一种自己非常熟悉的东西。“痞猴”猛地站起来，盯着他的眼睛走过他的身旁，径直朝摩托车走去。他不住地望着陌生人，慢条斯理地跨上车，打开方向锁（这个对他来说轻而易举，就是猛抖车把，只听咔嚓一声，车锁干净利索地打开了），什么也不管，除了陌生人，什么也不想，脚一踹启动杆，发动了摩托车。陌生人嘴角挂着一丝轻轻的微笑看着他，认真观察着，用内行的眼睛估量着他的一举一动，那神情不像不会任人捷足先登的对手——尽管竞争已开始激烈起来，而像一位冷眼旁观、百般挑剔的同行，注视着另一位伙伴在工作。不仅如此，有一会儿，他飞快地转动着眼珠，仔细观察着周围的动静，似乎想掩护“痞猴”逃去。当天晚上，“痞猴”情绪格外低落，却恨不得拥抱他。摩托车悄悄地在地上划了一个圆圈，他两脚撑地，保持着身体的平衡。直到他重新抬起头来才看见陌生人猫一般的眼睛发出一个危险的信号，他眼皮一耷拉，随即转过身，慢慢离开了那里。原来，独臂看车人发现了他们，不紧不慢地走过来，好像打算盘问他们。穆尔西亚人恍然大悟，猛一加油，在老头准备张口喊叫时把他甩到后面。“大功告成！”他想。为此，他没有沿贝尔纳多的路线，顺着兰布拉斯向上走，而是决定穿过大路，掉头正对旧书棚往下开，飞快地向和平门疾驰，然后沿着哥伦布路，直奔休达德拉公园。

同他所担心的正相反，没有听到一声警笛，更没有人尾随他。他沿着圣胡安路，经过摩拉将军路、圣胡尔霍将军路、塞德尼亚大街、桑雷依广场和卡梅洛大道一直向上开。在科托兰哥路拐弯的地方，他收小油门，离开大路向左滑去，最后在格尔公园侧门前将车刹住。他骑在车上，将车灯照向公园。夜幕被拉开了，他看见几棵松树和草地。灯光尽头，一团亮闪闪的黑东西弹起来，消失在密林之中。原来是一只猫。连桑斯的影子也没有。他们约好在这里见面。“说不定去吃宵夜了，”他想着，一时不知如何是好。过了一会儿，他重新发动车，沿着公路中速向上驶去。弯弯曲曲的山路，右边，车灯照在空旷而黑暗的洼地上，远处，满城灯火辉煌；夏天，从这里望去，蒙锥克那犹如喷薄而出直冲夜空的点点灯火，已经熄灭。左边，是野草、岩石和卡梅洛山突出的山嘴。他来到山顶，从最后一个弯道加快速度一直开到格兰比斯塔大街，他停车跳下。格尔公园对面的商店和住家大门紧闭，沿着六根电线杆凝固的灯光在路边一字排开，深沉而冷漠地昏睡着。黑暗中，街道显示出一种并不存在的幽深。见不到一个活人，一片死寂，然而，对于南方小伙子来说，空气中飘荡着令人烦燥的身影、熟悉的心跳和疑虑重重的希望。到了晚上这个时辰，卡梅洛山就像一个被无形的脓水紧紧包裹的大疖子，在日复一日的痛苦和难以忍受的折磨中昏睡。

他将摩托开下挤满小石灰房的山梁，房子几乎悬在半空中，在陡峭的山坡被迫盖成特殊的结构，形成一张带有阶梯、拐弯和小斜坡的复杂的街道网。他借着污浊车灯微弱的光亮，跳跳蹦蹦地向山下开去，一直沿着大街，忽而往左，忽而往右，好像做游戏一样，像第一次上街高兴得流连忘返的孩子。这里虽然已经不是昔日无所不能、充满阳光的乐园，但依然让他想起多年前他初来乍到时的某种自信，一种不稳定的个性，来自对周围人的软弱，以及对镇上一成不变的一切和笼罩一切之上的贫困的厌恶。他已经来到了山坡下，绕过一所无人看管的花园和围墙，停在一座小木门前，小木门曾有一天吸引过他，它与众不同，古色古香，上面刻着几幅复杂的、几乎被雨水冲没了的图案，尤其是那令人难以置信的门环，像只柔软圆润的小手——一只女人的手，他一直这样想，手上挂着一个小珠子。镇上没有任何一扇门同它一样。这座小门属于一家窄小破旧的两层塔楼，楼前是一片蟋蟀声声的开阔地。“痞猴”拍了三下门环，然后退步看着二楼的窗户是否亮灯。夜色沉沉，满天星光更加耀眼。他听见屋里有说话和家具发出的声音。“谁呀？”一个沙哑的声音说。“是我，大主教，开开门。”一会儿，门开了，露出一个面色苍白、头发蓬乱的男人脑袋。虽然又长又软的头发乱蓬蓬，但仍然让人想到他曾经的高贵潇洒，虽然睡意十足，却又显露出一种清晰可见的庄重和温文尔雅。稍稍有点鹰钩的鼻子，刮得锃亮的红润双颊，古铜色的前额同满头的白发形成了鲜明的对比。“为什么人们叫他红衣大主教呢？”他一直在想。

“什么事？”那人说，“这么晚了，你想干什么？”

“我刚弄来的。喏，我现在就可以交货。是辆‘奥萨’，崭新的。您看怎么样？”

红衣大主教眯缝着睫毛长长的双眼望着他。在他身后，虚掩的大门那边露出了一缕灯光。他晃动脑袋的时候，闪闪发亮的满头白发，仿佛一团疯狂的火焰。

“你过来。”

小伙子没有动。一路奔波累得他气喘吁吁，他远远地待在黑暗中。他非常敬重红衣大主教，认为他是镇上最聪明的人，唯一可以从别人目光中洞察一切的人。

“你听见没有，过来。”小伙子顺从了。他浑身上下笼罩着一种滑石粉和白兰地的气味。“贝尔纳多在哪儿？”

“我不知道。”

“你跟你哥哥谈了吗？”

“我刚去过，车铺已经关门了。”

“你是知道的，我不想和你们打任何交道。所有的交易都由你哥哥来做。你还是睡觉去吧。”

他正要关门，“痞猴”用一只手抵住门，手指碰巧触到了门环。

“等等，红衣大主教。大家都说你是个热心人，你为什么就不肯帮帮我？”

“这和我有什么关系？”一丝善意的微笑突然照亮了那张透出年轻人红润气色的脸庞。“小伙子，你很能干，我知道你将来会有出息。不过你应该听我的话。”

他不知道红衣大主教究竟指什么：也许是不敢贸然托出他内心深处的打算——虽说镇上很多人也都起劲地、有板有眼地说过，可是，对于钦佩红衣大主教老成持重小心谨慎的“痞猴”来说，那只不过是达官贵人在已经富丽堂皇的众多外衣上，再披上一件神秘的外衣罢了。

“我向来听你的，大主教。可气的是得跟我哥哥打交道。这会儿我不能把车骑回家，我没有放车的地方，我一分钱都没有了。求求你，拉我一把吧。你留下车，看着给我点……”

“怎么就不能把车放在家里呢？”红衣大主教往前凑了凑，小伙子脸上感到了他的呼吸。“为什么人们会叫他红衣大主教呢？”

“我哥哥是个窝囊废，”小伙子嗫嚅道，“他说不接到你的通知，一辆摩托车也不收。是真的吗？大主教。”

“有那么回事。我嘱咐过他，必须过几天再说。”他望着小伙子的眼睛，稍微顿了一下，然后垂下目光，退后准备关门。“你把它放进车铺，拆掉。”他重新摆出他惯有的、不可一世的神态，笑容可掬却又令人敬而远之。“我来想想办法吧，不过你要记住，想要单枪匹马干的时候，就要学会一个人干到底。你到底怎么了，近来一辆车也没交。（“痞猴”低下头）小心点，马诺洛，摩托车不是拿来同姑娘们出去兜风的，夏天是危险的（他亲切地拍了拍他的头）。好吧，打起精神……赫琳卡一直打听你的消息，她病了。你不想来看看她吗？咱们喝点咖啡，聊聊天。现在你走吧，快点，要听话。”

他缓缓地关上门。“晚安。”小伙子喃喃道。

最好说“早安”吧：卡梅洛上空开始显露出鱼肚白。穆尔西亚人向格兰比斯塔大街奔去，盘算着究竟是回家还是到老地方等桑斯。最后，他决定去等桑斯。他跨上车，沿着公路向下冲去，浑身说不出来的别扭，红衣大主教太精明了，竟然把他的心思摸得一清二楚。另外，一想到答应桑斯带姑娘们去海边，想到自己钻进了死胡同，整个人随着天将破晓而变得愈发心烦意乱。

此时的卡梅洛山坡上已经不见一丝灯光。“红衣大主教，了不起的家伙。”他想。他看看身边草地上倒着的摩托车。“贝尔纳多大概去找姑娘们了。”一阵干燥的尘土穿过公园的草木卷了过来，星期天，终于，终于到星期天了。他进入朦胧的梦乡。

贝尔纳多·桑斯驾着他的“奥萨”拼命往下冲，拐弯时身子几乎贴着地。他抄近路开进公园，关掉发动机，两脚蹭地在树林间又滑行了一段。嘴里啃着苹果，挨着朋友躺下。

“饿坏了吧，”他说，“姑娘们一会儿就来。我吓了她们一跳！”他指着一块石头笑了起来，“你看，跟这块一样，我把这么大一块石头扔到罗莎的窗户上……你一直待在这儿吗？”

“她们带不带吃的？”

“当然，昨天她们准备了整整一个晚上。好了，你怎么样？”

“痞猴”什么也没说。他仰面躺在草地上，两只胳膊交叉放在眼睛上。过了一会儿，他咆哮起来：“豁出去了！反正从海边回来以后我就把车锁在车铺里。不把车送到红衣大主教那儿，就根本别想脱手，明白了吗？”

“听你的。去海边转一趟也出不了事，别担心。”他缄默片刻，“喂，睡着了吗？”

耳边只听到鸟的啁啾。穆尔西亚人好像在床上辗转反侧，长吁短叹，最后重新转过脸冲着天空，两只胳膊交叉着放在额头上。这时，他操着无精打采、冷淡的口吻向桑斯坦白了自己如何不顾同他的约定想把车子处理掉，红衣大主教如何使他希望落空的经过。他没有直截了当地道歉，俨然一个局外人，用轻描淡写的口吻向他通报事情经过，好像梦中呓语，好像在借他人之口讲述一件他毫无兴趣的事情。他话讲得很短，而且字斟句酌，却无法遮掩吞吞吐吐的言语之间的含义，桑斯善于领悟和感谢朋友对他的信任。他亲热地给了他肩膀一拳：“臭小子！”“痞猴”保持着沉默。只听见他用一种由于语气和情绪而显得古怪的卡塔卢尼亚口音说了声：“都是一群……婊子……养的。”便终于进入了梦乡。

随着年龄的增长，他不由自主地学会了用机械选择的方法来回首往事，如同每年更换通讯录之前，他用一种模糊的标准选择朋友，留下一些为数不多、最忠实最亲近的朋友。

马诺洛·雷耶斯——这才是他的真实姓名，是一位漂亮女人的第二个儿子，母亲长年在龙达的一位名叫萨尔瓦铁拉的侯爵府上擦地板，怀孕和分娩时就成了寡妇。马诺洛的童年一半在拉斯贝纳斯贫民区一间小破房里，一半在侯爵府的珠光宝气中度过，在侯爵府时，他曾经一连几个钟头呆呆地依偎在母亲身旁，任凭幻想在她擦拭得闪闪发亮的花砖地板上徜徉。

有一个奇异的传闻，说他母亲守寡后不久就另有新欢了，情人是一位在侯爵家中客居过几个月的年轻而多愁善感的英国人。孩子恰恰出生在按流言蜚语所推断的预产期里。但是，马诺洛对别有用心的传闻向来寸步不让，他拼命地辟谣，那劲头甚至使亲生母亲都感到惊讶，他和嘲笑他是“英国佬”的伙伴疯狂厮打。只要那些大人当着他的面说三道四，他便破口大骂，冲上去要杀了他们。其实，他那种早熟的狂躁，既有维护母亲声誉之心，也是他要求得到公平对待的一种本能和潜在的特殊需要。一言以蔽之，他之所以对这桩传闻耿耿于怀，是因为它颠覆了，至少使人忽略了另一桩更使他想入非非，对他来说意味着一种更高贵的社会地位的传闻，即他是萨尔瓦铁拉侯爵的公子。其实，随着他渐渐长大，一切有关他身世的故事，诸如不敢与他相认的人，是一个在当地社会地位显赫的人；他是在母亲实际上已经住进侯爵府中之后出生的；尤其意味深长的是他恰恰出生在府内的床上（实际上是因为早产，差一点生在漂亮寡妇清洗的地板上，才及时得到了府上的照顾），等等，都铭刻在他的脑海中，从小形成了他天生特有的自我意识。从某种意义上说来，由于我们赖以生存的世界混乱的道德本质，谎言，无论多么危言耸听，也可以改头换面，随心所欲地成为真理。马诺洛·雷耶斯要么是侯爵的儿子，要么好像上帝一样，是他自身的儿子，但是不能成为别的东西，更不能成为英国人。为了帮母亲多赚一点钱，他在车站提箱子，做临时导游，言谈举止尽量小心谨慎。伙伴们开始称呼他“侯爵”。不管这一绰号有没有争议，终究得到了大家的公认。谁也不会知道正是他自己发明了这个绰号，更无法了解他为何处心积虑地张扬这一绰号。马诺洛根本没有把这看成事业上的第一次成功——因为这种事业究竟是什么，在他计划的水平线上还不那么清晰，不过也算初试锋芒。然而，他很快就发现这一切是没有任何直接作用的胡言乱语，必须等待时机。

其实，这就是他小时候唯一的玩具，一个永远摔不烂、扔不掉的玩具。少年长得英俊伶俐，说起谎话、献起殷勤来有一种少见的利落。他母亲强迫他去上夜校，学习读书和写字。他有一个同父异母的哥哥，在乡下种棉花，几年后大概搬到巴塞罗那去了。他特别记得母亲那双潮湿的手，总是那样湿润润、红扑扑、软绵绵的（从他懂事起，那一双每日给他穿衣脱衣、干瘪而粗糙的手就代表着奴役和依附，好像两根臭不可闻的肉棍，没有生命力和关怀，更没有温暖和欢乐）。他非常爱母亲，直到她和一个男人混在一起。他一想到无法将她从苦难中解救出来就感到痛苦。天天忍饥挨饿使他目露凶光，脑袋歪向一旁——一种只有傻瓜才会误以为是老实巴交的特殊神态。很快，他从贫困中悟出了颠扑不破的真理：不以命相争，就不可能摆脱贫困。所以，他从小如同需要面包和空气一样需要说谎。他有经常吐痰的恶习，然而你如果仔细观察他吐痰的样子（两眼突然盯住远处地平线上的一点，完全不顾唾沫落在哪里，目光中带着一种扑朔迷离的不安），便可以发现那种坚毅的、百折不挠、近乎狂妄的勇气，使那些准备迁居的农民和下定决心有朝一日逃到大城市去的外省小伙们目瞪口呆。

有一天，他吹着口哨，手插着兜走近莫雷家的“大篷车”去当向导，顺便嘱咐他们要想在郊区落脚，一定要提防地痞流氓。此时的马诺洛·雷耶斯还是萨尔瓦铁拉侯爵的公子，不过一个礼拜之后便改头换面了，确切地说，他已经对侯爵的儿子毫无兴趣。再过一个礼拜，侯爵的儿子马诺洛·雷耶斯说不定会摇身一变，成为巴黎大学生，成为莫雷家的座上宾和未来的女婿，一个“迷人的安达卢西亚小伙子①”。当时他才十一岁，哥哥在巴塞罗那准备结婚，母亲收到了一封信和一张卡梅洛山的照片。大儿子成功了。“我要和一个马拉加姑娘结婚，他父亲有一份修自行车的生意，就在寄给你的照片上的十字架那儿，妈妈……”马诺洛大声给母亲念着信，但是他并没有过分在意，他的思绪早已飞向坐着“大篷车”到来的游客。

莫雷一家很快就被这个龙达少年的魅力所征服。游览胜地塔霍、新桥，马诺洛的可爱和黑黑的眸子，带着教会色彩的斗牛场和摩尔国王的王宫，使他们流连忘返，玩了整整一个星期。马诺洛整天陪着他们四处游逛，述说自己当向导的所见所闻，其中大

①原文为法语。

多是自己胡编乱造的奇闻轶事，以此来为他们解闷。每天早上，他去“大篷车”找他们，忙着寄信、买吃的、送衣服去洗。有一天人家请他到“大篷车”吃饭，他对他们讲起了自己的身世，绘声绘色，故意避而不谈自己的真实出身（他永远忘不了那一幕：他望着莫雷夫妇的女儿，她把裙子撩到膝盖上，坐在草地上晒太阳，那天下午天气变化无常，有风，一朵朵白云飞跑着躲到群山背后）。他正讲着，太太端给他一杯雀巢咖啡，第一次问他是否想和他们去巴黎学习，闯一番事业。少年双目低垂，没有答话。又有一天，莫雷太太看到一群衣衫褴褛的孩子在大街上玩耍，突然善心大发，又向马诺洛提及这个问题。其实，夫人不过是随便一问，不是为了得到答复——不管是什么样的答复，她都不太感兴趣，而是为了以一种令人费解的特殊方式为她的虚荣装装样子，表现一番。可是，这一次小伙子却用奇怪的口吻说：“我会考虑的。”当然，夫人根本没有听进去。

每到晚上，少年便避开他们的视线，独自一人坐在离“大篷车”不远的一块石头上，久久地托着下巴，透过美丽的长睫毛凝神注视着车窗上时隐时现的灯光。他不厌其烦地打量着大篷车：月光下，车身四周溅满厚厚的干泥巴，有如乐观老人那令人肃然起敬的皱纹和光荣的伤疤，记录着遥远的旅途、陌生的道路、明媚的海滨、巨大的城市和少年从未到过的人间仙境。

莫雷全家临走前夕，大家喝了很多酒，夫人不知为什么对生活突然生出无限感慨，她心血来潮地爱抚着马诺洛，吻遍了他的脸颊。她还同丈夫（他几乎满头雾水，其实平常他并不稀里糊涂的。他是一个沉默寡言的人，身材高挑，语调低沉）商定把少年带到巴黎去。在欢声笑语和祝酒声中，夫人让女儿和少年以吻记下永恒的友谊。热烈的气氛中恍恍惚惚有一种消遣的意味，他也不明白那到底是什么，然而，对于即将回国、即将告辞的旅游者而言，应该是不陌生的，那不过是掩饰漫不经心和逢场作戏的心血来潮，少年缺乏经验，对这一点还毫无防备。

小时候，他费尽力气争得母亲允许，跑到街上玩时总结出一种简单有效的办法，就是一旦时机允许，马上岔开话题。马诺洛宁可（在莫雷夫妇后悔之前）避开他去巴黎的话题。他开始谈他哥哥，谈他在巴塞罗那结婚了，并且有一桩兴隆的生意。然后，他忽然站起身来，道了声谢谢，明天见，转身便走。

当他发现莫雷夫妇的女儿从“大篷车”里走出来时，他已经在灌木丛后的大石头上坐了半个小时。莫雷夫妇已经睡了。小小车窗的灯光已经熄灭了好一会儿，夜色一片沉寂。法国小姑娘身穿一件真丝睡衣，在月光下好像金属似的闪闪发光。她的面前是一片开阔的林间空地，她仿佛在梦境中，缓缓地穿过空地向他躲藏的灌木丛走来。星光包裹着她，身上的真丝睡衣发出的光芒几乎淹没了她的身影，仿佛将一位活灵活现的人变成了幻影，她自身的幻影。小姑娘若无其事，轻手轻脚地向前走着，根本不知道在少年惊奇的目光中，她那双赤裸的小脚每走一步，就有如在地上掀起一个个闪亮的晨雾般甜美而虚无缥缈的梦。马诺洛看见她走近了，仿佛真的朝他走来，寻找着素不相识的他，每走一步，都在喊着他的名字。似乎这一场约会早已命中注定，似乎此时此刻，穿过明亮的林间空地只是漫漫长路的最后旅程。她并不知道，是这条路一直将她带到这里，远离世界，远离父母，远离美丽繁荣的国家和自己的未来。她好像并不知道自己孤身一人，更没有感到孤独的存在。在少年的眼里，她充满活力，焕发着光彩。可是，走到离他几米远的地方，小姑娘突然出人意料地向右一拐，钻进树林，往一处长满百里香的地方走去，少年恍然大悟（原来莫雷太太讲究，挑中那个合适的地方作为全家夜间方便的场所）。

他神色沮丧地站起身。但是反应很迅速：不等她干完要干的事跑出来，便走到姑娘跟前，彬彬有礼地向她道晚安；告诉她自己回来看看是不是一切正常，突然问她为什么在这么危险的时候走出“大篷车”——纯粹是明知故问。姑娘略显慌张，但还是笑着回答说，出来随便凉快一会儿。于是马诺洛提议陪她几分钟，说完，拉着她的手，和她一起散步。他试图使她明白自己明天就同他们去巴黎，他问她对父母的许诺有什么意见，明天他们会想起来吗？会带他一起走吗？他滔滔不绝地讲着，突然停住了，抱着手臂沉思起来。姑娘兴致勃勃地望着他，回味他的话，点头表示赞同。这是马诺洛见过的最漂亮的面孔之一，肤色微微发黑，激情荡漾，闪烁着一双清澈的蓝色眸子。少年突然伫立在她面前，拉起她的手，把额头贴在姑娘的前额上，姑娘低下双眸，脸红起来。于是，马诺洛笨手笨脚地拥抱了姑娘，亲吻了她的脸颊。他碰到了她薄薄的睡衣，一种意外的快感油然而生，那是他一生中必然经历的最为奇妙的感受之一，一种同甜美的初吻紧紧联系在一起的感受，这种感受甚至可以看得见、摸得着。爱的感觉宛如真丝睡衣发出的电流，顺着指尖传进心中。姑娘的脸蛋在发烧，胸脯在颤动，她歪着脑袋，沉静片刻，猛然从他怀中挣脱开来，拔腿向“大篷车”跑去。马诺洛呆呆地站在那儿，垂着胳膊，张着手，感觉指尖还触摸着薄薄的丝纱。

当天晚上，他开始筹划离开龙达的具体事宜，彻夜未眠。翌日，当他到法国人那儿时，“大篷车”早已不见踪影。他徒劳地找遍了全城。他们怎样来又怎样走了，同样的惶惑不安、同样的丑恶冲动和肮脏热情把他们引来，又将他们永远带走。莫雷一家就属于那一类游客，他们利用当地人的想入非非作为实现梦想的桥梁，等用不着他们的时候，便过河拆桥。

夜幕降临，马诺洛回到家中，精疲力竭地倒在床上。他们不过是一伙幽灵：可是，那一趟已化为泡影的、去遥远异国的旅行，那人为地造出的、在小姑娘真丝睡衣上闪闪发亮的月光，那一场虚伪的、关系着前程的约会，激情、热烈而疯狂的出国梦想，对真丝睡衣的摸触，如阵阵刺痛一齐向他袭来。此时正如当初，他需要有人竭力奉劝他离开大家共同的道路是多么危险，他需要那些熟悉而亲切的声音把他从酣梦中唤醒。然而，这一次不是母亲走过来，站在茅屋窗户斜射进来的光线尽头，低头贴着他的脸颊说：“醒醒，孩子，你看，这是你的新父亲（他简直无暇仔细观察那涂满发蜡、精心梳理的头发和吉卜赛人高傲的身影，因为他正计划坐一列货车逃到巴塞罗那，躲到兄弟家去）。”这不是母亲哀怨的声音和风韵犹存的面孔，而是一张姑娘的脸。她在格尔公园，在耀眼的阳光下微笑着，虽然她的微笑从一开始就已经预示着她所能奉献的不多：仅仅是糊弄一个星期天。可是，他们居然真的来了。劳拉，随后是罗莎、桑斯，他们挎着旅行袋，背着食品。桑斯抖了抖身上的草屑。在身边放下偷来的摩托车。“喂，懒鬼，”劳拉仿佛要从他的眉眼之中得到什么，把手伸进他夏装的领口里，弯腰趴在他脸上说，“不是说咱们去海边吗，睡什么觉呀……”然而，也许因为小伙子的双眼还显露着追怀往事的深深沮丧，也许因为他正逢青春年华，梦魔之手不但没有在这个睡眼惺忪、喃喃自语的孩子脸上留下痕迹，没有改变他的面容，反而使他满面春风，更加英俊。也许因为他起来时，她没有伸手，“真差劲。”他自言自语道。他站起来，用谁也听不懂的卡塔卢尼亚方言喊了一句，而后，充满不解的眼睛瞥了劳拉的臀部一眼，嘴里嗫嚅道：“那就到海边走一趟。”

5. 偶遇特雷莎

盛夏似虎，
窥伺着近在咫尺的冰冷皮肤，
窥伺着丛丛不可逾越的荆棘。

——巴勃罗·聂鲁达

他们相爱在喧腾的海浪中。

“天亮了，马诺洛，你该走了。”

“还早呢。”

“我害怕，”她坚持着，“亲爱的，我们简直太冒失了，太过分了。家里有人。”

“听着，美人，”他一把揽过姑娘，两眼紧盯着屋顶，嬉皮笑脸地说：“咱们要么在这儿玩玩，要么就摊牌……”如同赌桌上有些收账的伙计一样，“痞猴”也有发牌和点钱时那一种隐隐的遗憾：沾手的都不属于自己，也许除了姑娘。一个又一个的夜晚，当他以磨刀石般的勤奋和细心，按部就班、深思熟虑地爱着姑娘时，学会了在她的肌肤上辨别他人的触摸和殷勤，辨别其他房间和地方吹来的一阵宁静的微风和某种在女仆房间之外存在的东西。她常常爱把一朵蓝桉花或一片薄荷叶含在嘴里（在农村养成的习惯），如果那天晚饭是在花园里吃的，那么她的亲吻一定带着一种香甜的植物气味，使穆尔西亚人隐隐约约地感到有一个人，一个女人的倩影，在别墅的某个地方亲切地支配着他每天游手好闲、洗澡、看书和睡午觉的一举一动。其实，他已经发现这场游戏对他来说，除了被老爷们发现之外，没有别的危险，因为直到目前，玛露哈对他百依百顺，除了一番只顾眼前、不顾将来的小小的感情补偿，好像别无他求。表面上看，的确如此。女人们清楚，长时间的感情交流劳心伤神，体面而威严的西班牙牌桌上，游戏规则虽然行之有效，但绝对不可过于拘泥，这些严格的道德规范永远意味着：最好不要忘记责任和照规矩付款。比如说，经常发生这样的事，教授的裸体画被当成人性反叛的表现，过多地同一个女人合用一床被单仅仅为了表明一种依恋之情，我们自己的一番好意、一番思念则迟早要以耻辱、孤独和丧失意志力来偿还，进而融化在一种同情和感激之中，一种男子汉大丈夫威名的光环下无从表现的情感之中。

“我爱你，我爱你，我需要你……”

这样，一次次造访这座大海边的巨大别墅，一次次幽会别墅床榻上迷人的女仆，南方年轻人的心里不由自主地生出一种尊重她的身份，确切地说是怜悯女仆的危险倾向，它之所以危险是因为在他的尊重和怜悯中有着亲人般、血缘般、从一种恰恰是世界上任何东西也无法使“痞猴”接受的特定命运中承袭下来的东西。更有甚者，他渐渐身不由已地对姑娘，对她那脆弱的幸福生出一股真挚而无法压抑的真情。断言小伙子正在热恋也许为时过早：那时，他所钟情的不是女人，而是偶像。但是，毫无疑问，某种近乎热恋的东西，那种自然而然地将自己卷入情欲和感情旋涡之中的倾向,那种外地人特有的善良使他身不由己的倾向即将出现，最终将断送最高尚最坚定的精神主张。那种在共同的不幸和贫困之中产生的愚昧无知的惺惺相惜之情超越了姑娘的躯体和绝望的拥抱，超越了姑娘的亲吻或平静的举止，他在圣胡安的舞会上便已经不安地发现了，怜悯、孤独、冷落，以及不求爱情和快乐的逢场作戏。那双眼睛，在夜晚的枕窝里，从一个只知道感恩的原始世界里，从一个下人的肉体中望着他，困扰在一种奇特的顺从和审慎之中。那迷途的鸟儿般的眼睛（这双温和的、可怜的、淫荡而病态的眼睛，几乎没有睫毛。为什么一开始他没能从她的眼睛里识破她的真实身份？为什么没想到舞会那天晚上，透过栅栏窥视他的正是这双火辣辣的眼睛），这一切，都在无言地、深情地祈求他顾及他们此时此地的幸福，放弃他的全部野心。夏日，甚至随之而来的冬天的那一个个神魂颠倒的夜晚，这一切左右着他的意志。他更加清醒地意识到两性关系逐渐施展的潜移默化的力量，于是他开始减少露面，甚至几个星期都见不到踪影。

沉默寡言的女性有时也能言善辩，苦口婆心，它显示了所有的女人在念及男人前程时所感到的某种近乎母性的忧虑，不管风云如何变幻,那种古老的训诫还是通过小小的女仆之口昭然宣示。罪恶的年轻人畏惧了，他一股脑儿地坦白了自己干过的坏事，坦白自己偷窃摩托车，谁知，这不但没有使姑娘受到任何沉重的打击，反而使姑娘对他怀抱的依赖更加强烈。

冬天到来了，在远离别墅、远离催眠般轰鸣的海浪的城里，玛露哈害怕最后失去马诺洛，时常到他住的地方去找他。马诺洛对住处守口如瓶,可是她很快就知道可以在德利西亚酒吧找到他：他在那儿靠着火炉，同三个退休老头玩“马尼亚”牌戏——他的年龄同他们形成了强烈的对比。他已然忘记了、淡漠了寻欢作乐，迷上了扑克牌和老人的牌技。和他们在一起，马诺洛毕恭毕敬，装腔作势，表现出一种虔诚的崇拜。他本来就对装模作样格外在行，尤其是在冬天，不仅因为他经历了发生在郊区的，从小就已经司空见惯的严寒、失业和贫困，还因为他为数不多的冒险计划都因冬天而告失败。在这里，一切顿时化作麻木不仁。他手拿扑克牌，或者坐在镇上电影院的座位上，仿佛一朵移到温室里过冬的花，追怀着阳光明媚气候宜人的日子里的一桩桩往事。他拿着扑克牌，琢磨着出法，眼前不时浮现出海边那天早晨，嫣红的熹光下，挂在衣架上的粗布工作服、围裙和女帽。

每逢星期五和星期天下午休息，玛露哈就坐上公共汽车来到桑雷依广场，经过格尔公园，沿着卡梅洛公路往山上走去。走到最后一个拐弯之前，她拐进一条小路，穿过烧荒的庄稼地和堆满瓦砾的土坡。一群孩子把山坡当作滑梯在上面爬上滑下，气喘吁吁，脸蛋通红，被风吹得泪水直流。她来到山顶。卡梅洛的居民很快便对大街上这个手撑蓝色雨伞，身披一件过时的格子短大衣，头扎一条石榴红丝绒围巾的娇小身影习以为常了。大家都知道，她找不到马诺洛时一定会假装散步，耐心地踱来踱去。她每次走进德利西亚酒吧之前，总要捋捋头发，拉拉过短的裙子，一进门便站在大门旁边，与牌桌保持着一定的距离，并拢双腿、静静地、羞涩地、热切地、风骚迷人而春情洋溢地等待着——赤裸裸地期望委身于一个男人。他就在那儿，正如晚会那天她在花园深处等着他，看着他摆脱少爷们的纠缠一样，直到马诺洛发现她的存在。有时，外面下起雨，透过酒吧雾气蒙蒙的窗户，可以看见几个邻居顶风冒雨埋头忙碌的模糊身影，而他却躲在酒吧里不声不响，闷闷不乐。他外表邋遢，不修边幅，像一条冬眠的长蛇，缩着身子，躲在密林中等待着阳光灿烂的春天。然而，他的身上依然笼罩着一丝美好的淡淡光彩，宛如沉睡在汽车处理场里的那些破汽车，往日闪闪发亮、威风凛凛，而今虽是锈迹斑斑，却依然显示着当年的绰约风姿和奔驰中的千姿百态。他总是最后再玩上一盘，故意让玛露哈多等一会儿，好在老头们面前下个台阶——他只当没听见老头们的耻笑声。不过，他从来没有冷落过玛露哈，既没有让她久等，也没有表现出热情，只是不以为然地接受她的存在，起身拉着她的手，来到大街上。他带着一种奇怪的谦卑，有点无可奈何地接受了这一次次会面，如同那些动辄以为自己永远是命运的创造者，因而善于以一种高度的责任感来接受命运做出的安排的人们一样，似乎这些会面同不可捉摸的生活规律有着某种神秘的联系。

他之所以落得孤家寡人，也是有原因的：贝尔纳多·桑斯在初冬时节同罗莎结了婚，马上就要抱儿子了（这是最致命的打击）；他那帮早已四分五裂的扒手团伙，最后彻底分道扬镳了。他同大主教的关系，特别是他的家庭生活，玛露哈是从他的只言片语中知道的。至于他的家，马诺洛曾有一次对她说："下雨时，天昏地暗。"仅此而已。她一提他家的事情，他就暴跳如雷，不止一次地威胁说，她要是再问就揍她。好像非要让别人把他当成孤儿似的。

"马诺洛，你从来没想过……"她开口道。

"没有！我不想改变生活！行了，你过来，咱们去溜达溜达。"

对于女仆来说，发现卡梅洛意味着一切真的开始充满希望了：使她获得爱情的那个卑贱而羞辱的躯体，似乎使这个将他与世隔绝、将他幽禁在城外、将他的全部梦想归结为"活下去"、几乎被遗忘的镇子变得有形了。他们沿着西城的小径在吉纳多公园的苍松翠柏间漫步，他们爬上山丘，伫立在山顶，观看孩子们放风筝，眺望埃夫伦山谷、奥尔塔、蒂比达波、图罗·德拉佩拉和远处冬天的浓雾中灰蒙蒙的托雷巴罗。他们默默走着，时而交谈（她就是在那儿提到了结婚），最后，总要在一簇树丛后搂在一起。有时，寒气和雨水把他们推进镇上狭小肮脏的电影院，推进拥挤不堪、臭气熏天、蒸笼一般闷热的周末舞会。整整一个冬天，玛露哈都竭力使自己的身体适应和约束那种无法阻止的滚滚思潮，以及那种发自"痞猴"肺腑的、猫儿叫春一般的满腹牢骚。

除此之外，撇开那件对于罪恶的年轻人说来是场职业灾难的事情（失去贝尔纳多·桑斯，他最后一个同伙）不谈，今年冬天没有发生任何值得一提的事情，也许只有在城里与特雷莎·塞拉特有几次短暂的见面算是例外。“你看，小姐！”玛露哈用手指捅捅他说。在电车上，他们模模糊糊看见小姐站在校门口，身穿蒙哥马利服，围着一条花格围巾，胳肢窝下夹着书本，抽着烟，正在同一群大学生说话。有一天，他陪女仆回家时，在奥古斯塔大街的人行道上，看见特雷莎把车停到一家酒吧前，按着喇叭。他们还在上演新片的电影院里看见一个穿黑色燕尾服的年轻人陪她顺着包厢铺满地毯的斜坡缓缓地往前走。还有一次，玛露哈给他看了小姐在《你好》杂志上的照片：她坐在一群得意扬扬、叼着烟的小伙子和清一色白色服装的姑娘们中间。“这是小姐的朋友用长镜头照的。”女仆告诉他说。接着又缀上几句穆尔西亚人听不明白的话：“因为照片里有她，特雷莎便大发雷霆，她不愿让任何人看，更不让人提那次聚会，她气得把杂志都撕了。不过我又买了一本。”

同特雷莎·塞拉特的第一次相遇发生在圣赫瓦西奥，她家花园的栅栏旁。那是一个礼拜四，大约晚上十点钟，大学生奇怪的举动让穆尔西亚人莫名其妙。他又一次尝到了那种不理解的折磨，那种听有钱人高谈阔论之后折磨着他的茫然思绪。见面的几分钟时间里，特雷莎·塞拉特站得远远的，隐没在别墅花园威严的夜色中，好像在躲避别人看见她俏丽的风姿而露出的惊羡目光似的（她自始至终没有动，身体微微向后仰着，似乎尽量不越过一道无形的光线），他几乎无法从那张古铜色的美丽脸庞上看到任何东西。也许正因为如此，再加上特雷莎召唤女仆要小心时那娇小姐趾高气扬的腔调，所以马诺洛对她格外反感。再说，下午他刚刚和玛露哈大吵了一架，他又一次拒绝确定两人的关系，姑娘哭了，快吵架时他就有一种不祥之感，于是便一直陪着姑娘回到了家。本来他已经告辞要离开，玛露哈仍然泪眼汪汪地望着他，手扶着栅栏，下不了进屋去的决心，偏偏在这时，花园里传来了特雷莎呼唤玛露哈的声音。

“玛露哈！玛露哈，你到底在那儿做什么呢？都什么时候了！瞧着吧，妈妈非……”

石子路上传来一阵急促的脚步声，紧接着看到她跑过来。跑到离栅栏几米远的一棵树下，突然站住了：抱着胳膊，一件雪白雪白的风衣随便披在肩上，里面穿着一件泛着铜色光亮的筒式连衣裙，她怒气冲冲，冻得好笑地打着哆嗦。一缕缕灯光从身后，从挂在门廊上的小灯笼上，从楼下灯光通明的窗户里射在她的身上，给她伫立不动的苗条身影罩上了一层光环。她全身散发着一股热气，肯定是从那间挤满人的明亮的大厅里带出来的，她的双腿随着跳荡的音乐情不自禁地晃动着，那青春的激情在向人们诉说一场晚会，或者一次幸福的奇遇，她使他联想到在美国电影里看到的那种疯丫头，兴高采烈、气喘吁吁地离开家庭舞会，跑到花园里呼吸夜晚的新鲜空气，忘乎所以地向父亲倾诉生活的幸福和欢欣。她是跑来的，浑身那股小小的邋遢劲儿显示出一种坚实而真正的安逸——风衣的腰带拖着地，几乎掉下来，一条鲜红的丝头巾，耷拉在一边衣兜外，满头金发披散在脸上，慌慌张张地穿上匆忙中跑掉的一只鞋……那种举手投足中招人喜欢的粗心劲儿清楚地显示出她对金钱的冷漠、对美貌的自信以及充满激情和希望的内心世界：在受大自然和财富宠爱的人们中间，卓尔不群。

然而，她突然停住脚步，特别是突然缓和了说话时那种气冲冲的腔调，不是鞋子跑掉了，而是她发现女仆的未婚夫出人意料地冒了出来。看得出她很惊讶，特雷莎压低嗓门，叫玛露哈留神时间，用亲切嗔怪的口吻，提醒她有客人吃晚饭，妈妈正忙得不可开交呢。玛露哈咕哝着赔了个不是，准备进家去。这时，“痞猴”手插着兜，带着高傲的目光转过头来让她等一等。小伙子慢慢地走到栅栏跟前，停住脚步，扬手把宽围脖往后一甩，抬眼看着特雷莎。他问她出什么事了，这么着急？家里着火了吗？接着他犯了第一个错误：他说，你们既然这么着急，那就自己替用人端饭去。自信，微微染着一层男子汉的傲慢，更显得他是没事找事。他说话时那种装腔作势的神态，一下把特雷莎逗得发出一阵爽朗、亲切、发自内心的笑声，一阵没有丝毫嘲弄只有同情的笑声，不过，可怕的是，她的笑声里大有文章，他已经察觉到了。

穆尔西亚人神情惶惑地把眼睛从特雷莎身上挪开，低声地嘟哝了一声：“我倒很想请教这位傻丫头，有什么可笑的。”

令人奇怪的是，金发女郎不但没有像他所预料的那样用尊贵及受辱的口气反唇相讥，而是用低得几乎听不清的声音赔了个不是（满头美发宛若一股蜜汁，分成两边，优美地滑落在她的颈项上），好像一位犯了错误被抓住的女学生一样低下头，望着自己的脚尖。这一下倒使“痞猴”有些好感，不过，好感有限：他可没那么蠢，他才不相信单凭横眉冷对就能打动小姐的心，他不解地同女仆交换了一下目光。正因为这一眼，他没有看到，特雷莎·塞拉特小姐的嘴角浮现出一丝难以察觉的、近乎噘嘴的微笑，一种莫名其妙的苦笑。

玛露哈两只可怜又病态的、充满责怪的猩红眼睛盯住马诺洛，没有做任何回答，只是说："我马上就来，小姐。"

"等一等，""痞猴"拽住她的胳膊道，"今天你不是休息吗？"

"嗬，我都快冻死啦……"特雷莎用一种异样的、突然变得娇滴滴的声音，一种企图在他们身上获得什么东西的口吻说道。她仍然一动不动地待在那儿，谈着天气，两条紧紧并拢的双腿微微颤抖着，一双拳头夹在胳肢窝下。马诺洛抓住机会，偷偷扫了几眼，表面上装得对一切无动于衷，其实，他仔细端详了姑娘烟草色的皮肤和有神的眼睛。尽管灯光微弱，她嘴角的轮廓，一团玫瑰色星云，稍肿的上嘴唇讨人喜欢地高耸着，雅致的鼻子似乎从那里冒出来，在她的脸上留下一丝娇生惯养的傲气，一种令人厌倦的天真，一种混合着贵族小姐的任性和孩子气般倔强的神态。

特雷莎莞尔一笑："家里有几位贵客，妈妈脸色不太好。真烦人。必须去买药。玛露哈……"

她的目光是蓝色的，光滑而美丽的眼皮半睁半闭，一种古怪的呆滞赋予她的目光以某种雕像般的奇怪神采，使它变得慵懒（她一边说话，一边紧紧地盯住马诺洛随便搭在脖子上的粗毛线围巾）。同她蓝色的目光一样，当她这会儿半开玩笑，为非得把玛露哈拉走而表示歉意时，在她仿佛意犹未尽，企图建立默契的言谈话语中，似乎寓示着一种神秘莫测的、能够使她得到宽宥，同时又是小伙子显然熟悉的力量，一种只有他们俩才深谙其妙的暗示，它将可怜的玛露哈弃置一旁，充其量只是善意的欺骗。直到很久以后，他才悟出其中的含义，眼下，女孩扑朔迷离的激情，一切都是通过粗毛线围脖而产生的（不过，这围脖可不像有钱的女大学生所以为的，它并不是小伙子母亲那双平凡而勤劳的手倾注着深情织成的，而是，不妨顺便提一句，红衣大主教送给他的一件精致而用心良苦的礼物）。

要不是这场邂逅孕育着几个月后所发生的事情，本来它是无关紧要的。然而，“痞猴”若有所思，他聆听着那个有气无力、漫不经心、略带鼻音的声音，他完全听得出来，她不是没有能力把那种独特的卡塔卢尼亚口音讲好，而是故弄玄虚地表现自己的身份。另一方面，马诺洛对这些看不到的真实情况一无所知，只是凭直觉判断，善于恰如其分地向女佣撒气的确是一种高深而重要的学问。他觉得美丽的金发女郎在炫耀一种对自己、对迫不得已行使小姐身份的奇怪蔑视。

“……反正，那种场面烦死人了，可我们有什么办法。”特雷莎最后说，两眼仍然紧盯着小伙子的围脖。

“行了，”他冷冷地说，这时，他那稍微走神却一直清醒的本性告诉他，这才是最恰如其分的口吻，“连一分钟也用不了，我只是想告诉她一件要紧事，一件私事。”

其实，他没什么私事要对玛露哈讲的，而且确实也没对她说什么，只是搂着她的肩膀把她拉到一边，继续用余光观察着特雷莎。她终于耷拉着脑袋，脚后跟支着地慢慢转过身子，仿佛准备走开。姑娘温顺的样子重新引起他的注意，虽然她几秒钟后就会干出更稀奇古怪的事，但他此时在想的是：“活见鬼！她也许真的动心了！”

谁知特雷莎·塞拉特转过身，望着他，吐出几句让他几天几夜睡不着、难以捉摸的话来。

“别以为我是个装腔作势、没有教养的人，”她首先说，随后以异乎寻常的口吻，一反常态地用嘶哑的声音说，“我们大家彼此彼此。”

说完她掉转头，一溜烟消失在花园中，鲜红的丝巾飘动着，白色风衣的腰带拖在地上，腰带的金属扣绊，在砂石路上发出叮叮当当的响声。特雷莎的脚步声已经远了，“痞猴”却依然迷惑不解地愣在那里，但他感觉这种迷惑不解是个好兆头。他想用眼睛询问玛露哈，可是女仆已经挣脱他的臂膀，踮起脚尖在他的脸颊上飞快地吻了一下，急急忙忙钻进了花园。

相遇后的几天里，马诺洛几次追问玛露哈，她家小姐的话究竟是什么意思。然而，他一无所获。

“我不知道。小姐很古怪……”一天下午从罗克西影院出来时，她漫不经心地对他说，同时被莱塞普斯广场上车水马龙的景象迷住了，“她变得古里古怪的，从前不是这个样子。”

“你对她说过我们什么没有？”

“我？什么也没说。我就说你是我的未婚夫。她人非常好，也就是说，她对我们的事挺高兴的。”

"胡说八道！你真笨，别人总拿你耍着玩……而我，我得叫别人尊敬我。你不知道这些娇小姐们，连上帝都不放在眼里？"

"特雷莎对我很好呢。"

马诺洛怜悯地看了看他的女伴，把她搂在自己怀里。同往常一样，姑娘的话语中有一种令人不安的味道，在她的目光、微笑或声音中闪现着一种孤独，一种被失落的青春和凋谢的年华所带来的孤独刺伤或危及的柔情。她一直担心，担心她唯一拥有的感恩之心，一种只有上帝才知道原因的感恩之心和那种不相信当今世界丑恶的本能，不能为人接受，不被人们所重视。这一切是多年为仆的人因受的特殊对待而形成的固有性格，正像某些好心的神父一样，对丑恶缺乏真正的了解。

他再也没有提起塞拉特家别墅栅栏前发生的事，只是在很久以后，当他打算告诉她，她的感恩之心不会得到任何人的回应时，很不幸已为时过晚（死亡的阴影，就像她小心翼翼迈出的生命的脚步，到头来不过是她感恩之心的一种夸张表现罢了，那时，马诺洛才终于明白特雷莎的话中所包含的真实用心）。

一九五六年十月，巴塞罗那大学爆发了几起学生骚乱和游行。马诺洛在同塞拉特家女仆的谈话中，拐弯抹角地打听到：特雷莎·塞拉特和她一个好朋友，学经济的学生路易斯·特里亚斯·德吉拉尔特积极地参加了那些活动。

"也许咱们会几天见不着面，"一个星期天，当他们坐在格尔公园的空地上，他打盹时，玛露哈告诉他。那是一个风和日丽的早晨，几位老人坐在长凳上晒太阳，一群孩子在踢球。"你知道不知道，闹游行那阵子，有一天，小姐好晚才回到家，衣服都撕破了，好像因为学生闹事的事警察审问过她，看样子领头的有她。你没看见她母亲，可怜极了！特雷莎说学校可能要开除她，她说起来跟没事似的！她父亲暴跳如雷，命令她和夫人还有我到布拉内斯去躲几天，说这样最保险……看来小姐在这事上陷得挺深。”

穆尔西亚人脑袋靠在玛露哈的怀中打着哈欠，头天夜里在皇家广场拆一辆汽车忙了整整一个晚上。他对那个错综复杂的故事并不感兴趣，只有特雷莎的身影宛若融化在雨后骄阳之中一般，不时在他惺忪的睡眼间闪耀着奇异的光彩，却又毫无意义。对他来说，大学生们是一群被豢养的高级动物，他们用游行示威告诉人们，他们是一伙地地道道的傻瓜和可怜虫。尽管他预料到他们闹事有政治动机，但是从未把他们组织上街闹事看得比圣卢西亚之日人们同裁缝女工打情骂俏更了不起，当然更谈不上重要了。不过，玛露哈又一次贸然道出了她的一个发现：特雷莎自从上了大学，同她那位学生朋友外出之后就变得古里古怪了。说话的时候，女仆不无夸张地竭力将她家小姐描绘成一副天真可爱的样子。至少他是这样认为，他昏昏沉沉地听她讲。她用自己也不知道怎样解释的慷慨激昂的声音说道：“你知道不知道，特雷莎小姐总爱和她那些朋友往酒店跑，总喜欢探讨生活是什么样子，她喜欢和工人们，甚至和那些酒店里的女人们谈天，你明白我的意思吧，因为她特别那个，特别革命，嘀，你还没听到她在家里说话呢！我向你保证，小姐说起话来简直口无遮拦……”

她还告诉他，特雷莎经常同一些衣冠不整的信奉存在主义——女仆兴致勃勃地搬弄着这些字眼——的年轻人，一些古怪的人和满脸胡须的学生们出去。他们整天以打电话、约会、互相借书来消磨时光。有时候，特雷莎和一帮朋友关在屋里，一待就是整整一下午，她上楼给他们送咖啡和饮料的时候，屋里总是烟雾弥漫，他们坐在地上，靠着垫子，围着唱机热火朝天地大谈政治、国家和其他一些稀奇古怪的事情。

她的话语中，那种羡慕、敬重之情再度溢于言表，它使马诺洛感到压抑，所以他干脆一言不发，免得女仆那些糊里糊涂、显然是添油加醋的话说得更欢。再说，这天上午的困劲儿简直压过了特雷莎这个普通的名字神奇地在他心中唤起的兴趣。然而，也许是对人在渐入梦乡时的神志不清的本能反抗，一个身影渐渐在他的脑海中变得清晰了：是那个奇妙女孩子的身影，灯光照在她金子般的美发上黯然失色。这时，她手拿一杯葡萄酒，正在一家酒店同一群衣冠不整的陌生人谈话，这不但清楚地表明娇小姐的怪癖（时不时地同“下等人”交往），而且使马诺洛感受到某种明显的不知羞耻和放荡不羁，看来，对他来说，她是可以接近的，在某一点上，她是容易攻破的，至于是哪一点，他不知道。他看见她手举酒杯，亭亭玉立，迷人、多情而真实，她的身影已经带着并不美满的第一次交欢留下的那种喜厌参半的感觉，带着铭刻在脑海中的往事，不为过去，而为将来，深深留在记忆中。在年复一年的岁月流逝中，它要求人们反思，要求人们剖析，以便发现我们何时何地出现过失误，如同他拥抱着那个真丝睡衣在月光下点点闪光的姑娘的夜晚，那个足以改变他生活进程的夜晚。

然而正是在巴塞罗那大学如此群情激昂，为崇高理想勇往直前的日子里——据特雷莎·塞拉特自己某一天对她的战友说，即使为人民贡献出我们的青春年华，也无法改变令人羞愧的历史进程，才出现了另外一个意外的机会，使初次出现的那个完全不同的特雷莎的形象，使那个仍然奇妙和遥远、却已经在某方面暴露出弱点的形象，出人意料地恢复了她的本来面目，表现出她的全部情思。事情发生在五月底，马诺洛受红衣大主教的紧急派遣(去送一个装着标价为一万五千比塞塔的一套不锈钢餐具的重箱子)，要到普埃夫洛·塞科去，那天下午玛露哈正好休息，非要陪他去。

夜幕降临。他们贴着一家工厂长长的围墙，沿着一条泥泞不堪、空寂无人、散发着臭气的大街走着。突然，玛露哈发出一声惊叫，她认出了特雷莎停在一扇小门前的“佛罗里达”。玛露哈对小姐那些古怪的朋友有了新的看法。马诺洛一声未吭。他们慢慢走近汽车，工厂不见尽头的高墙后面，脉搏般跳动的巨大机器，在耳边愈来愈强烈，发出震耳欲聋的轰鸣。马诺洛放慢脚步，嘱咐玛露哈不要出声。经过门口时，他没停步，边走边转头向里边望去：特雷莎·塞拉特在那儿，站在暗影中，带着飘然欲仙的醉态靠在墙上，忘情地搂着一个小伙子。陌生小伙子背对着门口，长发垂肩，穿一件高领红毛衣，吻着姑娘，表情中缺乏欢乐，显得毫无经验，笨手笨脚：仿佛不是同她，而是同自己，同自己的影子在作乐。特雷莎任凭他亲吻。一切如此而已。这种场面，马诺洛在小镇的夜晚屡见不鲜，对这种事的来龙去脉也从不感兴趣。然而此时此刻，在这种地下室入口处似的地方，在工厂震耳欲聋的机器轰鸣声中，特雷莎这样的姑娘，居然任人亲吻，真是不可思议。她漂亮的跑车停在一个倒满化工废料和垃圾的大坑旁边，同样不堪入目。她的影子像幽灵般飘忽、迷乱而模糊，黑暗之中只有特雷莎那夹着陌生人双腿的黝黑的膝盖格外显眼，就凭陌生人笨手笨脚的样子，根本配不上特雷莎那股热乎劲——她的手在他的背上来回摸索着。黑暗中，在小伙子的肩头，显露出她的脸庞和一双紧闭的眼睛。走过门口之后，马诺洛问女仆知道不知道那个陌生小伙子是谁。玛露哈倏地挎住他的胳膊，神经质地一笑，好像同谋似的，做出一副吃惊的表情，回答说她没来得及看他，不过从背影看，好像是一个经常和小姐来往的人。"小姐在这儿做什么？怪丢人现眼的……为什么偏要在这个又肮脏又偏僻的大街上？为什么偏在普埃夫洛·塞科这个和她家截然不同的地方，在门廊下同一个陌生的土气的人混在一起？这实在难以理解，也许是巧合吧。""你们小姐有很多小伙子吗？""噢，你是说恋人？那不会，所谓正式的未婚夫，她根本就没有。"

他们默默地走了良久。马诺洛精神恍惚，工厂里讨厌的嘈杂声在脑海里回响，特雷莎甜美温柔的表情在眼前浮现，突然，他的脑中一亮，也许是他在城里住了这么长时间以来的第一次。其实，他自己不会不知道，这只不过是偶然的巧遇，根本说明不了什么，只不过是一种一厢情愿的猜疑罢了。然而，这种猜疑从这一天起将使他重新看待特雷莎·塞拉特和属于她的天地。这样固执地坚持一种令人痛苦的猜疑，坚持一种令人难以接受的想法，努力从道德上评价特雷莎那种身份的姑娘，从另一个方面说明，穆尔西亚人远远没有进入理想的战斗状态。这就是说，小伙子不愿意接受一个事实：像特雷莎那样的大家闺秀，竟也会这样的无耻下流。这并不是因为他对现实世界的丑恶一无所知——从童年伊始，他早已司空见惯，而是因为他的社会等级观早已同一种价值观联系在一起。无论在什么情况下，我们应当允许那种信念为他带来暂时的好处。那种信念可以讨论，却值得为他所付出的努力叫好。我们应当自始至终公平地对待“痞猴”。无论有没有春天那个傍晚发生的偶然事件，他都会绞尽脑汁弄个明白。恰恰因为他对美丽迷人的大学生愈来愈着迷——特雷莎·塞拉特接二连三、突如其来地闯进他的生活，所以他目前根本不具备一个优秀猎手特有的泰然自若和应变自如的精神状态。要想把特雷莎·塞拉特看成人们平常所说的女人，那种放荡不羁、为所欲为、不负责任、纯粹心血来潮、喜欢倒在当地一些下里巴人怀抱中的女人，把这种看法（他当然不这么认为）当真，穆尔西亚人的确要付出一番努力。

他隐约感到某种沮丧，与此同时，一团理不清的奇怪思绪在脑海中奔腾起伏。他的直觉告诉他最好对刚才的见闻保密，以悄悄地等待时机成熟的某天为自己渔利。

“喂，”他突然对玛露哈说，“你千万别跟你家小姐说我们看见她了，开玩笑也不行，千万别说。不然她该生气了……”

此时，虽然“痞猴”在特雷莎·塞拉特身上所发现的特点还不是他马上将接触到的全部现实，但是，他已经开始义无反顾地施展那将使他愈走愈远的聪明才智了。

第 二 部

6. 意外

意犹未尽怎能出口成章？

——略伦斯·比亚龙加

冬天，带着隐隐的不祥之兆过去了。夏日来临时，塞拉特一家同仆人重新回到了布拉内斯的别墅。马诺洛再度开始对女仆的小屋进行疯狂的夜访。他总是车来车往：出发时顺手牵羊偷一辆，返回巴塞罗那后便随便扔到大街上。每次来到别墅，他神情中总透出一种自己也不甚了解的危险感觉：斜睨的黑眼睛、乌黑的头发闪烁着寒光，左顾右盼举手投足间无不深藏着悠悠愁思，一个个销魂之夜的冒险刺激和青春火花，到头来只剩下孕育着佳夜良宵的一个狂妄而野心勃勃的梦想。像海风一样将他推向海边的，不再只是又一次占有美丽女仆的渴望；像窃贼一般借着冥冥夜色窜进深宅大院窗户的不再只是一个寻欢作乐的偷花贼：在家里过夜担惊受怕，这就是全部理由。

也许，每当夏日来临时，他便格外强烈地感到幸福令人神不守舍，强烈地感到威名显赫的金钱，宛若金色的蜜汁，洒落在地中海古老的海岸上；宛如一颗美好生活的种子飘浮在喷薄的阳光中；宛如一股酒精在一个个烈日炎炎的夏夜，源源不断地注入血液之中。他在玛露哈的怀抱中到底寻求什么？是当她一日辛苦之后，宾客告辞离去或留下安寝时，她走下灯火辉煌的平台，从早已隐没在夜色之中的宏伟厅堂随身带回床上的一切。总之，他得到了，他赤身裸体地躺在床上，得到了姑娘身体中某种难以形容的东西。他如同抚弄一只归巢鸟儿的翅膀，感到了广袤的宇宙：伴随她皮肤上的咸味，他热切地得到了她整天在海边所残留的一切，无形的身影、自寻欢乐的美妙希望、空洞无味的言辞、一个懒散的身体和一丝失去热情的温柔，这一切都已经无法表达他对今生今世根本无法获得、无法实现的一切生出的无限感慨：有钱人真幸福。

有时，他不得不几个小时缩在床上，隐没在黑暗之中，等待着女仆的归来。阵阵喧闹和嬉笑声就在他脑袋边久久回荡，他孤零零地躺在枕头上，听出那是一场舞会。他听到了狗吠声，听声音就猜得出来，那是一群威武健壮的大狗。有时，传来孩子们的尖叫声，他从未见过那些孩子。听玛露哈说，那些调皮捣蛋的孩子是夫人的外甥，每年夏天都要来别墅过半个月，归她照看。“简直吵死我了，”玛露哈说，“到了晚上谁也没法让他们上床。唉，这些小家伙真可爱，真淘气！你没听见我一转身他们就跑来跑去吗？他们的房间正好在上面。”的确，马诺洛经常听到他们光着小脚蹦来蹦去，尽情地叫，不停地笑。一旦没有了动静（如果不是有客人的日子，这就是玛露哈马上要下来的信号），马诺洛不由得想，这些孩子们一定睡在宽大的床上，盖着人们对他们的现在和将来的无限关心。偶尔，他和他们一起入睡，仿佛自己也陶醉在假日的欢声笑语之中。几个钟头以后，他会猛地醒过来，心情烦躁，闷闷不乐，扪心自问究竟在一个女仆的房间里搞什么鬼名堂。尤其当他重新回望心底深处那一幅幅（支离破碎的）画卷时，总是如此。

富有的女大学生在他的画卷中扮演着愈来愈突出的角色。火！一场可怕的大火要毁灭一切，别墅在四面燃烧，他跳下床，钻进烟雾之中，登上楼梯，楼梯在身后坍塌，他跑呀跑，摆脱火舌，奔向蓝眼睛的金发女郎（她昏倒在床脚下，披着一件亮闪闪的真丝睡衣，必须赶紧扒掉它，否则大火就要把它吞噬），然后把她抱给她的双亲。又一个夜晚，当他来到别墅的松树林里隐藏摩托车的时候，看到她独自一人领着一条大狼狗，迷惘、忧伤、懒洋洋地在海滩漫步，金发随风飘动。正在这时，大地开始颤动，松树纷纷倒下，沙滩出现了巨大的裂缝，地震！小姐，快，快驾小船奔向大海（他没有兴趣去咬文嚼字，却对人体贴入微），他们孤零零地在茫茫的大海漂流了整整三个月，没有食物，奄奄一息，她倒在他的怀抱中……当然，他终于吻了姑娘，然而，这不是情欲萌动的梦想，至少主要目的不是得到姑娘的身体，不过是童真的梦想，梦中的英雄主义和一种深深的忧郁至少在开始战胜一切邪念，而欲念总是到一切风平浪静，当他已经挽救了姑娘，当他已经再次证明了自己的诚实、机智和胆量，当他把姑娘揽在怀中，打算当着惊叹不已的旁观者把她交给她父母的时候，才潜入他的心中。他恨不得立刻拦住时间和脚步，恨不得此情此景天长地久，他的脚仿佛走在一片旋转的大地之上：因为他知道，失去这一切他将无法生存，他洞悉了他注定要回到黑暗中去。只有这时，他才温情地吻吻姑娘的双唇，作为一种安慰，或许是对被迫离开姑娘的一种报复。小时候多么逍遥自在！简直是在举行婚礼！每天每夜，缩在龙达那间茅草屋的硬床板上，逍遥自在地回味着每一次奇遇。总有那么一个女孩子（长久以来总是莫雷夫妇的女儿）马上就要从新桥上掉下来，他义不容辞地替大惊失色的父母尽力之后，便飞快地回到原地。女孩子又发出了呼救声，她挂在峭壁一丛灌木上，身子悬空悠来荡去，他分开人群向悬崖挑战，把法国小姑娘揽在怀中，交给她的父母。交人之前，他真想把这番情景再回味一遍，可是最终却昏昏睡去了。第二天晚上，他依然只顾把脸颊埋在枕头里，在脑子里整理着一个个人物和景致（深深的悬崖、凶猛的火苗、愤怒的海浪、地震、战争），开始了另一轮美梦。

直到今天，他仍然保留着那场不寻常的儿戏在心中留下的秘密：约会。他常常躺在玛露哈床上自言自语，为自己暂时的无所事事自圆其说："在这儿，不就是冲着姑娘身材不错吗？"要不然又说："说到底，我等的是机会，等机会捞一笔金银财宝……"可是就在他占有姑娘的时刻，他本质上已经升华的、充满幻想的热吻和拥抱，他的纯真少年，姑且这样说，和令人神往的希望，已经背叛了铁石心肠的男人那一番冷静的思考。

“我爱你，我爱你，美人，我爱你……”

终于，机会出人意料地来了，将他从颓唐中解脱。七月初的一个晚上，他把摩托车藏进松树林里（那是一辆枣红色的“古兹”，他很想留下这辆漂亮的车子），爬上玛露哈房间的窗户。此时，别墅沉浸在一片寂静之中，这引起了他的注意。时间已过午夜，玛露哈还没有下楼来。他躺到床上，习惯性地拿起床头柜上的照片（特雷莎的面孔总隐藏在一只手的阴影中，而玛露哈的脸则一直流露着焦急的神态），良久地端详着。他感到随着时间的流逝，仿佛有什么东西变了，他发现特雷莎·塞拉特的身影散发出熟悉的和被人占有过的肉体中那股枯燥无味、司空见惯、百孔千疮的气息。他感到一种奇怪的沮丧。突然，他听到一辆汽车直奔别墅而来，随着刹车和关门声，传来了说话声，他听出是玛露哈和特雷莎的声音，中间还夹杂着一个男人的声音，最后，一阵脚步声向大门口走来。

不一会儿，房门开了，玛露哈出现了。她没穿工作服，更不见往日此时好像一个裂了口的小漆器一般疲惫不堪的面容。她身着一条蓝色长裤，一件宽大轻飘、对她来说格外长的运动衫和一双样式古怪的凉鞋。马诺洛惊异地望着她。她跑到床前，扑进他的怀中。以往每天晚上小心翼翼关窗户、拉灯、锁门的举动，今天晚上全都免了。

“真怕你今天晚上不来。”她吻过他后说。

她躺在床上依偎着他。两只眼睛湿润润、亮晶晶，她满头大汗，两颊发烧，整个人散发出一股热气。她病态而腼腆的双眼里，一直闪动着预示一场不幸即将到来的神情。通常在这种时候，她的双眼总是紧紧闭着，可现在竟好像在朦胧的眼皮下燃烧。

“你怎么啦？”他问，“你不舒服吗？……你怎么这身打扮？”

“今天下午玩得好开心，他们带我去坐摩托艇了……”

“谁？”

“特雷莎和路易斯少爷，我看，那人肯定是她的男朋友……今天玩得真痛快。这是特雷莎送给我的裤子和鞋。你喜欢吗？”

马诺洛一只手摸着她的额头。

“你发烧了，亲爱的。”

“我只是感到很疲劳，好困好困……可是你听我跟你说……”

沉重的眼皮使她晶莹的目光变得暗淡了。她靠在马诺洛身旁，张着干燥无力而发烫的小嘴，鼓动着胸腔告诉他特雷莎和朋友请她一块儿去坐船兜风，他们一块儿坐车去了布拉内斯，在一个地方跳了舞。她说起话来有点吃力，强忍着整个晚上愈来愈重的头晕。起初，马诺洛还以为这是既困又晒造成的。此外，也许恰恰因为她的慵懒之态，女仆从没有像今天晚上这么楚楚动人。

“我没有跳舞。”她说，“他们两人一对，小姐今天可高兴了！不过你别以为我心烦了，正好相反。还有外国人呢。特雷莎跟我讲法语，跟我讲起法语来了，多好笑……”

“他们现在在哪儿？没和你一起回来？”

“不是在海边就是在松树林里散步呢……我也不知道，我没跟你说吗，小姐今天特别高兴。”

马诺洛听着她的话又惊讶，又开心。“说下去。”他说。她不禁笑了起来，突然又板起脸，紧接着便若有所思地用手摸着脑袋，浑身战栗。她搂紧马诺洛，两腿夹住他的腰，低声道：“吻我。”马诺洛开始吻她，他发现姑娘身上发烫，牙齿打颤。她蓦地推开了他，开始脱衣服。她脱光了裤子。马诺洛站起身走到窗户前张望着。玛露哈说：“知道吗？今天晚上就剩下咱们俩了。”

他顿时意识到这个消息的重要性。他猛地转回身来。玛露哈已经脱下了运动衫，可是两只胳膊还套在袖子里，她一动不动，仰面朝天躺在床上，仿佛睡着了一样。她有气无力地又说，老爷和夫人应邀去巴塞罗那参加一个晚会，明天才能回来；特雷莎小姐和那位大学生在那边散步，看他们一下午眉来眼去的热乎劲，肯定会黏糊糊地转个没完；做饭的老妈子和家仆们也躺下了，所以真的只剩下他们俩了。

“跟我来，”马诺洛边说边朝大门口走去，“陪我上楼去，我要好好地见识见识。”

“你等等，”她说着，撑着胳膊肘坐起来，两只眼睛焦虑地望着马诺洛，“你先过来，过来嘛……”

“你怎么了？”

“马诺洛！”

他走近床边，说道：“你怕了吗？”

“不是怕，可是你……你为什么总有这个念头？”

“总有什么念头？你说明白点。”

“你明白我的意思。我知道你在想什么。”

“我什么也没想。得了，得了吧，披上点东西陪着我……你还等什么？”

“马诺洛，我真想跟你聊一聊。”

“你别犯傻了。”

“求求你……”

“那帮人都睡了，不会发现咱们的。我只想转一圈，开开眼。你别怕，咱们马上就回来。”

玛露哈拉灭床头柜上的灯，又躺了下去，她并不是为了拖住他。

其实，那只不过是个借口。

“马诺洛，不能再这样下去了，不能再这样下去了。”

“你胡思乱想些什么呀？什么不能再这样下去了？”

“一切，我们，这……你想想看吧，不行！”

穆尔西亚人挨着她坐下。

“玛露哈，你难道不爱我了？”

“你知道我爱你，胜过世界上的一切。”

“那你……”

“马诺洛，咱们结婚吧！”

他企图使她平静下来。

“莫名其妙地哭什么。”

“谁在这儿哭了？咱们必须结婚，不能再这样下去了。”

“我说，你是不是怀孕了？”

“没有。反正我跟你说，不能再这样下去了。”

“好吧，”他说，“我们一会儿再谈。我答应你。是的，我们商量商量。你先披上点衣服，咱们离开这儿……好姑娘，我就喜欢这样，好姑娘，擦擦眼泪。”他吻了吻她的脸颊，“走吧，快点。不就是看看那些婊子养的老爷们住处怎么样嘛。”

“嘴上别总不干不净的。”

玛露哈嘟嘟囔囔地随手拿起马诺洛的粉色衬衫披在身上，陪着他，两人摸着黑走到一条走廊上，姑娘恳求他不要出声，然后拉起他的手，领着他，光脚沿着走廊往前走，往右一拐走进了大门。淡绿色的月光洒满华丽的大厅，一切仿佛沉浸在一座水晶宫殿之中。阵阵涛声穿过楼下装着护栏的巨大窗棂传到大厅。玛露哈不想开灯，马诺洛却安慰她不必害怕。

对于这位南方的年轻人说来，这无论如何也是一段令人心动的路程。别墅的左侧，他简直不屑一顾，仆人的房间、厨房、车库、一座修船用的棚子以及一间佃户们（一对无儿无女的夫妇，布拉内斯人）居住的简易房挤成一片。右边，大厅和书房镶着地板，一扇巨大的玻璃窗正对着松林和大海。后面，是一层的饭厅，饭厅经过一条小径直通花园，小路上铺满形状迥异的大块石板，石缝间长着一种枯黄的草。一条铺满地毯的宽大的楼梯从正门一直通向二楼和三楼的房间，这两层楼各有一处平台，其中一处直通海边和码头。巨大别墅的内部同穆尔西亚人从外面观察它时截然不同，却更引人入胜：那神话般俏丽飘逸的城堡结构，在这里显出不卑不亢的修女之风，雪白的拱式屋顶，粉刷一新的拱柱和墙壁，一切错落有致，一尘不染，完全不同于外观所显示的庄重和魅力。只有一部分最笨重、最结实的家具：老式的靠壁桌和奥罗托床、混血的夸尔台龙人式的大门、镶在墙壁上的老式地图、马略卡的椅子，尤其是书房那一对扶手和腿上还包着狮子爪的扶手椅，似乎还同穷奢极欲的生活保持着某种神秘的联系。

然而，他很快便意识到自己错了：木地板在他们的脚下散发着蜡味，吱吱作响（对于他来说，木地板向来是无可争议的富有标志），别墅似乎有生命力，似乎有一个无形的唯唯诺诺的身影在游荡，仿佛一个时时不离左右、召之即来却又见不到踪影的唯命是从的仆人。玛露哈则无精打采地斜靠在大厅的长沙发上，漫不经心地翻着杂志，似乎同那件长及臀部，暴露着黝黑大腿的玫瑰色衬衣一起，完美无缺地镶嵌在别墅之中。

一走进宽敞的大厅，马诺洛不由自主地在不知不觉中改变了脚下的速度：一种曾经亲临其境的模糊感觉萦绕在心头。他一动不动地伫立在灯火通明的大厅中，在光滑的地面上和并不碍眼更不显陈旧的家具之中，感到一段积累的时光在延伸。它仿佛漂浮在一个玻璃罩中，同他家的，他生活的地方那已经习惯于听天由命、任凭一切随波逐流、老朽下去的时光，没有任何联系，却联系着一个他不知何时何地曾经历了的过去，仿佛他在母亲的腹中，在龙达萨尔瓦铁拉家中的大厅里早已千百次地浏览过这一间间豪华的大厅和房间。

他背着手，围着玛露哈慢慢地走，一圈又一圈，经过她身边时，偶尔伸出手轻轻抚摸她的美发和粉颈：人在这里才可能思索明天，才可能热爱明天，才可能像热爱我们自己一样爱他人。虽然他察觉到有一种无聊之意（呆滞的空气中有什么使人联想到无所事事和百无聊赖），但它是令人敬重的无聊，是体面的无聊，是富有成果的无聊。可是过了一会儿，他目光和神情之中的忧郁顿时化作了仇恨。他往长沙发上一坐，搂住玛露哈的肩头，黑黑的眸子盯着她的眼睛。

“夫人的房间在哪儿？”他问。

玛露哈马上猜中了他的心思，想站起身来。“不行，马诺洛，你连想都不要想……”

“得了，得了，你又来了。”他说，“我不过是想看看里面有什么东西。”

里面没有什么好看的，她用近乎抽泣的腔调反驳道。那儿没有金银财宝，没有钱，没有任何他会感兴趣的东西。“求求你，求求你，快别胡思乱想了，这种事从来没有好结果，大家都得赖我，你难道不明白？大家都得找我算账，早晚会逼我说出实话……”

“你听我说……”

“行了，我不想听，我不想听。”她抽泣着，开始浑身发抖，近乎歇斯底里。一直折磨着她的神经终于绷断了。她大叫了一声。马诺洛紧紧抱住她的肩膀。虽然他知道她犯病的主要原因：每当听到他谈论珠宝，女仆就暴跳如雷，但是他仍在挖空心思地考虑是否还有别的原因。然而，一切来得太突然：开始时轻轻地抽泣，后来居然变成了精神失常。他怕有人听见她喊叫，便强行让她从沙发上站起来，硬把她拖回了房间。他把她安顿在床上，然后回到大厅，熄灭了所有的灯。

当他重新回到姑娘身边时，发现她正在从不安的昏睡中慢慢醒来，两眼满含热泪。他问她是不是不舒服，姑娘说没有，只是头痛。

“你等等，”马诺洛说着走到床头柜旁，“有阿司匹林吗？”

“在柜子里我的手袋里……”

马诺洛去厨房找了一杯水。他回到姑娘身边，递过杯子时，发现玛露哈神情诧异地注视着他的眼睛，仿佛有什么话要说，可是，她考虑再三，没有开口。马诺洛连哄带亲，想使她安静下来，想说服她不要害怕，一切平安无事。“小傻瓜，什么事也出不了，他们连自己有什么都不知道，更别说发觉了……”她一声不吭，用手按住太阳穴，默默地抽泣起来。马诺洛一阵阵火上心头，时间一分一秒地过去，姑娘除了哭什么也不说。他紧挨着她躺下，施展起他从未失过手的痞猴式献媚术。一切都无济于事。一个小时过去了。“你不爱我，”姑娘泣不成声地说，“你从来没有爱过我，从来没有！”他本想等她安静下来，可后来实在忍无可忍，便试着轻轻地打了她两个耳光。姑娘紧紧抱住他，像一片树叶似的颤抖着，全身淌满汗水。她已经停止了哭泣。“你别打我，”她说，“你过来……”两只笨拙而颤抖的、毫无生命力的手，似乎被一个不属于她的意旨在远处操纵着，慢慢地脱下了衬衫，然后静静地望着他，沉重地喘着粗气。屋里没有点灯：银白色的月光从窗棂洒进小屋，洒落在掉在床边的被单上。黑暗中，玛露哈的身体和双眸闪闪发光。马诺洛突然发现她是那样美丽。她的皮肤像一团燃烧的火。他，吻着她，附耳倾诉着满腔衷情，温情脉脉地爱抚她，他知道，这温情远远超过了他的预想，使他的计划又一次面临破灭。他心头猛然一跳，姑娘在热吻，然后挣扎着，仿佛极力要说什么，嘴唇上那种无法形容的、几乎铁一般的可怕感觉，那团一直遮着她病态的眼睛的阴影，一团预示着厄运即将降临的阴影，突然出现了，好像飓风一般不等他醒过神来，便将姑娘从他的怀抱中卷走，她的胳膊突然宛如两根沉重的树干从他的脖子上滑下来，她整个人轻轻从他的双腿中滑了下来，跌落在床上。他发现所有力气从这个身体的每一个毛孔溜走了。“我的头，马诺洛，我的头！”她讷讷道，两只瞪得可怕的、因为预见即将发生的一切而变得发狠的双眸挣扎着盯住他，全身发出一阵抖动。马诺洛把她的脑袋从枕头上抬起来，似乎预感到后果，或许出于无意，想避免她的头撞到什么东西。玛露哈一阵肌肉痉挛，同时发出一声尖叫，随即失去了知觉。

姑娘躺在他的臂弯中，脑袋向后耷拉着，有如一个填沙的布娃娃散了架。马诺洛惊恐万分，连拍带打地想使她苏醒过来：

“玛露哈……玛露哈，你说话呀！你怎么了？告诉我，我在这儿……”

他抱着玛露哈站起身，第一个念头是让她吹吹风，他盲目地走了几步，不知如何是好。他重新将玛露哈放在床上，想到楼道里叫人帮忙，可是又怕惹祸，心想，说不定只是一时昏迷。再回到屋里时，他觉得玛露哈已经死了：姑娘横瘫在床上，脑袋使劲歪向一边，两条腿悬在床头柜旁。他拍拍她的脸。“玛丽[1]，玛露哈，

①玛露哈的昵称。

你醒醒！”他想给她水喝，烈酒更好，可是恐惧已经完全征服了他。他感到有罪。从第一刻开始，从迈进这间屋子的那天起就有罪。他根本不知道自己在干什么，慌慌张张地穿好衣服，站在窗下，最后望了玛露哈一眼，跳到外面，拔腿向松树林跑去。他四处寻找摩托车，怎么也想不起来把它放在哪儿了。他转过身，望着月光沐浴下的别墅，用手拂了拂脸颊。玛露哈死了的念头已经充满脑海，“小子，赶快溜吧。”他心想。后来他终于找到了车，踉踉跄跄地推着车跑出松树林，发动起来。

在别墅后院直通公路的小路上，马诺洛连踹了三脚起动杆，两只手笨拙而颤抖地操纵着离合器，发动机却怎么也打不着。华丽的“古兹”哼哧了一会儿便精疲力竭了。“他妈的，真是个倒霉玩意儿。”他说。随着第三下起动，摩托车在一阵怪叫声中，从他胯下急射而去，像拖木偶似的拖着他。他好不容易在座位上坐稳，车便跌跌撞撞、惊恐不安地全速向远处飞驶而去。

7. 午夜

放飞鸽子的时刻已经到来，
在雕像矗立的广场中央。
我们的时刻即将到来，
由此时到彼时，钟声在鸣响。

——海梅·希尔·德·别德马

假期里，穆尔西亚人每一次骑摩托车出门，都是一次绝望的奔命。头发和衣襟随风飘动，身体仿佛一只苍鹰蛰伏在咆哮的车上，眼睛死盯着前方，似乎对周围飞逝的海边景致不屑一顾。他沿着海边狂奔，一阵阵不安和内疚，一股股已经萌动又从未满足的爱欲萦绕在心头。他仿佛一个亡命之徒越过满载游客的旅游车，穿过村镇，冲过欢歌笑语的广场，将喧闹的平台、明亮的别墅、饭店和野营地统统抛在身后。他的双腿紧紧贴住油箱两侧，操纵并引导着颤抖的飞车和沸腾的血液，他的腰肢和膝盖微微活动着，恍惚地在压抑心中的不安似的操纵着飞车，没头没脑地冲撞。似乎铁车、肉体以及弥漫在人车之上的尘土连为一体，马不停蹄地冲过黑夜。不知道何处才是尽头。冥冥的夜色中，马路上燃亮的路灯尽头，玛露哈房间衣架上悬挂的女仆工作服不时在眼前浮现。飞奔虽然使他神思恍惚，但是他清楚周围的一举一动，摩托车两旁仿佛在飞速放映着两部电影，两组他可以用眼睛余光看到的画面。熙熙攘攘、拥满游客的海边之夜，推出一幅幅急速而混沌的、令人感到亲切的画面，都令他爱恨交加。

形形色色、悠闲自在的旅游者和心地善良、土生土长的有情人仍在安享天伦，而他，在疯狂的飞奔中，只看见夜晚把恬静的灰色温情播洒在他们身上，只看见夜晚将衰老的静谧点点滴滴淌落在他们头顶。他看见惨淡的月光在林冠树盖上泛着绿光，在银灿灿、死水塘般的大海上眨动着双眼，他看见月光扫过海滨、别墅和饭店，扫过花园、楼台和遮阳伞，扫过带着一丝白天的激情、在西下的夕阳下整齐排列着的一张张吊床。

一支轻柔委婉的流行乐曲，仿佛一股凉爽的海风吹在火烫的皮肤上引起一阵战栗，不知来自何方。它来自人们的心底，每天夜晚，都伴随着形形色色的人们在海边飘荡。蚂蚁般的人们，露着晒脱了皮的肩膀，兴致勃勃地从饭店、别墅蜂拥而来，挤满娱乐厅、舞场和咖啡厅。虽然车速飞快，但是一看眼神，就能认出哪些是当地人：他们背地里被人侮辱，然而却装模作样、趾高气扬地望着他，手插着兜穿过马路。他开着摩托车迎面冲过去(突然，一只眼睛被尘土迷住，什么也看不见了，背叛了他期求得到的尊严，背叛了他以为自己才是脚下大地的主人的可悲努力)，顿时，他们像一群洋娃娃似的围着一座平台转来转去，一个接一个被夜色吞没，消失得无影无踪。不过，人数最多的要数游客了，看得出来，都是有钱人。他想，他们大概就是那些确实存在的、有时乔装打扮的有钱人，他们毫无反感地准许粗鲁的当地人在周末乘火车、骑摩托车成群结队地赶来，用癞皮狗般贪婪的目光扫遍他们高贵的躯体和令人垂涎欲滴的好生活。游魂似的马诺洛经常看见这些同胞花枝招展、三五成群地围在咖啡厅和舞场周围，好像在等待一个没影的星期天。他们在黑暗中瞪着闪闪发亮的黄眼睛，偷觑着瑞典姑娘火红的头发和散发出香气的嘴唇。到了深夜时分，他们的眼睛便开始闪烁星期一在办公室，在工厂干活时那种百年铜锈般的萎靡不振。他们的目光，满是不知所措和毕恭毕敬，像是被自己的伙伴排除在游戏之外的孩子们的目光，不知道为什么被遗忘和冷落，待在那里，寸步不离地等待着可能的召唤。他们的渴望是古老而令人痛心的渴望，不管怎样，比起攒钱的念头，它还是高尚得多。他们所渴望的不过是一次直接而悄悄的爱，一次厚着脸皮的跳舞和在一艘游艇后面打几下滚。

飞驰使四周的景象仿佛连续不断的电影忽闪而过：一对对红光满面、笑容可掬、上了年纪的北欧老人，带着如花似玉一般的金发儿女；一群群风姿迷人、花枝招展的妇女，戴着五颜六色的遮阳帽，乘游览车来了，个个光彩夺目、眉飞色舞。高不可攀的瑞典女人和线条突出、热情洋溢的法国贵妇，如同从杂志封面上走出来；杂七杂八的英国女人，身穿窸窣作响的宽大披肩和连衣裙，出席酒会似的走向舞场，任由歇工的渔民和侍者亲吻。这一切就在眼前，多么美妙，看着它心中不时激起一丝淡淡的愁思。

但是，还有更阔绰的富人，人们几乎看不到他们的踪影，他们才真正的高不可攀。如果不是几次在公共场所见到，可以说他们已经销声匿迹了。偶尔几次参观镇子，他们都望着同伴，漫不经心地微笑着，似乎他们一直养尊处优，对此地毫无激情。他们的魅力和沉静使人联想起遥远的欢乐，他们的身体仿佛沾满旅途的金色风尘。他们满不在乎地走过来，同我们在咖啡厅里坐一会儿，一种氏族的和谐而清纯的光环使他们笑容可掬，显得与众不同。这个光环陪伴他们走向四面八方，保护他们不引起公众好奇，不会被遗忘和受到鄙视。他们中间有些中年男子给骑车人留下了特别深刻的印象：他们既不是游客，也不是当地人；住在专供消遣的别墅里深居简出，在花园和松林的包围之中，在悠闲平静和绿荫葱茏的消遣中对旁人视若无睹。他们的双眼已经为金钱所糜烂，他们发达的大脑已经刻下肮脏交易的斑斑疤痕。他们如同金盆洗手及时隐居的海盗，逍遥自在地坐在隔着栅栏几乎看不清的游泳池和网球场旁闭目养神。几个姑娘在那打球，大概是他们的女儿。然而永远不会有人知道她们究竟是主还是客，更不知道她们是否像远远望去那样年轻。特雷莎就在她们中间，她和应邀来别墅度周末的男朋友路易斯·特里亚斯·德吉拉尔特在一起。今天晚上，特雷莎是和她的男友及女仆一起在布拉内斯露面的，通常她很少走出自己的生活圈子，偶尔这样做也是为了进城，几乎从不到镇上去。不过，今天，从某种意义上说来，年轻的女大学生是因为机会难得（她父母全不在家），才在男友的鼓动和某些原因的促使之下突然来到了布拉内斯。什么原因呢？他绞尽脑汁，想探个究竟。

院外，摩托车的阵阵轰鸣在夜空中回荡，划破了宁静的夜空，绝望地宣告他落荒而逃。发动机的回声清晰地越过海浪的喧嚣，从敞开的窗户传进特雷莎的房间，她躺在床上，两眼凝视着暗处冥思苦想。姑娘神情忧郁地在枕头上转了转脑袋。当特雷莎·塞拉特又一次听见机器发出噗噗的声音，没有发动起来时，便一骨碌爬了起来，离开床慢慢向隔壁平台走去。她的一举一动中，那种及笄少女的郁郁不乐都是表面的：随着膝盖骄傲地一弯一曲，那突然僵硬的膝窝、懒猫一般随意扭动的臀部显露出一种奇怪的好斗性，脸上是一副愤愤不平的神情。她光着脚，边走边用枯柴般弯曲而僵硬的手将衬衣扣好。黄色内裤紧贴着大腿根，她张开手，用拇指和食指揪住短裤两边紧张地往下拽了拽，其他三个手指高高翘起，唯恐接触什么污物受到传染似的。在她闭上眼睛的同时，苍白的嘴上浮现出一丝轻蔑的微笑：她不认识他，但他身上有另一个人令人讨厌的影子。她走到玻璃门前，一阵海风拂动着她长长的秀发，露出颀长而浑圆的颈项，从平台照进屋里的月光犹如一团团白色的水雾。一时间，她的身躯沉浸在月光中，仿佛在闪光灯突然闪动下一动不动。

如果说一个女人的出身可以从脖子看出来，那么特雷莎·塞拉特是最佳人种的绝妙样板：母亲传给她一个漂亮而美丽的脖子，一张恰到好处的小嘴和足以展现满面春风的神奇表情。她歪着披散头发的脑袋谛听夜语的神态别具一格。她有蝶鱼的灵魂，注定要生活在璀璨的阳光和湛蓝透明的海水兼而有之、完美结合的地方，生活在热带的浅海水中。然而，特雷莎却念念不忘浊浪滔天的大海，因为那里有光辉灿烂、敢于战斗的楷模，因为同志们正在穷乡僻壤英勇奋战。她宛若一只华贵的家猫叹息着，盼望着上房顶看月光，她感到烦躁、无聊。她光着那双可爱的小脚，浑身上下闪现着她特有的妩媚：清澈明亮的眼睛、略带孩子气的臀部、足金一般的美发、如丝似蜜一般的颈项以及少女那柔软的后背，都显示出她所传承的母系家族是一个在困难时期依然丰衣足食的家族，无论进步的大学生承认与否，小鹿般细嫩的脖子和情态非凡的小嘴从小就显示出高贵的血统；因为在那儿，在她粉红色的、干燥而微微厚实的嘴唇上——特别是上嘴唇，就像穆尔西亚人有一次观察到的，有两个尖尖的小点向鼻子上翘着，显出一副滑稽而冷漠的神态，一副掩藏着她稍带孩子气、既娇宠又格外好斗的神态。这种神态好像夏日的一团海雾，散落在她充满敌意的古铜色四肢上，决定了姑娘多少有些刚柔相济的天性，那种纯真和骄横，脂粉之气和粗犷、成熟、百折不挠的反抗精神兼而有之的天性。

特雷莎用胳膊抵着栏杆，置身于淡淡的星光下。平台上，一把把遮阳伞、一盆盆长着大片亮莹莹绿叶的花木、一张圆桌和两把帆布椅悄然地留在那里，丢在一把藤椅上的一个小半导体正哼着一首软绵绵的新潮歌曲：

……明月向我诉说

她从未有过爱，
她总是那样孤寂，
面向大海寄托遐思……

站在平台上，姑娘可以看见码头，右边，网球场的铁丝网透过栅栏清晰可见。另一边，靠近树林的地方，摩托车仍然拒绝工作，那凄凉的喘息和干咳声在夜色中仿佛一阵报警的呼叫。这时，特雷莎听到屋里传来了脚步声。“现在他想干什么？他打算怎么样？”又是一阵噗噗声，这一次声音悦耳了，她明白了，摩托车恰巧在这个她不惜一切代价想避开的关头，在路易斯出现在平台上时向公路驶去。大名鼎鼎的大学生满头满脸湿漉漉的——他刚刚从洗澡间出来，用胳膊擦着水。他肩膀倚着门，神情沮丧地笑了笑，两只眼睛紧紧盯住特雷莎的后背。他穿着一件宽大的、好毛巾布似的白色运动衫和一条浅色的棉线裤。

“呃，你在这儿？”他明知故问道，“水真热呀……”他伸长耳朵听着远处消失的摩托车声又缀上一句，“听见了吗？我们的乡巴佬朋友又得逞了。”

特雷莎仍然背对着他。“哼！他比你更像男子汉。”她想。她本能地绷紧肌肉，第一次意识到自己的身体受到了侮辱，顿时怒上心头。她痛苦地想到，愚蠢的家伙有各种各样的，而路易斯，怎么说呢，却是一个想方设法故作聪明的蠢材。她转身朝着他，将胳膊甩到背后，继续靠着栏杆。她仿佛没有看见她的朋友：淡淡的目光飘过他的头顶消失在夜色中。路易斯满脸痛苦地揉了揉膝盖。

“多迷人呀，”特雷莎说，“他使我想起了很多被遗忘的朋友。”

她全然不顾自己的话语无伦次，轻蔑而鄙视的目光继续迷失在夜色之中。

“谁？女仆的男朋友？”路易斯问，他停顿了一下又接上一句，“喂，咱们心平气和地谈谈咱们的事，好吗？”

“没什么好说的。”

他又揉了揉膝盖，突然用一种不可一世的语气说，他刚才在澡盆边上狠狠地磕了一下，只要不疼了，他马上就走。

这时候，特雷莎才正眼看了看他。“傻瓜，大概连淋浴也冲了……”是的，怎么说呢，在他那俨然学生领袖和对未来充满狂热幻想的迷人外表下，只是一个意志薄弱、乳臭未干、令人生厌的男人。那双演说家般慷慨激昂的手，曾经带着资产阶级的丑恶思想，颤颤巍巍地停留在，怎么说呢，她草莓般的乳房上。那两只明亮的、苦行僧似的眼睛总是高高向上，对未来想入非非，刚才却不知羞耻地、贪婪地扫视她的身体。但是，他的声音却继续显示出德高望重的学者和老人特有的麻木不仁，仿佛竭力装作一无所知，竭力对这天晚上两人之间发生的一切漠然处之。因此，特雷莎怀疑，这个声音，甚至在他毫无畏惧地喊出响亮口号的紧要关头，除了表现出对一切一无所知外，其实没有任何价值。

“你父母什么时候回来？”路易斯问。

“明天，我已经对你说过几千次了。可能是今天晚上，我也不知道。回来更好。”

“特雷莎，你很清楚你这么肯定是有原因的，我会和你说清楚的，”他强作镇定地说，“你从来不拐弯抹角，而……”

“当然有原因，不过你不要为这么糟糕的事情多费口舌了。真可笑，我求求你不要说了。”

路易斯由于他的经历在学校里赫赫有名。他两次入狱，严刑拷打一直像忧郁的幽灵似的伴随着他（他有时会浮想联翩，陷入深深的沉默）。课堂上，大家说他是重要人物，如果这种奇怪的赞誉有所指的话，那恰恰是指这一点。一年前，特雷莎不知是猜到了还是预感到了，今天人们会将有这种名望的人奉若神明，不由自主地同他在校内外全面合作，她和路易斯似乎在“政治上很投缘”。这位经济系高才生的爷爷奶奶是地中海的海盗，父亲是五十年代初期靠进口妇女服装而成为百万富翁的精明商人，他高大、潇洒，然而有着松弛、伪善、合乎政客特征的五官，他肌肉粉红、头发卷曲而稀疏，目光明亮但呆滞，有如甲状腺肿大、变成呆子的卡佩多（唐人街一位传奇人物，他同他保持着一种藕断丝连、不寻常的、难以形容的友情。他管他叫小伊萨贝拉，顺便说一下，这使他既感到高兴又感到说不出来的难堪，一个小伙子，得了个女人绰号），一副循规蹈矩的神学院学生度假时的畏畏缩缩的神态被繁文缛节的神学、沉重不堪的概念或是脖子酸痛搞得摇头晃脑的，好像脖子脱臼似的，走起路来令人忍俊不禁。

特雷莎将视线从他身上移开，希望他尽快离开。“时间不早了。”她说。摩托车的声音早已在远处消失了。普普通通的人，幸福的人，平凡的女仆自有平凡的恋人！世界属于你们！她想，

“要是他现在走过来，使劲地拥抱我，用很大力气拥抱我，他或许不会失去这一切……”

两个人保持着三米的距离，一动不动。显然，路易斯未敢越雷池一步。他点着一支烟，几乎扯着嗓子：“想来一支吗？味道不错（真可惜，你明知道很差劲），地道的俄国货（更糟糕，也不挑个时候来召唤世人皆知的同情）。哈辛托从集市上给我带了几盒（行了，别说了，快住口吧）。”他神经紧张地、好像见不得人似的抽了起来，然后用手驱散飘浮在平台唯一点亮的灯光下，缭绕在他头顶上那一缕缕浓重而稠密的烟雾。特雷莎注视着他，证实了刚才第一次萌生的念头：站在她面前的是一个伪君子。传奇般的学生领袖所追求的，只是枯燥无味、残缺不全的生活，什么跳舞、游泳、谈情说爱，还有他现在表现出来的，同他所受的高等教育不大相配的包括抽烟在内的言谈举止。他不吞烟，而是让烟雾从嘴里往外冒，好像一团令人讨厌的泡沫洒在嘴唇上。

特雷莎发现自己一直怀疑那些抽烟不吞烟的人们是否道德。

“路易斯，你最好快走。”她低下双目说道。她本想再加上一句：“事情既然发生了，咱们的关系也只能超越彼此感情和个人利益了。”但是，想到场面的尴尬，她又觉得太郑重其事了。然而，要是能够说出这句美丽的话语，她一定会高兴的。可她把它刻在脑海里。再者，作为唯理主义者，她已经彻底意识到，他们之间，甚至是简单的生理接触也已经变得不可能了。因为，某种幻觉的刺激，某种长期抚爱的刺激，使他俩出现了目前这种悲惨的局面，谁曾料到呢？今天，他们度过了一个神奇的下午，然而，恰恰在这个下午，她认识到他们的关系近来渐渐密切起来，而这种关系有一种无法忍受的、令人奇怪的意味。一股强大的电流无时不在威胁着要毁掉他们：所有的情感和希望都按照一种生命观被连续不断地检验、挑剔、剖析和估价。这种生命观，很不幸，无论他们怎样信誓旦旦地力图否定这种生命观，都没有发生效力。因此，这种生命观同他们阶层的实际没有任何联系（“路易斯，左派资产阶级的路易斯，我的朋友，你必须承认这一点”）。这样，久而久之，他们发现相互之间恰恰产生了同他们的先进思想和主张背道而驰的东西：一对打骂夫妻。他们还来不及克服男女间的忸怩作态和他们所受教育的令人敬佩的残余影响，这种局面就出现了。使他们惺惺相惜的，还处在象征性的萌芽阶段的每一个表情、每一句话、每一次无意的注视或是任何举动（例如抽一支烟，那种令人讨厌的俄国烟）都会酿出一股无名火，眼睁睁地越烧越旺，变成一个有血有肉、能说会动、有着独立感受的魔鬼，击垮了他们之间建立在神圣的团结基础之上，曾经希望上升到爱情的感情联系。

这时，特雷莎又一次背过身去，聚精会神地注视静谧的黑夜。她尚在幻想能够捕捉到穆尔西亚人摩托车的余音，此时，半导体里的歌声正从远方，从美妙至极的夜空中送来它的倾诉：

……黑夜告诉我说，
它在冥冥的夜色之中
深藏着一阵阵亲吻声……

路易斯明白，她的表情显然是送客的暗示，他决定马上就走。或许几年之后他才会知道，自己本来可以争取一次的，如果大着胆子拥抱她的话，还有可能获得成功。但不知为什么，当他暗自神伤、对事情感到无能为力时，他的好朋友，唐人街那位传奇人物嘲弄而狡黠的面孔便突然出现在眼前的夜空，在铺垫着石榴红的背景上冲他微笑。

“好吧，特雷莎，我走，”他说，“说不定你父母今天晚上会回来。确实，咱们喝得太多了。事情已经过去了，你想怎么样。再说，也没什么了不起的，司空见惯了。下一次……（不会有下一次，不会有的，你心里清楚）明天我们到哪儿去找你呢，略雷特还是巴塞罗那？”

路易斯和家人在略雷特避暑，特雷莎经常开车去拜访他。顺路探望一些朋友，其中有大学生，他们在那儿野营。有时候她和小伙子在巴塞罗那约会。可现在……

“再见。”

几分钟后，终于只剩她独自一人了，特雷莎听到大门口路易斯那辆“塞阿特600”发动的声音。她闭上双眼，猛然用双手捂住面孔，想抑制胸中一阵突然涌来的、烧灼着她的奇怪的感情浪潮（“你的抽泣，特雷莎，你的大男孩”路易斯从监狱里写给你的一封信上就是这样说的）。她终于明白了，实际上，她希望他留下，希望他再试一次。

“你走吧，走吧，蠢猪！”她在脑子里喊，跑进卧室扑倒在床上。

她睡不着，琢磨着发生的一切。对她来说，承认事情也有自己的责任可不是件容易的事。像通常一样，她竭力找一番尽量客观的解释，同时避开某些远远超出她、路易斯以及他们共有的小天地的思想信念。她想起白天他们的活动，发现使她彻底失败的不祥之兆，早在临近黄昏的时刻，当她在码头上放游艇的缆绳时就已经初露端倪了。当时，路易斯正好跟她提到了玛露哈，说她自从有了男朋友就变得更美丽妩媚、沉默寡言了。正是那时，他们只字未提自己的事，突然兴致勃勃地一致邀请玛露哈出去。

“我正想跟你说呢，”路易斯跳上游艇嚷道，“这可真是个好主意。”

“可怜的姑娘，她多无聊呀，”特雷莎说，“她一定会高兴的，我去找她。”

“我等着你。”

两个人为这一想法感到满心欢喜。自从早上他们得知特雷莎的父母当天晚上不在别墅，只剩下他们自己时，沉默不语便增加了一种奇怪的沉重感。其实，他们邀请玛露哈完全是心血来潮，他们需要通过一个第三者来表露心意，因此，谁也没有玛露哈更为合适，因为借助女仆为他们发出的电流，他们才可以相互传递希望：这电流便是她和穆尔西亚人相爱的每个夜晚，便是他们私下的关系。自从去年夏天特雷莎发现后，他们就了解了，就暗暗羡慕、赞美这种关系。

不一会儿，特雷莎回到码头说玛露哈马上就来，她正在给路易斯收拾房间，就快收拾完了。正好，他晚上说不定不准备走了。

她还说她给了玛露哈几条裤子和几双凉鞋，式样稍微过时了，但全是新的，女仆穿上可漂亮了，迷人极了。正是那时——现在回想起来，特雷莎才明白那不是偶然的，他们第一次接了吻。他们在舱内等着玛露哈。午后，晴空万里，虽然时近黄昏，但是天气炎热，太阳高悬。一轮红日无力地把阳光洒满礁石上凿出的、通往码头的一级级台阶，玛露哈从那里出现。两个人眼睁睁地看着玛露哈摔倒了，摔了一个实在蠢笨的跟头：一只凉鞋卡住了，绊了一下。如果她摔在类似码头那样不太危险的地方，他们一定会大笑起来。她近乎发疯似的跳下台阶——准是害怕他们等得太久，挥着手向他们打招呼，样子多少有点做作（“哟……哟……”她说）。这时，她的双腿和光着的脚（轻便的凉鞋首先被甩了出来）突然使劲在空中摆动了一下，仿佛踩了一脚，紧接着便清楚地听到脑袋撞在最后一级台阶上发出的响声。他们在游艇上发出一声惊叫，跳上岸向女仆奔去。玛露哈躺在地上（几秒钟，可怕地一动不动），直到路易斯跑到姑娘身边，她才急急忙忙地爬起来，揉着脑袋，不好意思地笑了笑（“小姐，我真笨！”）。“可怜的姑娘。”特雷莎想。玛露哈四处扫视着台阶，寻找着鞋子，她太高兴了。

“玛露哈，就怪这该死的鞋子，”特雷莎说，“你不习惯穿它。早知道我就不送你了。”

“多漂亮呀，我会习惯的。”

“你真的没事？”路易斯殷勤地问道。

“没事，一点事也没有。”

“小东西，差点摔死你。”特雷莎说。

“没什么事，就是磕了一下。我是跑来的，收拾床耽误了时间，所以……”

“也许，现在想起来，叫她回家就好了，我明知道她摔得够呛。可怜的姑娘，她还竭力掩饰，可摔得太狠了。再说，这么一来，后来所发生的一切，对路易斯和我来说就完全不一样了。当时我们不明白，只觉得需要玛露哈的帮助，而且我们也不愿意让姑娘失去能够开心一会儿的机会。难道不是那样？我不知道。”

她自己（没错，我记得清清楚楚）坚持说没摔着，可以开船了。所以他们三人才乘着游艇，沿着海边转了将近一个小时。然后在一个无人的小海湾游泳，品尝玛露哈（可爱的小东西）专门为他们带去的新鲜水果。他们躺在沙滩上吃着，特雷莎和路易斯无微不至地照顾着玛露哈，向她打听马诺洛的情况、他们关系的进展，用一种父辈的关心和同辈的感同身受，拐弯抹角地为她出谋划策（其实对女仆毫无用处）。他们连番追问，简直是强求她证实他们对女仆和工人私结恋情的种种遐想。玛露哈满口谎话，她不得不胡编乱造投其所好，闭口不谈亲爱的马诺洛的坏脾气多么可怕，用心多么险恶。她说话的时候，两个人当着她的面，旁若无人地耳鬓厮磨，动手动脚，仿佛触景生情，受到了强烈的刺激，忘乎所以地动作起来，不论是否享受。也许，他们不想寻欢作乐，而是为了相互了解，为了证明他们依然存在。

回到别墅之后，他们决定三个人坐路易斯的车去布拉内斯吃晚饭，随后找家咖啡厅跳舞。玛露哈感到惊奇，倒不是因为小姐的慷慨大方，这点她已经多次领教，奇怪的是她知道小姐并不喜欢布拉内斯，而且他们在海上转悠的时候，两个人迫不及待的目光使她以为一下了船，他们就会甩下她。

布拉内斯热闹极了。特雷莎和路易斯一会儿手拉手，一会儿搂着腰，沿着挤满游客的大街、酒店，活灵活现地告诉人们他们属于西班牙风流人物：我行我素。他们在一家酒吧的柜台上吃完几盘饭之后，去了一家音乐酒吧（路易斯就是在那里一口气喝下了两瓶杜松子酒），喝了一杯库瓦利夫雷，跳了舞。说真的，玛露哈脚上的凉鞋仍然磕磕绊绊的，已经掉了下来，她觉得不好意思。她一直坐着，几次有人请她跳舞，她都没有接受。（"现在想起来，我也不知道她是因为对情人痴情不想跳舞呢，还是害怕把鞋子跳掉，反正她总是婉拒道：'我的头有点痛，谢谢，我不跳舞。'当然，那显然是托词。"）只有一次她提到了男朋友，惋惜他不能和她一起在这儿。路易斯和特雷莎答应她找一天四个人一起出来。这时，夜晚从一开始就属于他们的想法逐渐支配了两人的目光、双臂和喝酒时的举止。

他们在玛露哈面前紧紧地拥抱在一起，久久地跳着，你看我，我看你。当他们发现女仆不但可怕地心烦意乱起来，而且连眼睛都闭上了，（她大概犯困了。"这个穆尔西亚人，也是的，看来他一定是个傻瓜！"路易斯开玩笑说，"特雷莎，他准可以遂你心愿，成为一个非常有社会觉悟的工人。不信，你瞧着吧，不过，可以等一等，让她休息几个晚上……"）他们决定到他们认为会使玛露哈，当然也使他们，更开心更痛快的地方转一圈，小酒馆和小餐厅里可以喝酒，同陌生人聊天。可是，玛露哈虽然显得很开心，但总是无法摆脱身上的困倦。她心神恍惚，目光茫然，既不理会他们，也不在乎他们的温存：她已经不是那个传播幸福的电线杆了。大家决定回别墅去。

回家的路上，他们唱着（现在想起来真可笑）从特雷莎的一张伊夫·蒙当[①]的唱片上学来的法国抵抗时期的大众歌曲和游击队之歌。他们在大门口下了车，向昏昏沉沉但依然高兴地向他们致谢的玛露哈道别，到海边去散步。待到只剩下他们俩的时候，却出现了怪事：路易斯喋喋不休的甜言蜜语突然一扫而光，代之以一种沉重而无可摆脱的深沉，似乎两个人将在深沉之中度过夜晚余下的时光。（我见什么鬼了？偏偏在当时谈论帕科·略韦拉斯和拉蒙·吉诺瓦特这两个最近流亡巴黎的人？）他们谈论大学里流传的纳齐姆·西克梅特[②]的诗集，特雷莎曾答应借给路易斯《月光下，海岸旁》。她注视着饱尝铁窗、大名鼎鼎的大学生那庄重而令人浮想联翩的身影，在手指轻轻触摸臀部所生出的甜美快感中回忆起西克梅特美丽的诗句：

> 你飞快地摆脱了束缚，
> 拉住你的爱人。

她渴望路易斯做出一种尚未做出的反应（挽住她的胳膊，在

---

①蒙当（1921－1991），法国戏剧与电影演员。

②西克梅特（1902－1963），土耳其诗人，诗歌描写人民的痛苦，号召为建设新生活而斗争。

小区散步）。路易斯沉浸在好朋友们非常熟悉的平静之中：一种因为严刑拷打造成的平静。她对他说："不要再想它了。"说出来的语气却格外疏远，两人之间出现了一种尴尬的气氛。大概是为了缓和这种气氛，路易斯突然一反常态地装出一副使她恼火的幼稚可笑的样子，像一个不懂事的孩子抓住了时机，一边贴着她的后背磨蹭着，一边指着家里亮灯的窗户："看呀，看呀，别墅有灯光。你看呀，看见了没有？你看见了？那是谁，是小偷吗？嗯？"

"还能是谁，玛露哈还没干完活呢。别捣乱了，得了，你怎么变得傻里傻气的。"他们在松林之间漫步，他又说："你看，你看，你膝盖上有个虫子！"于是悄悄地给她揉。的确，他令人失望。这并非特雷莎所希望的。发生什么事情了？他们似乎处在一口深井之中，里面挤满了纳齐姆·西克梅特领导下的一群引人注目的流亡者。文绉绉的忸怩持续了一会儿：一度，特雷莎钩住他的脖子，想让他好好亲亲自己；一度，帕克·略韦拉斯和他朋友们令人敬仰的身影消失了，是巴黎和他们在一起。此时此刻，他已经魂不守合了，特雷莎提出回别墅边喝边聊。这是她的失策。现在看来，也许她有责任，是她突然做出的决定才导致这一切发生，才导致她这个夜晚的失败和耻辱。如果路易斯不赞成回去，继续坚持在那儿亲吻她（其实，不是现在，而是先前，他就应该不让她没完没了地散步，应该强迫她和他坐在沙滩上），她只会出于舒服的理由委婉地拒绝一下（比如说一句"这儿不行，有潮气"），而实际上这已经意味着她预先接受了上床的事实。凭这点，笼罩着他们的那片情不投意不合的可恨阴云也会飘然散去。可是在回家的路上，路易斯走在特雷莎前面几米处，一言不发，令人寒心地缄默不语，使事情更加难办起来。

“看呀，你说的小偷们已经把灯熄灭了。”她笑着说，企图缓和一下气氛。路易斯踏着草丛加快了脚步。

特雷莎拿了一瓶杜松子酒、冰块和杯子走上阳台，两个人挨着播放乐曲的半导体躺在一对帆布椅上。他们神情沮丧，无意中又犯了错误，这次是两个人共同犯下的：他们谈论起政治和大学生的活动。起初他们根本没有意识到，一切依然是心血来潮的表现，就像他们心血来潮做出了邀请玛露哈，送她凉鞋，去布拉内斯吃晚餐、跳舞、遛海滩和其他所有无谓的举动一样。或许这就是新一代英雄的大学生令人惊奇之处，这场有关严肃话题的讨论，逐渐以一种奇怪而无法避免的方式、无形地征服了他们，他们突然发现自己又掉进了新的陷阱。

“是的，特雷莎，亲爱的，我同意。”他几乎生气地说，“社会主义同资本主义相比，现在的世界形势发生了变化，然而只是量的而不是质的变化。你明白吗？还有，你为什么非要现在谈这些？”

“谁要谈？我？算了吧！我只想让你知道我了解得一清二楚，无所不知的少爷。正因为我了解，去年十月我才第一批冲上街头，请把酒瓶递给我，我明白，当然明白，所以我去你父亲工厂的次数比你们所有人加起来还多，虽然用处不大。但是，正因为用处不大，我才要求更多的聚会、更多的接触、更多的串联。也正因为如此，我现在才在这里和你谈论这一切。当然，我知道外面越来越把政治看作一种歌舞升平的政治，而这绝对不是为最终目标奋斗退却的理由。（我在什么地方看到过这句话？）但是，也必须看清形势……喂，你别再喝了，你一个人就把一瓶喝光了，一会儿你都不知道手往哪儿放了（当然是指无法开车了，不过大学生英雄莞尔一笑，尽管笑得很不自然，但他相信这是一种令人愉快的暗示）。“你在说什么？噢，好，好吧，我们不谈了。”但是他却振振有词：“我从来不莫名其妙地谈论政治，特雷莎。我只告诉你一件事，我们，少爷小姐们总是不把资本主义全面危机的影响看作一个长远的根本问题，但是不出五年，一切都会暴露无遗，事情不过刚刚开始。”

“危机？”她惊奇地说，“你算了吧，伙计！不会出现这种危机。就算资产阶级反对，它的反对也缺乏主动性、灵活性，我多少也认识几块料，你就是其中一员。”

“多谢，宝贝。”

“这不意味着有危机。你看，比方说爸爸：你明明知道他只有在看见收入日益减少时才会站出来反对，可收入没少反而多了！而且很多年都会是这样！”

“你胡说什么！你简直太糊涂了！真没办法，特雷莎，你简直是胡搅蛮缠！那好，你对反对党有什么看法？你难道不承认严重的经济形势是事实吗？”

“对谁？对爸爸可不是。看见了吧？你把一般的生活水平同一个特权阶层的购买力混为一谈，而……”

从来没有出现过现在这种情景，他俩的言谈话语更像在什么地方读过的陈词滥调，仿佛是用死气沉沉的钢筋、水泥和石块串联而成，如学术报告一样晦涩生硬的一派空谈。他们恍惚发觉，他们所谈的一切同现实毫无联系，（为什么？为什么偏在今天晚上？）使他们恼火的正是这一点，而不是因为他们各持己见。他们越来越觉得彼此疏远了。更糟糕的是，他们没有依偎在一起，而是忸忸怩怩地面对面坐着。眼下，他们好似痨病患者，缩在帆布椅上，在昏暗夜色的包围下竟然无法相互用拍拍肩膀来掩饰心中的烦恼。他们几乎看不见对方的脸，更没有力气活动。特雷莎猛地晃了晃脑袋，抖了抖自己的长发，叹了一口气。每分钟的沉默都好像一个炸药包：对话中的一次次停顿反而比对话更有意味。她想，或许只有她一个人意识到了他们之间的窘迫处境。“难道他特别不喜欢我？难道我说了什么小资产阶级的蠢话使他无法忍受？”路易斯穿着白色运动衫，躺在躺椅上悠来荡去，仿佛一次次从夜色中走来，又隐没在夜色中。此时此刻，他已经伸开手脚，平躺在帆布椅上。但是，他看到特雷莎交叠着的膝盖在黄色短裤的衬托之下格外醒目，宛若两个水灵灵的黑苹果，比黑夜还黑的苹果。

“喂，”他说，“你很清楚我谈论这些事情时，不爱动感情，我也不是知识分子。不久前我曾对蒙德莱尔和霍尔达说过：我的优点就在于没有任何艺术追求。”

“听不懂。”

“就是说我不想放弃做一个现实主义者。你说要把学术界组织起来，有更多的、更深入的接触（她根本不想谈这些，不过已经说出来了,但愿他不要误会),我不这样认为。我说过几百次了,大学需要有人天天准备上街去,而用不着聚到一起读圣书,读着读着总要无谓地争论起可恨的性欲问题(这一点她也不想说),或者听听游击队歌曲的唱片。不,亲爱的特雷莎,不,我很高兴,大学生们终于睁开眼睛了,我们上街不再是纯粹的起哄捣乱,我们的确在追求着什么,代表着什么。你一点也不觉得吗?”

“我不是指这些。不管怎么样,你已经看到这一切有什么作用了,一切跟从前一样。我认为……”

“跟从前不一样。我们已经组织起来了,我们第一次知道我们想要什么。”

“没那么过分。我认为必须学习,学习,再学习,尤其是女孩子。”

“你错了。”

说到这里,路易斯眯起了眼睛:特雷莎刚刚把手伸进了衬衣的领口里。她发现了他的目光,突然想到,如果她站起来请他帮忙把扣子系好的话,如果他决定……(一、二、三……)

“我好像看见你那漂亮乡巴佬的摩托车在树林里。”他突然说道。

特雷莎沉默了片刻。停住抚摸的手,拉起衬衣领子,她感到寒心,最后长叹了一口气。

“不是我的乡巴佬,”她说,“至于漂不漂亮,倒必须承认他漂亮,的确漂亮。”

“哈!”大学生英雄嚷了起来,“这下可抓住你了吧,你跟玛露哈一样迷上他了吧！不过明摆着你亏了，你是令人尊敬的小姐。”

“是的，朋友，我命中注定受苦。”特雷莎话中带刺地嘟囔道。

“你应该明白，”他装腔作势地说，“一个人不把命运同他所生活的世界的社会本质联系在一起，妄谈命运，那不荒唐吗？”

“路易斯，求求你，不要再说傻话了。”她躺在躺椅上向后晃悠着，仿佛突然被夜色吞噬，“我只在今年冬天的一个晚上，这小伙子陪玛露哈回家时，见过一面。我已经跟你说过了，他给我留下了非常好的印象。别冷嘲热讽的，听玛露哈说，他挺有意思的，你自己可以去证实。”

“玛露哈提到男朋友时有过真话吗？”

“请你不要挖苦她。你想让这可怜姑娘怎么样，她对什么都迷迷糊糊的。真的，跟我说起来都说不清楚，不过很快我就明白了，马诺洛很有教养，他受教育的方式也许比咱们好。至少他接触劳苦大众，接触好人……”

“我不信。”

“为什么？”

“我不知道，反正我不信。我们走着瞧，单凭他出海或是下地干活？”

“我不知道他在哪儿上班。玛露哈也说不清楚，你知道她记不住名字。不过那天你见到他了。他的坏心眼恰恰令人难忘，他的目光也不像那些脑袋规规矩矩装在肩膀上的家伙。他有……一种深沉劲儿，一种阶级的骄傲，你明白吗？一种无论你还是我永远都不会拥有的东西。”

“嗬，”他说，“他是菲利浦大帝，还是一个无政府主义者，等着瞧吧。我了解这些人。他们很会做戏。他们充满善意，但是他们没有主张，缺少办法。你不妨试试看和他谈上一天，就会发现他满脑袋糨糊。问题在于你喜欢他，觉得他长得不赖，而我觉得他是个十足的混蛋，你说呢？”

“路易斯，你真让人受不了，真的。”

英雄醒悟过来，挺起身，重新靠在椅背上。

“那好，你别当真，”他用正经的、郑重其事的口吻咕哝道，“你知道我非常担心不团结。我佩服大家，说真的，我明白大家已经尽力而为了。我不过是随便开个玩笑。”

特雷莎重新坐成原来的样子，翘着两条腿，一只凉鞋吊在脚上，晶莹的眼珠紧盯着她的朋友。一阵烦人的沉默。可以听得见秒针宛如一个没有拧紧的水龙头发出滴滴答答的响声。话题改变了：他们漫不经心地扯起对新小说的一些看法。特雷莎非常欣赏胡安·戈伊蒂索洛[①] 的一本小说《天堂里的决斗》（我借给你看，一会儿提醒我，在我床头柜的抽屉里）。路易斯则提起布拉斯·德·奥特罗[②] 的《我祈求和平与发言权》。她又拿来一瓶杜松子酒。这时，路易斯信口开河地扯起了西班牙青年的性欲问题（又犯了新错误而且是大错特错）。他重新向前探了探身子，眉飞色舞地连说带比画，脑袋仿佛压上了沉重的群星，缩在胸前。他们又争论起

①戈伊蒂索洛（1931－），西班牙小说家，其作品充满反叛精神。

②奥特罗（1916－1979），西班牙诗人，后期作品注重对社会问题的探求。

来，眼睛似乎在相互呼唤，嘴巴仍在喋喋不休。也许是酒精的作用，特雷莎感觉他们面目全非了，别人主宰着他们的意志。她意识到他们或许永远逃不出这条死胡同，除非两人中间有一个人立即有所表示。比如，她递过去酒瓶的时候，他拉拉她的手，或者想起把她脚上掉下的凉鞋给她穿上，随便一个意味着身体接近的细节足矣。但是他看上去好像不准备迈出第一步，特雷莎便决定主动……她为自己的主意感到开心，或许感到于心不忍，觉得这样对待一个腼腆的小伙子，未免太残酷了。在这种战斗中，他像所有英雄一样，需要帮助。她站起身，嫣然一笑，夺下路易斯手中的酒瓶。

“我可不想让你醉，听见了吗？”她说，趁着用手为他整理头发的机会，一而再再而三地把肚子紧靠在他的左肩上。这时，她心神不定地发现嘴里的谈话和手上的动作不协调（仿佛一段合不上舞步的音乐)，为了缓和自己唐突的举动，她又说：“必须承认，路易斯，在这个国家，一切刚刚开始。你不能一觉醒来就把一切改变，更不能牺牲我们年轻人最美好的东西来换取……”

当她发现路易斯打算站起来时，便转身朝卧室走去，想把酒瓶放到那儿。当听到背后传来的脚步声，她的双腿不禁微微颤抖起来。待她回过身来故作惊讶时，发现自己已经倒在了他的怀中。

虽然，眼前的一切可能使她感到滑稽可笑，尤其是路易斯正人君子的特有本性，但是为了今天，姑娘曾经走过一条漫长而艰难的道路（她刚刚痛苦地证实了，这是一条错误的路）。必须郑重其事地说，特雷莎属于那种坚定果敢充满激情的大学生，她们不知在何年何日曾经断定，芳龄二十还不知男人味道的姑娘将永远一事无成。应该给这种观点记上一功，功劳在于它鼓励年轻人对信仰、对青春年华和爱情的选择忠贞不贰，英勇献身。然而，由于我们的国度和因循守旧的我们中觉悟者太少，所以这种观点自然而然地会受到咒骂。但是，如果有一个人，例如使她迷恋至今的路易斯本人，他坚定的信念强烈地感染了特雷莎，使她看到自己同某种意识形态的紧密联系，她在校内外开展组织和领导游行，尤其是积极投身于有名的十月事件的这一切举动，其实不过是一种掩藏着今天晚上这样投身英雄怀抱、变成一位时代女性的内心渴望的变态反应，可以肯定，她不会相信他，更不会理解。然而，情况的确如此：她不知不觉地、起劲地在为一劳永逸地斩断情思做着准备。她总是说，一个人应当像接受阑尾手术一样，对这种手术抱着漠然置之的态度：因为阑尾是毫无用处、令人讨厌、只能带来麻烦的器官。虽然也不能忘记某种本能的作用（玛露哈以一种通俗但是极其生动的方式为它做了说明："小姐今天特别来劲"），但是理智的力量胜过了生理的力量，即使这样说是为了维护女大学生的清白和处于困扰中的贞操。

因此，纯粹出于同志关系，今后她也许会在一番婉转动听、几乎天衣无缝的分析中说，特雷莎·塞拉特现在甘愿做出牺牲，但当她发现英雄也在发抖时，她浑身无力，有些犹疑了。大概是为了消除此时此刻的装腔作势，消除这种他们从未如此诅咒过的、共同接受的资产阶级教育带来的恶习，他一边故作镇定地打着哈欠，一边揽着她的腰肢将她放到床上。她依然装模作样地谈论一位入狱的大学生（这位可怜的学生也许在这间屋子里为未来的崇高事业服务呢）。然而，一切毫无进展：他们立刻发现缺少某种形式，需要一把神圣的火。这时，他们才恍然大悟，有些表面看来无用的形式确有存在的必要。然而现在，怎么努力都无济于事。因为当他们还穿着衣服站在地上，刚刚开始拥抱时，她已经预感到他们无法同床共枕。此时，她也许不爱任何一个具体的人，不爱路易斯，不爱胡安和里卡多，只爱某个虚无缥缈的人，一个她曾经梦想过的奇特可爱的普通人，当然最好是一个志同道合的陌生人。她爱的只是一个充满活力的躯体、一声黑暗中的喘息、几句爱的呢喃和一阵温存的爱抚，仅此而已，别无他求。至于经历本身，好像做梦似的，只是一种模模糊糊的感觉，现实中完全没有经历过，没有痛苦：一次地道的阑尾手术。奇怪，她的梦有点像笑话中那位独身公主的梦：她悄悄地期待着皇宫在战争期间被无头的士兵占领。但现实是这张床上丝毫没有手术室专设的麻醉方法，更不像某些皇宫可以避免被攻占，现在，她仍然穿着衣服，侧身躺在那里，神志清醒地靠在一位稍纵即逝却又实实在在的人身旁，这个人似乎连脱光衣服的时间都没有。路易斯·特里亚斯·德吉拉尔特，梦境中的酋长，杰出的外科医生，他正在出汗、发抖、害怕。玛露哈，他害怕了，简直又蠢又笨，不可思议。马诺洛，他笨手笨脚。天哪，他怎么这个样子！最后，一切渐渐消失了。

8. 特雷莎的秘密

临近收盘之际，零星的反应之后，踊跃交易者导致买卖双方情绪低落，直到交易所打烊。

（国家股票交易信息）

如今，好梦难圆，欲忘又徒劳：似乎有个人抱住她口吐鲜血而死。她几乎来不及解开衬衫。也无暇去感受他的重压。他侧身躺着，像一只害怕老天爷惩罚的小鸟，拢着自己的翅膀，将湿润的脸藏在她的颈项中，突然，他浑身抖动，两只手在她的怀抱中可怕地抽搐着，缩成一团，发出一阵轻微的兔子般的尖叫声，随后像一只雄鸽飘然飞去。

一切就是如此。她，身体完好无损，精神茫然失措，肉体已遭羞辱，无地自容地背过身去（再也不来了，再也不来了）。过了一会儿，苍蝇嗡嗡叫了几声的工夫，她才发现他已经不在身旁了。直到这时，她依然没想起来，他可怜巴巴的声音曾告诉过她“我到浴室去了”。她听见浴室里有流水声。“他回来一定会跟我谈论弗洛伊德的。”她想。后来，过了好久，也不知过了多久，她听到玛露哈男朋友的摩托车声。这时，童年的一丝奇妙回忆，十岁的光景突然来到身边，在枕头温馨的芳香中同她形影不离的一丝甜蜜的朦胧之感、一阵无限的悲怆，传遍她的全身。她身子缩成一团，一种无依无靠的孤独感使她像一只受伤的动物，将头在胸前来回摆动。她知道窗户是敞开的，美丽的群星在夜空闪烁，海浪枉费心机地朝着她彻夜翻腾。楼下，在树林某个地方，在松树间，一位满头乌发的小伙子刚刚驾车而去，两只充满奇怪嘲讽的眼睛依然燃烧着狂吻之火。什么海边的夜晚属于她，什么身患肺结核的小姐在休假，纯粹是谎话！无法忍受的谎话！别墅，简直就是封建城堡！

她知道自己已经无法入睡，便重新爬起来，披上浴衣走出了房间。她穿过二楼的走廊，点亮灯，走下楼梯。她真想和谁聊聊，比如玛露哈。此时此刻，她的想法很古怪：就在那儿，在楼下，在女仆那间窄小而肮脏的小屋里，两个健康人，两个健康的男女刚刚又一次颠鸾倒凤。他们爱得直截了当，没有敲锣打鼓，没有装腔作势，没有海誓山盟，更没有任何形式的废话。他们怎样如愿以偿的？他们在恋爱？也许。他们做爱，和谐默契，这就是一切。多么完美的结合。她知道这不是第一次，去年夏天她就知道了。一天晚上，她下楼去厨房拿东西，看见玛露哈房门底下露出点点灯光。她听到有人在说话。忍不住从锁眼里看去。映入眼帘的是一幅永生难忘的景象：玛露哈倒在床上，双目轻阖，脸上挂着一丝甜蜜的微笑，小伙子头发蓬乱，黑亮的身体一丝不挂，正坐在床边慢慢地俯身亲吻她。

如今，她已经记不起那天晚上是如何彻夜难眠的，更记不起第二天刨根问底地和玛露哈谈了些什么。大概是在海边的最后一天，马上就要回巴塞罗那，就要开学了，天气已经不尽如人意，每天早上，乌云密布，凉风习习，只有她和孩子们，和那群由玛露哈照看的表兄妹们去海边游泳。上午，她跟着女仆和表兄妹们，穿着现在身上披的这件浴衣，手拿路易斯借给她的一本西蒙娜·德·波伏瓦的书向松树林走去，书上的第一句话（众所周知，今天的资产阶级分子心惊胆战）就使她激动不已。她边走边看，鞭挞的话语跳跃在眼前，阳光照射下，她感到心中一阵畅快。她听到树林里有熟悉的说话声，是两天前从马德里来接太太和孩子的哈维尔姨父，他和父亲及仆人在树林里。塞拉特先生在妻子的请求下，终于同意，尽管很勉强，前来察看被“星期天那帮来到你家大吃大喝、恶狗似的鬼混在一起的家伙们”——用塞拉特夫人的话来说——毁坏的篱笆。玛露哈领着伊萨贝尔姨妈的孩子们在特雷莎前面几米处走着，刚走到树林边上，孩子们拔腿就跑，女仆不知道有人在看着她，根本不阻拦，只是没好气地喊了喊他们的名字，嘴里嘟嘟囔囔，一种厌烦和悻悻的语气。与其说她是生孩子们的气，不如说是在生自己的气。有时，当玛露哈独自一人带孩子们去游泳时，常常光着双脚，穿一件宽大的短款无袖印花睡袍。对此特雷莎感到一阵毛骨悚然。

那天下午，特雷莎依然待在她身后十米开外，合上书，带着体谅的神情微微一笑，仔细地观察着女仆。她仿佛在女仆迟缓而沉重的步态中发现了确凿无疑的迹象。按她的想法，那天晚上做爱之后，他们的身体一定会保留这种姿态：她走路时脑袋微微后仰，脖子软绵绵地支撑着晃晃悠悠的脑袋，两只丰满黝黑的胳膊无力地耷拉着，似乎依然缠绕着昨日的激奋。特雷莎自己也不知道为什么，久久地将目光停留在她那有气无力地摆动着的、透出一丝已婚女人得意快感的膝窝上。秋风迎面吹来，肥大的睡袍紧紧贴着她的身体，美妙地轻抚着她的肌体，过了一会儿，又将它吹到身后，有如一团跳荡的火焰。霎时间，特雷莎感到未来在烈火中燃烧，身前几米外走着的那位姑娘，她飘忽不定的未来在烈火中燃烧。“她在想些什么？”她问自己，“从前她对我无话不谈，可现在她已经不相信我了。”她打定主意，要问问她，她在房间里接待的那个小伙子是不是她的男朋友。“不行，真笨，是不是又有什么了不起？”她不知从何说起。又像小时候那样跟在她身后走着。

她看见女仆充满欢笑的黑脸蛋，在池塘宁静的水面上微微低垂，一双充满梦想的眼睛，仿佛在波光粼粼的水面上寻觅着女人的命运，用手捂住两只裸露的小乳房：四十年代的一个夏天，小玛露哈正在浇地的小水塘里洗澡，从某种意义上说来，是她的身体，使特雷莎结束了平静的童年，跨过了骚动而新奇的青春期。她永远忘不了她的样子，更忘不了她当时说过的话（特雷莎，总有一天我也会像你一样到巴塞罗那去生活），因为自从那天她们一起洗澡之后，她耳边好像装了一台整流器，对生活发出的某种电波格外敏感：自我意识。这已经是六年前的事了，当特雷莎随母亲到雷乌斯附近的一座庄园（当时他们还没有这幢别墅，也不住在圣赫瓦西奥，而住在格拉西亚的圣胡安大街旁边）避暑时，两个人结下了深厚的友谊。玛露哈的父母是庄园的佃户，带着孩子和奶奶住在紧靠庄园的一所房子里，老奶奶一天到晚摆弄花，像照看一座农庄似的照看着小家。他们是安达卢西亚人，从格拉纳达的一个小镇迁到这里。当特雷莎的父亲买下庄园，打算把它改成卡塔卢尼亚一流的家禽养殖场的时候，他们就在那里干活。特雷莎愿意在庄园避暑。纯朴善良的佃户们一开始就征服了她。相反，那个管家，按玛露哈奶奶的话说，一个卡塔卢尼亚混蛋却令她讨厌。那是一个不露声色的人，总开着一辆锃光发亮的摩托车突然跑来，特雷莎恨不得把他的车胎扎了。似乎从那时起，她就学会了惹是生非，和如今跟朋友路易斯在学校里一样。

两个好朋友一块玩耍，相互诉说着全部秘密和渴望。玛露哈的哥哥比她大三岁，和父亲一起在地里干活，特雷莎几乎没跟他接触过。那时，玛露哈是一个性格开朗、性情粗野的小姑娘，她俩一起去镇上买东西时，她时常捉弄男孩子，给特雷莎讲他们放学后偷偷摸摸干的那些趣事。小姐听了又惊奇又羡慕。从特雷莎十一岁起直到满十四岁，过去了四个夏天。玛露哈比她大一岁，那时的一岁之差对新鲜事的敏感程度可比现在要高得多。玛露哈看上去要比她大两岁，天性活泼和本身的容貌给特雷莎留下了深刻的印象。那时候，特蕾莎还是个红脸蛋、娇滴滴的小姑娘，一双水汪汪蓝莹莹的大眼睛在那片天地面前，在无所不知的调皮女友面前，只能表现出好奇和胆怯。她崇拜佃户的女儿，因为她有一双迷人、明亮而大胆的眼睛，她有母亲每天精心为她梳理浓密的黑发（仿佛女儿的长发是那个身材高大、神色庄重、寡言少语、出奇威严的安达卢西亚女人唯一的心事——她已经重病在身，三年后就离开了人世。而塞拉特夫人则对她为女儿梳头撇下庄园的活计大为不快），她有黝黑的皮肤和讨人喜欢的眉眼，这一切对她来说就是生活的模样。后来，玛露哈的母亲去世了，塞拉特夫人便提议把她带到巴塞罗那帮忙操持家务，特雷莎喜出望外。可是在巴塞罗那，新的身份、仆人接人待物的清规戒律，没过多久便撕碎了从前联结她们的无形纽带；特雷莎的大学生活和时光的流逝，逐渐加大了金钱使她们之间产生的差距。她悄悄忘却了那天下午，当她们在水塘戏水，相互骄傲地展示着刚刚隆起的乳房时，生活在她们耳边娓娓道来的诺言。如今，没有任何东西联络她们。玛露哈好像根本没有意识到变化，只有特雷莎对这种变化感到深深的遗憾，因为她每天都在大学课堂里接受着新思想，所以，她的头脑更加清醒，更加成熟。她像亲姐妹一样爱她，劝导她，送她衣服，告诉她在什么场合应该梳什么头，穿什么衣服，应该怎么做。甚至有一次，那是几个月前，她在家里组织青年人聚会，乘机硬把她介绍给自己最亲密的朋友们（这就是玛露哈，我们从小就在一块儿玩）。玛露哈不但像通常一样，在特雷莎的帮助下端茶倒水，还以自己的方式参加晚会，在小姐身旁待到晚会结束。她穿着一件有点老气的裙子，面带一丝天真的微笑。还好，人们好像怕她伤心，一个劲地拉她跳舞：因为她的确风姿迷人（谁也不像她那样任人紧紧搂着，而且一声不吭，这简直像个天使），因为那群乳臭未干的少爷们实际上还没有染上任何社会恶习。然而，这一切并没有使姑娘有丝毫的开心。她不知道那里正在编织着女大学生又一个浪漫主义的神话，又一个粉饰着一知半解的进步主张的传说：超越阶级鸿沟，建立同志友情。此外，小姐这样信任她，至少在一开始使很多人感到惊讶，甚至历来对一切无动于衷的路易斯（他刚刚从监狱出来，沉思的目光显示出他刚刚经历过大世面）那天也不禁问道："这个小东西是谁？"当得知她是塞拉特家的女仆时，他大吃一惊（一时间，他显出一副害怕特雷莎和无产阶级不同他商量就闹起革命的样子）。但是，特雷莎拉玛露哈进入她的社交圈子，至少参加几次亲朋好友晚会的一番苦心——眼下她也无法再为她做什么，几个月之后，由于圣胡安晚会上发生的事而永远付之东流了。

那一次，她、路易斯和玛露哈一起出席了晚会，在那儿（据别人后来告诉她，就在她和好友内内、路易斯出去转了一圈的工夫，她轻浮得叫人恶心），玛露哈，从道理上讲，她去那儿只是为了帮帮忙，竟然被人发现在同一个不请自到的无赖在花园深处接吻（据别墅的小主人后来放马后炮说，穆尔西亚人的黑眼珠一开始就露着凶光），要不是人们以为那小子是特雷莎的朋友，差点把他踢出去。她问玛露哈事情的真相，女仆说她根本不认识那个不要脸的家伙（尽管她感到小伙子没那么坏），而且从此再也没有他的消息。特雷莎当面嘲笑了别墅的小主人，不失时机地嘲弄他是小资产阶级，大惊小怪，说他纯粹是庸人自扰。那一次，路易斯阻止了她慷慨激昂的冲动，把姑娘们送回了家。特雷莎告诉玛露哈，她不但有干任何事情的自由，而且认为她干得真漂亮，当着那么多装模作样的朋友让陌生人亲吻。“应该教教他们怎么生活，”她说，“你真棒，玛露哈，我看你能学会……”玛露哈挨着她坐在车子里，一言不发。特雷莎感到一股奇妙的激情使她不能自已：她看见好朋友的脸颊通红，不施脂粉、微微鼓起的小嘴令人嫉妒地扭曲着。正在这时，一个声音突然压过了她的全部热情，在心里对她说：你从来没有像现在距离玛露哈这么遥远，这里唯一经历进步人生的人就是这个怯生生傻乎乎的小姑娘。显而易见，发觉这一点使特雷莎感到一种难以形容的伤心：玛露哈对他们的先进主张从来不随波逐流，而是不声不响地独自走在前头，不需要提什么阶级论，结果很显然，她已经远远将自己甩在后面，至少在恋爱经验上；谁知道她是不是已经摆脱了可恶的贞洁观的束缚，那天她这样想。如今，昨天晚上她从锁眼里看见的那个赤裸裸的场面，足以证实她的怀疑是有根据的。她对这姑娘一往情深，为有人爱她而欣喜，同时，又感到惊诧和茫然，归根到底，那一番发现依然使她激奋和嫉妒。她的感受同她们小时候在一起时一模一样。

特雷莎加快脚步，来到玛露哈身边，亲昵地挽起她的胳膊。“喂，死东西。”她说。女仆微微一惊，笑了起来。“没错，真是一群魔鬼。”特雷莎补充说，她在指孩子们，“不过，也没多久了，他们明天就走。”玛露哈又笑了起来。她说她心里一定会惦念他们的：她同他们玩得很开心，不感到那么孤单。“你说得也对，姑娘，”特雷莎说，“我也开始讨厌这些没完没了跑来避暑的。不过，在巴塞罗那照样心烦。你知道吗？我真希望早点开学。”两人手拉着手，若无其事地（她们突然不知说什么好）望着脚下，紧跟着孩子们走进树林。树林深处，从别墅那边，传来了男人的说话声。

“你不换衣服？”来到海边时，特雷莎说。她脱掉了浴衣。

“我今天不游泳。”

玛露哈分给孩子们一人一个玩具铁铲和小桶，他们立即向海边跑去。太阳在一片云彩后面时隐时现，一阵微风吹来，令人感到一丝寒意。特雷莎躺在浴巾上，把打开的书（“我们开始向自己提出可怕的问题：我们的文明有可能不成其为文明吗？”萨特的女战友引用着骚塞的话说）往肚子上一放，望着玛露哈。

“玛露哈，我想问你点事……”

她肯定表兄妹们已经跑得够远了。也许是由于疯狂地渴望着和玛露哈交流的一种下意识的反应，她做出曾经多次独自一人在海边或阳台上时才有的举动：解开游泳衣的带子，将乳房呈现给温暖的阳光。玛露哈的眼睛一直看着海边奔跑的孩子们，突然间毫无表情地停留在小姐红润的乳房上。然而她的心思不在这里。不一会儿，她回过味来，露出一丝轻轻的微笑，望着也在微笑的特雷莎。

“丫头，可舒服了，”特雷莎重新翻开书说道，“玛露哈，还记得吗？小时候，咱们每年夏天都在庄园的水塘里洗澡……”

玛露哈心不在焉地抓起一把沙子。

“记得……你有事问我？”

（“不管是无产者还是知识分子，”西蒙娜说，“从根本上背离了现实：他们的意识被动地经受了偶然铭刻在意识中的思想、人物和感情的折磨，忽而客观因素像纯粹的机械游戏一般塑造他们，忽而主观意识本身带着迷乱的幻想改造他们。”）她下定决心：简明扼要、心平气和地把昨天晚上发现的一切告诉玛露哈。她既不想伤害姑娘的感情，更不想让人看出她在心底表示赞同时像新手一样表现出难为情。她唯一能做的，是表现出她对这件事的不满和惊讶，说那是自杀，是利用别墅进行私通。

“小东西，你没想到哪天一不留神会被别人发现吗？要是那天下楼去厨房的不是我，是妈妈或是伊萨贝尔姨妈，你想想会怎么样。他是谁？可以告诉我吗？”

玛露哈首先的反应是抽噎（她不明白，挨骂不是因为她的所作所为，而是因为事情出在她的房间里），结结巴巴地一个劲为自己和男朋友辩解，一时把特雷莎搞得不知所措。后来，当她根据对那些襟怀坦荡的青年工人的特殊了解（她断定女仆的恋人是工人），仔细想了想她的话之后，玛露哈的辩解反而使她感到惊讶和入迷。

“我们会结婚的，小姐……”玛露哈开口道。

特雷莎笑了。她欠起身向朋友凑过去，亲热地搂着她。

“我又没说出去，玛丽。你哭什么？你恋爱了吗？”

玛露哈点点头表示默认：“你……你真的什么也不会说吗？你真的不会把这件事传出去？”有时，她以“你”来称呼特雷莎，那是她们单独在一起的时候，从不当着别人的面，除非是自家人。

然而，尽管玛露哈尽量避免，但还是由于一种愚蠢的敬畏常常硬对她以您相称，这种敬畏使特雷莎很恼火。

“我什么也不说，”特雷莎应允道，“有多久了，你们在这儿，在你的房间里幽会？”

“有几个星期了。我们会结婚的。求求你，特雷莎，你千万别说出去，我一定不让他再来了。不管他怎么样，反正很好，就像您似的，也常常这样，他很革命，动不动就发火。不过不好的是，我觉得有的时候他总是躲躲闪闪的，他是为藏身才来看我的。就为藏身。”

“你这是什么意思？”

“唉，小姐，我不知道该不该……我不敢。你答应我不对任何人讲。”

（“流血和分娩的女性对生活的艰辛有着一种比生物学家更深刻的直觉。”西蒙娜曾对她说过。）

“算了吧，丫头，别犯傻了，我们还是不是朋友？你男朋友为什么要藏起来？躲谁？”

她几乎可以肯定自己是知道的，但是希望证实一下。她装作若无其事的样子，把打开的书放在眼前，目光消失在字里行间：是的，她在字里行间浏览，她在留心玛露哈·德·波伏瓦，那位马诺洛·萨特或是琼·保罗·“痞猴”的令人嫉妒的女友的每一句话。

“好吧……”

“这事真是难为情，”玛露哈说，“要是有一天他知道我告诉你了，非得火冒三丈不可。可不告诉你，还能告诉谁，真倒霉……”

"好啦，好啦，姑娘，沉住气，你又没跟妈妈说。行了，告诉我吧，也许我能帮助你……"

玛露哈咽了一口唾沫，望了小姐两眼，摆摆头，连说了两个不行。特雷莎一手拿书，一手紧了紧游泳衣的前胸，叹了一口气，仰面躺下，看得出来，她对朋友的不信任感到不快。"随你便好了。"（"实际上，所有的资产阶级都热衷于掩盖阶级斗争。"西蒙娜的声音在耳边响道。）

"可笑，"她不看玛露哈，径自嚷着，"你知道我想说你什么？玛丽，你有许多想法很愚蠢。"

她又拽了拽游泳衣。这时，阳光强烈照射着。她感到乳房深处注入了一股暖流、一丝甜意，突然，她下意识地伸出两只手，用手掌捂住乳房，带着自卫时一种特有的、不假思索的急切。她并不知道，一种向往已久的令人为之动情的气氛实际上已经驾驭了她和她的思想。她恍惚感到那个小伙子，那个围着别墅游荡、过着自己游手好闲生活的、不知尊姓大名的工人，以某种形式代表着社会进步。她合上双眼，想用双手为乳房挡住热气，两只乳头好像淡紫色的新葡萄，从手指间露了出来。突然，她相信了。她不知是工人贸然闯入了她的脑海，还是阳光的爱抚，使她从头发根战栗起来。突然间，似乎有什么东西迫使她站起来，也许，是玛露哈，是她终于装出打定主意的声音在向她坦白她的马诺洛。可是女仆刚一开头便又缩了回去，她不敢吐出那个可怕的字眼（小偷），它会说明一切，想到偷夫人珠宝的图谋，尽管那是没影的事。她最终发出一阵抽泣，彻底地打破了富有的女大学生歌颂英雄般的胡思乱想。

“肯定是工人，”特雷莎好像自言自语地说，“我不知道为什么，但肯定是工人。你怎么认识他的？”

“在晚……在一次朋友的聚会上（我不能告诉她就是晚会那个人，否则她也会认为他混进那儿是要偷什么东西），对，在别人家里。”

“是不是工人？肯定是。”她根本无心听答话：此时此刻，在美丽大学生的声音中有一丝隐隐的沮丧，一缕淡淡的惆怅，如同小时候，她向朋友刨根究底地打听她和男孩子激动人心的经历。不知什么原因，也许是突然发现了年轻工人的幻影，她急忙拉上游泳衣的带子。“他经常带你去聚会吗？”

“没有。行了，特雷莎！我说得不少了，求求你千万别说，太可怕了，我们可能会结婚，平平静静地生活，不过他……”

“他在哪儿上班？”

玛露哈对这个意想不到的问题感到吃惊，她刚要回答说很可惜，他没有地方上班，可是特雷莎又说道：“还有一件事，你帮衬他吗？”

玛露哈恼羞成怒，涨红了脸：“我？！老天爷，饶了我吧！他是一个疯子，一个没良心的家伙，他惦记我全是为了……他早就玩够我了，玩够了！玩够了！”

“好了，你冷静点。”特雷莎若有所思地说，“你别这么说。有的事情你不明白，玛丽。”

“我？我能怎么样？我算倒霉了。我爱他，我爱他……可您，您，还不知道更糟糕的事，小姐，您不知道现在他脑子里在打什么鬼主意！”

她打算说出珠宝的事。可是小姐似乎没有听她说话，要么便是以一种格外特别的方式听她说话和注视她：俨然一个乐迷，透过一片充满神思遐想的海市蜃楼，视而不见地望着女仆，哪里是在听她解释，分明是在她的话语中寻找乐趣。她突然笑了起来，重新用胳膊搂住玛露哈发抖的后背（姑娘，别担心，一切都会好的）。随后，两眼充满梦想地眺望着大海。她想把这件事告诉路易斯。一个惊人的消息：国家并不像有些人认为的那样，生活也并不像我们这些居心叵测的小姐们在这个做作的、令人又喜欢又讨厌的避暑地，所想象的那样枯燥无味。人们做事、做工、幽会，各施所长。她叹了一口气，玛露哈不知如何是好（后来她也许会想起一个奇怪的巧合：她在给小姐整理房间时，在她床上见到一本书，名叫《怎么办》），便背朝下躺在沙滩上，擦干眼泪。这时，一个大孩子从身后凑过来，把满满一塑料桶水倒在特雷莎身上。

“坏东西，何塞·米盖尔！”特雷莎嚷着，“你再过来我就扇你！你看你弄的！”

浴衣、毛巾、香烟加上波伏瓦的书，还有特雷莎金色的头发和黑黝黝的乳房全都湿成一片。她火冒三丈。表弟却一动不动地站在她面前，手拿着水桶嬉皮笑脸。特雷莎终于系上了游泳衣的带子。玛露哈朝小家伙儿做了一个手势。

“过来，何塞·米盖尔。”当他走到跟前，玛露哈用手绢给他擦干净鼻涕，把小游泳裤往肚子上拽了拽，亲热地往他的屁股上一拍。“去吧，看着小妹妹，别让她太靠近海边。要不你去找她，你们都过来，咱们玩游戏。”

特雷莎一边擦水，一边用忧郁的眼神望着朋友。她默默地翻过浴巾，重新躺在上面。玛露哈仰面朝天往沙滩上一倒。脑袋紧紧挨着特雷莎的头，不时用眼角的余光看看小姐美丽的身影、刚刚打湿的金发和迷失在天空的蓝湛湛的目光，她是那样美丽，“她在想什么，她再也不想知道马诺洛了吗？”当然想。她的忙，谁也帮不了。

“抽烟吧。”特雷莎说着递过香烟。她们的头在火柴紫色火苗上靠在一起，两人歪着脑袋为火苗挡风：几秒钟的时光里，她们好像时而在共读一本书，时而在共赏一件奇物。“他住在哪儿？”

“谁，马诺洛？”

“嗯。”

“卡梅洛山。”

“卡梅洛山？噢，对了，我想起来了。”

她仿佛一下想到什么开心事似的笑了起来，她正准备继续说下去，背后传来了父亲和哈维尔姨父的说话声。一听他们的笑声，就知道他们俩没有谈到那伙花枝招展、恬不知耻的男女私闯民宅、毁坏篱笆的事。玛露哈不等他们走过来便站起身去找孩子们。特雷莎明白她是不想让人看见她哭了才走开的。

这一切都是自己心神不定造成的。玛露哈为自己对小姐的坦白后悔不已，从那时起，每当特雷莎问起她的男朋友，她就含糊其辞。她发现小姐和她接触时变得更机灵、更精明了。她常常发现，特雷莎观察她干活时（例如擦桌子或是接电话），目光里有一种奇怪的专注，仿佛在她的一举一动中探寻着只有天知道的什么秘密。当玛露哈察觉时，她的目光顿时又变成善意的微笑或是会心的挤眉弄眼。至于那个长满金发的小脑袋当时在想什么，对女仆来说是个谜。几个月后的冬天，在巴塞罗那，特雷莎满心希望能够在近处看看漂亮的穆尔西亚人并和他隔着花园说几句话。因为那天在海边，询问过玛露哈之后，年轻工人的潇洒形象已经深深地铭刻在她的脑海中。曾经她感到幸福的机缘，好像阳光照在她裸露的乳房上一般降临在她的身上,这在从前好像一种梦的爱抚，然而自从认识了小伙子之后,她才对此确信不疑。当她向路易斯，自然是绘声绘色地，讲起她的神奇发现时（她用玛露哈都可能感到惊讶的赞美之词，描绘着一个想当然的工人积极分子），路易斯不相信。为了证明自己的态度，这位大名鼎鼎的大学生吹嘘自己在认定身份的问题上对中央委员会负有重大责任，这位深深打动特雷莎的大学生打算再向女仆提一些新问题。这不，女仆已经彻底证明了，如果不是她耍心眼，就一定是秘密组织纪律严明的成员们特有的自我保护的本能，所以她对提出的政治问题故作糊涂，特雷莎这样想。准是他男朋友出于安全原因禁止她向任何人谈及他的活动。难道路易斯还想要比这更好的证明吗?

这时，特雷莎·塞拉特一边想着玛露哈由于好运气所经历的一桩桩一件件事——这些事同她今天晚上的不走运截然不同，一边走到别墅的楼梯，犹豫着是否应该把玛露哈叫醒聊一会儿。她来到楼下，穿过门厅，点亮了客厅的灯，往沙发上一躺，顺手抄起一本服装杂志。过了一会儿，她把杂志往地上一扔，重新站起来，不知想起了什么（再也不会来了，再也不会来了），两只眼睛湿润了。她走到厨房（玛露哈的房门下没有一丝灯光），从冰箱里拿了一杯果汁，几乎要哭出来。寂静的家使她神经紧张，她加快脚步，转身跑过走廊，一头钻进客厅，一手拿着果汁，一手举着杂志，重新往沙发上一躺，抬着膝盖，情不自禁地左右摇晃起来。几乎听不到海浪的喧嚣。窗棂外，一抹嫣红的光芒从海岸线浮起。浴衣在膝盖机械的摆动下敞了开来。特雷莎依偎在沙发上，竭力想把自己可怜的女人气质同杂志上令人眼花缭乱的绫罗绸缎和各色毛皮联系在一起，竭力同那个光怪陆离、引人入胜的世界联系在一起。两条红润的大腿不由自主地合着海浪的节拍微微晃动起来。她刚刚注意到杂志上的占卦预言，突然有什么动静扰乱了她的注意力。原来是自己皮肤的摩擦声。她一动不动。湛蓝的眼睛湿润了，蒙上了一层薄霜。她蜷缩在长沙发上，下巴抵着胸脯，长发披散在脸上，为一个美丽神话的破灭流下了悲伤的眼泪。泪水滴滴洒落在服装杂志那精美光滑的书页上，上面的预言果真说：今夏，爱情改变了你。

9. 医院

丑恶和私通的产生是有征兆的，然而没有任何征兆出现。

——圣马特奥

奥里奥尔·塞拉特走进巴尔梅斯医院，他亲热地和管理人员打了个招呼，以一种与他五十岁年纪不相称的敏捷走上楼梯，然后沿着二楼墙壁粉刷一新的走廊，径直来到 21 号房间门口。进门之前，他稍停了片刻，用手帕擦了擦额头的汗珠，然后手按着腰部，仿佛腰疼似的打开房门走了进去。时间：上午十一点。

乳白色的光线透过卷起的白色百叶窗照进屋内，包围着他的妻子和女儿。她们正坐在玛露哈病房隔壁的一间小客厅里低声交谈着。

“怎么样了？”他问。

“老样子，”塞拉特夫人从一个袋子里取出手绢和几件换洗衣服，说，“只是一直叫着一个叫什么马诺洛的人。你吃早点了吗？”

“那个人是谁？”

“这还想不出来？你吃早点了吗？”

“吃了，夫人。”

“是她的男朋友，妈妈，”特雷莎插言道，她坐在皮扶手椅上实在是有气无力了，“我跟你说过是她的男朋友。必须通知他。”

“我看完全可以。不过，据我所知，玛露哈无论现在还是从前根本就没有过什么男朋友。”

“你知道什么呀，妈妈。”

“那好吧，你看着办吧，这我不管。但必须马上通知她父亲。”

说罢，她望着丈夫，仿佛在等待他对她的提议做出一个确切的答复。可是塞拉特先生未加理会，穿过客厅向玛露哈的房间走去。他的鞋踩在淡绿色的镶砖地板上吱吱作响。他稍稍推开房门向里望去：姑娘的脑袋露在被单之外，两眼紧闭，双唇半张，下颌翘起，仿佛在畅饮一股无形的泉水。大理石般的额头上布满了汗珠。一位护士，正坐在窗户旁的椅子上看书，她抬起头，朝门口望了一下。塞拉特先生莞尔一笑，打了个招呼，重新关上了房门。还好，护士在那儿，一切都如他期望的那样有条不紊。他做出一副嗔怪的样子，回身看了看还在那里低声说话的妻子和女儿，又穿过屋子往椅子跟前走去。他套着件蓝色夏装，心情激动，鼻子使劲喘着粗气，走起路来，两只手掌朝身后翻着，一反惯有的敏捷，小心翼翼地晃动着双手，似乎害怕搅动诊所被传染的空气似的。一摇一晃有如一部加满润滑油、即将开动的机器一般，显得机械和本能的僵硬。奥里奥尔·塞拉特身材高大魁梧，两鬓银丝，胡须花白。又黑又长的面孔和漂亮的下巴，略显咄咄逼人和冷酷（那是一种后天造成的冷酷,某种意义上说是抽烟斗造成的，抽烟斗使他下颌变形，显出一副准备吐痰或骂人的神态），依然还保留着三十年代风靡一时的男性美，保留着一种卡塔卢尼亚风格。一种匆匆过客捉摸不定的表情经常浮现在他的脸上，并由于相貌堂堂而跻身于那群劳苦功高、风度优雅的无名长者之中。据说，他们无一例外，都希望凭着精致迷人、精心修饰、式样新奇的伊比利亚小胡子使青春永驻。但是，不管他那张魅力寻常的脸引起什么非议，奥里奥尔·塞拉特的确与众不同。他尖尖的小嘴永远在审时度势,表现出卡塔卢尼亚商人一种狡黠的神态。的确，那是一张奇特而能言善辩的利嘴，它独具生命力，只要他认为谁办了蠢事（例如谈论政治），那张利嘴随时都会犀利而充满怀疑地一露锋芒。落座之前，他用手压着上腹看了看妻子。妻子熟悉那种神态：一场不愉快即将爆发之前，他总是露出这种神态。

“玛尔塔，”他坐到椅子上，说，“别忘了你妹妹今天下午从马德里来,你应该在布拉内斯接她。我们在这儿已经无能为力了，这不是一天两天的事，你成天守在这里，明明知道……这实在是荒唐。”

“奥里奥尔……”

“我们该做的全做了。护士从早到晚都守在她身边，你还想怎么样？回别墅去，我明后天，处理完一些事情就回去。可以常来看看她嘛……”

“奥里奥尔，求求你，小点声。”她祈求着，望着他好一阵子没说话。的确，她怕惊动玛露哈，是出于一片好心。

“一定要想办法的，不过要慢慢来。”他回身冲着女儿，“特雷莎，你想干什么？你这孩子，总不能玩命呀！”

特雷莎疲劳不堪，昏昏欲睡。

“我不走。”她讷讷道。

“又一个胡来的，”她父亲蹙着眉头，“你应该回家睡觉。”

“我很好，爸爸。”

“你三个晚上没合眼，累坏了吧。”母亲说着想用手摸摸她的额头，可她闪开了。

“行了妈妈，别管我，我没事！”

她两只湛蓝而忧郁的眼睛在精美光滑的眼睑之间躲躲闪闪地转动着。三天前，玛露哈被送进了医院，病情一直很严重，她也已经三个晚上，加上父母不知道的前一个晚上，几乎没合眼了。从早上她躺在别墅的长沙发上（几个小时前，服装杂志从手上滑了下来），被女厨子的惊叫声惊醒，她就没打算离开朋友。是做饭的老女仆特克拉奇怪玛露哈怎么还不来，跑去叫她的时候，才发现她昏倒在床上。佃户们一直以为她消化不良，中暑了。特雷莎焦急万分，隐隐感到有愧于心，连忙用一条毯子裹住玛露哈，在老女仆和佃户的帮助下，把她塞进自己的汽车，送到布拉内斯诊所，又在那儿乘一辆市政救护车转到了巴塞罗那一家私人医院，塞拉特先生事先接到了女儿的电话，在医院里将一切安排就绪，正在同妻子及医院院长、他们家的好朋友萨拉迪奇医生一起等候着。特雷莎开着车跟在救护车后面。萨拉迪奇医生详细地询问了玛露哈头天干了些什么，特雷莎告诉他，她在码头的台阶上摔了一下。“可是没受伤呀，”她说，“反正当时我们觉得她没摔着，她一下午都和我们在一起，晚上我们到布拉内斯去了。她特别困，就早早地躺下了。你认为她是什么时候昏迷的？”“恐怕是睡觉的时候，要不就是早上起床时，这可说不准。”外科医生解释说，从摔伤到出现昏迷经常出现间隔，有时甚至会间隔整整几天。外科上没有什么可做的，只能休养。“不能动手术，”他补充道，“是瘀血，但没有血肿，只是局部出血，扩散到整个头部。”（“用不着动手术，小伤。”外科医生望着惊慌失措的塞拉特夫人解释说，她的情绪已经一蹶不振。）情况很严重，可除了等待无事可做。玛露哈没有恢复知觉，只是不时地低声嘟囔着几个毫无意义的字眼。

连着两天晚上，特雷莎都是坐在一把扶手椅上，紧靠在朋友的脑袋旁度过的。昏睡中，玛露哈不时发出微弱的呻吟，念叨着马诺洛的名字。只有一次，她睁开眼睛，死死地望着特雷莎，可是又好像没看见她似的。那是第二天晚上。从那时起，她就陷入一种更加深沉可怕的沉睡之中。萨拉迪奇医生吩咐一位护士随时守候在她身边。“你看到了吧？”塞拉特夫人认出了当天值班的护士，强作欢颜地对丈夫说，“去年夏天在帕尔玛，在饭店里，萨拉迪奇医生给咱们介绍的就是那个姑娘……”丈夫打断她的话，说她可能看花了眼。那边，特雷莎两只湿润的眼睛一遍又一遍地扫视着白色被单下衰弱不堪、一动不动的身体。头两天，母亲一直在那里待到半夜，劝她睡觉去。“要走我们一块儿走，如果运气不好的话，我再一个人出去。否则，我不走，我不会离开这儿。”第三天夜里，大约四点钟光景，特雷莎似乎觉得玛露哈要死了，突然感到孤单，扑到护士怀里哭了起来。“玛露哈，玛丽……”她抽泣着，她又看见她站在礁石上挥动着手，她的腿在颤抖，可恨的凉鞋在空中飞舞。她想起路易斯，想起了同他的谈话和一次次接吻，她的哭声越来越大，终于哭得护士也动了情，护士是一个圆滑的马略卡女人，鹰钩鼻，红嘴巴，宽胯骨，刚巧由萨拉迪奇医生做过阑尾炎手术（手术非常成功）。护士拉着她的胳膊说：“没问题，相信医生吧……”劝她睡觉去，可她执意不走。她望着玛露哈痛苦的脸庞。女仆的额头上淌着汗水，嘴唇翕动着，断断续续地呼唤着同一个名字：马诺洛。今天上午九点钟，特雷莎出去喝了一杯咖啡，回来时碰见了母亲。

母亲好像没太在意丈夫正对她讲话：“不要再说了，玛尔塔。你把车开走吧，我用不着了。”

他知道玛尔塔稍微推托一下就会服从的，但是他也怕争吵。他看了看妻子。她穿了一件棉布连衣裙，上面点缀着红蓝相间的熟羊皮装饰，拿着一个同样质料和颜色的旅行袋。她直挺挺地坐在扶手椅上，两腿紧紧并拢，背对着百叶窗。在间接而飘浮的阳光下更显得雍容华贵。她是一个极其保守的女人，比他更胜一筹。浑身肌肉令人惊奇地承受了四五十个春秋，依然奇迹般地结实丰满，毫无松弛之嫌。当她身穿比基尼泳装，领着狗和外甥们在海边飞跑时，当海水和阳光照亮她的皮肤时，塞拉特先生赞叹不已，又来估量美丽的身体所蕴藏的力量，同时又突然感到生活并非永远像音乐一样动人：他是一个醋劲吓人的男人。然而，他也不知道究竟为什么，每当他看见妻子大腿时，便心如止水。玛尔塔·塞拉特有两条强健有力、略显粗壮的大腿，变了形的踝骨被阳光烤得通红，使她怨声不迭。她有一张精致的鸭蛋脸，小巧玲珑的下颚、密密麻麻的雀斑、水灵灵的眼睛外加青年人草秸似的长发，略像美国人，她几乎可以像女儿一样选择发式，保持着少女般的绰约风姿。塞拉特先生早在青年时代（的确，他如今的朋友里很少有人知道他那段艰难而风流的青年时期）便为她的美貌而倾倒，而今依然感到深深的迷恋。然而不能忘记，他的妻子有两条真正卡塔卢尼亚的、健壮、可爱、给人以安慰、令人心定的腿，这两条腿表明了主人有健康的心理和坚定的信念，表明她在孜孜不倦地追求舒适的家庭生活以及恪守对丈夫的百依百顺，尽管也许有些小小的龃龉。总之，两条腿充满恭顺之情乃至持家之望，象征着一种牢固的实用主义和一种坚实的山地人的美德。大腿似乎在说："随你的便吧，奥里奥尔先生。"

由于玛尔塔·塞拉特是在一座堆满卷帙沉重的百科全书和各类中国图书的破败花园中长大的（她父亲属于一个家道中落的名门望族，战前是马略卡帕尔玛研究所的法文教授），所以，有些令人惊奇的事情她却常常不以为然，例如，女儿为维护文化而在大学里搞抵抗主义，但是，她一切听凭丈夫决断。"萨拉迪奇会及时打电话通知我们，"丈夫说，"再说，你可以经常来嘛。特雷莎爱怎么样就怎么样吧。"

"我留下，爸爸。"

“你在哪儿吃饭？”妈妈问道，“比森塔跟着我，我需要她，可怜的特克拉不能一个人在那儿什么都管，更不用说眼下伊萨贝尔又带着你表兄妹们来了……”

除了玛露哈和做饭的女仆，还有另外一个女佣，一个上了年纪的瓦伦西亚女人，她要一直在巴塞罗那待到八月份，照顾因工作而只能在别墅过周末的塞拉特先生。他反对道：“我这儿需要比森塔。”“就几天工夫，”她说，“你可以去饭馆吃。”塞拉特先生早已不耐烦了。他站了起来：“不是几天的问题，玛尔塔，你没听萨拉迪奇说吗，这姑娘说不定一个星期，没准六个月都……”突然，他们听到一阵强忍的抽泣声，在窗户那儿：特雷莎猛地站起来，背过身去。红艳艳的长裙子下暴露的美丽肩膀在百叶窗缝里射进的条条光线下颤抖着。

“特雷莎，孩子，”母亲朝她走去，说，“好了，好了，别哭了。”

“她人还在那儿，你们怎么可以这样说话。”立场坚定的金发姑娘嗔怪道。

母亲揽着她的肩膀，让她坐在自己的身旁。望着丈夫，好像在说“你看你搞的”，可话一出口却变了样：“不成，要是这孩子一不高兴给咱们惹出事来，你等着瞧吧。”

“萨拉迪奇查过房了没有？”她丈夫吼叫着。

“半小时以前。我求求你命令女儿回家去睡觉……”

此时此刻，塞拉特先生所担心的不是女儿的哭泣，而是从三天前开始，他无论到哪儿都晚半个小时。

“医生说什么来着？”

妻子递给特雷莎一块手绢，叹了一口气：“你让人家说什么，还是昨天那些话。说什么必须等待，什么也做不了。我的上帝，我真不明白这丫头怎么摔成这个样子！大概脑子本来就有问题吧。”

“别说了，玛尔塔。”

“我跟你说，必须通知卢卡斯。”

“我看暂时没必要。该做的都在做。等一等也不碍事，省得惹那个人不高兴。”

那个人，就是玛露哈的父亲卢卡斯，他住在雷乌斯的庄园。塞拉特先生热得气喘吁吁，朝门口走去。“不管怎么样，”他又说，“我看非得跑趟雷乌斯。我马上去找萨拉迪奇。等我回来就送你回家。”他小心翼翼地关好门走了出去。特雷莎重新站起来，背对着母亲，抱着胳膊站在百叶窗前。

“你还想去卡梅洛？”母亲问她。

特雷莎满脸厌烦地闭上了眼睛。起先，塞拉特夫人并不反对通知玛露哈的男朋友，当她知道女仆已有了未婚夫，有更合适的人来分担这场不幸后，甚至还很高兴。谁知等她知道了那人住在哪里后，态度骤然大变。

“卡梅洛山？我得对玛露哈父亲负责，”她说，“你早应该提醒我她和那小子的关系。”

“是她的男朋友，妈妈。”

“男朋友！准是个想占女佣便宜的不要脸的东西。再说，他住在卡梅洛。好了，好了，别再提了。谁知道那地方会出什么事。”

对塞拉特夫人来说，卡梅洛山就像遥远的非洲国家刚果，有着自己不同法律的另一个世界。遥远的红色火焰依然常常透过她现实生活的蓝色长明灯突然出现在眼前：一尊老式的高射炮正在卡梅洛山顶轰响，震得全区的玻璃哗哗作响（那时正是战争时期，他们住在格拉西亚区，人们都管那尊可怕的大炮叫“爷爷炮”）。她还想起战后的头几年，一群群孩子不时一窝蜂地从卡梅洛、吉纳多和卡萨巴罗跑下来，像一团稠稠的岩浆，踩着用轴承做成的小车，咿呀呀地呐喊着，打着石头仗冲进城里宁静的富人区：简直是地地道道的土匪。他们是战争难民的孩子，一群用橡皮筋和皮弹弓武装起来的无赖，打路灯、扒电车。想到这里，她便对女儿说：“你可能已经记不清了，不过你小时候，卡梅洛有一个坏人差点把你杀了……”

特雷莎神情奇怪地笑了笑。霎时间她仿佛又闻到了圣胡安大街附近自家楼梯上，那个黑暗的角落中散发出的潮气，感到了那小子局促的喘息、衣服散发出的强烈酸臭气和那只抓住姑娘辫子强迫她慢慢转过脸来的脏手，听到他一次又一次地重复着一句奇怪的话（“你说，傻瓜，说出来，笨蛋”）。

“我记得，妈妈。”

“得让路易斯陪你去。”

“我跟你说过我用不着人陪。”

她微笑着转过身，走到母亲身旁坐下，搂着她的肩膀。“一切都是以前的事了，当时谁的日子都不好过，她还是个胆小怕事的小姑娘。而今，时过境迁，卡梅洛山早就没有无赖了。”她亲了一下母亲的脸颊说。她的吻，让人感到她将一意孤行，独自前往卡梅洛。此时此刻，她用一双含笑而固执的眼睛定定地望着母亲，显示出其中所包含的不尽是娇生惯养的姑娘特有的单纯和执拗。八个月前，当她同警察发生冲突，差点被大学开除的时候，母亲所看到的也正是现在这种目光。现在，她又和当时一样心神不定地说："孩子，你同你可怜的爷爷一样。"同当时一样，她现在也错了。

丈夫来接她了，塞拉特夫人站了起来：

"我希望，"她对特雷莎说，"你不要干蠢事，马上回布拉内斯来。喏，把这件衣服放到柜子里。"她推开玛露哈的房门，往床上看了一眼（"回头见。"她对护士说），然后关上门，"有事及时告诉我，明天上午给我打电话。再见，留神点。"

特雷莎走进玛露哈的房间，把衣服放进衣柜。护士冲她笑了笑："根本就用不着。""都是妈妈事多。"特雷莎回答道。她走到床头前。玛露哈依然一动不动，两眼紧闭，双眉紧锁，不知被什么念头或幻觉迷住了心窍。"他必须来看她，必须让他见到她。"特雷莎暗暗地说。每当她看到那副苍白的面孔，就感到一阵可怕的空虚：在蜡一般的眼皮上，在为某种声音或心中的幻觉感到痛苦和烦恼的眉头中，在紧咬的苍白嘴唇间，特雷莎良久而无奈地探寻着。她在探寻，除了失去贞洁、爱情和死亡的迹象，女仆在接触某些并非行之有效的真理上，在深入将来的某些陌生领域时究竟还有什么与众不同。为什么这个无依无靠、平平常常、奇怪的小姑娘总是走在她的前面，比她生活得更紧张、更充实，更充满激情……

“喂，”她蓦地望着护士说，“能来一位朋友看望她吗？”

马略卡护士说起话来像催眠的和平鸽在啁啾，格外职业化：“医生不想看见病房里超过两个人。”她沉默了片刻，“当然如果就一会儿工夫的话……谁？”

“她的男朋友。”

护士垂下双眼。白色的袜子使她的腿显得臃肿。

10. 重逢

神情忧郁的温柔女孩，

走下汽车，

召唤我。

——彼德罗·萨利纳斯

她开着“佛罗里达”缓缓向卡梅洛山顶驶去，穿着打扮透着轻松愉快、舒适宜人的气息，令人难辨身份（金发上扎着红头巾，蓝眼睛上架着太阳镜）。车子已经到了科托伦戈附近，紧靠格尔公园侧门的弯道处，阳光下，一群孩子在一片开阔地上踢足球，从那儿可以一览无余地欣赏到一组奇特的“群雕”。从前，他们一定是一支军乐队，如今依然纪律严明，整齐划一（保持着挺胸抬头的英姿），两只旧鼓，一把破号，在险峻的山色中奏响着一曲永无休止、枯燥无味的起床号，好像终于找到了工作，找到了生活真谛的瞎子和傻瓜。那是些瘦弱的小伙子，身穿肥大的裤子，腰扎塑料皮带，上身花色迷彩服，光着脑袋，直挺挺地以动人的军人气概执行着遥远的命令。仅仅一眨眼的工夫，仅仅一个信号，太阳在铜光闪闪、伤痕累累的破军号上眨一下眼睛和神经忧郁的军鼓发出的一声陌生的震响，对她说来，已心满意足，更坚定了自己发出的誓言："从今往后……"车一直开到了卡梅洛山顶，直到她停住车（很巧，车离自行车铺很近），看到孩子们半光着身子在打闹，几个看热闹的围了过来，她才意识到一开始应该把车停在下面，步行上去，免得引人注意。正午的太阳当头照，感觉不到一丝风，军号和战鼓仿佛响彻四处。

车与姑娘的结合是完美的，完美得几乎令人难以置信，它如同午间的梦在眨眼之中消失：她下了车，穿着那件漂亮的玫瑰色背带连衣裙，脚蹬白色高跟鞋，不仅孩子们围了过来，就连左邻右舍的女人们也站在门口观望。她一时晕头转向，过了一会儿，她问一个小孩："喂，小家伙，你认识一个叫马诺洛的小伙子吗？"答话从一家面包房门口传到她耳朵里，那是两张开怀的笑脸，充满热情的表情，两个肥胖的年轻女人用手遮挡着刺眼的阳光："这儿，在车铺……"其中一个恶狠狠地瞪了姑娘裸露的肩膀一眼说道。可是小男孩已经指着大街尽头寺庙那边说："不，他在泉水那儿。"特雷莎谢了一声，在鼓乐号的伴奏下，尾随着那群小家伙走去。经过德利西亚酒店时，她听见里面在下流地调情打趣，然而，那是一种尽管粗鲁却无法掩饰心中一丝凄凉和惆怅的粗言秽语。她看见门口有两个穿汗衫的年轻人勾肩搭背，相互支撑着，眼睛则跟着她转。再过去，在泉水周围，特雷莎又看到一群孩子，他们在潺潺泉水下弯着湿漉漉的光脊梁，像点点铜光在闪动。所有的脑袋都在围着一个脑袋转：她蹑手蹑脚地走过去，顺手解开下巴上的红头巾（太阳镜她还不想摘掉），露出她那金灿灿、飘散的披肩发。孩子们迈着飞快的小步子簇拥在她身旁，高兴得手舞足蹈，小脑袋恨不得贴在玫瑰色红连衣裙飞扬的裙摆上，如同飞鱼一般为她引路，守护着她。特雷莎在离泉水几米远的地方停住了脚步，一位小特使自告奋勇地从队伍中站出来，用手一指："他就是马诺洛。"他脖子伸在泉水下，裸露的身躯摇动着（她想起那天晚上，看到他在床上，趴在玛露哈身上，亲吻着她），孩子们开始摇晃他。他似乎睡着了，或是吸了大麻。没有听见特雷莎打招呼，不过却听见了她忸怩的问话（"你还记得我吗？"），他转过脸注视了她一会儿，心想："难道玛露哈死了？"他继续用手撩着水，后来才站起身来。"你好。"他的皮肤宛如落满灰尘的深色绸缎，在阳光下熠熠闪光，水珠淌落在上面不留一丝痕迹。他喘着粗气，绷着有力的脖子甩了甩脑袋和湿漉漉的头发，伸出手盲目地摸索着拿过一个孩子替他拿着的耐克衫？海龟背一般黑油油、肌肉发达的腹部，显示他在努力控制节奏，一种近乎疯狂的颤抖使他害怕了。

"您来了。"

"我带来了坏消息，"她说，"关于玛露哈的。"

"谁？"

"玛露哈，你的未婚妻……"

马诺洛眯缝着眼睛望着太阳，歪着脑袋，擦着脖子上的水。他把衬衫拿在手里，没有穿。不知是想把身子擦得干一点呢，还是纯粹为了再现他从小积攒的那些画片中的光辉形象。大概是那样，所有的孩子们都眼巴巴地望着他，仿佛在期待着什么。她的直觉告诉她,风险一直包围着“痞猴”,即使人们看到他孑然一身,心烦意乱地在住处溜达的时候也是如此。这时，山下的鼓号，奏起了集合号声。

“我没有未婚妻，”他突然开口道，“我不认识什么玛露哈。”

特雷莎一时怔住了。紧接着嫣然一笑，并说:“我明白。”穆尔西亚人两眼望着地，双手叉腰，仿佛在思考什么。他看了看姑娘。又是一副黑眼镜。他最恨和眼珠子藏在黑眼镜后面的人谈话。可怕和令人绝望的三天，他不知道丢下的玛露哈是死是活，这会儿，必须透过这副混蛋眼镜探出个究竟来。“嘿，死孩子们，去，去，滚开！”他冲着孩子们喊道，可他们谁也没动。

“我明白，”特雷莎又开了腔，“可你有什么可怕的。”她用那天对他说“我们大家彼此彼此”时一样的语气旁敲侧击地又说了一句:“你尽管放心，我什么都清楚。”

他重新背过身去,忽然轻轻抚摸着身旁一个满头鬈发的孩子。他还是害怕。“金发女郎打的什么主意？她清楚什么？”

“她情况很严重。”她说，“在码头上摔了一跤。摔坏了头，已经几天昏迷不醒，她一直在叫你……”

穆尔西亚人穿起耐克衫来（衬衫是黑色的，短衣袖，胸前印着一只罗盘），他把衣服套在头上，两手摸索着袖子，从侧面看，腋窝和胳膊是淡褐色的,几乎亮光光的。“她摔到哪儿了？”他问，人已经平静多了。可是她好像突然神情沮丧,答非所问:“都怪我。

其实，全都怪我，我要是不送她那双凉鞋，我要是不急急忙忙地催她……她多么讨人喜欢呀，你是了解她的。”

“她在哪儿？在别墅吗？”

“没有，在这儿的一家医院。你说多倒霉。我想必须通知你，说不定你想见她。”

“那当然。”

“我们现在就去好吗？”

他向公路迈了几步，孩子们纷纷闪到一旁，他走到特雷莎身旁又停住脚步。他依然什么都不明白，什么都不明白。他发现赛车停在五十米开外，周围挤满了看热闹的人（贝尔纳多趁着到德利西亚酒吧喝酒的工夫，躲开了罗莎，也像个好奇的孩子似的凑在那里，一本正经地欣赏着锃光发亮的汽车），再过去一点是车铺，哥哥正准备关门。

“现在？”他盘算着，“咱们还来得及吗？”

“你如果想去，”特雷莎站到他身边提议道，“过后我可以送你回来。”

“不麻烦你吗？”

“噢，不，绝对不。我有一整天的时间。”她的语气中隐藏着某种难言之隐，没有逃过南方年轻人的注意。她又说：“就是说我一个人在巴塞罗那。这在假期里还是头一次。”为了掩饰自己也莫名其妙的激动，她又说：“咳，以前大海令人快乐，可现在，我不知道……我也无所谓。再说，我想玛露哈。”

汽车的座套散发出一种奶油的甜香。可怜的贝尔纳多闪身给马诺洛让路时，惊诧不已：他远远绕着“佛罗里达”转悠着，好像一只病态十足的老狼，围着羊群无力下手。“痞猴”笨手笨脚地（好像害怕似的）关上车门，他笨得连自己都感到出奇，而她则好像兴致勃勃。“松手，你别管。”特雷莎说着，朝他弯下腰重新打开车门。“这样，看到了吗？使劲。”她嘭的一声关上了车门。汽车开动了，孩子们跟着车一直跑到公路的第一个弯道，才停下来，眼睁睁看着它慢慢地曲里拐弯地向山下开去。

来到格尔公园之前，特雷莎已经告诉了他，玛露哈怎样在码头上摔倒，第二天怎样在床上，在事情发生十五个小时之后，发现了昏迷不醒的玛露哈的经过。直到后来，她才告诉马诺洛，她知道那天晚上他和玛露哈在一起。他神情沉重地目视前方听她讲述，两只胳膊交叉着放在胸前的罗盘上。一切太复杂了。他合上双眼，又看见玛露哈目光火辣辣而倦怠地走进自己的房间，软弱无力地走着。是的，她受了内伤，而他没有错，他不明白特雷莎和朋友怎么会邀请一个女仆和他们乘船兜风，她摔倒之后（有一点则很清楚，由于某种原因，或许由于某种疏忽，他们使玛露哈遭了罪）又为什么不强迫她回家去。“你真傻，他们老骗你。”他记得曾不止一次地告诉过她。他心疼她，又感到一阵轻松，本来，那天晚上把她甩在床上时，还以为她死了呢。这会儿，特雷莎熟练地驾驶着汽车。此时此刻，车上的客人和正在她脚下延伸的城市美景需要她彬彬有礼地转动方向盘：每到转弯处，她都随着轮胎的吱嘎声和一次次换挡表现出一种深深的满足，没有发现车速愈来愈快。马诺洛望着公路和特雷莎的侧影，望着望着，南方年轻人宝贵的蓝色画册又重新开始翻动起来：一场车祸发生了，特雷莎受了重伤，车在燃烧，他奋力抢救她……

“你怎么一直不说话，”她说，“是因为玛露哈吗？”

“嗯。”

他们驶过了开阔地，支离破碎的乐队还在太阳下吹吹打打。

“看，太美了！”特雷莎嚷了起来，“我真喜欢你们这儿。他们为什么在这儿吹吹打打的？都是些什么人？”

“痞猴”用眼角的余光望着她。

“脑膜炎患者。梅毒、饥饿和一切灾难的产儿。是那边，科托伦戈的。”

“噢。”

“您……你怎么知道我住哪儿？”

“从玛露哈那儿，我早就知道了。我知道好多你们的事。噢，刚才你为什么说你们不是未婚夫妇。”

“因为真的不是，事情有时不能看表面。我没有答应过任何人，从来没有，我不能。我不知道她对你说了什么，反正我们只是……朋友。”

特雷莎趁着一段平坦的直路看了看小伙子，挂上三挡。“我明白。”说罢加大油门。车子一抖，把马诺洛向后掀去。“好个现代派姑娘，我的天哪，又一种文明。”他想。可是话到嘴边却变了样：“只是朋友。在如今的年轻人中间司空见惯。”

“你不用瞒了，朋友，”特雷莎说，“我跟你说过，我一清二楚。”

穆尔西亚人决定改变话题。

“这么说，玛露哈很严重？”

“怎么跟你说呢，到现在仍然昏迷不醒，不过，我觉得她很痛苦……”

情况的确如此，他们走进病房（护士说要打几个电话就出去了），看到玛露哈虚弱无力、面色惨白的样子，比预料中更令人触目惊心：一条细细的胶皮管被一块橡皮膏固定在额头上，从鼻子伸出来，管子上端有个小夹子，垂在枕边。看上去她不但已经死了，而且惨遭虐待和蹂躏，然后便被遗忘了，遗忘在那儿好多年。这种病可真怪，把她弄成这个样子。的确，她在受罪（只要看看她蹙起的眉头）。然而，远在她经受这场痛苦和遗弃之前，远在她成为一个忧郁的、并不聪颖的少女之前，甚至远在她意识到自己将一无所获、一事无成之前，似乎有一种可怕的东西，一种无声无息、不知所名的东西已经改变了姑娘。她躺在那里，蜷缩在寂静之中，与世无争，软弱无力，她在流汗，她在流淌虚弱而冰冷的汗水，仿佛同任何人都没有关系，更何谈她为两个人朝思暮想的明天、希望、友情和从没有以某种方式表现出的对他的忠贞。他究竟为什么出手打她，把她击倒在这张床上呢？

他惊诧地坐在一把椅子上，把玛露哈的手握在自己手中轻轻地抚摸着。一股暖流从胸中涌起。他感觉到一团通红的、散发着香气的影子在他身后悄悄闪动，是特雷莎的裙子。特雷莎低声问了一句：“你干吗不试着叫叫她。”他久久地沉默着，闭上了眼睛。霎时间，那个深陷在枕窝中、头发蓬乱而潮湿的小脑袋浮现在眼前，在倾听海浪的呼啸，在倾听宽衣解带时的气喘声。“玛露哈，小东西，他们把你怎么了？”这时，他感到特雷莎的手放在了自己的肩膀上。他害怕温柔和同情会使他难以自拔，三天来担惊受怕的压抑和浑身的冲动化作一种疯狂的愤恨。特雷莎安静地站在他身后，背靠着大门，眼看着他猛地站起来，劈头盖脸就是一句：“你干什么？”她从他脸上看到了流氓打架前的蛮横，他先把手掌在已经毫无光泽的牛仔裤上蹭了蹭（亡命之徒都没这么利索，她不由得回忆起小时候一个云雾弥漫的夏天，一位战争难民的孩子把她逼到楼梯下的角落里，揍她，一直折腾到她逃走），然后用他有力的手攥住她的胳膊，胸前那只罗盘随着他深深的喘息在前胸膨胀起来。特雷莎突然发现小伙子的皮肤上淌出了汗水，发觉一股苦杏仁味同她自己身上的香水味混合在一起，突然充满了一切，将两个人包围起来。她同他的脸相距不到一二十厘米，却看不清他的脸，只听见他一边抓着她的胳膊摇晃，一边喊道：“为什么不早通知我？你说，为什么！你为什么不立刻带她去看病？！你叫她上什么游艇？！你说！”特雷莎惊讶地望着他，“请你不要这样，疼死我了……”她用手在背后摸到了门上的把手。“请你不要喊，咱们到外面去……”可是她动弹不得，她只能想法制止这蛮不讲理的冲动。他脸上的表情（褐色皮肤，露出的雪白的牙齿，愤怒的眼睛，垂在前额的一绺黑发，还有冲口而出的污言秽语）使她感到惶恐和迷惑。他俩越靠越近，她惊诧地发现自己的手正放在那只罗盘上，既不推开也不阻拦他前进的胸膛，而是随便地撑在那里，好像故意在休息。“你不要说了，我求求你不要说了，玛露哈很严重……”从那时起，她已经顾不上听他说什么，顾不上又一阵激烈的叫骂：“你说，你在人家大门下钻到男朋友的裤裆里搞什么鬼名堂？你说呀。”不行，得先把他从屋里拽出去。她好不容易把门打开一条缝，靠近他想把他推开，当她侧着身子准备出去时，失去了重心，两人一时缠抱在一起，夹在门中间进退不得，被苦杏仁的气浪所包围。“放开我，你疯了？”木门吱吱作响。特雷莎做噩梦似的挣扎着，一连串的指责令她无法忍受，激烈的语气和尖刻的言辞使她惶恐不安，这些话既不是出于对玛露哈的爱（在两人越来越激烈的争吵中，她发现了这一点），也不是出于愤怒和发泄。可是，他怎么会知道？他会从谁那儿知道她同路易斯父亲工厂的那个工人幽会？尤其是知道她随随便便不负责任的放荡举动。突然，她仿佛得到了一种新的启示，在他的身上看到了尊敬、畏惧和感人至深的道德力量，她的胳膊很疼，她的两眼充满甜蜜的泪花，一辈子从未想到会有这样甜蜜的泪花。她筋疲力尽，无力地将头靠在小伙子的胸膛上，正在这时，病房外间小客厅的门突然打开了，护士出现在门口。她脸上没有丝毫惊讶的表情（好像自言自语地低声说了句：“别这样，大夫会不高兴的。”），向他们走过去。她先把两人从门前推开，然后从外面关上了玛露哈房间的门。两人急忙松开手。小客厅里剩下了他们三人。护士招呼着特雷莎。“没关系。”她悄声说。马诺洛像一头困兽似的踱来踱去，四下打量着，似乎要砸碎什么东西。他拍着墙和家具，同时，嘴里“上帝呀、魔鬼呀”的低声念叨着，护士从后面追上去想拦住他，可怎么也拦不住。马诺洛气急败坏地用拳头砸着百叶窗，一边像垂危病人似的低声呼唤着“玛露哈，玛露哈……”一不小心，手指划出了一道深深的伤口。要不是这出人意料的幸运一击，这往往是命运对富于想象、勇于行动之人的恩赐，击出了爱情和鲜血的完美结合，对他来说，恐怕一切早就以最粗暴、最低下的方式结束了（他如何平息这场人为的风波，除了赔不是或出丑，还能怎样）。鲜血和寂静一起轻轻涌来。护士貌似轻描淡写，然而动作熟练：“把酒精和纱布拿来，在病房里。”她一边吩咐特雷莎，一边攥住小伙子的手腕。迷人的金发姑娘飞快地照办了。伤口出在不好结疤的地方。“痞猴”瘫倒在沙发椅上，种种原因使他平静下来，庄重、平淡而失神地任人包扎伤口。

马略卡的护士仔细望了玛露哈未婚夫一眼，便完全明白了所发生的一切。对于不顾疼痛和死亡的可怜情人们，她自有她的一套，她埋怨小伙子道：“傻瓜，看你搞成这个样子。我理解你的处境，可是你绝望、胡闹又有什么用。”她没把这种场面放在眼里（她缺乏生动的想象，同她的医生朋友一样，只是一个多愁善感、迷恋音乐的人，再者，她从来没有被一种地道的苦杏仁味包围过），到后来，她的话更是南辕北辙。她转眼望着特雷莎，嘴里却说：“你少诬赖好人。事情发生得就是怪，你未婚妻是自己摔倒的，当时谁知道会出事。傻瓜，你连傻瓜都不如。要是再发生这种事，我就通知医生，不许你再来看未婚妻。你不知道她病得很厉害吗？你自己伤成这个样子，值得吗？”她给他包好手，向玛露哈的房间走去，开门前又回过身来：“明白了吗？你自己要好自为之。”

“很抱歉，我不是故意的。”

“没什么，”特雷莎插言道，她的声音在颤抖，“情绪……”

护士朝她挤了挤眼，好像在告诉她自己十分理解她："谁还不知道爱情是怎么回事。"然后走进了玛露哈的病房。

特雷莎整理好裙子和头发。马诺洛依然坐在扶手椅上，神情沮丧地把额头埋在手中。

"原谅我，"他喃喃道，"我本不想对你喊叫，都怪我。疼吗？"

"没事。"

"不，我伤着你了。太对不起了。"

特雷莎坐在他对面，掏出烟来。"别为我担心。"她的手在颤抖，"想抽烟吗？""痞猴"为她递过火，她凑了过去。他们听到走廊里一辆小车发出吱吱呀呀的金属声。到开午饭的时候了。"妈的，走吧。"他嘟囔着站起身来。特雷莎看着他缠着纱布的手。"你疼吗？"

"不疼，咱们走吧。"

他迅速走了出去，特雷莎跟在身后。他走下楼梯，一团沉重的空气在双肩之上飘浮。大街上，当她（一直盯着他，似乎盼着看到他因为难过而倒下去）抢先打开车门时，他站在路边一动不动。

"你不舒服吗？"特雷莎问道。

"你先上。"

"马诺洛，我知道不是时候，"特雷莎说，"再说，我们还不熟悉，不过我还是想和你谈点事……送你去卡梅洛吗？"她发动了汽车，然后看着他，"是关于玛露哈和你的事。"马诺洛坐到她旁边。这一次干净利索地关上了车门。他刚想说什么，特雷莎抢先开口道：

“我不是，不是指你们在别墅里的约会（他吃惊地斜眼看着她）。那我知道，我早就发现了，不过你别慌，家里除了我谁都不知道。我指的是别的事。”

“别的事？”

“你心里明白。”

穆尔西亚人并不明白，可是他对危险有着灵敏的嗅觉。

“改天，”他提议道，“如果你不介意，咱们改天再谈那些事情好吧。”

汽车猛地一抖开动了。

“玛露哈常和我谈起你，”特雷莎说着挂上二挡，“不过你不要生她的气。”

“她也说起你了，不信吧。我们知道你是学生阶级，而且不很安分……你能不能快点？我有急事。”

“我想跟你说说我在普埃夫洛·塞科那家工厂是怎么回事。你要是以为我去寻欢作乐，那你就错了。”

“我没兴趣。改天再解释吧。”

他两眼低垂，望着女大学生古铜色的膝盖。

“明天你来看玛露哈吗？”她问。

“不知道。”片刻沉默之后，“你每天都来吗？”

“当然。”

车已经开上卡梅洛公路，特雷莎望着小伙子缠着绷带的手，又问道：“你疼吗？”

这一次，“痞猴”情不自禁：“嗯，现在开始疼了。”

11. 午后斜阳

你猜那是谁们的躯体！
如同伤筋动骨的昆虫，
你猜鲜血从哪里淌出？
你看肌肉依然红润的面庞。

——巴勃罗·聂鲁达

玛露哈的病情依然处于停滞状态。她气色不好，然而呼吸正常。每三小时进一次流食，以肉末汤为主。她一直睡着，时不时，好像难受似的流露出一副烦躁的表情。塞拉特夫妇在病床周围的活动也渐渐变成一种观望、平静而机械的忍耐。他们期盼着她好起来，这便是他们为她所能做的一切。只有特雷莎每天都到医院去，一般是中午过后。她一副风情万种、动人心魄的风姿，一身海盗打扮（黑衣黑裤，头上扎着红头巾），将两眼掩藏在太阳镜后面，胳膊下夹着一本书，神色从容地穿过走廊。一丝淡淡的愁容使她更显雍容华贵、青春艳丽，宛如某些风华正茂的年轻人，第一次带着对自己身体崭新而奇怪的认识，意志坚定、无所畏惧地来经历城里的炎炎夏日：似乎青春永远不会逝去。她不在乎必须中断海边的休假。父亲公务缠身，只有周末才待在别墅，有时上午他也到医院来，但总是匆匆忙忙，与其说是来看望女仆，倒不如说是为了去和萨拉迪奇医生说话。只有在吃饭的时候，特雷莎才能见到他。第一个礼拜，塞拉特夫人看望了玛露哈两次，其中有一次是妹妹伊莎贝尔陪她来的。她不但为病人的病情也为女儿（她昏昏沉沉，眼圈发黑，穿着古怪："固执！你到底还是自作主张买了这条吓人的裤子。"）的状况感到不安，她想把她带到布拉内斯去。"你别再说了，妈妈。玛露哈病好之前我哪儿也不想去。"

至于女仆暴躁而悲伤的未婚夫，每天下午五点钟左右，他默默忍受着特别的痛苦和众人的议论，沉默寡言、神色庄重地出现在医院。见到他走进来，特雷莎合上手中的书，想仔仔细细地观察那每天使她感动不已的场面：小伙子毕恭毕敬地走到玛露哈床边，一动不动地站在床头，神情沮丧。那只受伤的手（夸张地缠着厚厚的绷带，炫耀着自己奋不顾身的生活经历，有人每天都在给他换药）软弱无力地垂在玛露哈的枕头旁，似乎经历了一场爱情的决斗，紧挨着病人憔悴的面孔，几乎和她贴在一起。黑皮肤同白色网状的纱布形成了强烈的对比，纱布一圈又一圈一直缠到胳膊肘。除此之外，当穆尔西亚人伫立着注视玛露哈时，他阴沉而难以捉摸的表情、一动不动的姿势（大概四五分钟时间）除了显出天生仪表堂堂的相貌，没有丝毫反应。有时，小伙子把手插在裤子的后兜里，慢慢地离开玛露哈的病床。他话不多，声音很低，所有的问题全是向护士提出的，看也不看特雷莎一眼。最后，打个招呼就离开了。连续几天他都是这样。特雷莎·塞拉特一直在问自己，小伙子究竟为什么会认为出事是她的责任。

一天下午，马诺洛在特雷莎之前来到医院。他谁也没看径直走进病房，瓮声瓮气地咕哝了一声“下午好”（小客厅里有人，他恍恍惚惚看出是一位贵妇人的身影，一见他进来便一声不响了），便站到了玛露哈的床前。不一会儿，他听到背后传来了脚步声，还有护士的说话声。她对一个人说，玛露哈一般是在早上给她翻身的时候呕吐。接着又听见她轻声说：“是她的未婚夫。”这时，他感到身旁出现一个轻盈、散发着香气的身影，听到手镯碰撞的叮当声。一阵良久的沉默，他既没有动也没有吭声，依然望着玛露哈的面孔（他暗想，她越来越像一张假面具了），这时，他发现脸的左边有一双女人的眼睛令人惬意地凑了过来，饶有兴趣地打量着他：大概是那位陌生女人。没准是特雷莎的母亲，他想。当他转过头时，夫人已经不在了，只有护士在窗前。正在这时，特雷莎走了进来。

“你好，”她打招呼道，“刚才妈妈问起你了。”

“我已经告诉他了。”护士说。

马诺洛转过身，带着一丝奇怪的不信任看着她，似乎对护士的话很惊讶。随后朝大门口走去，特雷莎一直陪他来到走廊，问他是不是还在生她的气。

“我？为什么？”他用缠着绷带的手撑着门，站在满头金发的姑娘身旁答道，她又一次闻到了那种苦杏仁的清香。

“我不知道，好像是……”特雷莎说，“我希望你知道玛露哈出事谁都不怪，更没有我的责任。至于那件事，我想跟你谈谈，因为有的事你也该说说。你如果愿意，我可以送你回家。”

小伙子仿佛不大情愿。

“谢谢。主要是我不回家。改天再说吧。”他寻思片刻，然后冷冷地说，“今天我有要紧事办。”

惊人的鲜血洗礼过去一个星期之后，心情悲伤的未婚夫又让人为之一惊，他突然穿着一件漂亮、簇新、剪裁得体的银灰色上衣，胳膊吊着三角绷带出现了。他恭恭敬敬、穿着无可挑剔地站在玛露哈面前，全神贯注地摆出一副近乎虔诚的姿态（他的探视确实已经开始有点去礼拜堂的味道了），特雷莎不由得目不转睛地看着他。他肩膀的新线条那么迷人，挺直而威风、高贵而完美的后背那么神秘。他胳膊吊着绷带：他的伤口感染了吗？特雷莎立刻认出了缠着绷带的手中拿着的巧克力色丝手绢，那是她很久以前送给玛露哈的。第一次看到他穿得这么精神，特雷莎不知为何心神不定起来。在这个古雕塑一般令人钦佩的身体和包裹着它的华丽外衣之间有一种新奇联系，似乎两个至今毫无关联的元素之间刚刚达成了在某种意义上说来可怕并孕育着危险的默契。危险迫在眉睫。

“出什么事了？”她指着吊着绷带的胳膊问，“迪娜出去一会儿了……”

“迪娜是谁？”

“护士。马上就回来。你为什么不让她看看手？”

“没事，”他说，“我这样挺好。”

他在特雷莎身边坐了一会儿，心不在焉地翻着杂志。尽管他期待并希望特雷莎今天提出用车送他回家，但是她连大门口都没送到。“八成有什么约会。”他想。

第二天，他们一起走出了医院，因为时间还早，他又没事可干（“我放假了。”他说），他便邀请姑娘沿着公路到山上去呼吸一下新鲜空气。她似乎不大感兴趣，可是又没说不去。她是卡梅洛一家酒吧的常客，这使马诺洛感到奇怪。

“那儿根本不值得一去，”他说，“不过我倒知道附近的一个去处，我们正好会路过。”

他想起了卡梅洛山脚下的蒂贝特酒吧。那是一个僻静的角落（仿造的茅屋、油漆的椽木、草秸的顶棚和煤油灯），建在一座三十年代的塔楼平台上，后来改为住宅和餐厅。大喇叭里传出轻快的乐曲。店里寂静无人，特雷莎很满意。他们占了一张紧靠瞭望台的桌子。瞭望台正对公路，凭栏望去，公路那边，果园和紫荆藤清晰可见，一潭池水宛若一面明镜在阳光下闪闪发光，还有一座几年前便被城市吞没了的古老山庄。夕阳西下时，只见落日余晖在格尔公园上空，在名叫“三个十字架”的小山背后徐徐燃烧。特雷莎胳膊肘倚着瞭望台，在马诺洛身旁久久地欣赏着风景。

“你们这儿真叫人喜欢。”

“你看见那些网球场了吗？就在下面，树林里。”马诺洛用手一指，“那是拉萨卢德网球俱乐部。我小时候在那儿干过捡球的活，跟在桑塔纳俱乐部一样。你一定没来过这儿吧。”

“你信不信，”她望着卡梅洛山说，“从某种意义上说，这儿的一切让我感到挺亲切的。我不是一直住在圣赫瓦西奥的。小时候我们住在格拉西亚的霍安尼奇广场。那是战后了，我记得我跑到街上去玩，有些男孩子可坏了，可我不怕他们。”她笑了起来，“妈妈怕我胡来，现在还是那样，她觉得我一点也没变。有一天就在那儿，一个卡梅洛的男孩子在我家的楼梯上揪住我的辫子。他抓住我，把我堵在门口好长时间，直到我说了一句暗语，也就是黑话，他才放了我。”她带着一丝开心的微笑看了看小伙子，“谁知道呀，那个男孩子说不定就是你呢。”

“不会，”他笑了笑，“那时我不在巴塞罗那。”

“马诺洛，你是哪里人？”

“马拉加人。哎，你父母是卡塔卢尼亚人吗？”

“我父亲是。母亲是半个马略卡人，不过是在这儿长大的。”

“咱们坐下好吗？来，过来。你喝点什么？”

“我也不知道，来一杯库瓦利夫雷吧。你跟我说说玛露哈，说说你们的事情吧。你是在工厂工作吗？”

他们面对面坐下。马诺洛露出一种惊讶的表情：“在工厂？我死也不会干的！谁跟你胡说八道的？”

虽然他面带笑容，但是事情似乎让他不快。

特雷莎措手不及。

“玛露哈。”

“我从来就琢磨不透那姑娘。我和我哥哥在做买卖汽车的生意。苦日子早就过去了。”

他显然在说谎，特雷莎觉得是这样：“过分谨慎？”她想，“真可笑，反过来，我也不能让他怀疑我。”不过，她打定主意不介入这件事，尊重玛露哈未婚夫的秘密身份。于是她扯开了话题。

“你记不记得，”她坐在椅子上往后一仰，“我们第一天，一块儿从医院出来以后，我在车上告诉你我想跟你谈点重要的事？可是我仔细想过了，我发现你不喜欢别人介入你的事情。”

“是的。”他断然说，已经嗅到了危险的气息。

“不过，有一点你应该知道，就是你在病房里想掐死我时说的话……”她笑了起来，他也笑了，“你指责我和一个男孩子有关系，还说他在路易斯父亲普埃夫洛·塞科那家工厂工作。你是怎么知道的？”

“嗬，秘密。”他笑着说。

“其实，凭你的关系，你知道这件事我也不奇怪。不过问题是你不了解全部事实，就用那样的方式同我谈话。这一点应该澄清，我不喜欢被人误解。其实，别人对你说我和那个男孩子，说我们约会的所有事，我根本就没有放在心上。但是我提醒你，马诺洛，很多坏分子假装进步在附近活动。我爱跟谁出去就跟谁出去，用不着向任何人报告。”

“我什么也没向你打听，特雷莎。这酒味道不错。”

“再说，”女大学生低下头又说，“我下决心结束这一切，我再也不想知道任何同学校那帮傻瓜有关的事，谁的事也不想知道。我还有更重要的事情要做。”说完，她将杯子凑到嘴边，非常严肃而期待地望着他，“你信不信？”

“好，走着瞧。”

“最近我经历了一件终生难忘的事。”太阳镜后面几乎看不清特雷莎的眼睛。她的双唇突然显出一种受到蔑视的表情。“我应不应该告诉你呢。”她悄声道。

“你说吧，你说。”他说。

“我真不愿意提起它。”

她慢条斯理地呷着酒，马诺洛静静地注视着她。过了一会儿，她掏出一盒香烟，两人抽了起来。特雷莎说她只要一想起那件事就感到恶心，还说几年之内不会再有人对她动手动脚。“不过，这是我个人的决定，不会改变事物的价值。”她用坚定的口吻说。随后又说：“你好像对那个男孩子，对那个在办公楼门口同我约会的男孩子很感兴趣。他是路易斯介绍给我的。他叫拉法，特别老实……”说到这，马诺洛开始集中注意力，想方设法深入了解交织在女大学生言谈话语中的爱与恨的奇怪联系。故事十分复杂。据她讲，她之所以对他袒露一切，不是因为他心存反感，而是为了使他不要像别人一样，以为她和拉法相好单单是为了和他接吻。她说，那个男孩子是工厂文化科的办事员，负责图书馆，还领导着一个演出队。论学识，他老实巴交的没有多少，可是他胸有大志，某些方面远远胜过一些她所熟悉的、家境舒适的大学生。“我和一个朋友，”特雷莎继续说，“劝他想办法表演一个布莱希特[①]的小品。

①布莱希特（1898－1956），德国剧作家、诗人。曾投身革命队伍，有意识地把诗歌作为斗争武器。

你知道布莱希特吗？”“你说，接着说。”他说。特雷莎满以为小伙子对她的主意很感兴趣，尽管做起来并不容易。她借他书和杂志，经常见面谈论这些事情。有一天她曾想，排练完了之后他们可以组织研究会。比方说，如果不能演布莱希特，至少要读读他的作品（“我不知道你是否了解布莱希特在这儿的影响……”她开口道。“你说下去，说下去，”马诺洛坚持着）。“可惜，”姑娘接着说道，“可惜一事无成，主要是路易斯的错，他马上表示没兴趣。不过那是另一码事了。我的想法虽然不成熟，但主意是好的。你可不知道，别人都批评我，可是我仍然认为在学校演布莱希特没什么大意思，相反，在工人们聚集的地方，你想想看吧……”

“对，不过，拉法怎么了？”马诺洛问道。

“没怎么。我们来往了两个礼拜，我已经跟你说过他特别老实随和。但是，风言风语四起，我的意思是说：整件事唯一重要的就是想演戏，尽管未能如愿以偿。至于我和男孩子之间，根本就没事，主要是我摸不透他，好了，我们又没有危害革命前途！”她怒气冲冲地喊，“你不觉得我说了这么一大堆有点无聊吗？”

马诺洛想了想。然后把烟蒂掐灭在烟灰缸里。

“照我说，不能将义务和爱慕混为一谈。什么时候做什么事，对不对？不过，你到底喜欢拉法什么，借他书还是吻他？”

特雷莎一时愣住了，随后大笑起来。

“真是好笑！我的行动就这么让人感兴趣？哼，看到了吧，就连你都非要打听打听！”她一时闭上了双眼，可是嘴唇仍然在笑，“说不定还有一份关于我和情人的清单呢。真有意思！原谅我问个没完，是你搞得我刨根问底：你是怎么知道这件事的？”

他淡淡一笑。“继续干吧，小伙子。”他暗暗说道。他把手伸到桌子上，慢慢地摘下她的太阳镜，两眼紧盯她的眼睛，说：“我这辈子无所不知。我最了解你并且知道你在想什么。你不戴眼镜再美不过了。”

“我跟你说正经的，马诺洛。”

“我也是。不过事情既然过去了，就别提它了。”

“瞧那天在医院你对我的样子，真像个地地道道的政治教官。你看，到现在我的胳膊上还有印子呢。你承认不承认是这么回事，要不打赌。”

穆尔西亚人不知说什么好，只得笑了笑。特雷莎出神地望着他，探过头去又说：“你为什么老装糊涂？别怕，男子汉，我绝不问任何使你为难的事情。咱们谈点别的好不好。谈谈你的家，你的朋友们。”

她重新靠在椅子上，举起胳膊伸了一个懒腰，妩媚地笑着。“这才是可爱的特雷莎，这才是名副其实、人见人爱的特雷莎！”他想。他讲他住的地方，想方设法讨她的欢心。他隐隐约约看出，姑娘此时此刻对他表示的令人惊异的关切之中，不但有对郊区的向往，而且也包含着他所陌生的文化冲突。她那深邃、充满幻想和自负的蓝眼睛中，有午后美妙动人的阳光。在她的目光中，在这灼热而含蓄的蓝色热流中漂动着多少奇怪的猜疑和希望？漂动着多少感觉和激情？她时而像一个专心学习的小学生用胳膊肘撑着桌子，两手托着下巴听他讲话，时而又好似心神不定、回首往事般闷闷不乐。她总用那种平静、纯真的眼神注视着他，思考时那微微令人心动的姿态同穆尔西亚人单调的话题和前言不搭后语的唠叨（当然不是有意的）形成了鲜明的对比。特雷莎所要寻找的并不是话的含义，而是那些在话前话后左右漂动的东西：一股她通过盘问在不知不觉之中逐渐汇集而成的暗流，一张思想和激情的细网。她在寻找一种共鸣，一种在空气中愈来愈强烈、愈来愈凝重，在两人间相当狭小且越来越小的空间里，最终像一团无形的雾霭将他们包围的共鸣。她提了很多问题，不过纯粹是在装腔作势。与其说她在寻找事情的真相，倒不如说她在为了解事情真相寻求一种理想的气氛，支配她的并不是了解真相的愿望，而是一种想证实猜测的强烈愿望：特雷莎·塞拉特自以为了解他这样的乡下青年，她有自己的看法和结论。所以，她兴致勃勃提出的一些语无伦次的看法（“像一条小金鱼的生活，反正，在你们这儿一定会生活得美妙而开心的，盛夏的晚上，和伙伴们在一起，在咖啡厅里谈天……”)，自然遭到了穆尔西亚人的断然反驳（“什么小金鱼，什么夏日的夜晚，那儿只有烦恼和贫穷！”）。但是他的反驳只不过使她妩媚地笑了笑，丝毫没有改变她的观点，也丝毫没有影响她的价值尺度。她清澈而喜悦的目光依然在说：“真的。你们这儿太美了。”

虽然南方年轻人竭力满足姑娘对郊外充满的留恋、想入非非的问话，但是一想到住处的真实面目和肮脏的样子，一想到自己家，他便感到心烦意乱，突然气急败坏，语气大变，差点吹散笼罩两人的那片充满柔情蜜意的小小云朵。这时，多亏姑娘的浑浑噩噩帮了大忙，才使他们之间相安无事。桌下，两人的膝盖频频接触，就是这微不足道的接触使世界骤然间变得比语言所能表达的更加真实而亲切。他们渐渐高兴地陷入沉默之中。不知不觉，两个小时过去了。特雷莎喝着加了冰的杜松子酒。穆尔西亚人已经恢复了无所畏惧的自信，拐弯抹角兜圈子也没有引起任何怀疑，可这往往是栽跟头的地方。这时，一场意外，一个伴随他的厄运（这一次，厄运换成了一杯滚烫的咖啡，一位侍者用哆哆嗦嗦的手端着咖啡，保持着平衡）突然出人预料地又一次引出了特雷莎·塞拉特强加在他头上的奇怪的身份问题，暴露了女大学生文化冲突的政治本性。原来，侍者（一位嘴里骂骂咧咧、自言自语的老头，虽然脾气暴躁，但讨人喜欢，特雷莎这样认为）在经过马诺洛身边时绊了一下，把咖啡洒在了他的新衣服上。滚烫的咖啡烧灼了他的脖子，小伙子噌的一下从椅子上蹦了起来。

“畜生！你没长眼睛吗？”

“哎，哎，我绊了一下……”老人说。

其实，他还带着绊倒后的前冲力，要不是马诺洛抓住他的衣领，他非撞到桌角上不可。

“妈的，老家伙，你捣什么乱！”穆尔西亚人嚷道，“你看你，把我的衣服弄的，我操你祖宗！”

他把老人的亲属骂了个遍。他已经怒不可遏，管不住自己的舌头，甚至忘掉了特雷莎，直到一连串脏话骂完后（可怜的老人用水管冲了冲小伙子的外衣，然后揉着膝盖，嘟嘟囔囔地退了下去），看了特雷莎一眼，才发现她责怪的表情。

“怎么啦，”他用手帕擦着衣领说，“我不该骂吗？照我说，既然手打哆嗦，就该把他辞了。你看他把我弄的，都成小丑了。其实，”他睁着眼睛撒谎道，“我不是为了衣服，而是说这件事本身……”

她双目低垂，手拿着酒杯，摇晃着杯子里的冰块和酒，然后抬眼望了望他，他的面目似乎使她深感失望。

“反正，”穆尔西亚人后悔莫及，“已经过去了。”

“人家这是在工作。”进步的大学生说。

“不错，”偷车的窃贼说，“所有人都在工作。”

“恰恰如此，事情出在别人身上我也许不奇怪，但出在你身上我却感到奇怪。”

“为什么？”

“这是公子哥作风。”

马诺洛有些不快，他继续用手帕擦着衣领，不看特雷莎。

“没准我就是个公子哥，特别是我受到虐待、别人惹我的时候。也许我已经够可以的了。”

“我想你大概只是说说而已。”特雷莎的声音变得严肃起来，“你不会告诉我说你从没有生活原则吧，你不应该这么气急败坏，我想。是老头的错，这我同意，不过处事的方法多种多样，可你……”

他蹙着眉头，隔着桌子凑近脸去，打量着她（两道淡淡的、不明显的、几乎看不见的皱纹突然出现在她黝黑的前额上方，使她具有一种娇柔的风韵和无形的权威：这就是美人）。特雷莎同样利用他的靠近来审视这张完美而痛苦的嘴和带着奇怪冷酷的眼角。

马诺洛打断她的话说："唉，等等，等等。我只知道一种处事方法：把事情办好。这位先生把我的衣服弄脏了，惹着我了。有时候女人，对不起，女人就是婆婆妈妈的。我知道他是个穷老头，可难道我连埋怨几句也不行吗？"

"在某种意义上不行，"终于，揭穿马诺洛身份的结论从她草莓般的朱唇和灼热的红色吐沫之中脱口而出，"马诺洛，当一个人有阶级觉悟的时候，不能。"

卡梅洛小伙子感到心中一阵发凉（"因为我一直穿得破破烂烂吗？"他首先想，接着又想，"所以她才那样说！马诺洛，什么时候才是个头呢？不过你别开口，你还是继续装你的糊涂吧。"）。

特雷莎仍在说："正应该从这儿开始，从接触人开始，真正重要的是这些事情，而不是在门前任人亲吻。不过，在这个国家，事事要人去做，一切乱七八糟，甚至在反对派内部也是如此，如玛丽亚·欧拉利亚所说的……"

"谁？"

"学校的一个朋友。"

也许是对女大学生津津乐道的话题感到厌烦了，马诺洛当机立断，开始运用他所特有的奇怪力量："咱们不要再说这事了，行不行？危险。"乐曲声载着朦胧的许诺，使他大着胆子将一只手伸向她的手。特雷莎用手指顺着桌布的褶子来回滑动着，沉思不语。“我说特雷莎，我们如果是朋友，那我就求求你，现在别谈这件事。今后只要能谈的话，我一定给你讲几件使你大吃一惊的事情。现在你什么也不要问，什么也别让我想，明白吗？我无法说得更清楚了，姑娘。”

她望了他一眼，重新低下眼睛：“我明白。”她讷讷道。温柔中更见美丽（“温顺使所有的女人更添妩媚，”他想，“不过，少女们尤其如此。”）。这时她又说道：“你说得对。你别介意。”

马诺洛深情地笑了笑，紧紧握住她的手。

“特雷莎，你慢慢喝。你太冲动了。”

“我心慌，这几天不知怎么搞的。一下出了这么多事，我想呀，想呀，什么也干不下去。”

“课程太多了吧。”

“我什么也没学。”

“你多大了？”

“快十九了。你可别问我有没有男朋友，我受不了男朋友。”她笑着又说，“我得再要一杯杜松子酒提提神。说真的，你今天可真够潇洒的。为什么？这样挺好，不过穿牛仔裤和T恤衫更精神。”

“非得换是吗？只要你一句话……有一次在马尔韦亚，我在海边，在海水里不小心拉住了一个德国姑娘的手……”

“你在太阳海滨待过？”特雷莎插言道。

“一段时间。那个德国姑娘……”

“工作吗？做什么工作？”

“有时工作。那个德国姑娘偷了我一件红衬衫。”

“偷了你一件红衬衫？”

“是的，我跟你发誓，”他笑着说，“在海滩上，一件褪了色的衬衫。她说她喜欢，后来又付给我二十杜罗。一文不值。”

“德国姑娘还是衬衫？”

“当然是衬衫喽。”

两人笑了起来。特雷莎身子在椅子上朝后一仰，望了小伙子一会儿，然后，厚着脸皮用嘲弄的语气说：“我预感到，没准哪一天我也会做出荒唐事来。我知道学校里不止一个女孩子已经做过……从来没人跟你说过我们大学生水性杨花吗？”一股奇怪的快感流过她的血管，她一想到他那副模样就觉得有意思，因为他滴酒未沾。不过，她意识到，同路易斯喝酒是一回事，同眼前这个工人喝酒则是另一回事。“哎？从来没听人说过吗？你现在总算知道了吧。”她笑了笑，换了一种语气，“好了，你别脸红。我说着玩的。”

“你太不了解我了，”他想，“脸红？老子的屁股才红呢。”可他嘴上却说：“小东西，你想让我动心，拿知识分子说事？”他难得糊涂，却一语道破了天机。特雷莎勉强笑了笑，他又道：“我不知道你们是不是很……那个，对我来说和大家一样，如果你们感兴趣。我只能说你们太精明了，你再看玛露哈那傻样，她没来得及把什么都告诉你。又傻又穷。”

“你不要这样说玛露哈，我们是好朋友。不过，你信不信，她不敢跟我说你们的事，我全是靠自己了解的。我早就知道你们在她房间一起睡觉了，我说过你们什么吗？换了别人，早就火冒三丈了，这你承认吧。不过，我神志很清醒，我尽量和她们保持老样子。”她叹了一口气，看了看衣领，任凭长发披散在脸上，没一会儿，她猛地一晃脑袋，将头发甩到一旁。“你不会否认去年十月的事够轰动的吧。”

“是的，不坏。”他附和道，好不容易才转过话题。他想重新岔开来，“酒真好喝。再来一杯吗？”

“你说实话，马诺洛，你爱她吗？”

“玛露哈？她不是还活着吗？是的，我们爱过，不过是以我们的方式相爱。我们一直希望自己是自由的，你明白吗？”

“她非常爱你。你知道吗？”

“也没什么大不了的。她是个大好人，可怜的姑娘。不过，我们只是床上的事。好了，有些事用不着跟你解释，你已经是过来人了。”

“好呀，你敢胡说八道。”

“得了，我是实话实说。我喜欢说到做到。不过，你可别以为我光打女人的主意，其实正相反。我认识很多妓女，特雷莎，可我从来不愿意和她们浪费时间。”他的声音中有一种急切的语气，这时，他不知不觉地模仿起弗拉依·路易斯的口吻来，“不过，一个聪明伶俐的女孩子，一个不怕生活、才貌出众的女孩子将是一个宝贝，一个人如果爱上了她，将终生受用。这就跟一所房子一样是真理。”

他观察着特雷莎的眼睛。天已黄昏。她身后，瞭望台那边深处，满城灯火眨动着眼睛。特雷莎双目低垂，沉思着，重新戴上了她的深色眼镜。

“特雷莎，你得借我一本书。”他说。

“当然可以，什么时候都行。”她似乎不大感兴趣。看了看表。“不早了，咱们走不走？你离家近，我就把你放在这儿。你不在意吧？”

“要是没别的办法……”

汽车旁告别时，两人都有些茫然若失（一个软绵绵的握手，一阵富有表情的沉默），仿佛洗完热水澡找不到梳子，年轻人聚会之时找不到话题，一副有气无力、无精打采的样子。“生活真让人烦恼，不是吗？”她说着坐到方向盘前，“我真想念海边，天气这么热……”汽车开动了，特雷莎回过头望着他，马诺洛热情地挥动着缠着绷带的手。

12. 赫琳卡

她从未离去，
然而她有火热和结实的皮肤，
她怀着大海般的企望；
她曾经在古巴，就像那次一样，
重归富足。

——米克尔·巴尔塞洛

英勇绷带的秘密来自奥滕西娅·赫琳卡，如果提起赫琳卡和她白大褂口袋里散发出来的苦杏仁味（她从上班的药房搞来的几块糖药的味道），在郊外更是家喻户晓。

“马诺洛，你看这样行吗？”

“再缠几圈。缠呀，可能会感染的……”

每天午饭后，马诺洛都到她家去换药。赫琳卡是红衣大主教的外甥女，一个不苟言笑的小姑娘，芳龄十五，相貌平常，沉默寡言，性格内向，一双水蓝色的眼睛，满头的金发黯淡无光。她话不多，说起话来吞吞吐吐，看东西犹犹豫豫，好像近视眼似的，一向独来独往。据红衣大主教说，她继承了母亲迟钝和发呆的特性。一双灰蒙蒙的眼睛，曾经闪烁过光辉如今刺菜般显得出奇平静和冷漠的满头金发。看来真是那么回事。如她舅舅所说，是命中注定，因为近来马诺洛不知中了哪门子邪，一个劲盯着她的脸看，直到有一天，她给他包手时，他才猛然发现，她非常(多么奇怪而令人不安)像特雷莎·塞拉特。令他惊奇的是，他很早就认识赫琳卡了，可从来没有这样观察过她。也就是说，是特雷莎使他理所当然地想起了红衣大主教的外甥女。从前为什么不这样呢?

穆尔西亚人开始往红衣大主教家跑的时候，赫琳卡才九岁。他和她在花园里做游戏，领她去格尔公园散步，租自行车给她骑。对这份差事他尽心尽力——他毫不犹豫地把自己变成了保姆，就像后来他毫不犹豫地偷唱机，偷第一辆摩托车一样，只要能讨红衣大主教的欢心和信任就行，他拼命逗小姑娘高兴，除非他想特意卖力地讨好老人（他孤羊一般的鬼眼睛在小家伙矫健身影面前已经不止一次出过神了），才奇怪地逗引她到舅舅面前玩，然而赫琳卡却哭了。难道那时她已经猜到了他迫不及待地想离开？已经从他脸上看到了未来的背叛？夏天，他们常常在澡盆里洗澡，如今澡盆已经堆满了石子和破布，扔在花园深处。小姑娘喜欢马诺洛把一桶桶水泼在她脑袋上，玩水，打水仗。她的小朋友被“淹死”的模样，可有意思啦。舅舅也突然养成了看小孩子游戏、打水仗的习惯。红衣大主教坐在乱糟糟的凉棚下一把吱呀作响的橘黄色藤椅上，穿一身破旧的便服，两只手拄着象牙把拐杖，瞪着他退休舞蹈家般恋恋不舍的眼睛，透过发光的雾气默默无言地观察着他俩，仿佛一位芭蕾教师在群英荟萃的青年学生身上探询未来的荣耀，威严肃穆地思考着难以解释的现象：他们举手投足为什么突然像猫一样优美，胳肢窝下为什么闪动着光亮，背上的一块肌肉为什么飞快地活动了一下。马诺洛对待姑娘一向和气，这会儿她却爱搭不理地捉弄他，就如她想得到一个新娃娃时在舅舅面前摆弄她的旧娃娃一样。他被连推带搡，左躲右闪。“你看呀，红衣大主教，你看呀！”她听到他喊，看见他从墙头上越过她的头顶跳进水里。霎时间，他灵巧而发亮的身体仿佛滞留在空中纹丝不动，宛若一枚奖章，在阳光下闪闪发亮。不一会儿，他又猛地冒出头，骑在她身上，使劲搂着她，掐她，挠她痒痒，又咬又啃地折磨她。两个人厮打在一起，喘着粗气，东倒西歪，然后又摆出各种显然并不是调情打趣的姿势。当他一时性起，给小姑娘灌水，无意中把她弄哭时，她仿佛一个略带风骚的小姑娘在卖弄风情一样，天真无邪地使一个对红衣大主教——那个几米开外，长长睫毛下掩饰着姗姗来迟的少年美梦、行将就木的人来说，遥远的、早已失落的世界（拉普拉塔河的热流，年轻人皮肤上耀眼的阳光，一个在岁月中迷失的夏日，一声声遥远而欢乐的呐喊）变得焕然一新了。此时此刻，他听到了那颗衰老的、被冷落的心在无力地跳动。红衣大主教，万能的神，你将会给穆尔西亚人打开闯入都市和走向未来的钥匙。

“伸手，这样，疼吗？”

“不疼，不疼……”

也许从那时起，她的眼睛里便蒙上了一层怨恨的雾霭，她的头发中便出现了一丝忧虑。她刚生下来就和舅舅生活在这幢同周围不大协调、缩在山梁拐弯处的旧别墅里，没有人深知两人的底细。她真的是红衣大主教姐姐的女儿吗？她母亲真的在一九四三年春天生下她之后便死在医院了吗？或者真的像有些人说的，她母亲把孩子托付给红衣大主教后，跟着他的好朋友，一个加利西亚青年私奔了？在这个人们的情绪就像长了腿的空气般飘忽不定（“真丢人现眼！”很长时间里人们都这样说）的地方，人们做过各种猜测，有些猜测传到马诺洛耳朵里时已经面目全非。“你就往坏处想，准没错。”有人在德利西亚酒吧对他这样说过，从很多方面说来，这里的确是一个牧羊人的酒吧。那时，马诺洛才十五岁，他喜欢在红衣大主教面前装出天真的样子。有一次，他问红衣大主教：“你真的在布宜诺斯艾利斯住过吗？”“住过。”老人笑了笑。“你是卡洛斯·加德尔的钢琴家吗？”红衣大主教好像浑身一颤，轻轻地晃了晃庄重的脑袋，“也许，也许。”（不用说，加德尔的事，算是小家伙对传闻做出的贡献，据传，加利西亚人在阿根廷时是古董商和钢琴家。）“你当时有很多钱，而且挥金如土，这也是真的吗？”“反正不是假话，孩子。”老狐狸装腔作势地说。从前，马诺洛特别喜欢听他说话：时间撕碎了一条条五彩缤纷的友谊纽带，一种对尚未完全消失的记忆中那些尚未完全熟悉、完全理解的朋友们难以形容的柔情，一种与其说为了我们在这个世界上所做过的事，不如说为了我们所没有做过的，或许永远也无法做到的一切生出的隐隐忧伤，宛如笼中的小鸟叽叽喳喳地扑动着翅膀。有时，他说起话来装腔作势，就像他为人处世那样，善于同时表现出高傲和卑贱。也许正因为如此，人们才叫他红衣大主教。

不过那是从前的事情了。自从到了卡梅洛，老人历经磨难，艰苦的日子降临了，晚上多少还可以忍受，白天则不然。有时，一大早便可以看见他那羸弱、忧郁、老态龙钟得简直认不出来的身影，拄着拐杖在镇上的大街和门前的马路上蹒跚着。这一切也使赫琳卡的眼睛变得暗淡无光，那些历来面貌不同，可又如此相像的面孔从一开始就使她的眼睛罩上了一层惊诧：他们拿着一些东西来卖，吵吵闹闹，嘻嘻哈哈。她躺在床上听到了摩托车的声音。一张张年轻而麻木的面孔，一个个瞬息即逝的夜游神闯入了她的房间，向她微笑。第二天，当舅舅还在睡觉的时候，他们在厨房急急忙忙喝上一杯热咖啡后，便带着浑身格外粗鲁、格外突然的冷漠悄然离去。难道她的眼睛和头发是那时变丑的吗？粗布衫和烂皮靴伴随着她长到了十二岁，她的身体突然奇怪地，然而实实在在地，蹿高了一大截。她上了埃斯科里亚尔大街的一所修女学校，修女们整天管束她，收一个比塞塔管她饭吃。下午回到家，她撞见新偷来的东西和愈来愈鬼鬼祟祟的会面。舅舅打发她到花园去。她在那儿缩着肩膀，在讨厌的、叫不出名字的野花丛中，沿着铺满红砖的幽幽小径徘徊，笑呀，说呀。（笑什么？和谁说？）于是，荒弃的花园和整个小镇的全部悲伤，映衬在明媚的蔚蓝色天空和虚无缥缈的山峦的全部悲伤，以及每天郊外的全部忧伤都湮没在她灰蒙蒙的眼睛之中。一天，她看见马诺洛抱着一台很大的留声机向铁栅栏走来，不想放他进来。“赫琳卡，咱们不是好朋友吗？”他问。“我没有朋友。”于是，他赶忙编出一个故事，说什么那是为她买的留声机，是准备送给她的，为了他俩一辈子一起跳舞、开心。这又是他的鬼把戏：再一次利用姑娘达到自己的目的。现在想起来，他当时从她眼睛里看到的光芒，也许就是他记忆中最后的光芒了。小姑娘为他打开了铁栅栏，把他领到舅舅面前，于是她听见他说：“红衣大主教，这是给你的，你喜欢吗？”一气之下，她一个月没搭理他。很久以后，有几次是在冬天，他整个下午泡在德利西亚酒吧和一群老头在火炉旁打牌时，看到她走进酒吧，在柜台上要了一杯咖啡加奶。她站在那里，眯缝着一双茫然的眼睛，紧盯着牌桌，从杯子边上望着他，慢吞吞地呷着（他一直害怕她把杯子摔到地上，在家里她常常这样做），最后走到他跟前对他说：“快点，舅舅要见你。”等两人一块儿来到大街上，她说了声：“骗你呢。”便一溜烟逃走了。还有几次，红衣大主教真要见他的时候，她也只是跟在他后面一米远的地方，反复叨唠着：“马诺洛，你什么时候带我去坐摩托车兜风？”她盼望同他一块儿飞跑，用胳膊紧紧搂住他的腰，把脸贴在他的后背上，看着他的领带在眼前起伏，头发随风飘扬。“明天吧。”他说。然而这一诺言从来也没有兑现过。

“纱布太紧你就吭声。”

“不紧，不紧，正好。”

他从来没觉得她丑，但是也不觉得她有多么漂亮，更不觉得她有什么风采。如今认识了特雷莎，他才恍然大悟：赫琳卡有点像一张特雷莎的素描，像一张她的未完成的拙劣画像。眯缝着眼皮看看她就够了，眼睛里面所看到的一切，笼罩在一片奶白色的光芒之中，仿佛美丽的金发女郎一张焦距模糊的照片，一张讨人喜欢、看不清五官、金发无力地披散着的脸蛋（是的，是玛露哈床头柜上的镜框里那个站在汽车旁的特雷莎的样子）。另一个人光彩夺目、幸福如意，她那模模糊糊、几乎虚无缥缈的身影在城里如鱼得水，而在这儿，在卡梅洛却由于某种原因没有时间和办法如愿以偿。她是美丽的大学生拙劣的翻版，一件不伦不类，暗淡无光，失败了的，也许是失去了价值的仿制品。如今待在她身旁，就好像待在一株芳香的药用植物旁边。马诺洛不喜欢她的糖果，不过，某种陈旧的犯罪感（已经在澡盆的肥皂沫里和胴体之间的嬉戏中扎下了根）、某种将功补过的诚意，迫使他在她为自己包扎伤口时接受她馈赠的糖果。她在他面前弯着腰，聚精会神地包着。她的前额迷人地凸起，似乎带着一丝布娃娃般的人为的光泽，出奇的干燥使她满头散乱的金色披肩发仿佛假发一般。一条丝发带扎在前额，虽然有时（根据她眸子发出的光泽）她的眼会显得蓝湛湛的，却是一种浑浊的珍珠般的转瞬即逝的蓝色。

“你想吃糖吗？”

“好吧。”

手已经包扎完了。他们坐在饭厅的长沙发上，挨着她当作手袋用的书包。姑娘抬起眼睛看了他一会儿。同特雷莎一样，她小巧玲珑的鼻翼具有一种奇怪的、充满渴望的生命力，少年老成的高颧骨像特雷莎一样引人注目。身后，阳光洒满了面向花园的长廊。花园里长着两株蓝桉树，一株结着一种苦涩的黄色果实的橘子树和一株二月份开花的樱桃树。马诺洛一直非常喜欢红衣大主教的别墅：宽敞、高大而安静。几间房屋光线昏暗，通风不良，很少使用，几只随手打开的抽屉依然残留着带丝绒衬里的小匣子那种混合的清香，他回想起萨尔瓦铁拉家大厅里那种宜人的气味。楼上有一间贴墙纸的房间，那是赫琳卡的房间。有一阵子，家里到处都是镜子，带着装饰和一片云翳的老式镜子，还有沉重的窗帘、厚实的地毯、稀奇古怪的装饰品以及各种各样（从过去到现在已愈来愈少）笨重的旧家具。红衣大主教的每间屋子里几乎都有剃须刀、冰箱、唱机和收音机。可是如今，一定是由于卖掉了很多东西，余下的也准备卖掉的缘故（一箱箱装好了的东西和打开的箱子堆放在几个角落里），家中生出一种暂且栖身的凄凉之感，一幅即将人去楼空的情景。

“你自己拿吧，”他听见赫琳卡说，她一直没有看他，“在上衣兜里。”

看起来，红衣大主教是位布置房间的行家，马诺洛一直不知道没脱手的东西究竟放在什么地方，不过，他怀疑东西放在楼上紧挨着赫琳卡房间的屋里，它一直紧闭着。上衣兜在姑娘的左胸，他用食指和中指打算夹住糖的时候（他是无意，但不可避免）总是蹭到又小又硬如小樱桃般的乳房。“这鬼丫头！”他不安地想。小心翼翼、不辞辛苦地包手，以及糖块之类的把戏也许是在默默无言地表示一种隐情。当他感到赫琳卡那灰蒙蒙的目光盯住自己的喉咙时，一种她有所暗示的感觉便格外强烈起来。

红衣大主教坐在桌旁，喝着一只紫色酒杯里的白兰地。马诺洛发现他面前的菜（肉食店买来的好大一盘土豆配通脊）几乎动都没动。“就知道喝。”他想。红衣大主教身披一件半旧的猩红色长袍，丁香花色的衣领大敞着，里面露出一片浓密的汗毛，他一边喝着白兰地，一边用两只抑郁的眼睛注意着两个年轻人歪着脑袋耳鬓厮磨。午后，骄阳似火，照在他们头发上闪闪发光。

“赫琳卡，”他说，“你一口气包完好了，我有话跟马诺洛说。”他看见马诺洛抬起缠着绷带的手。透过阳光，手指通红通红的。“你听见了没有，孩子？他的手根本就没事，这个鬼东西，我了解他。”红衣大主教仿佛对自己莞尔一笑。“你真傻。的确，一个傻孩子，你知道我为什么这么说了吧……”

姑娘满心不快地吧唧着舌头，眼睛却没有离开她的工作。马诺洛端详着她的面孔，白纸似的眼睑上透出不屑一顾的轻蔑。赫琳卡用纱布系了一个疙瘩，用剪子剪掉多余的部分，把马诺洛的手抬到眼前。

“这样行吗？满意吗？”

“嘿，太好了，谢谢。”他好像疼似的捏着手腕，懒洋洋地站了起来。赫琳卡收拾好自己的东西，走到饭厅另一边。他向红衣大主教跟前走去，心里反复琢磨着怎样编瞎话。

“马诺洛，你坐这儿，”老人招呼着，“坐在我面前，让我看着你。你恐怕出什么事了吧。你今天是在家里吃的饭吗？昨天，你嫂子跟我说你除了吃饭、睡觉，连个人影都见不着。那样可不好。”

“那是她不知道。我睡得晚起得早。”

“噢，是吗？我以为你不干了呢。你在干什么呢？每天下午去哪儿？和谁一块儿出去……你怎么瘦成这个样子了。”

据马诺洛看来，鹰钩鼻下，敦厚亲切的嘴唇上，红衣大主教的微笑依然是诚挚和令人鼓舞的，不过他脸上其他地方怎么一会儿工夫就变了，他怎么莫名其妙地装腔作势起来？他那被孤独冲刷和抽打的双颊，像生肉般凄凉地颤抖着。

“我到车铺里去过。”老人缀上一句，“你哥哥也没见到你的影子，他担心……你倒是坐呀，想吃点什么？”

马诺洛不情愿地坐了下来，用胳膊撑着桌子。“不吃，谢谢。”他说。浅黄色的桌布上方，吊着一盏带红穗的吊灯，红衣大主教若有所思地低着双眼。马诺洛看到赫琳卡往墙角一张小桌子上的唱机里放了一张唱片，紧接着听到了乐曲声。“拿掉，”她舅舅命令道，“你有一下午的时间听音乐。”姑娘磨磨蹭蹭地顺从了，然后向厨房走去，紧接着传来了一只盘子摔到地上的声音。红衣大主教连眼皮也没眨一下。

“那就喝咖啡吧，”他抬起头突然打定主意，“赫琳卡，给马诺洛拿咖啡来！”

“来了。”厨房里应着。

红衣大主教望着马诺洛：“咱们近来打扮得够漂亮的。”他同马诺洛说话总爱“咱们咱们”的，这是他对年轻人很少有的一种随便的态度。不过，眼下小伙子眼观口口观心，奇怪地打量起他来。

看到他这个样子，老头又说了一句："我是说你几天前穿的衣服。你可怜的嫂子告诉我来着。"

"在洗染店呢。"

"好，好，"红衣大主教嘟哝着，"看样子咱们还不错。"

"马马虎虎。"穆尔西亚人将头发往后一撩，"凑凑合合罢了，红衣大主教。我正想跟你说说呢，我想预支点钱。"

"咱们有什么计划？"

"计划？我什么计划都没有。"

"好了，好了，你就对菲德尔舅舅明说了吧。你怎么了？咱们这个夏天有什么额外的开销吗？你看你瘦的。咱们为什么不干活了？难道人们不骑摩托车了吗？你气色不错，不过我发誓你瘦多了，你长大了。怎么了？今年的游客都坐装甲车来了吗？也许事情简单得很，也许咱们恋爱了吧。"

"你别挖苦人了。"马诺洛打断他的话。一个白色的影子在背后拖着一把椅子缓缓向他走来。赫琳卡挽着袖子的手臂从他肩膀后面伸了过来，把一杯咖啡放在他面前。苦杏仁的气味顿时将他团团围住。他又说："其实，好几天以前我就想跟你解释解释。我盘算过了，一切已经改变了，我会告诉你的，但是我现在急需你借我点钱，三千就行。"

"难道你想甩开我们吗？"红衣大主教问。

"哪儿的话，真是的，我会告诉你的。"

"不必了，我早看出你小子有一番计划，为什么你以前不吱声？"

“我还没拿定主意。耽误两天对你也无关痛痒，我的意思是你也用不着我，你还有别的生意（他知道事实并非如此），而且还有别人，帕克、费尔明·帕斯，还有西斯特斯姐妹（其实这也不是事实：帕克已经不愿意跟老头打交道了，别人，就连贝尔纳多也是好久不见人影）不都还在给你干吗？”

“你别装糊涂了。事情相当不顺，其中就有你的责任。你跟帕克玩了那一手以后，一切就开始了。孩子，我跟你说过多少次了，对朋友不能这样不诚实。不过，咱们不谈这些了。你为什么不想继续干了？”

“不合适。我太显眼，我怕……”

“你害怕？别逗我了。八成是想媳妇了吧。”他不禁想起去年冬天每到星期五都去卡梅洛找马诺洛的那位穿着好笑的花格大衣、拿着一把伞的腼腆姑娘。他想，其他人倒的确会害怕，或是把车放在其他地方，或是被抓了，或是认准他已经老朽得不中用了。不管他怎么说，马诺洛都一声不吭，他仿佛突然晕头转向了，大概是因为经常在守夜者的追逐下逃窜，那种不情愿地钻进死胡同的急迫感在他身上太频繁，太强烈了。而现在他又吓了一跳：悄悄坐在他身边的赫琳卡，端着一杯咖啡，在身旁用冷冰冰的目光注视着他。

红衣大主教往杯子里倒上白兰地，接着说：“其实，不是你笑话人家贝尔纳多的吗？”

“贝尔纳多结婚了。”

“他的事至少还说得过去，你大概是疯了吧。你拿什么来生活？你可怜的嫂子手头又不宽裕，你哥哥早就烦透你了。你指望他们白养活你？难道你想变成一个废物？”

“根本不是那么回事。”小伙子郑重其事地说。

“那你想干什么？”红衣大主教把酒送到嘴边，一饮而尽。他满头大汗。马诺洛紧盯着他那双忧郁而充满倦意的眼睛。“你说，你打算怎么办？”

“眼下还不知道，说不定……（赫琳卡用膝盖在桌子底下蹭他的膝盖）说不定，我会找一份工作。是的，找一份好工作。我交了一些朋友，我有关系……好了，现在说什么都太早，不过我想准备准备。”

“算了，算了。”

“我肯定一分不差地还给你，要不然我找机会给你弄辆摩托来。不过现在，我要歇几天，走走路子，弄点非花不可的钱。我想跟你说的就是这事，红衣大主教，你看怎么样。”

“不怎么样，小兔崽子。”他越喝越醉，胡言乱语冲口而出，不过，外甥女和穆尔西亚人早就习以为常了。“我不明白你的意思，就这么回事。跟我说说你的相好……”

“哪有什么鬼相好，”“痞猴”打断他的话，“哪个婊子也改变不了我（从这时起，在与她继续坐在那里的全部时间里，赫琳卡两只雾蒙蒙的眼睛像贪婪的虫子变成一种吸力，与此同时，走进死胡同的念头在他心中隐隐地清晰起来）。我向你保证真是这样，红衣大主教。求求你借给我吧，哪怕一千也好，你别再让我浪费时间了。”

“我倒想知道知道，”老头说，“你不干活究竟怎么生活。没准时不时捞一把吧，可怜几个小钱，管什么用，只够抽烟，看电影，给你的小姐买冰棍。要荣华富贵！傻小子，摩托车算什么，摩托车只能带她去海边……”

“你要知道，她有车，”他脱口而出，身旁，赫琳卡的目光稍稍迟疑了一下，随即立刻恢复了那种格外呆滞和灰蒙蒙的奇怪特征，“不过，这一切有什么关系。我身上一个大子不剩了，至少借我五百。我让你赚了那么多，你不能不帮我这个忙……”

他神情沮丧，两只眼睛紧盯着咖啡杯底。这时他发现，赫琳卡用腿碰碰他的膝盖招呼他。他看着她，她微微一笑，眼皮慢慢闭了一下，也许想说什么。可是，他已经心烦意乱。他站起身。红衣大主教仿佛自言自语地咕哝了一句：“没错，时不时捞一把，你们都喜欢这么干，畜生们。”他知道老头子一直反对“捞一把”（就是不下车，抢过女人的手袋之后飞速逃走）的举动，因为他觉得那样太危险。其实，马诺洛根本不干这种勾当，因为他知道，赃物留又留不住，卖又卖不出去。反正，自从他认识玛露哈之后，从来没那么干过。

突然，红衣大主教站起身，快步走出了饭厅。马诺洛跟在他身后。老人裹着睡袍，趿拉着鞋开始在楼下转悠起来，一会儿，又转到二楼的房间。穆尔西亚人已经习以为常。从前，他巡回视察似的四处转悠，通常是由于心血来潮，想悄悄检查一下家中是否井井有条（顺便把一些挪动了的东西放回原处，掸掸灰，看看有没有丢失什么），可是现在，他迈着发疯似的脚步，一阵阵吓人而不可一世的步伐，愈迈愈快，愈迈愈紧，小伙子为了让他听见自己的话，不得不跟在他身后几乎跑起来：

“红衣大主教，你听不听我说？”

“不听，人以类聚，物以群分。”他引用着加利西亚谚语，在楼道里飞快地向前走着，猩红色睡袍的下摆飘起来甩在身后，“可是，小蝴蝶，你生活在什么样的世界，哪里也比不上在家。马诺洛，我只知道待在家会平安无事。”

“我知道照顾自己。你听我说……”

“你说吧，说吧。”

“你生我的气了？你要真生气就直说。你真不能借我点钱，还是不愿借？”

红衣大主教没说话。过了一会儿，他结束了巡视，回到饭厅，坐到桌子旁边，重新斟满一杯白兰地。他用慈祥的目光瞅了瞅一直跟在身后，现在也坐在桌前的小伙子，又望了望自己的外甥女，手到桌布上摸索着找什么东西（瓶塞子）碰洒了一杯水。

马诺洛站起身：“我走了。”说着向走廊的玻璃门走过去，望了望花园。今天肯定不是我的好日子，他自语道。这时，赫琳卡掏出手绢大声擤起鼻涕来。舅舅的尊严仿佛被冒犯了，瞪着她：“坐在桌边不要擤鼻涕，没教养。”

他的目光显然希望别人就此尊重他。可是，姑娘充满怨恨的小眼睛却透过手绢望着他，更使劲地擤起来。红衣大主教突然耍小孩子脾气似的，忍住气话，轻轻用手指尖打了她的手几下，直到她拿下手绢。姑娘笑着，依然像小毛毛虫，带着缩手缩脚的神态望着他。

“不害臊。”舅舅说。他脸已经气得通红了。红衣大主教那种中产阶级穷讲究的习惯，经常在饭桌上，尤其是在饭桌上暴露无遗。他以酒店侍者（他年轻时干过的职业）的做派，神气十足地表现出一种对教养的过分讲究，虽然他从不清楚究竟什么是教养，却简单地把它归结为两三条基本原则（饭前洗手，吃饭时不喧哗不看书，坐在长辈的左侧），来严格地要求外甥女，可是又毫无成效。旁若无人地在桌边擤鼻涕是她的老毛病了。姑娘满不在乎地捡起手绢，别在领口里，嘴里哼哼叽叽，站起来挪桌子。一到这时，红衣大主教便迅速败下阵来。“嗯，和小时候一样机灵。”他喃喃道。

“好了，”马诺洛走到他身边说，“我这个忙你帮还是不帮？”

“你先盘算盘算，孩子。我不干活可以撑一段时间，你可不行。”

“你不要发火，”小伙子拍着他的后背说，“你不能跟我来这一套。”

“都是为你好，”老头和蔼地说，“因为很遗憾……”

“红衣大主教，我看你呀，是个地地道道的老滑头。”

老头先是唉声叹气，一会儿又变成喃喃低语：“这的确是件遗憾的事。每到夏天，就会出现这种事，你老是这么做，动不动就卷进一件风流事，穿着你的新衣服到处招摇撞骗。过去，你见好就收，现在，我看你是越陷越深，越来越不知好歹了。马诺洛，你知道我老了，我了解生活，它会骗你，会耍你，你那点鬼心眼，远远保护不了自己……”他仿佛被人捂住了嘴，突然停住了话题。

马诺洛感到一种奇怪的不安（然而倒不如说是因为赫琳卡，她突然一动不动地待在饭厅门口，望着舅舅，在等待着什么），他决定离开，改天再来试试。

可是，红衣大主教又开始玩起马诺洛特别害怕的打哑谜的招数了："你真不能再待一会儿了？"

"我会再来的。"

"那么吃点东西吧，孩子，你总有一天非虚倒不可。"

"不会，红衣大主教。你看，五百块我就能对付过去了。"

"为什么，你今天下午有什么要紧事要办？"

"有这么点我就能对付过去了，我告诉你，妈的！"

"你看你这个干巴样……"

他两眼瞪着桌面，耷拉着被酒精征服的脑袋，一边说话，一边小心翼翼地把面前的杯子、刀叉和酒瓶等所有的东西一件一件地挪开，用手抚平桌布，仿佛打算在腾出的房间里干一件格外细致的工作。

赫琳卡和马诺洛仔细地观察着他的一举一动，生怕他打碎什么。可是，什么也没打碎。待到全部血色从脸上退去，待到这张脸完全变成一副苍白的面具时，他有气无力地重复着："小蝴蝶，你生活在什么样的世界。"说着慢慢趴到了桌子上。满头白发，犹如一团火在前额燃烧，两撮又黏又硬、好像小鸟翅膀似的头发立在耳朵上。脑门枕着小臂，待在那里。马诺洛急忙向他走去，赫琳卡跟在后面。两人架着胳膊，把他从椅子上抬了起来。马诺洛发现姑娘摆弄起舅舅来格外利落，好像对这类紧急情况已经习以为常了，一定是近几个月来红衣大主教的病发作得更频繁了。他想把他放到床上，可是赫琳卡用略微生硬的口吻说：“出去，把他扶到花园去，来呀。”他们将他扶到旧凉棚下一把藤椅上，凉棚如今只剩下一堆被虫子蛀坏的、颜色枯黄的枝条堆成的空架子，阳光从枝杈间照射进来。地上散落着被雨水沤烂的垫子和空酒瓶，藤椅旁有一张瘸了腿的床头柜，桌面上散乱着不少药水瓶和药片。一动不动、永远有教养的红衣大主教宛若自己陵墓前的大理石雕像，在凉棚藤架间斜射进来的阳光下安眠着。赫琳卡站在他身旁，一边用手拍松枕头，一边用闪烁着绿光的双眸注视着马诺洛。她显得很平静。“把那个药瓶递给我好吗？”她指着床头柜说，“我去倒杯水来。”她消失在屋子里面。马诺洛拿起药瓶打算打开瓶盖。瓶盖很紧。红衣大主教深深地吸了一口气，晃了晃脑袋，咕哝了一句。他所喜爱的角落里散发着尘土、潮湿和臭衣服的气味，小伙子边拧着瓶盖，边注视着老人，暗暗想，多快呀，只不过一年光景，时光便将魔爪伸向了全家，伸向了破败的花园和家具，伸向了红衣大主教高贵的面孔和赫琳卡漂亮的眼睛。倒霉的贫困！

马诺洛拉开床头柜的抽屉想找东西启瓶盖，看见一本旧护照和一捆玫瑰色绳子绑着的信札，下面露出两张一千比塞塔的钞票。

“这个不行。”赫琳卡的声音在背后说，同时，姑娘夺过药瓶又递给他一个，“这个。拿一张，只能一张。”

“什么？”

“想拿就拿一张，他不会知道的。”

穆尔西亚人未加思索，钱便进了他的口袋，他使劲关上抽屉。不知说什么好，心中十分恐惧。他似乎没有发现姑娘把药片倒在手心里时眼睛里有什么特别的表示，然而，他很快便感觉自己落入了一个陷阱，有点像他有时倒在玛露哈的怀抱中所体验到的感觉。红衣大主教猛地睁开了眼睛，脸上挂着狡黠的神情，然后又重新合上了双眼。

“看来他好多了。”马诺洛说。

“是的，没什么大不了的。”

“那好，再见了。”他转过身，“咱们回头见。”

姑娘正在往舅舅嘴里塞药片和递水，她回身望了他一会儿。进屋之前，马诺洛说：“醒了以后多给他喝点咖啡。”

他穿过餐厅，穿过黑暗的走廊走到门厅时，赫琳卡追上他，抢先为他打开门。这可有点出乎他的意料。姑娘静静地站在那里，紧抵着打开的大门边，两只手扶着大门，不知不觉地流露出一副恋恋不舍的样子。这时，她的第二个扣子松开了，装在左上兜里的糖块沉甸甸地坠开了睡衣的领口，暴露出深深的蓝色暗影，双乳之间浅浅的乳沟。

马诺洛冲她微微一躬腰，高兴地对她悄声说：“美丽的赫琳卡，我忘不了你为我做的一切。”

姑娘连眼皮都没眨一下。等他一出去就推上了门，但是她没有关紧大门。一双绿色的、毫无表情的眼睛追随着他在阳光下向远处走去。忘不了这一切的是她。

13. 若即若离

他爱我，因为我经历过风险。

——奥特罗

起初，黄昏下的脚步杂乱无章，短暂的漫步中，两人的臀部不时悄悄地碰在一起。

自从七月那个炎热的下午，他们决定比往常提前离开医院起，一切便开始了。对他们说来，玛露哈的病房早已变成一座废墟中的爱情圣殿（里面有一位无可争辩的女祭司，迪娜，那位马略卡护士），病人病情严重，圣殿必须保持安静、保持无言的回忆和过分的礼貌。病人没有任何反应，病情毫无转机，生命没有任何征兆，没有任何迹象打破使他们隐隐感到内疚、感到拘束的昏迷和安静。（玛露哈死一般地安静，多么奇怪，难道陪伴着她的安静是未来在召唤。可怜又可爱的朋友，能为你做点什么呢？我们还能为你做点什么呢？）现在，特雷莎和马诺洛已经坐在隔壁小客厅的沙发上度过了一大半时间，他们谈玛露哈，看杂志，良久地沉默着（时不时交换一下目光），只有时近黄昏，他们才觉得自由了，可以离去。马诺洛小心谨慎，沉默寡言，一切听凭她拿主意。决心和勇敢的红太阳还没有在“痞猴”的天空放射全部光芒。有时是护士迪娜，是她，带着她可能令浪漫的心花凋谢、可让彼此迷恋的身体沐浴在难以形容的热带温泉之中的神秘微笑。“行了，年轻人！我要是你们，有假期，有汽车，才不到这里来干受热，无所事事，浪费时间呢，我非去西特赫斯不可。你们俩明知道为病人做不了什么，你们别装蒜了。”看她说西特赫斯的样子（眉飞色舞，那个词好像新鲜的海贝，被她那红红的利嘴一口咬开），人们一定会认为马略卡女人言之有理。其实，在一座乌烟瘴气、死气沉沉的城市里又能怎样打发这一个个炎热的下午呢？

特雷莎开车把他送到了卡梅洛。他们习惯在一家酒吧前停下来喝一杯冷饮。然后，到兰布拉斯大街和唐人街随便逛上一会儿。女大学生思想左倾，自然要到埃斯古铁雷斯大街和一些人口稠密、成分混杂的地方去。说到风流韵事，此时此刻尚未发生，然而，种种热血沸腾的爱情插曲，以及眉来眼去、情意绵绵不时溢于言表。原来，女大学生知道不少稀奇古怪的酒店，她喜欢风风火火地转一圈就走，仿佛想证实它们是不是还在老地方，是不是依然保持着她和学校的朋友们一块儿出来光顾时的老样子：那里依然拥挤着一群内心压抑的安达卢西亚人，出售着同样的陈年老酒（掺了假的，马诺洛想，尽管他没说），依然徘徊着娼妓和卖彩票的女人。有时，他俩站在一家酒店熙熙攘攘的柜台前，紧紧地靠在一起，混在那群故作放荡不羁的喧闹人群中，两个人的臀部不由自主地碰到了一起。但是，马诺洛无法知道，特雷莎的激情，在那个冬天的晚上，在圣赫瓦西奥家中的铁栅栏面前，透过他的粗毛线围巾生出的那种激情，此时此刻又通过膝盖和臀部的接触，通过同某个电车工人、叫卖的小贩或是某个过去的老共和分子、如今的吉他演奏家的几句寒暄，而再一次在姑娘身上出现了。对她来说，不过就是用手使劲拽住他的胳膊在车流中跑过大街时所产生的那种慌乱，她对此不以为然，因为她是一个五十年代的、善于辩证而客观地感受现实的现代大学生。

然而，现实仍然是一个蜷缩着身子安眠在少女柔软腹中的胎儿。众所周知，意识形态的力量是可怕的，拥有这种力量的文化背景巧妙地孕育了她，她慷慨大方，胸无城府，充满朝气和同情心。如今，她正在她的新朋友身上寻找某种带有进步色彩的精神满足，她一时将它同愿望混为一谈。不过，有的时候，一首悠扬的通俗乐曲、一张偶然在酒吧听到的唱片，都足以使她从穆尔西亚人温柔的目光中（他专注地望着她，没人知道又出于什么同情心），在一瞬间隐隐看到一个最直接、最紧迫的高级现实的存在，看到女祭司迪娜向他们建议保持的那道难以描述的分界线。她暗暗地主动自我批评：毫无疑问，那是转瞬即逝的联想，是内心压抑不满的小资产阶级心中的海市蜃楼，是自己身上小小的利己主义，如今面对一个真正的战士，这小小的利己主义便显得幼稚可笑了。因此，由于穆尔西亚人在她身上施展的是一种模棱两可的诱惑（三重诱惑：阴谋、爱情与危险），它依然保持着某种感情上的不协调，所以才使开始的几天下午变得滑稽可笑。比如有一天，她信步走进镇上一家电影院，电影院的银幕上映出：新婚之夜，马龙·白兰度，留着埃米利亚诺·萨帕塔[①]特有的黑胡子，光着魁梧的身躯，挨着年轻的妻子坐在床上，狡黠而迷人地摇晃着脑袋(学着点，小伙子)。与此同时，特雷莎仰坐在椅子上，头枕着椅背，清晰地暴露出一大片黝黑的皮肤。非常天真、悠闲和幸福的她，一边思索着无比美丽的画面，一边用眼角捕捉着马诺洛向她身上投来的惶惶不安的目光。银幕上不断发展的情节（人民英雄感人肺腑的形象，没文化的革命者意识到他为人民所肩负的责任，在新婚之夜不去求欢，却让美丽的妻子上文化课）竟然感动得特雷莎以为小伙子也和她同样满足，以为他的目光里显示着同样的激情。她不时回过头冲他微笑，咬着嘴唇，若有所思，莫名其妙地露出赞许的目光，她甚至朝小伙子凑过去，振振有词地赞扬墨西哥农民有阶级觉悟。猛然间，她发觉他灼热的皮肤释放出热流，发觉他目光中有着对她的爱恋，有对她的大腿、她的颈项和美发赤裸裸的爱恋。对此，她什么也没说，手足无措地重新看起电影来。正在这时，她发现有什么东西在脖根下动来动去，使她突然生出一种空荡荡的感觉。她这才发现她并没有靠在椅背上，而是一直靠在他有力、耐心而殷勤的胳膊上。一场好电影足以使一个人忘记现实。

随着开始时一桩桩一厢情愿的小小奇遇，更加可怕和可笑的奇遇终于在一次驾车狂驶的路上发生了。一天晚上，他们沿着卡

---

① 萨帕塔（约 1879 – 1919），墨西哥农民革命领袖。

斯特德费尔斯的高速公路返回城里，特雷莎驾驶着她的“佛罗里达”上了这条路。当天下午临近傍晚的时候，他们本想出去遛个弯儿，可是特雷莎心血来潮，非要往远处跑。等他们回来时，天已经全黑了。特雷莎身穿一件低领条纹衬衣，头扎一条丝巾，丝巾和头发一起随风飘荡。收音机正播放着一支恰恰舞曲。穆尔西亚人从未尝过坐赛车兜风的滋味，目光来来回回地注视着照在柏油路上的弯弯的灯光、里程表（指针已经超过了一百二十）和特雷莎迷人的身影。他一只手紧紧抵住面前的玻璃，另一只手撑着姑娘座位的靠背。“你喜欢兜风吗？”特雷莎冲他喊。他含含糊糊地点了点头。他感到自己的黑发抽打着太阳穴，风发狂似的吹在脸上，仿佛一个热烘烘的面罩紧紧贴在皮肤上。这时候，不知从什么地方，发出一阵美妙的嗡嗡声，越来越响，压倒了一切声音。车速越来越快，嗡嗡声越来越尖利、刺耳，首先沿着腹部，然后经过胸膛，最后突然淹没了他的感觉，化作一阵死寂，化作满目恒星，化作一片月光般的柔情……但是，马诺洛不相信机器也有柔情（他隐隐约约回想起，有一次，红衣大主教对他说起美国有种自动机器，你只要往里面塞一个硬币，它就会给你换成零钱，这大概是笑话），他怀疑一切是早已预谋好了来迷惑他的。月亮、星星和蓝蓝的夜空，都呈现着骗人的征兆。他对女性向来胸有成竹，居然没有预见到这场背信弃义的打击，这个感情上的跟头。他生平第一次感到自己脆弱、渺小、轻浮、卑鄙得令人可怕，他感到自己早已被一种将他抛向今晚令人晕头转向的狂奔的奇妙力量（汽车加上有钱的姑娘）征服。他不知道这种力量是特雷莎双唇半启、扎着红头巾（像夜色中闪耀的一把火）的长发随风飘荡时可爱的身影，还是两人臀部火烧火燎的接触；是车速本身，还是那种仿佛压倒一切的强烈的咆哮声。反正有一点没错，那就是有的时候，一种无声的欢乐、一阵惬意的空虚（停车，你疯了，慢点开），一种似乎生来从未经历过的刺激和一阵灼人的渴望突然间使他的感觉发生了变化，使他两个耳朵突然被堵得死死的，人则进入了幻境，向后微微仰着脑袋望着苍穹。（停车，姑娘，停车！）恰恰舞曲包围着脑袋，他浑身战栗，以为自己已经融化在冥冥宇宙之中。正在这时，特雷莎（唉，恼人的小姑娘）猛地将车停在路边，露出一副有气无力的神情，她也累了，头发蓬乱的脑袋趴在方向盘上，发出一声深深的叹息。

"唉……真悬呀！"她说，"算咱们有福气，终于甩掉了。"

"什么？怎么了？"穆尔西亚人莫名其妙，他正从近乎疯狂的境界中走出来，手好似夜色中迷失方向的醉蝴蝶，竟然向姑娘芳香的膝盖伸去，无力地压在上面。

"你干什么？"特雷莎微笑地看着他，然而有点急，"你害怕吗？是交通警察，我怕他们让我停车。多一事不如少一事，我主要是为你着想，明白吗？"

蝴蝶飞离了膝头。花儿已经合上，特雷莎·塞拉特心满意足，趾高气扬，不知道自己比星斗还要明亮，重新驾驶着"佛罗里达"径直向城里开去，不再怀疑她现在运送的，乃是双倍甜蜜的"货物"。

亲昵的大门果然缓缓地悄悄地打开了。先是围绕着医院的短短漫步（博纳诺瓦的大道、长满棕榈树和松树的花园、石块砌成的尖尖的塔楼、不见尽头的铁栅栏、人行道上闲聊的用人，还有急匆匆神色庄重的修女），一种有如水中的涟漪般围绕着病床上的玛露哈逐渐扩大的充满怜悯的原地漫步。后来，承蒙“佛罗里达”和夏日一个个已经显露出分道扬镳（信任的大门随着九月的第一阵晚风而关闭）兆头的昏昏欲睡的下午的关照，他们开着车（放心，她答应送他回去）一次次从城里到郊外，从市中心豪华的酒吧和咖啡厅到郊外难以想象的小酒馆和简陋寒酸的小吃店，一直转遍了整个城市和郊外，品尝着奇形怪状的冰棍和饮料，偶尔还在公路旁的凉棚下，夹在苍蝇和做一锤子危险买卖的孩子们中间（特雷莎高兴地从一群衣衫褴褛的小魔鬼们旁边那一座郊外的土坡上滑了下去，牛仔裤刮了一个口子）吃西瓜（一种炎热的兆头；特雷莎雪白的牙齿镶嵌在胭脂红色的山柳菊上），最后终于来到一处灯光昏暗、适合谈情说爱的地方，陷在罩着皮套的座椅中，随着专为富有和高贵的恋人们挑选的乐曲声摇头晃脑。特雷莎总看书，从他们一起出去开始，每次都毫无例外地（似乎不愿砸碎那一直使她停泊在平静港湾之中的文化锁链）随身带本书，即使那本书没有成为主人初恋时六神无主的牺牲品（特雷莎拽着他的手，想光着脚跳到护波堤的混凝土石块上，一下没站稳，书落到了水里），也往往会被遗忘在“佛罗里达”的后座上，卷着书页，被阳光晒得发黄。姑娘在湛蓝的亚热带海水中幸福地挥动着手臂，主动发起了大概从未有过的阵阵进攻（我想找一天下午到索莫罗斯特罗去，不过我自己去），“痞猴”使出了他的拿手好戏：反客为主（我不允许你一个人去）。当然，只要对郊外离奇的向往有危险，他们是不会去的。多么巧妙的组合：红葡萄酒、郊外和大海的景色（特雷莎·莫雷正坐在身穿海魂衫的青年渔民之间嚼着海虾），唐尼克金酒，配上松软的皮座椅，在平静的气氛中欣赏巴赫的乐曲（特雷莎·德·波伏瓦正在酒吧书店的玻璃柜前浏览群书），光顾正在放映"回头片"的电影院（我们什么时候才能看到《狠心的波特金》），以及在节日的平民区，巧遇迷路的游客（特雷莎正在用法语同一对袒胸露背、皮肤黧黑的法国年轻夫妇交谈），他们把汽车停在"佛罗里达"旁边："看那小伙子，多帅！[①]"还有码头带着咸味的海风，兰布拉斯夏日的嘈杂和皇家广场的啤酒、海鲜，沿着格尔公园的缓缓漫步，以及分手时将车停放在路边，站在卡梅洛山顶观看到的火红的晚霞。

那里，就是穆尔西亚人每天在女友清澈的蓝色目光中探寻秘密的地方。然而他一无所获。凡事不会永远一帆风顺。他们争吵过几次。特雷莎是一位不知疲倦、难以捉摸的对话者，她特别喜欢谈论爱情，仿佛在谈论一位她从未爱过的故去的亲人。

一天晚上，她把马诺洛送到卡梅洛后，突然问他："马诺洛，你会为一种伟大的爱情献身吗？"

"会。"

她笑了起来。

"我早就料到了！好笑！"

"我看不出有什么好笑的，"他用灼热的目光上下打量着她，

①原文为法语。

“你不相信爱情吗？”

“不是相信不相信的问题。我更相信愿望，愿望是一种最庄重最纯洁的感情。当然，只有当它是相互的，而且不附带任何道德责任的时候才是。”

“嗬，你的要求也太过分了。”

“不是我，是时代的要求。”

“我不明白你的意思。”

“得了，朋友，其实意思很明白，”特雷莎思索着，随后叹了一口气，“你难道不相信吗，现在是过渡时期。我是指道德观，它正处在危机之中。”女大学生两手交叉趴在汽车方向盘上，茫然地注视着卡梅洛山的夜晚，开始大谈特谈爱情为什么正处在危机之中的理论。马诺洛保持着沉默，强作欢颜听她讲，他喜欢她的声音，听她讲话很高兴。过了一会儿，他居然调皮地来回开关车灯，想用孩子的把戏把她重新拉回到现实中来；他又往她跟前凑了凑，她仍然侃侃而谈，马诺洛用手指撩开遮住她眼睛的一绺金发，终于朝她的脸孔俯下身去（她已经沉默下来，心神不定，担心小伙子的靠近将会成为激情的回答，推翻她的全部理论）。可是，出乎她的预料，马诺洛突然停住俯下的脑袋，身子往后一闪，将她晾在那里，然后跳下了汽车。

“你自以为有学问，是个读书人对吗？”他说着使劲撞上车门，“那就明天见吧。”

他手插着兜，吹着口哨，沿着通往德利西亚酒吧的路向远处走去。

这些出人预料的反应唯一的目的是初步证明一下自己的力量：它也许会惹火心地善良的伙伴，那是一种冒险，然而，他没有别的办法来保护自己，没有别的办法来填平两人之间的文化鸿沟。最好见好就收。穆尔西亚人为自己这番小小的如意盘算感到洋洋得意，他希望慢慢地把这位内心复杂、喜爱无谓争论的女大学生朋友甩得远远的，单独一人同一位喜欢和他在下午散步，随便怎么玩都行的快乐迷人的十八岁小姑娘在一起。这种爱搭不理、敬而远之的计谋，对于这位思想狂热进步，却时不时不可避免地表现出某种自我卖弄和小姐派头的特雷莎来说还真有作用。这位现代派的、无拘无束的、兴许已经破了女儿身的小姑娘，时常做出出人意料和丧失理智的举动，使朋友们常常感到恼火。

然而，任何一次发火都没有超过二十四小时。常常是马诺洛给她打电话赔不是。这时，女大学生又非说全是她的错，承认自己赶时髦，爱虚荣。既然事已如此，马诺洛不禁想，是不是自己不该表现得过分谨慎。一天下午，他们正坐在医院小客厅里，大门开了，塞拉特先生出现在门口。特雷莎惊慌失措，脸色骤变（开门时她正靠着朋友，脑袋歪在报纸上，两人正一起看电影广告），给马诺洛做了介绍。他顿时变得严肃起来，站起来伸出手，企图在卡塔卢尼亚企业家的眼睛中发现什么。塞拉特先生哼了哼鼻子，嗓子里吭吭了几声算打招呼，握了握小伙子的手，几乎不停步地走进玛露哈的房间。他急急忙忙跑来是为了告诉特雷莎，他要去海滨度周末，让她告诉明天到家里去的花匠几件事，因为大家知道，比森特让人信不过，办事总丢三落四。特雷莎跟着他走了进去。

马诺洛待在客厅里，但是，门虚掩着，所以他能听到塞拉特先生的问话:“孩子，那个小伙子是谁？”这时，除了那种故作冷冰冰、若无其事的语气，特雷莎的声音中还有某种东西，某种已经包含在她回答父亲问话之前的停顿之中的东西，这向马诺洛暴露了女大学生重感情的真正原因：一种特有的忧虑，她把感情同一种极大的政治上的愚昧混为一谈。“爸爸，我刚和他认识，他说是玛露哈的未婚夫,每天都来看她。”她含混而勉强地回答着。她又说：“我真替可怜的小伙子难过。”（这时,塞拉特先生似乎哼了一声。）马诺洛蹑手蹑脚地走近门口，心想，听特雷莎的意思，两人的关系在外人看来，他只是生病女仆的所谓未婚夫，每天来医院探望病人时遇到了小姐，小姐出于客套用车送他回家。不错，没什么大不了的，这一切偶然发生在一个不会太长的夏天：两个人正巧都在度假，家里几乎没人管，就他们自己，因为玛露哈的不幸，碰巧凑在了一起，不过他们的出身太不一样了，所以什么也不会发生。我真为可怜的小伙子难过。好，当然了，有什么必要谈他们坐汽车兜风呢。幸亏特雷莎这一番话中真真假假的独白（她没有撒谎，但是也没有说出全部事实），马诺洛这才恍然大悟，他过分拘谨了，他可以也应该果断行事。

他走进玛露哈房间时，屋里情形是这样的：迪娜待在床头柜旁微微弯着腰，准备给病人注射血清，塞拉特先生站在她身旁，看着她做准备；床的另一边，特雷莎背着手，神态天真地回答着父亲漫不经心的问话，父亲问她探视完玛露哈以后，都干什么去了。特雷莎说来说去竭力想表明她几乎没注意到小伙子。这时，小伙子慢慢走到床边，静静地站在特雷莎身旁（谁也没有看他，大家都没有吱声），漫不经心地将手搁在床头旁的滴管架上，手指几乎碰到了特雷莎的后背。这天下午，特雷莎穿了一件极为普通的绿色紧身薄连衣裙，裙子没有袖子和腰带，背后一条拉链从脖子一直拖到臀部。马诺洛一副心不在焉的样子，和别人一样观察着护士工作，寻开心似的将手在金属架上滑来滑去，蹭着姑娘的后背。他手不离架子，直到有一次手往下滑的时候，拇指和食指像小鸟嘴巴似的在拉链上一夹，转眼工夫，便将拉链从上到下一拉到底。裙子像一块皮子似的打开了，放出一道金光：一个光润而微微丰腴、苗条而恰到好处、几乎带着孩子气的美丽背影骤然呈现在眼前，背上没有任何系带子的痕迹破坏那古铜色的皮肤（他早就知道满不在乎的女大学生也是那种从不穿胸罩的女孩子），整个背影成优美的斜线在腰肢处向内使劲收缩着，随后在包着臀部的暗红色尼龙布下重新突了出来。这一切是那样迅速而出人意料，特雷莎张着嘴愣在那里，连衣裙前面被肩膀上几个挂钩稳住了，这下，可以想象得到，穆尔西亚人的阴谋诡计又彻底破灭了（他本想让撒谎耍赖的姑娘在父亲和护士面前袒胸露背地晾上一会儿）。这会儿，塞拉特先生正在讲什么局部和整体的遗忘症，他抬头望了女儿一眼，但是没看到她（除了好像浑身发冷似的使劲抱着胳膊以外）有什么不正常的，便又重新注意起迪娜的工作来。特雷莎双颊红得像熟透的苹果，她狠狠地瞪了马诺洛一眼，悄悄地活动着拉上拉链。她慢慢地退到门口，走了出去。

过了一会儿，她冲着小伙子挤了挤眼（惊讶地，不像是在生气），想知道他为什么当着父亲的面搞这种恶作剧。“我要是不来这一下子，你还得在那儿编我们的瞎话。”他拉住她的胳膊，仿佛想换个地方跟她好好解释解释似的把她叫出了医院。

这天晚上，他请她到“汉堡莱”喝了一杯。穆尔西亚人陪她到皇家广场的秘密地点露面，特雷莎满心欢喜（他们在那儿如鱼得水，那里总可以见到一些大名鼎鼎的学生领袖，路易斯也在那儿，他在一盏暗淡的绿灯下，进行着半地下的活动）。一个使用兽骨作乐器的简单而原始的西班牙爵士乐队在演奏讨厌而下流的“玛丽亚的胡利安爵士乐”，那音乐，没人把它当回事（除了一对聚精会神戴着眼镜的男女，他们是近视眼，文学系的大学生，他们认出了特雷莎，非让姑娘和她的伙伴同他们坐在一张桌子上不可），不过至少还能用来跳跳舞，不必担心因此亵渎正宗的爵士乐。昏暗之中，在大学生们沉思的目光前（据她贴着马诺洛耳根讲，她看不起那些反对派和保守分子），女大学生紧搂着她的新朋友翩翩起舞，任由他第一次用双唇轻吻着她的两鬓和前额。

翌日，离开医院后，马诺洛提议到海边去。时间刚过正午，天气酷热。充满自信的穆尔西亚人觉得时机已到，尽管从另一方面说来，利剑又重新紧抵着他的脑袋，他马上就身无分文了，他觉得不铤而走险便没有办法捞一把。去海边是突然决定的，两人谁也没带游泳衣，所以特雷莎想顺路先到家里去一下。

“我找条爸爸的游泳裤给你穿。”

她不允许他在外面，在车里等他，请他进家里。

“我要换衣服。”他们穿过花园时她说，“就一会儿工夫。你不介意吧？”

“没关系，没关系。”

马诺洛跟着她走在茂密大树下的鹅卵石小路上（天似乎骤然黑了下来，仿佛到了冬天，他身穿皮夹克，围着围巾，特雷莎向射出灯光和传出音乐的窗户奔去，她脚蹬精制的高跟皮鞋，身穿雪花般披散在肩头的白色风衣奔跑着，腰带拖到了地上，鲜红的丝头巾拖在衣兜上）。特雷莎用钥匙打开门，把他让进一间灯光明亮的大厅。

“随便坐。”她说着脱下鞋子，“想喝就倒一杯，什么酒都有。我去去就来。别看画，可怕死了。”

她一只手拎着鞋子，另一只手解着衣服扣，穿过前厅消失了。她一上楼梯就喊：“比森塔，是我。”马诺洛绕着客厅走来走去。墙上挂着几幅瑞士风景画，他倒不觉得怎么可怕，还有一位夫人的画像，画中的夫人从蓝色的迷人画面中满意地望着他。柔弱的肩头围了一条藕荷色纱巾，里面露出红润而颀长的脖颈。也许是她妈妈。她的表情那么美，那么甜。别墅沉浸在一片静谧之中，然而，这是一种与众不同的寂静：有钱人家的寂静对他来说，好似有一股催眠的力量，恍若戛然而止的电扇，有如地下隐隐作响的暖气。炉壁上方挂着一幅巨画，上面画着几条猎狗，这倒也不错，冬天能有个好伙伴，一天的生意忙完了，坐在炉火对面……他坐在炉壁前的沙发上，慢慢悠悠地跷起二郎腿。突然，他听见左边闪闪发光的细砖地上，一阵小爪子嗒嗒嗒的跑步声愈来愈近：一只毛茸茸的小哈巴狗，微微歪着脑袋，用略带悲伤的神情打量着陌生的来客，两只隐藏在长毛后面几乎看不见的小眼睛紧紧盯住他。马诺洛喜爱地看了看它，然后伸出手抚摸它，小家伙昂起脑袋往后一退，围着沙发转了两圈。不信任的神情奇怪地变得明显起来，它躲开他又一次亲热的表示，四蹄卧地，冲着大门的方向转过脑袋，等待着家人出现。瞧它那副样子，与其说是漠不关心，倒不如说它对不速之客的身份陷入了深深的怀疑。这会儿，马诺洛才看出那是一条母狗。它滑稽的小脑袋，显出一副桀骜不驯却又聪明伶俐的神态，轻蔑地歪向一边，只是偶尔突然朝可疑的陌生人瞟上一眼，似乎想在他呵斥它之前就堵住他的嘴。“过来，小东西，过来……”马诺洛悄悄叫道。小狗低着脑袋，慢慢走到他跟前，仔细地嗅嗅他的牛仔裤、胶鞋和打算抚弄它的黑手，然后低着头，仿佛这一番检查又加重了它的怀疑似的转了半圈，回到了原来的地方。马诺洛疲倦地把头靠在沙发上，带着一种隐隐的不满足和烦恼，又夹杂着一种非常惬意的好奇心，重新注视着墙上色彩斑斓的画面和静寂无声的环境。他想抽一根烟。

比起近来在周围，在自己家里，在德利西亚酒吧，或是红衣大主教及他的外甥女（他想起最后那次拜访他们和要钱的晦气）之间出现的麻烦事和愈来愈大的困难来说，他在这里，在这样舒适的环境和寂静中所体验到的一种安全感令他觉得新奇。可是一想到他们，这种感觉的影响和力量似乎莫名其妙、不知不觉地减少了，仿佛有一种过于迅速、忙中忘事的感觉，一种犯了什么错误，事到临头（什么事？）找他算账的感觉。也许正因为如此，似乎是某种提示，西斯特斯两姐妹竟出人意料地在这个时候冒了出来。

这个下午稀奇之事真是层出不穷!

必须像接受命运的嘲讽一样，平静地接受它。他终于赢得了小狗的顺从，背靠着冲花园敞开的窗户，站在钢琴前（他不想去按琴键），他没看到树影之间，两排天竺葵那边，有两个人影在午后的阳光下正穿过临街的铁栅栏朝别墅方向走来。那是两个身上五颜六色的姑娘（巧克力色的胳膊和大腿，紫色的嘴唇，蓝色眼影一直描到太阳穴，好似两个小小的眼罩），云鬓挺直，闪烁着光亮，轻薄而刺眼的夏装像一张皮紧裹在身上。过于浓重而灰暗的褐色脸庞暴露出她们终日酒足饭饱、常在平台上晒日光浴的生活，脸上还长着粉刺。在她们急促而紧张的脚步中有一种急切然而装模作样的决心，同她们月牙脸上那种若无其事甚至不耐烦的表情形成了鲜明的对比。两人中的矮个子姑娘背了一只彩色的棕榈叶草筐，仿佛害怕匆忙中会从里面掉出什么东西似的撅着屁股。马诺洛听到了门铃声。没有人去开门。他没看见两个姑娘过来，要是他看见她们走来，他马上就会猜到她们为何而来，就可以到花园里去迎她们。幸好老女仆耽误了一会儿才去开门，小伙子终于打定主意，在她吃力地扭动着灰色工作服下面的大屁股、匆匆忙忙前去开门时，走向门厅。老仆人经过马诺洛身边习惯性地冲他微微一笑，打开了大门。一缕阳光首先照了进来，他眼前顿时一片昏花：他站在大厅门口，向里半转过身子（准备重新回到大厅，暗暗决定去按几下琴键）。待马诺洛认出两个娼妇时，他顿时怔住了：这怎么可能，这肯定是一场恶作剧，厄运总是与穷人作对，这不是简单的巧合，而是一种警告，一种来自他居住的地方的警告。

其实，他不应该大惊小怪，他清楚地知道西斯特斯姐妹喜欢在假期到住宅区活动，那时家家户户只有用人在家。自从去年冬天以来，马诺洛就没有见过她们，他知道她们和红衣大主教已经没有来往，但是仍然干着本行，一种叫作“内衣裤”的骗人勾当。

他也知道这次出人意料、突如其来的拜访所预示的危险（年轻的女大学生绝对想不到的一个真正的阴谋），弄不好一切前功尽弃：“要是这两个娼妇当着特雷莎的面认出我就完了。”因为刚巧在这时，特雷莎肩挎旅行袋，穿着白色长裤和凉鞋出现在客厅里。“谁呀，比森塔？”她问道。小哈巴狗摆着尾巴朝她跑去。“迪西，别吵。”这时，两姐妹装出一副天真无邪的样子站在门口，马诺洛的出现显然使她们感到措手不及。霎时间，一种尴尬的局面出现了：女仆在等着来客张口，她们却不安地和马诺洛交换着目光，而马诺洛又在不安地望着特雷莎，特雷莎在他的目光中看到了微微的颤抖，感觉这位工人同两个姑娘之间有着某种关系。她迅速而粗略地在脑子里做了推断，眼下，她只得出这样的结论：她们要么是妓女，要么是工厂的姑娘，要么两者都是。而马诺洛则觉得西斯特斯姐妹也不敢怎么样，道个歉就会告辞。可是他却可怕地发现两人没有打算向后转的意思，因为其中一个姑娘（逗乐打趣的专家）竟然向他们讲起朋友怎样在大街上刮破了裤子的松紧带，这一下……

于是，他冲向大门，不给她们说话的时间，一边对特雷莎说：“你别管，有我呢。”

西斯特斯姐妹话还没说出口，就看见小伙子冲她们扑来。一位姑娘结结巴巴地说：“你……”

“有我呢，您别管。”他重复道，这一次马诺洛是冲着女仆说的，差点把她撞个趔趄。好心的女仆带着一种唯唯诺诺的表情看着小姐，离开了门口。马诺洛使劲地拽着两姐妹的胳膊，把她们拖到花园，尽量离房子远远的。

三个人同时开了腔：“妈的，臭婊子！”

“马诺洛，可真没想到！”

“快走，滚出去。”

“哎哟，你慢点，”另一位嚷道，“你在这儿搞什么鬼，她的确不错嘛！你松开我，帅哥，难道是在你家？”

“住口，要不我拧断你的胳膊，”他说，“走吧，头也别回，到别处去耍你们那套把戏，宝贝。真是，你们还笑，你们怎么想得出来，偏偏找今天！你们没看见门外有汽车吗？疯丫头，那不明摆着告诉你家里有人吗？”

“那怎么啦，碰见主妇在家我们空手而归不就得了嘛。不过，谁想到……”衣服刮破了的姑娘开了腔，“你放手，疼死我了。这儿有你什么事，你有什么权利指手画脚的？”

“我没空跟你废话。滚。”

“急什么，嗯？你说呀？”

“对，你说呀，”另一位说，“能说说你在这儿干什么吗，要是可以说的话？”也许为了减轻话中的恶意，她又说，她同样是枉费心机，“喂，这么巧碰到你，好久没见啦。”

马诺洛把她们往栅栏那儿拽去。“马上给我滚。要不我就告诉红衣大主教。”

高个姑娘挣脱开来，冲着他劈头盖脸叫道：“我告诉你，想威胁我们，没门儿！红衣大主教又怎么样，那个老抠门，我们什么也不欠他的……”

“我不想吵架。你们走吧，来人了。”

“难道你还和他混在一起？你不要太幼稚了，帅哥。一毛不拔的红衣大主教！马诺洛，我告诉你，说不定哪天他就把你卷进去了。你倒是放开我呀，讨厌！”

“你嚷什么，蠢货。”

“帅哥，你少骂人。”

他们已经来到栅栏前。他知道这样不能把她们打发走。

“好吧，我改天再告诉你们。怎么？你们还好吗？帕克好吗？你们还在楼台上鬼混？索尼呢？”

“不要脸，他可比你可爱多了。要说帕克，他非抓住你不可。我们还等你还钱呢，赖皮鬼！”

“笑话，我可不欠你们的。”

“那你说，是你还是红衣大主教？”

“是他，姐姐，”妹妹说，“你没看到他的表情？”

“好了，现在你们就走……”

“我早说过，”另一位还没完没了，“红衣大主教在吸你的血，你难道看不出来？”

“行了，行了。”

“现在，”妹妹拍着他的肩膀又说，“我们又有主顾了，他叫拉斐尔。你认识他吗？他老婆刚生了一对双胞胎，当天，很顺利就生下来了。行了，如果不碍事的话，劳驾你告诉我们，你究竟在这儿干什么呢？”西斯特斯姐妹中的妹妹嘴巴从不饶人，她的舌头远比脑袋来得快，只是马诺洛今天没有时间，也没有心情和她们纠缠。“是不是碍你的事了？”

“是的，碍我的事了。你们走吧。改天我把什么都告诉你们。”

特雷莎肩背旅行袋，从大厅的窗户里观察着他们，一边等着，一边用梳子梳头发。“迪西，安静点。”她命令在腿上蹭来蹭去的小狗。她听不见他们在说什么，却看到马诺洛火冒三丈地指手画脚，把她们往街上推去的情景。她们龇牙咧嘴地笑着，吻着他的脸颊同他告别（不可思议的是，高个子姑娘突然想吻他的嘴，特雷莎看见她来回甩动着头发，两条黢黑而肥胖的胳膊搂住他的脖子，迫不及待、恬不知耻地寻找着他的嘴，他则躲闪着，把她向街上推去），最后扬长而去。

“她们想干什么？”马诺洛进屋时她问道。她没有停下手中的梳子，调皮地、绘声绘色地模仿着一种他可能熟悉的审问的语气问道，手指着他打趣道：“来来，年轻人，来告诉我，你认识那些姑娘吗？”

马诺洛背过身，若有所思地朝一张沙发走过去。

“她们是找你吗？”特雷莎笑着追问，“真奇怪，你们都是一群捣乱分子，一群赤色分子，我早就了如指掌了。你说实话，别撒谎，她们怎么知道你在这儿？”

穆尔西亚人猛然回过头来。没有半点犹豫："我请求你，我谢谢你，什么也不要问！"他缓和了一下语气，"我在家里留了话，只要有什么急事就到医院或者这儿来找我。今天晚上要开个会。所以请原谅，我失陪了。"

她不安地注视着他，低下了头。

"你别担心我。我明白。我不过是开个玩笑。"

"你不要开玩笑。"他冷冷地却揪心地说。必须承认，特雷莎是一个迷人的女孩。"原谅我，我没有任何权利冲你叫嚷，可是事情比你想象的更严重，我不想把你卷进去。没有任何必要。"

特雷莎一边将梳子放进包里，一边慢慢地走到他身旁。只见他陷在沙发里，面容疲惫地用手捂着头，不知为什么担心、发愁。看着这双黢黑而有力的手，看着这张五官清秀而又冷酷、近乎蒙古人的脸庞，她如何摆脱，究竟如何摆脱未来的庄严召唤呢？她想，在这一系列现象后面，一定隐藏着什么险恶，这种念头在她心中愈发强烈，因此，哪怕这双手和这满头黑发出现一丝一毫的恐惧和颤抖，她都会情不自禁地深入到主观臆想的险境中去："马诺洛，有什么不顺心的事吗？"她分外平静地站在他面前，两条套在白色而富有弹性的长裤里的腿并拢着。

他捋着头发，抬眼看了看姑娘的小腹（那迷人的三角形，美妙而微微隆起的部位是多么令人心动），重新合上双眼说："没什么，咱们走吧。"他站起身，"咱们到海边去，我求求你，我需要放松放松。"

路上（往卡斯特德费尔斯方向），特雷莎坐在车里，觉得完全有必要谈谈对那两个姑娘的看法，就一点看法，而且是为了集体的安全：“应该有人劝劝她们不要那样打扮，跟妓女似的。”紧接着她又说，“我找到了一条泳裤，但愿你穿着合适。”

“肯定合适。你就踩油门吧，再快点，把他们都超过去……”

14. 金色海岸

哦，让船粉身碎骨吧！让我拥有整个大海！

——林保德

特雷莎身穿比基尼泳装，在梦幻般的海滩飞跑，仰面躺在沙滩上，在一片蔚蓝色的天空下，伸着懒腰。海水漫到了腰部，双臂高高举起（一个金色的光团，宛如桥下的倒影一般，隐匿在腋窝下起伏跳动）。她摆动矫健的身姿游了起来，轻盈的身体、灵巧的臀部在纷飞的浪花之中时隐时现。最后，她像一尊会说话的铜像朝岸边缓缓走来，小小的腹部急促地颤动着，全身挂满了水珠。她向他微笑着，高举着手远远地向他，向脸色阴沉的穆尔西亚人，向这个喜怒无常、城府颇深，内心充满不可告人的渴求、欲望、希冀、痛苦和烦恼（我要甩掉她，不行，她不是我要的人，他妈的！我要在你们把我变成一个卡塔卢尼亚人之前甩掉她！）的家伙招手致意。而他，此时正躺在一条花浴巾上晒太阳，像寄宿在他人家里的过客。浴巾不是他的，就像他穿的游泳裤、戴的太阳镜、抽的香烟不是他的一样。傻小子，你在干什么呢？这种火车上的奇遇，除了逢场作戏，除了娇生惯养的阔小姐心血来潮、稍纵即逝的荒唐友情，随后便是再见、我记不得你了，你到底还指望得到什么？只为看到她这样半裸身体，满怀希望地缓缓而行，在一片棕榈树林及未开垦的原始森林中引人注目？难道今年夏天不是迷失的岛屿吗？值得吗？值得！她是他的人，虽然她属于她的父母，属于那个等待她的未来的丈夫，属于任何一个可能会在明天爱上她、得到她的痴情郎，但是现在她属于他。他心中一幅幅绚丽多彩的画面好似一把闪亮的扇子在他手上展开。他和她迷失在金色的热带岛屿上，就他们两人，被阳光晒得黝黑，楚楚动人，自由自在，成了一场核战争的幸存者（在这场战争中，我们读者理所当然地都死了，这不会太久）。他们盖起了一间鸟巢似的茅屋，沿着无边无际的海岸飞跑，他们吃可可，捞珍珠和珊瑚，观赏似火的晚霞。他们偎依在花儿的温床上相互爱抚，随心所欲地做爱，与此同时，污浊的生活却在别处，在远方，在懒懒散散（特雷莎依然在沙滩上向他走来）的古铜色四肢之外很远很远的地方继续着。如今看上去，她的四肢微微有些迟缓，腹部也显得松弛无力。建议不要在闷热的天气中走动。一种痛苦的征兆，从肩膀，从臀部周围，悄悄顺着大腿，像洒落的阳光一样，自由自在地通过双脚一直淌进每一个脚步中。她带着动人的微笑走过来，腰部和两臂之间微微弯曲，喘息着，浑身湿漉漉的，还挂着几根冰凉的水草，她美丽的膝盖一弯，倒在他身旁，做了一个鬼脸。仿佛身体已经适应了海边的奔跑和滚打，仿佛她在海边长大，大自然惊奇地为她永远生活在这里，生活在阳光下而造就了她……

“你不游吗？”她来到他面前说。

特雷莎松开手中的皮球，歪着脑袋盘腿坐在自己的脚上，在包里翻找太阳镜。长发半遮娇颜，湿乎乎的屁股和细细的腰肢上挺直的后背有一种粗犷的妩媚。松软可爱的肚子缩成一团，那么令人心动，成为穆尔西亚人左顾右盼的眼睛喜爱的目标。“我把太阳镜放在什么地方了？”她问，“你看见了吗？”

“没有，”他开心地撒着谎（他把眼镜埋进沙子里了），“快坐下，想什么眼镜呀。我得跟你说点事，请你帮个忙。”

“帮个忙？”

“对……”

他趴在地上，下巴支在胳膊肘上，仔细观察着特雷莎的一举一动。他在思考，又黑又直的头发歪着耷拉在前额上。海边人不多（最热闹的地方是松树林那边），在远处淡淡的雾霭中寥寥无几并且模糊不清。他们独自待在一处，身旁一大片野草一直伸向远方坑坑洼洼的沼泽地。身后，靠近路旁的一片灌木丛中，白色的“佛罗里达”仿佛一条华贵的小狗在阳光下安睡。特雷莎带了一本书，从两次下水的间歇到现在一直在看。正是这时，当他看到她像在家中优哉游哉地看书时那样，平静地躺在沙滩上，脑袋枕在球上，两膝交叉，轻轻地晃来晃去，他觉得自己是一个卑鄙的扒手，脑海中闪电般闪出一个念头，立刻又化为一种欲望：我们干脆重打锣鼓另开张，这会儿正是时候，通过特雷莎（特雷莎的父亲）弄一份好差事，说不定弄一份一辈子不愁吃不愁穿的差事，有可能……

“帮个忙？”特雷莎重复道，“什么样的忙？”

马诺洛用手在沙滩上画着圆圈，思忖着。

“先不着急。”他说，“不急，这事很突然。咱们正在休假，过一阵子我再跟你说。我只想让你知道这对我很重要。你跟你父亲关系很好吗？”

“那当然喽。真是，这可真怪了。”她指的是还没有露面的太阳镜。她把袋子里的东西全都倒在浴巾上。

“你没拿吗？”

“没有，小姐。”

特雷莎翻着周围的沙子。过了一会儿，她发现了马诺洛若有所思的神情。

“马诺洛，你在想什么？”

“你说我想什么。想你。”

“是吗！你真是个奇怪的男孩子。有件事我总不明白……”她神秘地一笑，她正趴在地上翻沙子，所以遮住面孔的黑发间露出一丝几乎看不见的笑容。以前的谈话中，她曾经对朋友的过去，而不是对她说来依然是谜一般的精神生活（撇开玛露哈的事情不谈），流露出一种强烈而无法满足的好奇心。“我觉得像你这样的男孩子……你和那些女朋友有过什么风流事吗？当然了，你要是不愿意可以不讲。”

“今天来的那两个？我跟你说实话吧，我刚刚认识她们。你问这个干什么？”

“咳，随便问问。有一个挺狂妄的。”

“再说，除了工作，我也不喜欢她们。”

“看样子她们好像……你看，一架小飞机。”

“你想打听吗？我很少见到她们，不过她们对我来说就像亲妹妹一样。你知道吗？我从小就一直希望有个妹妹。”

特雷莎笑了笑。“这倒不错，你这么天真。”她说，然后抬起头望着在飞溅的浪花上低低盘旋的小飞机。

“我做你妹妹你喜不喜欢？”她笑着又说，“喂，你喜欢我做你妹妹吗？我总一个人，我也喜欢有一个漂亮多情的哥哥。”

她说了些什么？正在这时，银白色的小飞机发出一声震耳欲聋的呼啸，雨点似的撒下一大片传单，海风把传单吹过来。马诺洛身子一歪在空中抓了一张，落地时顺手抓住特雷莎的一只脚。可是她仍然望着天上，用手遮挡着阳光，看着小飞机向远处飞去。“小心点，笨蛋。”他在心里说，“你犯什么傻，特雷莎很精明，她说起话来可不管你是谁。”

“不，”他松开她的脚，“我可不想让你当妹妹，你太好了。”

周围的沙滩已经落满了传单，特雷莎拿起一张看了看，然后随手一扔，说：“为什么？”

“你适合做别的。”

“做什么，能说说吗？”随即她又说，“咦，我把眼镜放到什么鬼地方了？”她依然跪在地上，不耐烦地爬来爬去。

“可能丢了吧。特雷莎，你适合谈情说爱。”

“你别罗曼蒂克了，行不行？”

“我怎么想就怎么说，如果小姐不介意。”

“好了，你刚刚还戴着呢，我看见你拿着的。你把眼镜塞到哪儿了？”

“你看，一只独木舟……”

“话说回来，那些姑娘……”

“你想知道什么？大的已经结婚了，又分居了。她过得很惨，还有个活蹦乱跳的儿子，你看到一定会喜欢的，金发跟红日似的，跟你一样。”

“另一个呢？”

“你看那只独木舟。一个老头把它划走了，你得看看。这地方很少有人来，是吗？算了吧，别想眼镜了。”

“我还要看书呢。”

“当着旁人看书没教养。原来你是个没教养的娇小姐呀，真该狠狠揍你一顿。我非把你打跑不可……”

“要说跑，”她说，“你在一个宪兵的大棒离你脑袋十厘米远时，挤进人群中跑过吗？你早就晕头转向了……”

她的思绪依然幸福地萦绕在危情险境之中，萦绕在对那个黑皮肤穆尔西亚人的秘密联络和接头的百般揣测之中（的确，爸爸那件褪了色的暗红色旧三角裤紧绷在他柔软的肌肤上非常合适），她向他讲述起学生斗争的惊险场面。

“另一个学生在我前面跑，”变得令人惊讶的特雷莎说，她背朝下躺在另一半空着的浴巾上，终于撇开了找眼镜的念头，“不过，我们在佩拉约大街分开了。这种游行中最危险的就是被封锁时和同伴们失去联系。不过，话说回来，这些游行也挺有意思。这和你们的做法相反，人与人互不相干。我刚刚同重新聚集起来的游行队伍会合到一起，宪兵又骑着马冲了过来，我突然摔倒在地上，你看，现在膝盖上还有疤呢。有人把我扶了起来，是一个年轻的警察。我记得他的眼睛亮亮的、绿绿的，不用说准是农民出身。看上去比我还慌张，可是他轻轻把我向卡车推去，我挣扎着，对他拳打脚踢，至今我都不明白他怎么没有对我动警棍。后来，我终于挣脱，可是怎么也逃不走了。那儿已经乱作一团，我们少说有一百多个学生堆在街角，你挤我，我挤你，惊慌失措地东奔西窜。我们只有一个念头：跑……喂，你地方够吗？你想，等等，你把浴巾往你那拽拽。好了，你又多了，靠过来点。你想抽烟吗？”

“行。”

“就像我跟你说的，你会感兴趣的，这方面的斗争你不熟悉。你先点……其实我们已经不想再……”

马诺洛将火柴凑到她跟前。

“给你。”

她美丽脑袋上紧贴的金色长发散发出一阵芳香，他又一次怦然心动，火苗在他的手心熄灭了，他只想从近处再闻一闻遥远的过去，闻一闻一个不知童贞失落在何处的那一股无法形容的芳香。他又一次将双唇凑近倾向通红火苗的滑润的前额，她避开了。她经受不住小伙子的目光，用清澈中带着一丝奇怪严厉的眼神望了望他，随即转向别处。

“嗬，当我大喊快到学校避一避的时候，一切已经乱套了。

不过，我估计没人听见我的喊叫。那是唯一的出路，从某种意义上说我们已经达到目的了。可是人们不帮忙，反而捣乱，这得有什么说什么，很多人袖手旁观。就这样，我们还在最前排，有的人甚至还幸灾乐祸。最后，他们把我抓住了，衣服也撕破了，直到我被带到警察局也没见到路易斯和其他人。他们审问我们。真有点可笑，我对你讲这些干什么，你会以为……”

她睁大眼睛凝视着天空——这是一双被理想主义危机蒙住的眼睛，多少年之后，他将在单调的夫妻生活中怀念起这双眼睛。金色的头发上，阳光挥舞着一支支亮闪闪的小金剑。马诺洛注视着她映衬在大海和沙滩之中的身影，听她说话，不住地默默点头赞许，在稍纵即逝的海市蜃楼之中陶醉（特雷莎摔倒在一匹马的四蹄之下，衣服撕成了碎片；特雷莎在游行队伍前大喊大叫；后来，她在灯光下受到卑鄙下流的盘问；再后来，被父亲从警察局保释出来）。他又往前凑了凑，此时此刻，他不知道究竟是为了再近一点闻闻她头发上的香气呢，还是为了窥测她隐藏在滔滔不绝的故事背后隐秘的愿望。然而，他知道，不管这是什么样的愿望，都会在女人的心中，在她天真无邪的胸怀中平静而幸福地滋长起来，因为这个愿望终将实现。除非他不在她身旁，看不到它。

“你从来没害怕过吗？”他问道，“你真勇敢。”

“马诺洛，你有现成的护照吗？”

“你问这干什么？当然有。”

“最好准备着。你知道，说不定什么时候你就必须马上离开，越过国境。”

“小东西，你胡思乱想些什么。我宁愿死。”

“你说什么？”

“我宁死也不走。”

“我真不明白你是怎么想的……”

特雷莎嘴里强调着那个没影的越境，身子在浴巾上猛地一转面对着他。表情天真地把两只手往脸颊上一合，好像小姑娘睡觉似的紧紧盯住朋友：“你这是什么意思？”两只闪烁着快乐光芒的眼睛想不到碰到了小伙子忧郁的目光。午后斜阳照在他光亮肩膀上沾着的几粒小沙子上，发出彩虹般的光芒。特雷莎望着他，如此接近地望着他（他的眼睛稍有点斜），想起了他们在汽车里脱完衣服后走向海边，她跟在他身后几米远的地方，观察旧三角裤是否合适。她看着他健壮的后背、线条有力的肩膀，暗想道：“当我一个人在楼上，在我的房间里读波伏瓦的书时，我那个假正经的好朋友，竟然一夜又一夜地在这个人的怀抱中颤抖……”她仿佛在小伙子黝黑的后背和走路的姿势里感受到肌肉在表达某种疯狂的渴望。这时，他撩开她的头发，特雷莎低下眼睛。过了一会儿，他把手(当然是受伤的那只手)放在特雷莎的脖子上，轻轻地按着。特雷莎纤细的颈项仿佛一只惊鸟在他的手指间跳动。“你真美丽。如果我不得不逃走，不管怎么说，不得不撇下你，这滋味真不好受。无论政治怎么折腾我都不会忘记你……”（“不好，这事你做得不好，无知。”他心里说）他又朝她靠过去，轻轻碰了碰她半张着的、露出几粒雪白牙齿的嘴唇。“你，你干什么？”特雷莎双目低垂喃喃道。她好像在专心致志地思考。他的魅力让人无法抗拒。

“我早知道会这样。”特雷莎柔声细气地补充道，“我早知道……活着真没意思。”

“你别说傻话了。”

“我没说傻话。虽然你吻了我，但是我要警告你，你可别打跟我上床的主意。我有什么说什么，马诺洛，你还不了解我，我已经有过一次经历了，不想再有。”

“谁说那些事了？你根本不用害怕。”他含混不清地回答。

“永远不，你明白吗？”特雷莎坚持着，她一直闭着眼睛。

“喂，我要是必须马上离开，你想不想我？”

“你是说，你要出了什么事？”

“嗯。”

“那我会想你的。”

“为什么？”

“因为想嘛……我不知道。”她叹了一口气，“这一切太奇怪了，对吗？你和我这么平心静气地待在这儿，可一个月以前我们都不认识。今年夏天真奇怪。要是家里人，要是我的朋友们知道我和你出来……”她发出一阵激动而舒心的笑声。“不过倒也是，说话为什么要前怕狼后怕虎，你要出事我会很伤心的。”

“你很快就会忘记我的。”

“也许吧。我不敢肯定。”

“你很年轻，简直是个孩子，你会忘掉我，你会同一个傻瓜结婚……”

“忘掉你倒是有可能，生活千变万化嘛。不过，我永远不会和一个傻瓜结婚，哪怕他很有钱。”

“你看着吧，一定会。”

“你太不了解我了！”

“这很正常。”他抚摸着她的头发、线条优美的肩膀和脖子，“你太容易让人喜欢了，太容易了，世界上再没有比这容易的事了。你漂亮、聪明……”

“喂，你说什么呢？”

“本来嘛，你就是招人喜欢。（不好，太不好了，倒霉的家伙，你怎么了？）你是一个天使。”

他们的身体碰到了一起，特雷莎仍然双目低垂。

“好了，咱们可别忘了玛露哈……”

薄雾蒙蒙的空气在沙滩之上颤抖，仿佛一团蒸汽笼罩着他们紧紧依偎的身体。特雷莎望着他，他在姑娘苍白的眼圈、纯真而清澈的双眸中打量着自己。传单（快穿着你的游泳衣参加到战斗的行列中来！）在海风的吹动下，围着头晕脑胀的穆尔西亚人在空中飞舞。特雷莎仿佛睡醒了似的，噌的一下欠起身子。

“你下不下水？”

“过一会儿……”

“懒虫！”

她转身向海边奔去。他思绪又回到原地，顿时不可理解地对她的身体生出一种几乎残忍得不近人情的联想。柔美骄横的腰肢、飘忽放浪的臀部、千奇百怪的甜言蜜语和乖张悖谬的举止，决定了这稍稍粗大的踝骨和行动迟缓的膝窝。他知道今天坐失良机，没有利用接近她的好机会。他甚至在想，说不定她游着游着会出点什么事，会突然昏迷过去，那他一定会把她从水中救出来，将浑身湿漉漉、软绵绵的姑娘摆在沙滩上……然而，事与愿违。他胳膊肘拄着地，摆弄着太阳镜（他又把墨镜刨了出来）专心地看着特雷莎从水中走来。她在岸边停了一会儿，歪着脑袋甩了甩金发，用手指理了理迷人的刘海。阳光在她的皮肤上泛着铜色。马诺洛戴着深色墨镜，趴在浴巾上。这时，他看见特雷莎轻轻地踏着沙滩，目不转睛地从蓝色的夜幕中径直朝他缓缓走来，灼热的沙滩散发出的热气仿佛清凉了，树林间的薄雾仿佛被撕开了。看见姑娘从不知是蓝色还是绿色（眼镜的镜片不是绿色的吗）的风景中向他走来，似乎在继续记忆尚未消失的、那遥远的一天所开始的行程：这正是那天晚上小女孩穿过月光沐浴下的林间空地时虚无、飘忽的脚步，似乎从那时起，这种自一幅迷蒙而炽热的梦境中萌发的友谊便向他走来，而今又在特雷莎迟缓而小心的脚步中延伸。这一次，她没有扬长而去，而是来到跟前，坐在他的身旁。

“你不吻我吗？”她用怯生生的语气问道。（其实，她在说：“你不游了吗？”她又补充道，“哼，原来你把我的眼镜藏起来了！”）她待在那里，嘴唇近在咫尺，两条大腿在浴巾上紧紧并拢着，任凭亮晶晶的水珠从头发滴落在穆尔西亚人的肩膀上，她如同预感到了无形的威胁，不由自主地摆出一副自卫的架势。然而，希望和占有（推动着“痞猴”世界的七情六欲）的耀眼阳光终于猛烈地在她和她纯洁无瑕的头颅之上，在高高的天空放射出光芒。突然，小伙子扳住她的肩膀，毫不粗鲁却又不容置疑地将她仰面平放在地上，端详着她大海般深邃的眼睛，嘴里不知咕哝着什么，特雷莎没有听明白(她觉得好像是血气方刚的男子汉骂人的粗话，是冲破小资产阶级矫揉造作和狭隘浅薄时最最典型的男性声音)，她很担心，因为他的脑袋正急速地俯下来，完全挡住了太阳。其实，她可以或左或右地扭过脸去（就像有一天她故意做的那样，好像她来得及反应似的)，但是，她没有，任由他久久地吻着她发咸的嘴唇。她惊人的快感并不亚于那张在她的小嘴之上忙碌的嘴唇所产生的快感。她无可奈何地随着它大胆前进，她感觉到他硬邦邦的部位，她脸颊通红，发现自己在他怀抱中像是突然换了一个人。她抬起双手，抓住马诺洛的脑袋，情意绵绵地揉搓着他的头发，她最初的吻，如同为大学生的反抗事业迈出的第一步，是令人讨厌的朦胧，是彻头彻尾的歇斯底里。

后来，她任凭他摆布，不去注意也不在乎被远处海滩游泳的人们看见，任凭他的手放肆地伸进遮挡着胸脯的泳衣，还故意活动身子（装模作样地想改变那种根本不难受的别扭姿势)，让他在自己身上美美地亲热一番。然而，仅此而已，有一会儿，她将小嘴周围飘动的那团金色的雾交给了他，甚至允许他几下不正经的爱抚，所有的姑娘都这样做。然而仅此而已，她不能容忍他把她看成一个轻浮放荡，除了年轻人的胡言乱语，不知道还有别的（紧迫的）事情的小资产阶级小姐。可是，没几分钟，当她已经无法建立一种真正的紧迫感，无可避免地悄悄将大腿叉开几分时，幸好两个穿着吓人的黑色游泳裤、白屁股上沾满粉色沙粒的胖男人走了过来，坐在离他们几米远的地方，一脸严肃地望着他们。

特雷莎轻轻推开朋友，他东张西望，寻找着被推开的原因。他的目光仿佛具有一种无形的力量，因为特雷莎看见两位大腹便便的绅士仰面倒在沙滩上，摸着膝盖，突然对天空飘过的几朵云彩产生了兴趣。过了一会儿，特雷莎又闭上了双眼。小伙子又找回因再度的激情而依然发烫的嘴唇，她没有反抗。他坚定而有力的暗示突然传给她一股热流，悄悄地提醒她放松。然而，暗示却不如他那双放肆的手更令人惊叹。现在，他伸出手搂住她的腰，轻轻地斜靠在她的肩膀上，把她揽到跟前，好像在苹果筐里挑苹果似的，在她富有弹性的比基尼泳衣下摸索着。游泳衣的另一根带子已经离开了原先的位置，特雷莎的乳房宛若孩子们贴在玻璃窗上的小脸蛋，如饥似渴地贴在穆尔西亚人宽阔的胸膛上。五彩缤纷的阳光下，她再一次暗自发誓不能出格。恰在这时，他仿佛猜到了她的想法，一下松开了她。“人家在看咱们呢。”特雷莎说，她企图掌握主动，然而为时已晚。谁知，决心适可而止的却是他，这使她大为吃惊。两个人什么话也没说，手却不约而同地摸到了烟盒上，两人笑了起来。又过了一会儿，已经安静多了（特别幸福、幸福、幸福）的特雷莎任凭他像一个温情而热心的恋人一样殷勤地为她忙碌。马诺洛跪在她面前，将烟放在她的嘴上，递上火，掸干净她背上的沙子，然后，整理好周围的东西，抖搂抖搂浴巾，然后重新铺好让特雷莎舒舒服服地坐在上面。

他们静静地靠在一起，抽着烟，眺望着大海。等到他们起身时，天色已经有点黑了。这下，大腹便便、闷闷不乐的旁观者们大失所望了。

15. 困扰

美丽的躯体必将战胜果断的决定。

——巴尔扎克

“我来吧。”

对于玩缺门加磅和赌点，他一向得心应手，也许正因为他玩牌精力集中、一丝不苟而且沉默寡言，所以，他还是毛孩子时，德利西亚酒吧玩“马尼亚”的老牌迷们就喜欢让他上牌桌。马诺洛和他们只是玩玩，不指望赢钱，他讨好老头们说“马尼亚”是最高雅的玩法。现在，这段时间以来，他喜欢上那张吵吵嚷嚷的牌桌，和一群三十多岁的光棍们疯玩“山羊”“胡莱贝”或“四十二”(有时大把大把地下注)。他再也没有回到老头们的牌桌前。一切突然改变了：他的身后，总聚着一群看热闹的人，看着他手中的牌议论纷纷，似乎觉得他胜券在握，远远超过了其他牌手的运气。很多个晚上，他都以赢钱告终。他洗牌发牌又快又准，嘴里却嘟嘟囔囔，似乎想尽快甩掉牌，逃离那儿。小伙子那种全神贯注的耐心，那种显得令人惊奇的老成持重的风度，那种在老头和火炉熏陶下学会的慢条斯理的仪态，那沾满咖啡和尼古丁的粗糙手指在洗牌、搓烟、掸去衣领上的烟灰或者凭主观努力而不是碰运气(老头们看不起加磅的玩法)，在绿色的桌布上敛起吃进好牌时所显出的那种难以理解的平常心，完全消失了。现在，他急不可耐。老头们怀着一种夹杂着留恋的好奇心，坐在四平八稳的“马尼亚”牌桌上注视着他。他们隐隐约约地觉得，小伙子的疏远再次证明年岁已经使他们跟不上时代潮流了。其实，事情再简单不过了。他和特雷莎出去需要钱，而老头们的牌桌上没有。

除了在牌桌上，镇上已很少见到他的踪影，他走起路来总是急急匆匆，好像有什么急事要办。几天前，他在特雷莎客厅里生出一种感觉，觉得匆忙中遗忘了什么，觉得他已经不住在那里，尤其觉得周围在悄悄改变——地下在咆哮。最近几天，这种感觉一直伴随着他，在一天下午更加明显了。那天下午他来到医院，看见特雷莎手拿杂志坐在沙发上。这仿佛是一种双重的暗示（不知为什么，他立时想到特雷莎有钱，而自己如今身无分文)，使他暗想，大家闺秀在别人面前盘腿而坐，尽管文质彬彬，然而神情却分明要拒绝什么。天真幼稚的盘腿动作周围笼罩着同样天真幼稚的决心的阴影，一种纵然毫无理由，也必须斩钉截铁拒绝的决心。

“结束了。我要到布拉内斯去了。”特雷莎说。她没有看他，翻开杂志，拽了拽裙子的边，当着他的面，她从没有这样的习惯。不管是她的决心还是态度都没有使马诺洛过分惊奇。几个小时前，他脚下的大地就开始晃动，缺钱不断给他带来的问题（他不准备继续当小偷，目前任何失误都将意味着失去一切）使他非常担心。一晚上玩“胡莱贝”的运气，换来三四天的松快，过后一切如故。就在当天下午三点的时候，当他在德利西亚酒吧喝完咖啡打算结账时，才发现只剩下五个比塞塔了。正在那时，他发现一位衣冠楚楚的年轻人，三十多岁，浓浓的黑眉毛，油光发亮的头发，面前放着一杯白兰地，从柜台的另一边望着他（他专门倒腾家用电器，一桩大有赚头的生意，大家都叫他“布吉国王”）。马诺洛冲他微微一笑：“你好，赫苏斯。”两位地铁职工坐在大门旁边一张大理石桌旁，也格外留神地望着他。他们挥手驱赶着苍蝇，懒洋洋地拿帽子扇着风。他走近马诺洛：“你过来一下行吗？我有话对你说……”他把他带到屋外露天处，那个人慢慢坐到一把椅子上，小心地叉着腿，他也坐下来。那个人一开口就咄咄逼人。“你想怎么样？混蛋马诺洛，连个面都见不着。”他说。“混日子，哥们儿。”穆尔西亚人回答。“拉倒吧。”那人说。“对了，赫苏斯，我手头有点紧，能不能借我三百比塞塔？”他很多年前就认识“布吉国王”了，虽然没深交，但还有点面子。马诺洛看到他嘲弄地笑着。“得了，得了。”“布吉国王”说着，交叉起双手。虽然他的绰号已经证实了他十几年前能歌善舞，曾经风流一时（他曾在比那斯、德波德斯和其他舞厅里的布吉舞蹈比赛中获胜，这些比赛，著名的播音员赫拉尔多·埃斯特万还转播过，他以他母亲的名义起誓说，播音员还和他握手了），然而年龄的差距不允许他经常和“痞猴”混在一起，他把“痞猴”看作一个可能但奇怪的接班人。“马诺洛，能说说你手里带了什么吗？星期天都去哪儿跳舞呀？给我带妞儿来了吗？你个不要脸的家伙。”他经常问他，却总是一无所获。当初，姑娘们都穿超短裙，肩挎红蓝绿各色闪闪发亮的有机玻璃包。如今，他只知道时兴跳摇摆舞。夏日的夜晚，“布吉国王”和一群结了婚的年轻人坐在德利西亚酒店前，茫然地注视着远方，注视着兰布拉斯和城里夜空一团闪亮的尘雾之下模模糊糊的唐人街。那时，他常常想到马诺洛，但他万万想不到他还是过去那种玩法，不常去老地方，也从不东遛西逛。所以，虽说马诺洛相貌堂堂，但“布吉国王”早就怀疑他是个同性恋者。“得了，得了，”这时，他神秘地笑着说，“得了，马诺洛。”“哥们儿，你帮帮忙，我身上没钱了。”他坚持着。“傻小子，对不起了，我也没办法。去找红衣大主教要啊！”“我有二百块就能对付了。”“见到你没钱真难得哟。”赫苏斯振振有词。“二十个杜罗行了吧。”马诺洛最后说。“布吉国王”笑了起来：“找老家伙要去吧，那是你自己的钱。”马诺洛蹙着眉头，绷着下颌望着他。突然，他一把抓住他的衣领，将他从椅子上拎了起来：“你再说一遍！”“你把手给我拿开，同性恋家伙。”另一个命令道。马诺洛呸的一口啐在他的眉心，没有放手。“布吉国王”毫无反应，却说：“你别吓唬我，同性恋，你是个同性恋，全镇的人都知道。谁他妈的待见你！”马诺洛又啐了他一口，随后突然令人费解地松开了他。说心里话，对赫苏斯的看法，他毫无精神准备，尽管全镇都这样认为。严重的是它证实了他给人们留下的独往独来的印象，还证实了一种感觉，近段时间以来，他虽不知道，但可以从人们的表情中感觉到，事情的确在镇上传开了。想到这里，他的手仿佛抓住了一个危险信号,猛然转向威风扫地的“布吉国王”的面孔，狠狠地给了他一巴掌。有什么东西从他手上掉了下来，是一小团口香糖。马诺洛记得“布吉国王”有一个奇怪的习惯，这混蛋嫌妓女的嘴恶心，所以和妓女鬼混完便大嚼口香糖。

不等他反应过来,马诺洛便转身扬长而去。他要到别处试试，先找他的嫂子（五个杜罗，一张散发着鱼腥气的臭纸，他还得诚心诚意地表示感谢），然后去找桑斯，必须到他干活的地方找他去（眼下，他穿着高筒胶靴，猴脸上扣着一顶满是油污的帽子，手拿水管，正在莱塞普斯广场的车库里冲刷电车），最后再去见红衣大主教，见见这唯一一个他最不愿见的人。当他跑下连接格兰比斯塔大街和博维博士街的台阶，拐过一个弯时，突然迎面撞上了赫琳卡。姑娘和他一样，急急匆匆，这一撞猛地把她顶到了墙上。灼热的阳光照得她睁不开灰绿色的眼睛。他一边扶着她的胳膊，嘴里一边说对不起。他们下方，一家平台的斜坡边上，一张年轻而又像是受过凌辱的女人的脸上，睁着大大的黑眼睛，面带微笑地注视着他们。那妇人正在被阳光照得透明的黄塑料盆里给一个男孩子洗澡。赫琳卡披散着头发，手里拿着当药箱用的褪了色的书包，背靠着墙，抬起水晶般的眼睛望着马诺洛。

“你这么急急忙忙地去哪儿？”

“去你家，”他说，“去看看你舅舅。”

“我陪你去。”

她穿着一双马诺洛从未见过的白色高跟鞋。强烈的阳光照在花园的后墙上。他们绕过别墅，她低着脑袋默默地走在他身边，身体在高高的鞋跟上微微颤动。她胳膊挺直地拎着书包，药箱紧贴身体，仿佛在学生时代一样规规矩矩。“我去给路易莎的孩子打了一针。”她说。“噢，是吗？”“是的，已经是第二针了，小事。”“那好，你看，”马诺洛说，“这工作挺不错，你是不是挺喜欢的？”他感到心里没谱，然而直到她将他让进饭厅，他才明白为什么。原来，红衣大主教不在家。

“我走的时候他还在……”姑娘开口道。

“嗯，大概出去了，”他不自在地附和道，“我改天再来吧。”

“你等等，咱们到花园看看。你有急事吗？”

他随她来到回廊，没等走到跟前，他便发现藤椅上空空荡荡，拐杖横放在扶手上。赫琳卡的眼睛一直没有离开小伙子，她拿掉拐杖，笑着坐下，两手摸摸脖子，伸伸懒腰，晃晃腿。“马诺洛，”她说，“你答应过我找一天去坐摩托车的。”破藤椅在她身下，吱嘎作响，好像有人在哀泣。他走到离回廊十几米远的地方，站住了，要看老头在不在那儿不用多走。“对，就这几天……”他决定等一会儿，两脚一盘坐到了地上，两只眼睛紧盯着姑娘，透过阳光好奇地打量着她。她沉不住气了，“马诺洛，你恋爱过吗？”她笑着问。“没有。”他说。他看到她突然留神起花园里什么东西的神态（有点慌张地歪着脑袋，仿佛突然在杂草丛周围发现了一头野兽），她的表现又一次和特雷莎那么相像。她的大腿仿佛在拼命地鞭笞阳光，在空中晃来晃去，如衬以金色的海滩，简直就和特雷莎的腿一模一样。马诺洛斜着眼睛，目不转睛地打量着姑娘：她真美。他不禁扪心自问，为什么爱上特雷莎之前，没有爱上她。人们说爱情是不理性的、盲目的，可他觉得那是为欺骗善良的人们而发明的一种肮脏的谎言。如果他是在赛车的方向盘旁认识赫琳卡的，像和特雷莎那样，那么爱上她同样轻而易举。那样的爱情难道不是爱情吗？是爱情，地地道道的爱情。

赫琳卡脑袋斜靠在椅背上，不住地晃着腿。

“你已经不用绷带了吧。”她说。

“不用了。”

“为什么？”

“伤好了。”他突然背过身去，不看她。

“马诺洛，你怎么啦？你近来好像六神无主，你变了。”

“你瞧，赫琳卡，我有很多麻烦事。”他背朝下倒在草地上又说道，“我暂时还不了你钱，老头发现了吗？”

“当然。”

“他说什么？”

“嘀，他打我了，真的，他打了我一耳光。他非常生我的气。”

“我一定把钱还给你，”他说，“分文不差地还给你，我不想欠你的债。”

“你害怕了，”她说着笑了起来，“真有意思，真没想到你会害怕！怎么变得婆婆妈妈的。”

“小姑娘……”

“小姑娘都工作了，你知道吗？”

"那倒是，"他从地上站起来，"是的，那倒真不错。好吧，我走了。改天再来。"

经过她身边时（他喜欢从花园后门出去），他用手指摸了摸她的下巴。他以为她会陪他，可是没有，赫琳卡待在那儿，大模大样地坐在藤椅上。马诺洛感觉得到姑娘亮晶晶的眼睛在身后盯着他穿过后门。"他比以前更生我的气了。"他想着怒气冲冲的红衣大主教，自言自语道。往医院去的路上，他渐渐恢复了自信。说来说去，他不就是在镇上不高兴吗？他从来都是这副德行，用不着多想。

迪娜刚刚走进玛露哈的病房。特雷莎坐在长沙发上，就像赫琳卡坐在藤椅上一样，可是她跷着二郎腿不看他，一副旁若无人的样子。满脸睡眼惺忪。"我要到布拉内斯去了。"漂亮杂志在她的手中沙沙作响。他顿时明白了，这个金发小脑袋里，又有什么新想法在酝酿。

"特雷莎，出什么事了？"

"没什么，可怜的玛露哈愈来愈严重了，我……我实在精疲力竭，整天心神不定的。我要找妈妈去。"

"她前天不是来过吗？"

"反正我要回去，马上就回去。"

她用惊人的速度翻着杂志。不用问，她什么也看不进去，似乎也无心看。

"很快就回来吗？"他问。

"不知道。"她稍微沉默了一会儿，似乎在跟别人说话似的接着说，“都怪我，弄得你分文不剩。”

“你说什么？”

“说什么，你聋了吗？”

你应该猜到她的话，没有任何一个姑娘喜欢跟一个没钱的人出去，他想。他听见她低声说：“昨天晚上我一直在想这件事，我们真荒唐……”

“你别啰哩啰唆的，”他用低得出奇的声音打断她的话，“告诉我，你怎么了，说呀。”

特雷莎已经翻完了杂志，可是她猛地把杂志翻了一下，又从头翻起来。

“我没事。我没怎么。”

马诺洛耷拉着脑袋，左手插在裤子的后兜里，在她面前踱来踱去。正像昨天下午在特立尼达一家挤满吵吵嚷嚷的卡车司机的酒馆里，当他从一位卖花的老太太那儿买来一束紫罗兰献给她时，碰到了兜底那一堆可怜的硬币。“你别担心，我带着呢，”她察觉了他的窘境后说，“这下我总算有机会付钱了吧。”

“喂，”他现在说，“我觉得你不必为这件事这样。有什么大不了的……我是说我正等着收一笔钱……”

“当然有关系，马诺洛。你把我看成什么人了？一个不明事理的没教养的混蛋？你以为我能同意你花那笔钱吗？我了解你这样的年轻人，你们太善良，太单纯了。你们错误地理解了友谊。我生气，因为直到昨天我才明白，你肯定把假期的工资花光了。”

“我还以为你不是为那事走的呢，是因为害怕才走的。”

“怕什么？对，玛露哈很不好，我感到担心……再说，我需要考虑考虑。”

他抄着手，叹了一口气。

“你考虑得太多了，年轻人。”

特雷莎笑了起来。

“你真有意思，马诺洛，你真是个活宝。”现在好了，现在她才好像在杂志上找到了感兴趣的东西，因为她一边说，一边全神贯注地看着杂志，“不过，咱们还是实在点好，有话明说，做朋友就应该实实在在。你看，咱们之间有什么？除了友谊什么也没有，不是吗？说呀，你跟我说呀。”

正在隔壁房间听他们谈话的迪娜，立刻明白发生了什么。她一边笑，一边为病人把脉。特雷莎开始给朋友的感情开药方了；我们女人总是愚蠢，她想。迪娜对爱情颇有了解。她知道，作为恋人来说，最危险的爱情表露在于无时无刻不在否认爱情的存在，在于不让人爱。不过，她知道这家伙身上，他毫无城府的平静声音之中，他敏锐和讥嘲的双眼和自私敏捷的两手之中，同时有某种东西在表明，他在这儿只是为了被人爱，不是为了别的。穆尔西亚人对这一切大概有所了解，因为最近几天，尽管他对特雷莎表现得彬彬有礼，小心翼翼（迪娜在小客厅里多次撞见他们窃窃私语），但他善于随时保持平静的淡漠，使女朋友蓝色眸子中充满困惑和好奇。

这时，年轻人朝玛露哈的房间走去。“那不仅仅是友谊，”他突然说，“我求求你不要再啰唆了。你不是说玛露哈的病情恶化了吗？”

他没再说话，装作若无其事的样子，忍住心脏的剧烈跳动（他绝不知道他的眼睛背叛了他，绝不知道他尖酸刻薄的话语戳穿了他的谎言），走进旁边的房间。他没有关门。迪娜在给玛露哈打针。他知道医生常常在这会儿查房，但是从来没碰上过，因为他和特雷莎走得早。果然，玛露哈似乎日夜饱经折磨，苍白而清癯的双颊深深陷在高高的颧骨下，前额和嘴肿得好大。眉头紧锁，表情更加阴沉，仿佛噩梦在内心折磨着她，愈来愈让她烦恼。

“病情很重吗？”马诺洛问。

护士没看他，从病人胳膊上拔出针头，随即捂上一小团药棉。

“没有。你出去吧，我要给她换床单。”

“那么，她到底怎么样？”

“背后出了一些褥疮，没什么。”

“要紧吗？”

“我请你出去。医生就要来了。”

他回到小客厅时，特雷莎已经失去了踪影。他略带迟疑地朝护士转过身：“她去找她母亲了。”他说完便静静地待在门口，好像在等待迪娜证实他的话。可是，护士正忙着她的工作，她把玛露哈的胳膊弯起来，轻轻地放在被单下。“真倒霉，”她说，“那你走吧，明天再来。”

的确，厄运在向他招手：他决定趁特雷莎去布拉内斯的机会，最后偷辆摩托车来缓缓经济状况。那是第二天，他说服嫂子替他从洗衣店取出衣服（如果特雷莎和她母亲回来了，至少不会看见他一身流氓打扮)。那天正好是七月十八日。下午四点钟,他沿着卡梅洛路向山下走去,在格尔公园附近超过了镇上的两对情侣。他听到他们在背后叽叽咕咕,对他评头品足。他好像忘了什么东西似的,猛然停下来,摸了摸自己的衣兜。他掏出所有的钱,只有几个比塞塔和硬币。“这怎么行,真废物。”他走进格尔公园。他发现自己的决定并不突然,几天前就在脑子里盘算好了:既然没有别的办法,那就非干不可了,不过肯定是最后一次。摩托车给红衣大主教,用他给的钱还掉账后,再紧着点花,撑到特雷莎放完假。顺便可以讨老头的欢心,见机行事地向他预支点钱。也可以再“捞”一把(最后一次,这回可是真的),以解燃眉之急。

格尔公园大门过去不远,落满灰尘的篱笆旁边,散乱地停放着汽车和带挎斗的三轮摩托车。树林里,孩子和鸟儿叽叽喳喳地叫着。一对对的情侣,手拉手,迈着悠闲而虔诚的脚步走进公园。他等得心烦意乱;他已经看中了一辆摩托车。那是一辆崭新的金黄色的“蒙特沙”,想要蜇人的马蜂,在密林深处紧紧盯着他。他坐在栽满棕榈树的林荫路边的大石球上,等了近四十五分钟,抽掉了半盒德利西亚酒吧赊来的“切斯特”牌香烟,随后,一切很快完成了:他趁着没人经过的时候一瞬间弄开车锁,跨上车,打着了火。坐骑在他身下驯服得好似一个小玩意儿。稍一给油,车便冲出公园,沿着拉米罗·德马埃斯图和比尔亨·蒙特塞拉特大街全速驶去。为了不弄脏衣服,他使劲抬着两条腿:这是他唯一关心的事。

下一个目标:一位夫人的挎包。地形很有利(在奥尔塔附近,那是一条偏僻的街道，路面没铺沥青，两边正在施工）。一个身穿黑色连衣裙、带着一副深色墨镜、身材苗条的中年女人，从一家门口走出来，沿着人行道向远处走去，身上一个大黑包拍打着臀部。他放慢车速，贴着路边在她身后滑行。大街上响彻着铁镐的撞击声和建筑工人的喊叫声。他已经看清了大号的平底鞋上那一双瘦骨嶙峋的大腿、毫无线条的臀部、黑色衬衣紧绷着男人似的双肩，以及后脑勺盘成一个发髻的头发。现在，他四下张望，没人经过。他又往那妇人跟前凑了凑。当他和她并排走在一起(一个严肃的身影，嘴唇没有化妆，上嘴唇有一个黑色的小痣)，保持同样的步速时，她出人意料地朝他转过来。真不是时候，现在，黑包正好悬在她的腹部，不过，这倒使妇人可以在临死前领教领教"痞猴"的可爱。"对不起，"小伙子展示出他最迷人的微笑说，"请问几点了？"她神色平静，面无表情，边走边翻过手腕（黑包在她的胳膊上像一个钟摆似的荡来荡去），看了看衬衣紧绷绷的袖口下勉强露出的手表，说时迟那时快，"痞猴"的手快如闪电，一下将包抓在手里。她意识到发生了什么，抬起胳膊（同时发出几声尖叫），企图抵消他的力量，于是，皮包带在她的表带上卡住了几秒钟，他又狠劲地拽了一下，一眨眼的工夫，包已经到了小伙子的西装和衬衣之间，他加大油门，在"抓小偷！抓小偷！"的喊声中，径直向卡斯特利亚纳广场奔去，随后又顺着卡塔赫纳往山下开去。"蒙特沙"起步真利索，说走就走。不过，陌生女人的喊叫声在他耳边久久回响。五分钟之后，马诺洛来到了圣保罗医院后面，他停下车，脚支着地，查看起挎包来：眉笔、一块绣着一个蓝色的“玛”字的香手帕，一个装着比塞塔和硬币的钱包，一本驾驶执照，一张会员证，电话簿，圆珠笔，一张女子篮球队的旧照片（风吹动着厚厚的裙子，膝盖和笑容在弄坏的底片上已经模糊不清了，一位小猫似的姑娘脑袋上被钢笔打了 × 字），一把梳子，一瓶阿司匹林，一本《漂泊的心灵》和别的东西。果不其然（担心是有根据的），只有一张一百和一张五十的票子。真倒霉。小伙子留下钱和手帕，把其他东西全部放回包里，又上路了。过了一会儿，他把黑包扔进了一家花园的围墙内。人们将会发现它，并归还失主的。五点十分了，他会装作无意间让特雷莎看见这块手帕：“其实也没什么，就是玛加丽塔的纪念，她是一个流亡者的女儿，一场被战争毁灭的爱情，一个没有疤痕的创伤……”不提了，太荒唐（他又丢掉了手帕）。还是别胡说八道了。

他把摩托车藏在医院对面两辆汽车中间。旁边还有几辆摩托车，一个穿格子衬衫的年轻人在人行道上走来走去（他那斜视的目光马诺洛明白得太迟了，这就是孤注一掷的直接后果：说来可真不是时候，他居然没认出自己的同行）。他分心了，看见特雷莎的“佛罗里达”停在不远的地方。“她回来了。”他高兴地想。上楼后，他进门首先看到一个满头灰发的男人，正靠在昏暗客厅的长沙发背上。马诺洛不声不响地经过他面前，走进了玛露哈的房间。迪娜坐在床头边上看小说。“今天怎么样？”马诺洛低声问道。“好多了。”她眼睛依然盯着书说。“她父亲在那儿，你没看见吗？”“噢，她父亲？那特雷莎呢？”他没得到答复。有人站在他的身后，眼睛紧盯着他的后脑勺。他转过身。是那个灰白头发的男人。马诺洛冲他点点头打了个招呼，他则用疲惫的、堆满皱纹的眼皮里几乎看不见的眼睛望着他。黝黑的面孔仿佛在躲避着什么，仿佛在躲避着一道讨厌的光线（稀稀落落的眉毛在躲避阳光的农民脸上反倒集中起来了）。虽然他不如马诺洛身材高大，可是他的目光仿佛居高临下地落在他身上。他脸上的某种东西使年轻人感到不舒服。老人缓缓地将视线从马诺洛身上移开，注视着他的女儿。在她的脑袋旁边和枕头上方，小夹子夹着的输液管仿佛一条不怀好意的小蛇，一动不动。玛露哈无力地呻吟着。她那单薄而长满疮痂的、奇瘦而没有睫毛的眼皮在白眼球上翻了一下，不一会儿，又露出了她灼热的黑眸子，惊恐的眼珠没有凝视在场的任何一张面孔，可那的的确确是一道目光（一种已经不再属于任何一个活人的目光），她仿佛付出了超人的努力。不一会儿，她合上了眼睛。那个男人咳嗽了一声。“你看到了吗？”护士用跟小孩儿讲话的口吻说，“她好多了。”马诺洛回到了小客厅，调了调百叶窗，让光线稍稍照进来点。几分钟后，玛露哈的父亲凑了过来。他穿了一件很旧的咖啡色上衣。

“你是特雷莎小姐的朋友吗？”

他不住地打量着马诺洛。马诺洛说：“对，也是玛露哈的朋友。她看上去好多了，是吗？”他没话找话。

“托上帝的福。我还以为大家在骗我呢。看看这小东西下个月能不能出院。”这时，他又往前凑了凑，用疲惫的眼睛打量着他。马诺洛理解，他困了，对什么都毫无兴趣。他看到老人急忙把手伸到兜里，应该是想请他抽烟。他厌烦地背过身去。幸好这时候特雷莎出现了。她连蹦带跳地走了进来，她首先看到了（他的脸上闪烁着一种无法形容的喜悦，这种喜悦在她同他单独在一起之前再没出现过）小伙子。“哟，”她说，“你们已经认识了？”她为他们介绍着：“这是卢卡斯先生，玛露哈的父亲。马诺洛，一个朋友。”小伙子伸出手，他碰到了一块没有生命力的木头（那上面的香烟大概是准备给他的，可是还没来得及抽出来就从中间折断了）。“这不，这位年轻人，”玛露哈的父亲说，“也见到她清醒多了。跟我说的一样，只是时间问题。对了，”他朝大门口张望着，“马尔塔太太呢？”“在医生那儿，马上就来，”特雷莎说，“爸爸在楼下。”他刚朝门口迈了一步，却又回身走进女儿的房间，对护士说了些什么，重新走出来，向他们道了个别，然后咣当一声关上门走了。这时，特雷莎站在马诺洛面前，离得很近，她抬起头看着他的眼睛。

“你好。”她用总像感冒似的略微沙哑而娇嗔的声音说，声音中隐隐透着一丝温存。

“你什么时候到的？”他问。

“今天上午。我们三点钟就在这儿了，全家。”她目不转睛地望着他说，“妈妈这就来。玛露哈没事，我也不知道怎么回事，吓死我了……”

“今天感觉怎么样？”

“好极了，跟换了个人似的。”她发现了他的衣服。“嗬，真帅呀！”

走廊里传来了脚步声。他们稍稍分开了一些，马诺洛下意识地紧了紧领带。他感受到了特雷莎喜气洋洋的目光。正在这时，大门打开了，塞拉特夫人在一些人的簇拥下走了进来，她边走边说话，可一进门，就好像进了灵堂似的，声音一下变成了窃窃低语。“原来特雷莎完全是胡诌，什么玛露哈多么多么严重，什么她背上出了可怕的褥疮，什么她要死啦，搞得大家人心惶惶。我来之前就想打电话问的。不过话说回来，幸亏是虚惊一场……卢卡斯走了吗？”她看着特雷莎又加了一句。“和爸爸在一起。”马诺洛退到窗台边上等待着。萨拉迪奇医生（高高的个子，古铜色的皮肤，风度迷人，漂亮的灰眼睛里有一种职业的含蓄）和另一个可能是伊萨贝尔姨妈的夫人陪着塞拉特夫人一起进来。她立刻坐了下来，兴致勃勃，面带倦意。特雷莎走近马诺洛，“你过来。”她说。可是，母亲已经朝他们走了过来：“你父亲在下面等咱们，他非要我找公司的司机送卢卡斯回雷乌斯。孩子，你精神真好。”（这时，她注意到了马诺洛）“噢，您大概就是那个年轻人吧……”特雷莎介绍说：“他每天都来看玛露哈。”夫人似乎对他没有很在意（她没有向他伸手，她正在用手系紧扎头发的绿手绢），可是另一位夫人和医生却在观察他，特雷莎也向他们一一做了介绍。塞拉特夫人没有什么异样的表示，只是闪出一道疑惑的目光（特雷莎正打算向萨拉迪奇医生讲述昨天她怎样为玛露哈担惊受怕），确切地说，那询问的目光不是对他，至少不是对他一个人，也包括她的女儿。塞拉特夫人微微转过脸望着此时此刻正在讲话的特雷莎，可实际上，眼睛却注视着听她谈话的小伙子。

“傻话，特雷莎，”夫人突然说，“玛露哈现在好多了。”

萨拉迪奇医生没有表现出丝毫乐观，不过，他肯定特雷莎担惊受怕的确是没有根据的。她们准备走的时候，塞拉特夫人又同妹妹和特雷莎啰啰唆唆地安排起事来：她要坐妹妹的车马上回别墅去（她有客人），而她丈夫，“当然找不到公司的司机了，因为今天放假。”她说，没别的办法，只能用另一辆车去送卢卡斯了。“不管怎么样，”她接着说，“奥里奥尔打算在最近几天去庄园一趟。”伊萨贝尔姨妈则提出特雷莎可以送卢卡斯，奥里奥尔可以和她们一起去布拉内斯（可是奥里奥尔在城里还有事要办）。特雷莎反驳说她已经很累了，还要把“佛罗里达”送到车铺修理。马诺洛待在窗台边，一动不动，彬彬有礼地等待着。后来，他唯一弄明白的（另外，这也是他唯一感兴趣的东西），就是特雷莎脱身了，留在巴塞罗那不走了。

“你别再犯傻了，”她母亲命令道，声音里却没有丝毫权威，“你已经瘦得像根细面条。哼，弄不好，玛露哈病好了你倒要……我去劝劝你父亲，叫你到布拉内斯来，至少休息一个星期。”

“不，妈妈，烦死人了。你知道的，我想待在玛露哈身边，总该有人陪陪她吧。”

“好啦，好啦。”母亲最后说，她肯定不想纠结这个问题。她和女儿在一旁说了一会儿话，马诺洛只听特雷莎说：“妈妈，给我点钱。”

夫人们告辞了，萨拉迪奇医生客气地送走她们。六点了，特雷莎叹了一口气，凉鞋一甩，瘫倒在沙发上：“好家伙，总算轻松了。”她穿了一条紧绷的橘黄色长裤，长裤上一根松紧带套在脚心上。“咱们怎么办？”她问道，话里没有一点询问的口气。两人相互打量着。“他们都回别墅去了？”他问，说着笑了起来，“都是你干的好事！”他面带笑容走到她跟前，拉住她的手，轻轻一拽把她拉了起来，“过来，懒虫。”特雷莎笑着挣扎着，分开两条腿紧紧撑住地板，几乎掩饰不住她的不安。“马诺洛，昨天我什么都没说就走了，你生气了吗？”“没有。”他使劲一拉，特雷莎终于扑进了他的怀里。他们无声地笑着，像泄了气的玩具娃娃，有气无力地摇晃着身体，陶醉着不断悠来荡去，最后撞到了玛露哈的房门。顿时，笑容从脸上消失了，他们一阵局促不安。哆嗦着，匆忙地吻了一下。

“迪娜可在里面呢，”她悄声说，“玛露哈没什么事了，总算放心了吧？”

“嗯，”他说，“好了，咱们走吧。”

“等等，我……”

“咱们找个没人的地方，到蒂贝特酒馆去。”

“行，不过，”她莞尔一笑，把脑袋缩在胸前，叹了一口气，“马诺洛，我不希望有人知道这件事，也不应该让别人知道我们一起出去的事，就算你我之间的秘密，行吗？”

“你在别墅想了很多吗？”他问。

特雷莎吞吞吐吐：“你不要觉得我太自私（小伙子不知所措地眨了眨眼睛），你什么也别说了，我求求你。”她把手压在他嘴唇上，“你知道吗？我在我的纸篓里找到了一位朋友、一个大学生从监狱里写来的信。你如果知道他说的话，知道信是怎么写的，你就不会埋怨我了。我们是一群胆小鬼，马诺洛，反正我这样认为，一群胆小鬼，因为我们从来不敢见义勇为、敢做敢当。他在信中讲到了费德里科。”

不用说，又是她崇拜的偶像。他已经发现，只要提到哪个她喜欢的有名的偶像，特雷莎便像一个地地道道的乖学生，神情专注地低下自己的眼睛，她那感情、同情和赞美之心的悠悠天地不仅仅比他的天地宽广博大，而且足以产生一种神秘而毋庸置疑的力量，它预示着一种危险。直到后来，当他们坐在特雷莎的确无法开动的汽车里——她说车坏了并不是撒谎，他发现了新的迹象，发现小姑娘在别墅深思熟虑二十四小时的结果，就是明明是鸡毛蒜皮的小事，居然夸大其词、故弄玄虚(穆尔西亚人：沾不得)。“隐姓埋名出去真好玩，对吗？”特雷莎说，“我一定要把你介绍给那些想认识你的大学生。”“哦。”他明白事情将无可奈何地复杂起来，这也理所当然，总不能奢求和特雷莎生活在真空里，总不能真把今年夏天变成一座幸福岛吧。所以，必须小心那边的一举一动，设法利用它，同时也要更加小心自己，小心镇里和卡梅洛人愈来愈强烈的可怕报复。关键是看他怎样稳妥地了结最后一辆摩托车。他漫不经心地四下张望了一下，想确认一下摩托车是不是还在老地方（晚上我再来取）——这时，特雷莎终于将车开动了。他仿佛看见红衣大主教本人坐在马路牙子上笑，他在嘲笑他。原来，那是玛露哈的父亲（他一定在等车送他回雷乌斯），可是，他差一点大喊一声让特雷莎停车。原来“蒙特沙”早就随穿格子衬衫的小伙子失去了踪影。

婊子养的！怎么回事？今天真是祸不单行，多灾多难！新的不顺、惊恐和阵阵不安像交通信号一样纷至沓来，提醒他注意弯路和交叉路口的出现：一天下午，他们心血来潮来到海边（加拉夫一个带小吃店和停车场的小海湾，他和她躺在一艘废弃的小渔船旁，锈蚀的船体，直指天空），新的信号出人意料地在一位笑嘻嘻、扎着小辫子的姑娘身上出现了。她脚踩滚烫的沙子，弓着身子，裹着一条红色浴巾（在黄沙的衬托下，显出一个标准的S，弯路危险）向特雷莎跑去，在女大学生向小吃店走去的路上追上了她。她首先大喊特雷莎的名字，差点喊哑了嗓子。和她一起的小伙子落在后面，马诺洛躺在小船旁边，眼看着两个好朋友拥抱、亲吻。有那么两三次，她们回过头来望着他，一边笑一边嘀嘀咕咕。他心想，肯定又要被介绍一番了。其实他错了（她们仅仅关心他动作协调、完美无缺的身体）。特雷莎的朋友一直在笑，月牙脸又小又黑，身子在浴巾里扭来扭去，没有片刻的安静。他听不见她们在说什么，但知道她们在用卡塔卢尼亚方言讲话（他是凭她撅着的漂亮小嘴做出判断的，他早就学会了根据她的嘴形变化猜测她说些什么）。说笑声愈来愈清晰，搅得他坐立不安。他证实了自己的猜测，风为他送来了特雷莎朋友嘴里可怕的字眼（“乡巴佬”），接着是特雷莎的笑声。似乎这个可怕而聪明的卡塔卢尼亚小子没事找事，跑到这里来调情，勾引这个可爱的姑娘（她的笑容多么神秘）。“她们在说什么？特雷莎为什么不招呼我，向我做介绍？”他又断断续续地听到了几句，几句模糊不清的问话：“他有工作吗？”“休假？”“小心点，姑娘。”他发现她们同景色之间有一种熟悉的默契，他感到了一种大自然的束缚：火红的夕阳已经西下，正好在两个发疯般的小脑袋中间闪耀着光芒，阳光在特雷莎的金发上消失了，激起他庄严的梦幻和几多柔情，即某种称之为教育、进步或充实生活的东西。为此，或许是值得铤而走险的……总之，两人都是卡塔卢尼亚人，她们不但漂亮，而且富有。她们又吻了一下相互道别。

“她是谁？”特雷莎回来时他问。

“莱奥诺尔·丰塔尔瓦，学校里的一个朋友。她可好了。”

“你们笑什么？”

特雷莎两腿一蹦，躺在他身旁。

“我们说你来着，”她说，“惹先生您心烦了吗？莱奥诺尔正在西特赫斯度假。她和男朋友溜出来了。喂，对了，她说今天晚上大家都要到圣赫尔马因酒吧去。你愿意认识他们吗？咱们可以去喝一杯，我引荐你。”

“都是些什么人？”

“朋友。”

“到底是什么朋友？”

她用世界上最坦然的口吻回答说：

“左派学生。”

第 三 部

16. 秘密聚会

服了？我真的服了？他真的服了？如果有人见到我和他交谈，会认为我究竟是服了还是不服？

——特里灵

行使权利的本质究竟是什么，我们所处的地位究竟是什么，前者和后者一样含糊不清。就大学生而言，我们只能说他们思想激进、血气方刚、具有忧患意识。然而，似乎有些偏激。遗憾的是，在我们这样的大学里，并不存在路易斯·特里亚斯在并非慷慨激昂的演说中所推崇的民主因素，政治觉悟产生于热血沸腾的冲动，来自意识形态的片面影响。也由此造成了这一代英雄们初次接触地下活动时那种圆滑、含糊、故弄玄虚和藏而不露的特点。起初，看不出谁在发号施令。一九五六年，他们突然变了，仿佛背后有一根绳子拽着，行动起来犹如一群身体僵硬的玩偶，袖中暗藏匕首，凝重的目光中含着勇往直前的决心。

他们打动别人且被自己打动，他们神秘莫测而又声名显赫，他们趾高气扬地将奇书异文夹在胳膊下，满脑子不知多少庄严使命，步履缓慢而沉重地沿着大学的楼道，一路卷起一个个危险、口号、传单和秘密聚会组成的无形浪潮，带着对最美好未来的美妙憧憬，激起人们的赞美、怀疑和女性们的心惊肉跳。他们高贵的头在可怕的责任和极端信念的重压之下，有如笼罩在自身炮火硝烟中的坦克，挺进教室，摧毁了抵抗的核心，扫除了谣言和嫉妒，粉碎了对立的理论和批评，造成一片寂静：如同一场戛然而止的音乐会，人们听到了那种不期而至、泄露天机的声音，仿佛一句单独、冗长、含含糊糊的下流话：

……我说他妈不管怎么说……

经常可以见到他们三三两两地围坐在学校酒吧一张靠边的桌子旁，一边低声交谈，一边传阅着小册子。特雷莎总跟他们在一起，她积极热情，能言善辩，好似一位电影明星，带着大红大紫的光芒在他们中间闪耀。一些右派分子竭力散布，说什么关心政治的金发美女同男朋友们，至少同路易斯经常上床鬼混。可是，大家心知肚明，虽然到了眉来眼去的地步，但还不至于出现那种事。

他们在神奇的历史变迁及父辈可恶的财富中忍受着折磨，像红衣大主教们耷拉着眼皮、卑微谦恭地穿着红法衣一样，心甘情愿、毫无反抗、无可奈何地担着花花公子的恶名，他们对家庭奋勇抗争，对富有的双亲痛心疾首，对野心勃勃的姻亲同辈和虔诚笃信的七大姑八大姨不屑一顾。与此同时，又不可思议地包围在有钱母亲宠爱的慈幼会的氛围之中，享受着奶油蛋糕早点：他们经受着巨大的折磨，他们在唐人街同某些瘸子驼背一起喝着红葡萄酒时更是如此。他们腹背受敌，不得不经受来自四面八方的抨击。在教室里脱离人群，同大家老死不相往来。他们在自己的小圈子里偶尔交谈，因为他们要完成紧迫而特别的使命，多情的目光痛苦地闪烁，爱抚着眼前大树一般生长的无穷沉默，好像一群聪明的猎狗嗅到了只有它们才能发现的危险。他们准备抗议集会和游行，失恋似的打电话约会，相互借阅禁书。

精英为数不多，也难分高低，路易斯似乎是头。他身材高大，沉默寡言，仿佛被女孩浑身玫瑰香水味熏得头昏脑涨，微微歪着脑袋。他在楼道和教室里的样子，好像一盏正在工作的交通信号灯，有条不紊地指挥着反抗行动和计划。然而，群众要问：信号灯真的亮了吗？当特雷莎望向信号灯时，他深不可测地眨了眨眼睛。

其实一切仿佛命中注定。一九五七年，大学校园内的动乱和反抗蔓延到了大街上，大学生们要求恢复文化政治权利，这为多少年后的收获播下了良种（哪怕这样说只是为了安抚那些仍然活着的殉道者的怀念之情，其中有些人已经坐到了家庭财产的领导席上）。文学系很早便出现了三位迷人的姑娘，其中一个是特雷莎，另两位是学美术的。两年前，她们胳膊下夹着一条叠好的裤子来上课，下课后便来到丰塔内利亚大街上的一所房子——据说房子的主人是一位热情而高雅的还俗修女，在那里穿上裤子，点起香烟，躺在屋里的垫子上，仿佛因为第六舰队即将到来而春心荡漾的妓女们，迫不及待地谈论着新思想。后来，愈来愈多的人去听一位从法国回来的助教上历史课，他们愈听愈激动，终于有机会看到一件件令人惊奇的怪事不断地出现在眼前：教授讲课时引人入胜的言辞，他对生活现象所做的雄辩而无情的阐述和论证，都围绕着自己的经历(其实他只是在谈他自己,诽谤他的人后来说)。他好像一只神奇的小鸟，用尖尖的利嘴层层剥开自己的衣服，换上新装，好像一位仙女手拿魔棍轻轻将他摇身一变，变成一个卫兵,身穿制服、肩扛长枪和子弹袋,挺立在眼花缭乱的学生面前(当然，真正对卫兵知根知底的人，会发现他滑稽可笑，远不是那么回事)。一阵隐隐的寒战传遍了教室每一个人，姑娘们张口结舌、闭目聆听老师侃侃而谈。一个有名的眼尖手快的机灵鬼甚至说什么他清清楚楚地听到了一阵叹惜声，还有人听到了敲钟声。是时候了，朋友，松开你手上的鸽子吧，我要做父亲了。这就是一个多胞胎的故事，这里有义气和牺牲，但是也有迷茫和困惑，不是所有的子女都会在将来得到父亲的承认，生活就是如此，我们大家都有过年轻的时候，此事屡见不鲜。

事态的发展急剧变化，路易斯只是匆匆地到巴黎走了一趟，回来时消息就传开了，说他也上了黑名单（传闻突然使路易斯变成最有资格领导刚出现的秘密组织的人选，其实这消息是一个参加丰塔内利亚大街集会的姑娘传出来的：是在圣赫尔马因酒吧里和领袖人物本人连喝带聊了一个晚上以后的事儿，他们在那里同神秘莫测的秘密势力暗中发生了联系)。巴塞罗那大学，在这些活动中一向最认真、最坚决并且富有成效，在这方面，足以同马德里大学相媲美。一九五六年二月，马德里取消了学生代表大会之后，群情激昂，发生了一场冲突。随着一声枪响，一位青年重伤倒地。那些天，路易斯正好在马德里（他开始变成一个深居简出、行踪诡秘、令人惊奇的人），他被捕入狱，受了六个月的铁窗之苦。

特雷莎不断收到他的信，每逢接到他的信，她便远远避开大家，躲在走廊角落看信，不远不近，好像要引起他人的注意和嫉妒。后来，勇敢的金发女郎曾打算和朋友们合伙组织工人罢工，可惜失败了。大学生同工人运动相结合这还是第一次。课堂上，四位穿长裤的姑娘也随着这种庄严而危险的举动而声名鹊起。一期专谈“危险恋爱”的《当今时代》特刊在他们手上传来传去。骇人听闻的消息流传着。同时，一位长着预言家面孔的埃及学生在文学系开始引人注目起来，他英俊潇洒，有一双神奇的黑眼珠，满口咬文嚼字（“我来告诉你们吧，这场玩笑将结束了”），他算得上属于“联系密切”级的人，永远没人知道他在代表谁，尽管人们怀疑有第五位没露面的姑娘最后和那个小中央委员会聚到一起了。路易斯回来了（他并非只身一人回来的，众所周知，痛苦的幽灵伴随着他），他已经是无可争议的领袖（级别：联系特别密切），人们看到他随时随地同特雷莎待在一起。他没被捕的时候，特雷莎不但卓有成效地继承了他的事业，而且一直对他忠心耿耿。也正是在那时，他们一起干出了许多使他们声名大振的事情。例如有一天，他们被全副武装的警察包围在教室里出不去，整整几个小时没能上厕所，是他俩一通慷慨激昂的“二重唱”，说服了所有学生，使所有小伙子和大姑娘丢掉了小资产阶级的装腔作势，大大方方地在原地方便起来。整个场面呈现出一片休戚与共的气氛，很多人依然记得当时的细节和情景（有些的确很可爱）。他们的活动在有名的十月游行中达到了顶峰，十月游行后，学校被当局关闭了一个星期，包括特雷莎和路易斯在内的几名学生被指控，另一些学生被开除的开除，被抓的被抓。如果一味强调特雷莎和同伴行事鲁莽，而对他们无私奉献所表现出的崇高勇敢的献身精神闭口不谈，那是不公正的。这种献身精神的本质究竟是什么，过去是，并且仍然是人们议论的话题。

如今，两年过去了，学校似乎一切恢复了原样，广泛的民主热依然继续着，或许还比任何时候都高涨了。尽管事实是，在年轻人的心中，这种民主热已经明显地被某种东西取而代之：我们不妨说感情已经在向阴暗潮湿处转向。有些人开始打退堂鼓（那个处处冲锋陷阵、捷足先登并赢得女性一片钟情的埃及人，到头来不但与组织没有任何联系，而且根本就不是埃及人），其他人，如特雷莎和路易斯，至少暂时还没有动摇。至于姑娘们，只有一个人终于有幸同秘密势力进行了全面深入的“联系”，尽管谁也不知道她会不会因这件事抱憾终身：她是第五个神话般的“不露面的姑娘”，是讨人欢心的牺牲品（人们后来才知道，她成了埃及人的牺牲品），她被另一阵旋风、另一次同样震撼着大地的地下运动所吸引，抛弃了家庭，荒废了学业，撇下了子女，仿佛看破红尘似的在一家糕点铺做工，最后死在了巴黎。一位学生诗人（几年之后他以一本题为《我击中要害》的诗集而在国外出了名）说，在她流淌的每一滴处女的鲜血里，都将开放出自由和文明之花。

毋庸置疑，并非所有人都适应形势的要求。由于他们开始时势单力薄，偏听偏信而又我行我素，所以他们的名字将在未来的史册中消失，最终被人们遗忘（然而，他们将怀念所经历的一个光荣而硕果累累的春天）。但眼前的历史不会忘记他们，它怀着全部崇敬（依然还有未弥合的伤口）迫不得已地提及特雷莎周围的人，以便有助于解释将美丽的大学生抛进一个穆尔西亚人怀抱的这场冲突的道德本质究竟是什么，同时也可以顺便为他们主持正义。因为十年之后，他们可能还将付出代价，还将艰难而痛苦地背负着英勇奋斗的日日夜夜所获得的声名，带着一道没有目标光束和一片在背弃冷漠的惨淡夜色中迷失的灯光，在时髦的酒吧里渐渐分道扬镳，改头换面（欧化，倘若有朝一日果真如此，首先从中得到好处的将是他们和他们尊贵的家庭），像假钱币一样生锈，迷恋于一种毫无用处的政治成熟，煞费苦心地继续扮演着早被教条主义的举动无情地抛进阴沟里的战士和同谋者的老角色。然而，即使如此，他们不但没有受到危害，反而渔翁得利：脚踏两条船的殉道者就是这样，不管以什么面目都同样可以翻手为云覆手为雨的老手也是这样。但是，青春魅力消逝之时，便是青春消失之日，那个叱咤风云的光辉幽灵，疲倦了，自我厌倦了，随着时光的推移，变成了一个滑稽可笑的幽灵，变成一只被制成标本，涂满了酒精和娇小姐口红的凄惨的鹦鹉，变成了当初现代大学史上永不泯灭的精神的可怜渣滓。合唱的声音变化无常，千差万别，这是无伴奏合唱。有人说那原本就不过是一场孩子们拿着木枪抓间谍的游戏，结果一支枪突然射出了真子弹。有的人说得更加神乎其神，他们会说初衷值得赞扬和敬佩，有人甚至会说，真正重要的并不是那些风流一时的人物，而是那些藏而不露、格外与众不同、不可小看的人。无论怎么说，除了造成所有事实的高尚冲动之外，事实本身，那种虚虚实实的现象本身没有任何可奇怪的地方。如果连那些自称要为这个国家真正民主和文化事业而奋斗的男子汉们直到四十岁了还带着神秘的孩子气，还能指望西班牙大学生有什么作为呢?

随着时间的推移，一些人可能见风使舵，另一些人成了牺牲品，而大多数人不是白痴就是幼稚，个别人倒还明智，可没一个精明的，大家彼此彼此，一群狗屎不如的公子哥。

他们常去光顾唐人街的圣赫尔马因酒吧。这天晚上，吃完晚饭后，特雷莎驾驶着车子飞速地向桑雷依广场驶去，她要到那里去接马诺洛。她的眼睛被白天云朵中时隐时现的强烈阳光照得软绵绵的，她的皮肤在“痞猴”的接触和爱抚下火辣辣地发烫。多少日子以来，她死乞白赖想把他引荐给朋友们，现在，这个念头又使她惴惴不安。她并不害怕莱奥诺尔死皮赖脸地纠缠不休，也不怕路易斯一时不快出言不逊，而是害怕把小伙子带进一种知识的氛围中，带进那些群情激昂、高谈阔论的活动场所（对这些地方，她实在腻味透了，她现在意识到她对马诺洛已经了如指掌），害怕大家的情绪变化会使他喜怒无常。应不应该提醒他们，他是工人呢？也就是说，他是一个不会高谈阔论的人，一个另有苦衷的人呢？想到这一点，她才感到平静和骄傲:她完全相信小伙子，相信他天生的魅力，相信他的风度和他有点玩世不恭却又可亲可敬的铁石心肠，尤其相信他举手投足的那种现代风格，甚至当初，他像一个一本正经的吉卜赛人围绕着她高昂的头，眨动着夜光下闪亮的黑发般的眼睛时的朦胧印象都无法改变这种信任。确切地说，他现代派的审美观是欧洲式的，而不是西班牙式的。她大概对莱奥诺尔说起过，她在海边管他叫“乡巴佬”。当然，他不是路易斯心中理想的、适合去唐人街聚会的热血青年（她认为，他既不年轻也不开朗，不过是一个塞维利亚人），因为他们能说会道，是一群喋喋不休、喜欢热闹却又没心没肺因而与世无争的人（有一次，路易斯突然情绪激动，一个劲说埃及人，说那个黑皮肤的家伙对大家就是不祥之兆），而他的世界与众不同。如果不对，你就说，穆尔西亚人的世界，要么客观存在，要么没有。她也对莱奥诺尔说过，因为从这个意义上，从美学的角度说，穆尔西亚人可能比卡塔卢尼亚人更欧化。反正，无论如何，他再怎么骄傲和自信，他那不苟言笑的态度只能是伊比利亚式的，这并不是坏事，而且恰恰相反……一双手从身后捂住了她的眼睛，她浑身直到头发根都战栗起来。

“哎哟，马诺洛，你干什么呀。真准时呀。”

这不是事实。其实她足足等了他半个多小时，坐在车中手扶方向盘，胡思乱想，不知道时间过了多久。他又一次坚定有力地关上了车门。

“当然，他们很聪明。”过后，她一边伸着脖子，像在梦中一样懒洋洋地用手指转动着方向盘，一边对他解释说。他们已经开下了兰布拉斯，马诺洛纯粹职业变态似的看了看停放在树下的摩托车。“不过，你要是觉得他们无聊，或者讨厌他们谈文学和学校的事……”

“我从来不谈政治。”他提醒说。

“你只要给我使个眼色，我们就走。我很喜欢他们，但是我也了解他们。恩卡娜酒吧的聚会我太熟悉了。”

马诺洛当然不了解特雷莎的朋友（尽管他熟悉酒吧，三年前这是他常来常往的地方，如果特雷莎知道他去干什么，一定会大吃一惊），他预感到今天晚上将出大事，如果抓准机会，他也许可以大捞一把。因为尽管特雷莎表面上的确相信他，但是她的立场还不坚定。到目前为止，单独和姑娘在一起时，她冠冕堂皇地安在他头上的奇怪身份还能蒙得过去（这还真有点时髦，他常常想，时代在变嘛）。然而，他知道，事情肯定会复杂起来，到了正视危险的时刻了，尽管不知道是什么样的危险，也不会像当初那么严重。一走进酒吧，他感到阵阵危险的寒气和一股股爆炸产生的冲击波（他当初刚开始偷汽车时也体验过这种冲击波）扑面而来，他一边向他们走去，一边打定主意非万不得已尽量少开口，他凭直觉感到不管是否预谋，他准会成为众矢之的，只是不知道进攻会从哪里袭来。

柜台前人头攒动。他们已在一幅身披纱巾、红光满面的女人画像下占了两张桌子。除了路易斯，已经喝到了第四杯杜松子酒，还有两个姑娘和三个小伙子，一个小子敲诈成功准备告辞。他从路易斯那儿抠出了一张五百块的票子。“明天还你。”他说。他叫吉列尔莫·索托，身材高大，但其貌不扬。他刚刚从海德堡回来，原先在那儿学习，他对朋友们为当今大学的忧虑既不知情也不感兴趣（“我已经出过麻疹了”），朋友们则把他看作一个颓废派和职业骗子。有一阵，索托奇怪而兴致勃勃地大讲特讲，说要命的日光浴搅得都订了婚的玛丽亚·何塞·罗维拉尔塔正急着和他完婚。她住在海滨，和在一家饭店做施工监理的父母在一起。为把她从那儿拽回来，他得去给车加油。离开时，他边走边握了握特雷莎和马诺洛的手，左手攥着那张五百块钱的票子，（他发现穆尔西亚人飞快而明显地瞟了钱一眼，他则用两只愤怒而疲倦的眼睛紧盯着他，一边走一边松开手，同时发出一声友好而又会心的爽朗笑声，似乎告诉他：“他还有呢。”）消失在大门口。“路易斯，你真傻，借钱给他。”一位姑娘说。玛丽亚·欧拉利亚身材颀长，面容慵懒放浪，花枝招展，各式各样的饰品、信物和奇形怪状的东西挂满全身：与其说是穿戴打扮，不如说在布置房间。她好似一只猛禽在为自己捕获的猎物着迷，带着一种无法形容的专心，聆听身旁的里卡多·博雷利为她朗读打开放在桌上的一本书。那是一位文质彬彬、面色苍白、老实巴交的小伙子，就像一个任人摆弄的破玩具。可谁料到若干年后他居然摇身一变写起纪实小说来。另一位姑娘是他已在海边认识了的莱奥诺尔。莱奥诺尔娇小、风趣、挤眉弄眼，讲起话来飞快，微笑时，赛璐珞似的脸蛋上，隐隐而持续地露出两个酒靥。第四个人叫海梅·桑赫尼斯，已经醉了。他是学建筑的，留着银幕上叛徒常有的一撮小胡子，穿着一件军便服。他们都晒得黑里透红，在海滨享受着海滩的点点刺激（又清又蓝的海水，用法语交谈，听流行歌曲：意识仿佛一条蛇在阳光下蜷缩在他们的肚子里睡大觉)。某种意义上说来，只有冬天他们才是危险的，只有他们频繁接头、聚会、海阔天空地穷聊，和经常群情激昂——一种精神欢乐和自暴自弃悄悄混合在一起的情绪——促使他们在朋友面前各抒己见时，他们才是危险的。确实，穆尔西亚人的出现引起了人们的震动。特雷莎将小伙子向大家做了介绍，他使劲握了握大家的手，他发现最后一个握手的路易斯故意久久地、热情而亲切地握着他的手。没准儿进攻将从那儿开始。

他们挨着莱奥诺尔坐下来。

“真是绝配的一对，”路易斯打趣道，“见到你们真高兴，真的。”他转身冲着马诺洛，“原来你就是大名鼎鼎的马诺洛。知道么。几个月来特雷莎是非你不聊（特雷莎狠狠瞪了他一眼），那时你还不认识她呢。好几个月了……”

“好……好几年了。”海梅说。

“要我说，好几个世纪了。”莱奥诺尔又补上一句。她趴在特雷莎耳边说了些什么。马诺洛冷冷的目光望着他们：有什么悄悄话说吧，没说够的话，就说吧！

“特雷莎，跟我们说说，能不能告诉我们，你到底在搞什么鬼名堂？”玛丽亚笑着问道，有一搭没一搭地看着马诺洛。

“特雷莎，”他说，“你喝点什么？”

“我也不知道……”

“一切还好吗，马诺洛？”路易斯问道。

“马马虎虎。”

“玛露哈怎么样了？”

“不怎么样。”

“很长时间了吗？”

“快一个月了。”

“我本想去看看她，可玛尔塔夫人说医生不愿意有人探望。这姑娘怎么这么没福气，稀里糊涂地摔了一下。简直让人无法相信。我很喜欢玛露哈。好了，特雷莎，你喝点什么？”他又转身冲着马诺洛，“我想你喝红酒吧。”

马诺洛若有所思地看了看他。路易斯，这小子，用我不熟悉的武器挑战，必须多加小心。他莞尔一笑。“先来杯牛奶。”

路易斯拍拍他的后背。“跟电影上学的，对不对？小伙子，够难侍候的！”

玛丽亚在一旁指着马诺洛招呼特雷莎说：“喂，你从哪儿把他弄来的？噢，秘密。”

“马诺洛，咱们是不是在哪儿见过面？”莱奥诺尔向他问道。

“是的，今天下午。”

“不，我是说以前。”

“正好，”玛丽亚嚷起来，“我正想问他呢。”

顿时，问题像雨点般袭来，全是女孩子（也包括路易斯偶尔提出的）幼稚可笑的问题。他任凭嬉笑的雪花纷纷扬扬落下。他们公然对他评头品足，对黝黑的前额议论纷纷，找寻漂亮脸蛋常常滥用威力而迟迟难以显露的聪明才智。不过他答话只说是或不是，轻而易举地恢复了他特有的沉默，沉默将更有说服力。大家的注意力重新集中到里卡多所念的东西上。他缩着身子坐在玛丽亚旁边，而她张开翅膀似的，伸出戴着手镯、裹着绸缎的胳膊一点一点地向他靠近。

“恩卡娜！”特雷莎叫着站了起来，“来一杯杜松子酒和一杯牛奶。”

只听见一个低沉、油腔滑调和热情的声音答道：“一杯牛奶？孩子，哪个畜生要喝牛奶？”特雷莎笑着走到柜台前。莱奥诺尔把满肚子突然冒出的笑声全部倾倒在马诺洛身上。

“你做得对，杜松子酒损坏记忆力。”

“是吗？”

“当然是。你不知道吗？”

又是那低沉的声音，这一次是在回答特雷莎爽朗的笑声：“你从哪儿弄来的这个小兔崽子？[①]”

“你一直喝牛奶，还是想凑凑数？”莱奥诺尔问他。

“我不喜欢数字，我已经不上学了。”他说着瞧了瞧自己的手。姑娘不知所措地眨了眨眼睛，紧接着，圆圆的脸蛋似乎要发出大笑。马诺洛感到势头不好，笑了笑：“牛奶可以解毒。”

“真够神的啊。”路易斯的声音在一旁拖着长腔说。马诺洛发现了他审视和咄咄逼人的目光。

“这小子准备帮忙了，混蛋。”他想。他回过头看了看莱奥诺尔，她还在那儿傻笑，似乎请他继续说下去或去吻她。其实她既不想让他说下去，也不想让他吻她。当姑娘从他目光中看出，她

①原文为法语。

的笑声显然引起了他（夜游神目光的波涛霎时间吞没了她）的误会时，连忙把头扭向一边。穆尔西亚人反省着，这天晚上他慢慢明白了很多事情：姑娘不是在笑，那纯粹是脸部的固定变化，是她高颧骨下脸庞特有的效果。几年前的另一个场合，他曾在太阳海岸认识的一位忧郁老练的外国女人身上犯过同样的错误。不过两次错误不同。那次错误（有一天，他突然发现德国女人不明不白地笑个没完，她就是在那时把丢钱赖在了他身上）既没有阻止他的满心渴望，更没有打乱他的计划，而是相反。岁月如梭，有那么多永不改变、没完没了的微笑要去认识，就像那个女人，她甚至认为，如同金钱、智慧和健康色的皮肤一样，有钱人还继承了永恒的微笑，就像穷人继承了龋齿、满头皱纹和弯曲的双腿一样。即使今天，也不过如此。这时，他断断续续听到几句不知什么意思的话。

“……是一九五三年七月，一个十足的刽子手，一个信口开河的……”

“……新帝国的总督们……”

“……你还记得吗？一个名叫格伦格拉斯的杂种……”

“……一个叫马卡西的老态龙钟的凶狠老头……”

“……那些家伙断言，所有的共产党人都犯有姘居罪……”

“……就像那个不要脸的吉列尔莫·索托，那个蠢货所说的一样。”

“他可不像你想象得那么愚蠢，”海梅说，“他是右派，但是并不极端。”

"问题恰恰在这里。"路易斯回答他说，"既然做右派，最好当个彻头彻尾、义无反顾的绝对右派。"

"纯粹胡说八道。这就等于为早闹革命，把受苦的中层阶级变成流氓无产者。事情必须靠努力去赢得，朋友。马诺洛，你怎么认为？"

这会儿，马诺洛一边欣赏着画像上银纱素裹的女人，一边琢磨怎么回答，答出话来俨然一位经典作家："在今天的生活中，所有的努力都不会白费。"

他知道这是别人发明的丑恶谎言，他笑着（心灵深处是严肃的）这样说，只不过是为了避免人家疑心。突然，他发现画上的女人就是酒吧的女主人，不过年轻一些罢了。

"你喜欢吗？"莱奥诺尔问他。

"不坏……"

"真吓人。"

穆尔西亚人点了一支烟。

"我说的是女人。"他澄清说。

"噢，恩卡娜真漂亮，这张画上也漂亮。"

"那当然。"

他好像不明白既然承认画上的女人迷人，那画怎么又会吓人呢。特雷莎坐在路易斯和海梅中间。马诺洛正好面对着她，她说：

"亲爱的，你还有烟吗？"

路易斯把脖子扭到一边。马诺洛掏出那盒"切斯特"扔在桌上，一些沙子落了下来，特雷莎莫名其妙地笑着，看了看马诺洛，用手把沙子拢成一小堆，放在桌子中间，一座纪念碑在她的心中矗起。里卡多和玛丽亚依然在旁边挤作一团。不时可以听到里卡多朗读或对书上某些段落大加赞扬的说话声。那是一本新近刚上市的文学评论集，在大学里一抢而光。在玛丽亚的要求下，趁大家都安静下来的空当，读书人的声音送出一番奇谈怪论，一番梦魇般终生伴随着、压迫着作家的奇谈怪论："总而言之，十九世纪的小说家不大聪明。"

"说得好，"里卡多主动补了一句，"到有人揭开巴尔扎克及其同伙假面具的时候了。"

"纯粹胡说八道，"特雷莎嚷道，她注视着马诺洛，生怕话题发生变化。

"妈的，他们或许是一群反动派，"玛丽亚说，"他们是天才，这我承认，可是他们全被自己的创造力搞得自高自大。"她一双激奋的眼睛望着里卡多，她大概担心说出什么傻话（忘了那是在书上念到的东西），因为她常常很难同里卡多谈到一起：他是那样单纯，那样实在，那样"超脱"。

"全是一丘之貉。"路易斯端起第六杯杜松子酒，迷迷糊糊地说。

"坦白地说，我感到拉斯迪格纳克要比费德里科同志更有意思。"特雷莎断然说。她也不清楚到底怎么了，今天晚上总想同他们唱反调。可惜，她的见解被人看成主观武断而不被接受。

"小东西，你觉不觉得有意思有什么用，"里卡多毫不留情（他真是一个地地道道的实在人），"再说，拉斯迪格纳克又不是巴尔扎克。”

特雷莎认为这种说法是思维迟钝的必然反应，但是她什么也没有说，不然又成了主观武断，别人非小看她不可。她看了看马诺洛，只见他低着眼睛看着自己的手（整整一天，她总看见他为自己这双工人的手担心，仿佛害怕露出那双又脏又丑的手），望着那双在今天下午，在小渔船后，在沙滩上曾经紧抱过她的有力大手。与其在这儿同这些卖弄学识的家伙浪费时间，不如再一次躲到这双手里，在混合着彼此喘息的甜美而微小的空间里随便聊天好！穆尔西亚人宛若一个树根，宛若一块突然变成陪衬的石头，一动不动，不知所措，带着那种她格外欣赏的铁石般的冷漠，时不时地透过店内的烟雾、谈话和音乐向她望去，这是爱和拯救的目光，短短的一瞥包含了使她感到自信所需要的全部力量。

路易斯拿着一杯金酒在脸上蹭着，朝她转过身来对她说：“我一直在找你。”

“出什么事了？”

“没事。就是找你。”

“开学后准备干点什么吗？”

“是的，不过我找你不是为这事。目前还用不着你。”

特雷莎显然没有察觉他的不快。

“那为什么？”

“不为什么，我已经告诉你了。我想见你。我知道你没在布拉内斯，你喜欢住在这儿……”

“总得有人留在玛露哈身边，不是吗？”

“你不用跟我解释。”

“我才没解释呢，傻瓜。我在蒙你呢。”

她站起来要去卫生间。现在，谁也未曾想到，自从别墅里那个丢人现眼的夜晚之后，特雷莎和大学抵抗运动领袖之间的私人关系发生了一种微妙的变化，曾经把路易斯抬到学生领袖位子上的特雷莎，现在又把他从宝座上摔了下来，甚至好像怀疑他的政治活动能力。大名鼎鼎的大学生已经开始走下坡路了。

特雷莎回来后坐到马诺洛身边，他手指里夹着一个打火机，心不在焉地摆弄着。“你说我们走不走。”她问他。“不，先别走。”他说。特雷莎看见玛丽亚在桌子另一头比比画画地冲她使眼色，挂满镯子的胳膊在里卡多的头顶上像张开的翅膀一样晃动着。“我不明白你的意思！”特雷莎冲她嚷道。

“你怎么不留我这样的头发。那样看上去要深沉得多！”

正在这时，马诺洛的胳膊从她的肩膀伸过去(大家都看见了)，侧着身子轻轻地摸了摸她的太阳穴。特雷莎觉得他是那样自然，似乎想保护她，似乎想阻止她回答玛丽亚再提出什么怪问题。路易斯又要了一杯杜松子酒。

“我们为什么不换个地方？”海梅说。

“你不想让里卡多念啦？”每当有人提到走，玛丽亚便回答说，“你们怎么也该对小伙子稍微有点礼貌，是吧？”“到马卡雷纳去。”路易斯说。他的脑海里只有一个年轻英俊的身体，身穿花格衬衫、歪倒在罩着红套子的长沙发上。后来，他沉默了很久，再开口说话时好似换了一个人。

“你们知道谁在巴塞罗那？”他一本正经地说，然后停顿了一下，“费德里科。”

“你见到他了？”玛丽亚问。

“谁跟你说的？”莱奥诺尔接上一句。

“我知道他肯定在这儿，我的消息绝对可靠。”他转过身冲着马诺洛，“你认识费德里科吗？”

“这不，终于来了！”他自语道。这还不是他原先等待的下流攻击，不过，如果真有的话也会出自他那儿。在不到十五个小时的时间里他们已是第二次向他提同样的问题了（今天下午在海边，特雷莎就问过他）。幸福的费德里科，他们是多么爱你！他把打火机放在桌上，同特雷莎交换了一下目光（一道毫无意义的目光，他只是为了顺便看看别人是不是在注意他），微微歪着脑袋，用一种与其说是自然倒不如说是难过的口吻说：“他跟我谈到了你。”

一阵沉寂。

“谈到我？”路易斯说，“你这是什么意思？”

“没什么意思，伙计。就这么回事。”

莱奥诺尔侧着身子在特雷莎耳边说了点什么。大家看到她肯定地点了点长满金发的脑袋，海梅带着无可奈何的神情拍了拍路易斯的后背。在玛丽亚亲切的目光下，美滋滋的作家兼读者又喊了起来：“哎，你们听这个：‘对于作家说来，新技术……’”马诺洛站了起来。大家看着他。他似乎生气了（其实他觉得无聊），站起来想到洗手间去。路易斯还没有缓过劲来，大喊大叫地向恩卡娜要雪茄。可是没有雪茄。他用拳头砸着桌子。

“恩卡娜，真可气，你从来没雪茄，太气人了，我们走。”

“住口，蠢货！”那个低沉的声音说。

桌上，又围绕如今的男人怎样发怒展开了讨论。路易斯认为西班牙男人丢掉了血气方刚的个性，什么都忍，什么事都没脾气。海梅认为他言之有理。莱奥诺尔对他们说，按照她的观点，国内有的男人还有发怒的能耐，不过必须承认那已经不是大丈夫气概，不是民族气概。她像平常一样飞快地、东拉西扯地说着：“男人们发火必然是为正事。换句话说，男人身上的火气，基本上是，或者应该是为正事而发，可现在，男人们却把火气撒在傻事上、蠢事上，比方说，潘普洛纳那个疯子，就因为玻璃橱窗展出了比基尼泳装，一气之下把橱窗砸了。你们大概在昨天的报纸上看到了吧。还有的家伙，用油漆把格拉西亚林荫道上一幅电影广告牌上的梦露的大开领给盖上了。你们看见了没有？还有那些在足球场上狂喊乱叫的人，包括你自己现在这个样子（她看看路易斯，他已经醉了，今天晚上他有理由这样做了），叼着你那令人讨厌的雪茄烟……”

“有件事你们想不想知道？”特雷莎说，她已经斟上了第三杯杜松子酒，“那就是你们太讨厌了，我觉得这一切都太可笑了……”

她的意见还是被大家认真听了——虽然没什么意思而不值得在这写出来，但这意见出自她的口中，可不像出自今晚那些夸夸其谈者口中的话那么叫人感兴趣：他们在想着穆尔西亚人。

“你今天是怎么了？”海梅嚷着。

“特雷莎变了，”路易斯断言，“她沾染上了无产阶级可贵的坏习气。”

“路易斯，你不会喝，就别喝！”

“正因为如此，我才羡慕你的穆尔西亚人，”莱奥诺尔不服输地接过话茬，这会儿“痞猴”刚好在洗手间小便，正在为裤子稍微弄脏了一点而肝火大旺，“他身上的火气有男子汉气概，他总是为政治而发火。”

与此同时，身上那些七零八碎的装饰品一晚上都在可怕地磕碰的玛丽亚简直像一只老母鸡把里卡多护在翅膀下。

“你喜欢这本书吗？”

“是得认真地看看，”里卡多说，“能借我几天吗？”

“亲爱的，我就是为你带来的，就算我的礼物吧。”她咕咕地叫着终于收起了翅膀。

这时，路易斯正在讲一个叫什么阿拉基斯塔因的人，说他在大学多么有影响。马诺洛根本没在意他和他的什么阿拉基斯塔因（他在透视特雷莎裸露的脖颈和蓝色的小鱼尾一般在双乳之间晃动的阴影），这名字对于他来说完全是一个谜。玛丽亚无意中听到路易斯的讲话，发出一阵莫名其妙的笑声，很显然，这笑声同路易斯的话毫无关系，而是因为她的膝盖或胳膊在向里卡多这个坚不可摧的堡垒的进军中暗暗取得了有利的进展。

马诺洛沉默不语。

“马诺洛，你实在了不起。”路易斯阴阳怪气地说。

“我诅咒你祖宗。”他想。将近一点钟了，路易斯一本正经地提出他要出去转一圈，半个小时就回来。他朝海梅微微摆了摆脑袋，随便使了一个眼色，叫他陪他去。半个小时之后，他们回来了，路易斯似乎安静多了，说起话来又跟在学校出头露面时那样盛气凌人，信心十足。他手里拿着一张信封大小的黄纸片，上面印着字。从远处看去，马诺洛觉得好似一本广告册。海梅和路易斯坐在如今已是空荡荡的柜台尽头（恩卡娜走到桌前同大家开着玩笑：“你好面熟呀。”她说着。迷人的眼睛紧紧盯住马诺洛紧绷绷的裤子，试图回想起何时何地见过这个年轻人），继续低声交谈了半天，最后才一副忧心忡忡的样子，重新和大家凑到一起。恩卡娜和马诺洛一起走回柜台，他要了一杯库瓦利夫雷。在那儿，伴随着脑海中喧嚣的音乐，这位声音真切、深情的高大女人打动了他的心（“我认识你，就是不知道怎么认识的”）。她指着墙上她风流年华时的照片让他看；他竖起耳朵听着桌上的谈话：路易斯让大家都注意，可他听不清他在说什么，他觉得开始时他似乎提到了有轨电车。其他人七嘴八舌地插话。不知是因为谨慎还是害怕，话说出来没头没尾、断断续续，问题争来争去，费了很大的劲儿，才争出个头绪。马诺洛几次听到了有轨电车和好像是什么“利波蒂米亚”的字眼。一台“利波蒂米亚”被没收了，有一些小册子需要立即印刷和分发，有人出了差错（路易斯认为这是不负责任的愚蠢行为），要定一个日子，不能再延期了。穆尔西亚人全神贯注地听着（虽然他感到这位和马莱内·迪特莉丝一样金发飘逸的女主人的传记照片和她格外亲切的低沉嗓音，对他——而不是那些正在桌旁煽风点火的人——来说，包含着更加有趣、更有价值的隐私和把戏，但是只能留待下次再说)，真相马上就要大白了。也许这就是他整个晚上一直在暗暗等待的东西。他心头不禁一震。

“劳驾给我倒在这个杯子里。”他指着一个细长的紫色酒杯说。这一来，恩卡娜猛然认出了他：“嗬，你可将近三年没来这儿了！你不感到害臊吗？你到哪里去了？”马诺洛一阵心碎，他欣赏这个女人，可还是说她认错了人（一副惊愕、疲惫的神态使他自己又回到了三年前趴在酒吧柜台上那副样子：一个油头粉面、神情忧郁的年轻人，黑黑的眼睛里流露出一丝隐隐的冷漠——很难看出他正在宽恕生前造下的罪孽；一位中等年纪、柔情绵绵的妓女冲着他指手画脚，一位戏剧导演打量着他，他自称是一个名叫滕内塞的美国人的好朋友，然而那个美国人早就亡命九泉了)。

他听见心爱的特雷莎在身后以焦急的口吻谈论着“利波蒂米亚”：“哼，这算什么。我肯定巴塞罗那不止一台。”

“谁有？”路易斯问道。一阵沉默。

“你们听着，没准马诺洛有什么关系，”是莱奥诺尔动听的声音，“特雷莎不是说小伙子是……”说到这儿，她的声音淹没在一阵窃窃私语中，“他好像认识马里西奥。”

“嚯！”有人，可能是里卡多在起哄。

“得了，咱们别想入非非了，”路易斯说，“他们要是熟呀，我跟罗马教廷还熟呢。”

“哎，你这么说可就不对了。”特雷莎反驳道。

“行了，够了。谈咱们的事吧，特雷莎，你肯定清楚谁会有这东西。你说是谁？”

“我的意思是……”她开口道，“我估计……”

“特雷莎，行行好，”路易斯粗暴地打断她的话，“你要说就说，不说就住口。”

或许他从前已经想过，然而现在才决定采取行动。他一直觉得一切进展得太慢了，然而实际上进展得很快，也许快得过分了。他手拿高高的酒杯，从柜台向他们走去（特雷莎第一个看见了他），停在桌子旁边，弯腰捡起掉在路易斯椅子下的一包烟。“你们尽管放心。”他弯腰时（一瞥眼，看见了特雷莎漂亮的大腿，真漂亮，真的）顺口咕哝了一句。他把烟扔到桌子上，然后一动不动地站在那儿，手里端着那个倒满可口可乐的令人惊诧的紫色杯子，若有所思地歪着脑袋蹭了蹭脖子（特雷莎喜欢那种神态），用一种与其说自然，不如说是不屑一顾的声音说：“交给我吧。我负责办。”

随着话音，小册子从路易斯的手中消失了（穆尔西亚人隐蔽而飞快的手指往下滑的时候在学生领袖的鼻尖上停顿了一下），落到他自己手里。“别闹，别闹。”路易斯摇晃着脑袋说。他举起张开的手，似乎在等待魔术师把小册子再变回他手中。但是马诺洛没有看他，还站在原来的地方，如主持弥撒的神父一般，趾高气扬地摆弄着小巧玲珑的酒杯，看着小册子。（其实他只是注意了一下文章开头的几个大字：“巴塞罗那市民们！”）他喝了一口可口可乐，把小册子一叠，放进兜里。

“你说什么时候吧？”他问。

“尽快。”路易斯吞吞吐吐地说，“不过，你肯定……”

“不要再说了。”马诺洛打断他，望着特雷莎，“你走不走？明天我得起早。”

“稍等一下，”路易斯请求道，“我想知道这事儿到底去哪儿办？”

穆尔西亚人未加犹豫：“你认识贝尔纳多吗？”

“不认识……”

“那不就得了！特雷莎，咱们走。”

特雷莎站了起来。“我们都走吧。”有人说。他们自以为是，然而缺乏幽默感，经不住别人挖苦，碰上了不起的人，就束手无策了。不过，路易斯感到必须再强调一下，他凑到马诺洛跟前：“你不想知道（他看着他的嘴唇）该印多少份吗？”“具体细节咱们现在不谈了，有什么明天让特雷莎跟我说吧。她会来找我的。最重要的问题已经解决了，你就不必担心了。”

离开酒吧后，他起初担心的事发生了，尽管现在已经对他无足轻重了。究竟是什么原因惹出这场纠纷，人们也许永远不会确切地知道，但是大家都觉得里卡多后来的推测蛮有道理：从酒吧出来以后，路易斯问穆尔西亚人是否同特雷莎上过床了，而可怜的小伙子认为他的话是对特雷莎的侮辱（“你们可别忘了，工人在这方面可是一本正经的，我是说他们可笑，要面子，动不动就出事。”里卡多说明着），一气之下，扇了路易斯一个耳光。“这小伙子的性情也够暴躁的。”里卡多最后说。

不过，我们还是言归正传。离开酒吧之后，谁也没觉得要出什么事。“你一个人真能解决吗？你认识的人……”大家已经同恩卡娜告辞了，路易斯还在问。大家都觉得他真是多此一举。路易斯和马诺洛稍稍落在后面，两人都坚持要付钱（这里，“痞猴”终于被金钱击退了），不过，大家还是听到了路易斯最后说的话，他就这么一句，话中带刺，可是除了穆尔西亚人谁也没有听出来。“请原谅，”他笑着说（又一次看了看他的嘴唇），“主要是我不大明白你的意思，贝尔纳多是谁？”

大家不知道马诺洛回答他了没有，也没听到他们的话，因为他已经走到了大街上。后来，走到埃斯古铁雷斯大街第二个拐弯时，里卡多也落到了后面，暂时离开了玛丽亚温暖的翅膀，跑到一座阴森森的大门下撒尿去了。特雷莎、海梅、莱奥诺尔和玛丽亚在前面走着。里卡多好久才回到他们身边，玛丽亚突然用伤心的语气说：“好长的一泡尿。”不过他终究回来了，她轻轻地松了一口气，打算挽住他的胳膊，这时，里卡多猛然转过身，拔腿又向酒吧方向跑去。他来晚了：路易斯和马诺洛面对面站在街角。

“你没有讲清楚。”路易斯对马诺洛说。“痞猴”的犹犹豫豫更引起他的不安，他像一个中国象形文字一样被人打量着。

“你这是什么意思，小伙子？”

里卡多正要拐过街角，其他人走在他的后面，他们听到一阵鞋底和石子路面摩擦发出的刺耳声，里卡多说：“干什么呀，你们不要胡闹，算了，算了。”可是没等他赶到跟前，人们只见一团东西突然背朝着他们飞来，摔在他们脚下。是路易斯，看上去他就像走路时绊了一跤。“怎么啦？”海梅问道。路易斯揉了揉下巴，不愿别人扶他起来。脑袋使劲歪向一边。马诺洛从暗处走了出来，谁也不看。

“你还走不走了？”他边走边说。不用问，他是在对特雷莎说。大家都望着她。穆尔西亚人继续朝埃斯古铁雷斯大街走去。他们一时不知如何是好。谁都知道，酒喝过头，就会出这种事情。他们当然不会知道，穆尔西亚人这一记耳光意味着，倒霉的大名鼎鼎的学生领袖将从这一天起遭受一连串似乎毫无道理、不知来自何处的耳光。厄运有时仿佛无缘无故降临在一个人头上。

马诺洛手插裤兜，低着脑袋沿着大街向远处走去。身后终于响起了他期待的脚步声。他放慢脚步。她走过来挽住他的胳膊。

“你也生我的气了吗？”她问。

“我谁的气也没生。不过，咱们离开这儿。这种胡闹不会有什么好结果。”

“可是，究竟发生什么事了？难道路易斯对你说我什么了？”

他第一次试图将真相告诉她。可是话一出口却成了：“那是我们的事。”

特雷莎的身子微微摇晃了一下。

“你知道吗，我也喝多了。”她闭着眼睛说，“不过，我送你回家，回你亲爱的神奇的卡梅洛山去。告诉我，贝尔纳多是谁？”

他缄默不语。可是不得不停住了脚步，因为特雷莎突然一动不动地靠着他，好像在他的胳膊上睡着了。金发蓬乱的脑袋依偎着他的胸膛。他们站在路灯下。马诺洛用手撩开柔软的金发，抚摸着特雷莎发出鸽子般咕咕声的脸庞。穆尔西亚人站在昏暗的灯光下，望着眼前这一张昏昏欲睡、疲惫不堪、为睡梦以及天晓得是什么感情所征服的女孩面孔，笑了，凄凉地笑了，嘴角突然浮现出一丝沮丧。

他轻轻地碰了碰她那半张半合的嘴唇，扶着她缓缓地沿着旁边的一条小巷朝码头走去（他想让姑娘在手握方向盘之前稍微清醒一下），可是她像一只小猫一样贴在他身旁，把胳膊吊在他的脖子上，迫使他重新停住了脚步。她吻了吻他，对他说："我真幸福。"这时，他们已经待在最黑暗处。不知哪里传来一阵鼓掌声和吉他声。马诺洛原以为，这不过是飞快地一吻，因为她几乎站不住，谁料她一张嘴，红舌皓齿（草莓和乳脂）却是意想不到的热烈，宛若一团黏糊糊、软绵绵的湿海绵。他一把将姑娘搂过来，贪婪地回吻着她。特雷莎眼睛里闪动着一丝湛蓝、清澈的光芒，慢慢往后退去，背靠着墙，马诺洛的手顿时被压在墙上，他趁机用手指大胆地一试：只上下一摸，便证实了她没穿胸罩，他又一次想到衬衣下颤动的裸体，想到了自由自在颤动的乳房。此时此刻，是她带着神采飞扬、风骚迷人的多情，挺着女大学生的臀部吸引他。她任凭他的手抚摸着她的肉体，向上挪动着，突然，她感到全身充满一种使人神魂飘荡的快感。"不行，这儿不行……"她讷讷道。她肩膀上，脖颈间都感到了他火烫的嘴唇。她把头向后仰去，感到一阵阵神经般的颤抖。她在暗处朝他转过身来，气喘吁吁地向他献上颤动的双唇，两只眼睛仿佛在祈求（她刚刚做出了决定），祈求把她带到某个地方，被他爱，为她献出一切，直至生命……

好了，傻丫头，该打住了，他暗想。她失望和温存的甜蜜目光使他心如刀绞，他用胳膊使劲搂住她的肩膀，把她拉到车上。在那儿，她蜷缩在他的胸脯上，为自己的痴情感到一阵阵难为情，幸福地笑了笑，还有些头晕。一阵微风吹来，寒气逼人。他抚弄着她缕缕金发，把对明天的一番火红的遐想统统抛在脑后，莫名其妙猛然再度伤感起来。

18. 夏日

一股可怕的现实之光，一如既往地从春天的心中喷薄而出，因为青春……

——弗吉尼娅·伍尔夫

几年之后，当两人再回想起这个热情奔放的夏天时，他们不但对每件事情的来龙去脉记忆犹新，记得点点滴滴的细节和虚伪的誓言，记得拯救未来的种种幻想，而且更忘不了心心相印之中，甚至在光天化日之下亲吻之时，早已忽明忽暗地弥漫着严冬的寒气，笼罩着不见海市蜃楼的海雾。

“马诺洛，你对我是真心的吗？有时我怕……”

“怕什么？”

“不知道。我们真的这样了？”

心中的神话开始破灭了，然而，它丝毫没有减弱她对小伙子愈渐强烈的爱情。南方小伙子究竟是什么样的人，这恰恰是（三个下午足够了）在特雷莎清楚地意识到她不是迷恋一种思想，而是迷恋一个男人时才真相大白的。当她发现可疑的聚会、可怕的现实束缚着幻想时，她首先感到一片茫然，觉得有必要审视我们对所生活的奇妙世界的看法。八月底的一个星期天下午，天气本来阳光明媚，突然风雨大作，特雷莎非要到吉纳多一家大众舞厅去。当时他们在一家酒吧避雨，街对面就是里特摩舞厅，舞厅大门口聚着一群冒雨赶来的姑娘和小伙子。马诺洛不知为什么突然提起那是他几年前跳舞的地方。“我们为什么不进去？”她眼睛里闪动着一丝喜悦的光芒提议道。“你不会喜欢的，里面尽是些流氓。”马诺洛劝道。可是她一直坚持（“现在正下雨，又没车，咱们还能干什么？”），他无奈，只好由着她的性子。这时，天下起倾盆大雨。马诺洛脱下外衣，遮挡着姑娘穿过大街。特雷莎紧紧抓着他，笑了起来。售票处有个满面红光的胖男人正在抽烟，特雷莎向他要了一支。“真不害臊，”马诺洛亲昵地嗔怪她说。“你别说话。等着，咱们逗逗他。”小伙子每张门票二十五比塞塔，姑娘十五。“男女有别呀。”笑嘻嘻的女大学生说道。票价包括饮料。演出者有：绿色卫星乐队暨歌手卡沃特·金、迈莫·布鲁塞尔斯（古巴黑人舞蹈）、卢谢塔·卡尼亚（卡塔卢尼亚民歌青年歌唱家）及其他著名歌手。“演出一定很精彩。”特雷莎说。她从一开始就表现出一种奇怪的激情。“莫雷内达·博依斯三重奏”一次性专场演出（萨尔达纳舞的优美旋律同现代摇摆舞融为一体）。“太棒了！”特雷莎一进舞场便嚷了起来，“这可不能错过。”这是一个拥挤不堪、人满为患的地方，舞池里寸步难行。衣着入时的小伙子们眼带嘲讽、神情傲慢，成群结队地走来走去，在姑娘们之间乱钻，伸长脖子往前凑，朝领口里张望着，悄声说着恭维话。他们几乎全是安达卢西亚人。特雷莎发现人们灼热的目光分外亲切，马诺洛一直待在她身旁保护她免遭纠缠，要是孤身一人，那就不会仅仅受赞美了。这一天也真巧，她像过礼拜似的，打扮得落落大方（白色带褶的裙子，蓝色高领衫，和宽宽的黑腰带），如果不是因为阔小姐披散的长发和阳光晒黑的漂亮皮肤，不是这两处迷人的地方使她露了马脚的话，她朴素的装束一定会同环境融为一体，她倒希望不引人注意。在围绕舞池的看台和一排排椅子上，一群神情呆板的姑娘不时窃窃私语，再往里，小小舞台上，是身穿闪闪发光的衬衫的绿色卫星乐队及其歌手（大家认为，他唱得太动听了），他炫耀着精巧的黑胡须和带鼻音的、格列高利一世般的嗓子。这里原先属于一个旧工人文化娱乐协会（纺织工人工会之家），有合唱团、图书馆和剧场，如今变成了里特摩舞厅，协会则随着共和国的成立而消失了。建筑装饰庄重古朴：四面墙壁顶部富丽堂皇地环绕着一条花环组成的饰带、一串串葡萄和一个个石膏浮雕，每个浮雕都是一幅脸部雕像，下方写着大名（普拉特·德拉·里瓦、庞佩乌·法夫拉、克拉韦），这些光荣的卡塔卢尼亚人是那个令人怀念的“无伴奏合唱团”的前辈，他们严肃的脸庞仿佛在蔑视无知的安达卢西亚人发动的星期日入侵。二楼的走廊上，木制看台的陈腐气味中，一个过去无所不在、如今只有藏身之地的家庭手工业观念的幽灵依然在徘徊。堆放饮料和旧家具的仓库从前是图书馆和舞厅，现在还残留着一些残缺不全、仍然使人兴奋的书，如陀思妥耶夫斯基和普鲁斯特的书，它们被译成了卡塔卢尼亚文，旁边是萨尔加利、狄更斯和马拉加利[①]的书以及锈迹斑斑的战利品、纺织工人之家的旧旗子，挤在一起做着旧日的梦。

舞厅里热得像地狱，胳肢窝臭气熏天。特雷莎克制着不和任何人讲话。啊，星期天舞会，世界是你们的！愚昧粗俗、人满为患的岛屿，暴躁的天空，恭顺的柔情，没有芳香的花园里却盛开着爱情的花朵，明天是属于你们的！她仿佛在举行婚礼，挽着马诺洛的胳膊，同他坐在看台深处，全身放松，头却保持着坐在电影院椅子上的姿势，警觉、清醒（一幅充满幻觉的神态），裸露的美丽脖颈闪闪发亮，她密切注意着舞厅的一切，不住地对一对对紧紧搂在一起、仿佛在蚁穴之中、不知疲倦地在舞场上旋转的男男女女评头品足。马诺洛认出镇上几位有名的人物，他对他们了如指掌。就是他们，每到星期四都去普利塞舞厅，或拉斯·卡尼亚斯、梅特罗和阿波罗舞厅同女仆跳舞，在伊比利亚、马克西姆、罗维拉、得克萨斯和塞莱克托影院也能见到他们。身材矮小的穆尔西亚人，身穿硬领的条子衬衫，和让人透不过气的交织布西服，热得大汗淋淋。这些多情的舞星们从来找不到舞伴，围着舞场转来转去，抬头冲着看台，眼睛贪婪地盯着狮身女怪般坐在看台上的姑娘们。对他们的请求，姑娘们不是轻蔑地保持着沉默，就是断然拒绝（“姑娘，跳舞吗？”“不跳。”“为什么不跳？”“不想跳。”“你真他妈的扯蛋，结核病患者。”“侏儒，不要脸。”）。

①马拉加利（1886－1911），西班牙卡塔卢尼亚地区重要作家。

照特雷莎对马诺洛所说的，姑娘们的拒绝显然是不公平的，甚至比她们所受到的侮辱更加残酷。也许因为这一点，加上她察觉到马诺洛今天似乎没心思陪她玩（这使她很吃惊，他只带她下了两次舞池，还满脸不高兴），所以，特雷莎不愿意拒绝一位突然凑到他们跟前，请她跳舞的矮个子年轻人，她要让马诺洛好好想一想，曾经的一个晚上他们一块儿热闹过好长时间。她希望马诺洛把年轻人介绍给她，问问他住在哪儿，是干什么工作的。原来，小伙子是边远郊区托雷巴罗一带的人，他说他是电子专家。"你想跳舞吗？"他彬彬有礼地问道。本来特雷莎还没有拿定主意(她看见马诺洛嘲弄地笑了笑，漠然置之)，但是，某种原因促使她愉快地接受了邀请。他们三个人站在大厅一角，全场都在等候下一支舞曲（多明·马克刚刚唱完，莫雷内达·博依斯三重奏的节目已经报幕了）。这时，突然发生了一个小小的乱子，在舞场上引起了连锁反应。只听见几个女孩子的尖叫声，一对对舞伴骚动起来，很多脑袋转向他们。看样子，是一个连掐带拧折腾姑娘的捣蛋鬼跑到那儿了。特雷莎笑了起来，似乎那是世界上最自然的东西。"太好玩了，太有趣了！"她说。她面对着马诺洛的朋友，他洒满香水的脑袋才到她下巴，还是一个小孩子，却给人一种奇怪的印象。他身材苗条，身体健壮、灵巧，一双日本人般充满悔罪感的小眼睛和一抹涂满发蜡的额发，满身花露水气味，身穿一件紧绷绷的格子西装。特雷莎善意地看着他，犹豫不决，正在这时，她感到有人熟练地、慢慢地、干净利索地在她的屁股上拧了一把。她什么也没有说，悄悄回过头，脸红得像一个西红柿。她刚好看见一个小个子，躬着身子，缩着肩膀，嘻嘻哈哈地消失在人群中。同时，听到旁边一位姑娘同男朋友的谈话：“我认识他，他叫马尔塞，是一个小矬子，黑黢黢的，一头鬈发，老是动手动脚的。上星期天他掐了我一把，后来又把电话号码给我，叫我有什么事找他，你看这家伙多不要脸。”“你给他打电话了吗？”另一位姑娘问。特雷莎没有听到回答，因为面前那位殷勤的小个子仍在如醉如痴地望着她，执意问道：“特雷西娜[①]，咱们跳舞好吗？”好个有趣迷人的“电子专家”！她想。乐队早已鼓乐齐鸣，特雷莎感到臀部依然微微作痛，不知道是想接受那位“树墩子”绞尽脑汁的多次邀请先活动活动呢，还是入乡随俗为环境所动，最后她笑着扑到托雷巴罗的小穆尔西亚人的怀抱中，无所畏惧地同他一起冲向波澜起伏、手推肘撞加汗水的大海。莫雷内达·博依斯三重奏正专心致志地演奏着他们的拿手曲目，一支最适宜昏暗灯光下跳舞的波莱罗舞曲。缓缓攒动的人头组成的混浊的海洋里，同特雷莎所想象的相反，没有任何特别健康的摆脱了资产阶级情调的欢乐。人们紧抱在一起，跳着，沉默着，脸上有一种奇怪的庄重，显现着一种令人肃然起敬的神情，一种怪诞的浪漫主义和不苟言笑的无法形容的神情，甚至比那种已届婚龄的有钱女人组织的社交舞会上所见的神情更有过之而无不及。特雷莎的眼睛久久地追随着马诺洛，她看见他背对着她心情烦躁地走开了，她远远地、从海浪之上看着他，直到她意识到她已不可避免地被海浪淹没。舞池让人忍无可忍，尽管开始时小个子曾让她开心，但是，

①特雷莎的昵称。

她没有意识到她风度翩翩的薄裙，衬衣下未穿胸罩的事实，没有意识到这不寻常的发现将在她的舞伴心中唤起一个金色的梦。结果，“电子专家”突然好像一个放纵的小人，好像一只绝望的章鱼张着三头六臂，在黑暗中趴在她的左胸上，大口大口地喘着粗气。他已经说不出话了，满头大汗，使劲用小肚子顶着她，她纯粹出于礼貌试图抵挡，结果被其他跳舞人挤在舞场里寸步难行。他们一动不动，她被困在那里，他好似一个灵巧而勇敢的探戈舞星，朝后仰着身子上下摇摆（特雷莎感到一只瘦小而粗糙的手像蜘蛛似的在背上爬动）。那个“电子专家”亢奋到了极点，她明显地在肌肤接触中感到了这一点。大众舞会那种直接而健康的欢乐到哪儿去了，只有一股胳肢窝的臭气，仅此而已。周围，一对对舞伴停下脚步，转过脸朝着舞台，一动不动地倾听着“莫雷内达·博依斯三重奏”，手紧紧地搂着腰，奇怪而难以启齿的甜言蜜语在黑暗中娓娓动听。特雷莎强装笑容，然而那却是当天的最后一笑了。突然，她麻木了，那个小个子“电子专家”紧紧抱住她，实际上已经把她悬在半空中，使她脚不着地。已经好一会儿不见马诺洛了，（“难道他会把我扔在这帮野蛮的家伙手中一走了之？”）她突然害怕起来，觉得自己孤身一人无路可逃，她愤怒地瞪了舞伴一眼，可怜的家伙已经云收雨住，特雷莎从他小眼睛里猜到了（很久之后她依然可以回想起那一双冰冷、悲哀的小眼睛，好像挨了棍子的小狗，仰首望着她。这的确是他第一次动真格的）。她差点神经错乱，突然松开手，连推带搡地想拱出一条路来，她感到憋闷。一切全是骗人的，什么优美的“三重奏”、马诺洛的工人朋友、大众舞厅……对对舞伴望着她，笑着，看样子谁也不准备放她离开舞场。“假正经，把他甩了！”她听见一位姑娘说，“可怜的小伙子。怎么能那样。”

最后，她终于挤到离开马诺洛的地方。连个影子也没有。她不知所措地待在黑暗之中。“马诺洛。”她低声地呼唤道。没准儿眼前的人影中有一个就是他。一张张陌生的面孔油头粉面，汗迹斑斑，好像一场噩梦似的在眼前晃动，随着一支令人毛骨悚然的破曲子的节拍摇来摇去。“马诺洛。”一只手放肆地揪了揪她的金发，嘴唇死皮赖脸地贴着她柔软的耳朵，满嘴下流话：“金发姑娘，你是找我吗？”“小妞，够漂亮的。”“别跑那么快，公主，别丢了内裤。”一位红嘴唇的健壮姑娘挺身而出，怒斥那帮流里流气的家伙。特雷莎两腿发抖，又羞又急，瞪着一双绝望的眼睛在大厅里寻找马诺洛，甚至找到了二楼的走廊。几对男女在黑暗中紧抱在一起跳着。在那儿，在一条楼道里，她仿佛看到马诺洛走进了一个小房间，她急忙跟了进去。屋内，一只带灯罩的、叮满苍蝇的黄灯泡将肮脏的光线缓缓地投射在一堆啤酒箱上，旁边，锈迹斑斑的书架，玻璃已被打碎，上面挂满了蜘蛛网，地上，屋子当中，落满灰尘的书籍和旧杂志堆在一起，好像准备点燃一堆篝火。“马诺洛，是你吗？”她轻声说。小屋散发着潮气。啤酒箱后传出一阵强忍着的咳嗽声。特雷莎的脚绊到了一堆书（她仿佛听到一个女人开心的笑声），或者说一本书，一本远远离开书堆的书。那是一本红封皮的书，躺在一张日久天长已经发黄了的相片上，相片上一把雪白的大胡子格外醒目、令人肃然起敬。燕妮夫人同卡尔·马克思远远躲开准备焚烧或卖掉的一堆知识和学问，紧紧拥抱着，动情地在地上翻滚。角落里有人在喘息，清楚地听到淫荡的笑声在嘲笑她胆小、害怕现实。突然，箱子后面有什么东西动了一下：一个长着大大的、充满幻想的黑眼珠，梳着辫子的黑皮肤姑娘，一边整理着裙子，一边向屋角退去。她望着特雷莎惶恐不安地笑了笑，然而，面不改色地，下意识躲到一堆箱子后面。在她旁边，一个身穿侍者上衣、双手各拿一瓶白兰地、一头棕发的壮小伙子欠起身子："您找什么东西吗？"梳辫子的姑娘又发出一阵爽朗而梦幻的笑声，盯着她的男朋友。特雷莎低下眼睛（她最后望了一眼在她脚下那潮气腐蚀的丝织地毯的"光荣"气味中翻滚的这对不可思议的男女），低低地道了一声歉，随即转身跑出门去。她回到正对舞场的走廊。灯已经打开。从上面，从栏杆上探出身子，可以看见整个舞场和看台。马诺洛不见了。"他大概生气了。我真傻，我真傻……"她转过身，又吓了一跳：矮个子穆尔西亚人站在身后望着她，手插在裤兜里，带着一种难以捉摸的神情微笑着。他毕恭毕敬，低三下四，死心塌地地等候着。特雷莎又一次跑开，三步并作两步地跳下楼梯台阶。她终于跑到前厅，衣帽间和酒吧都在那儿。

马诺洛正站在柜台前喝啤酒。一开始，特雷莎恨不得跑过去，一头扑进他的怀抱。可是她强作镇静，低着眼睛慢慢朝他走去。走到他跟前，踮着脚尖，在他脸颊上亲了一下。马诺洛转过身，望着她深情地微微一笑："跳累啦？"特雷莎点点头，故意装出一副可怜相望着他，突然间浑身瘫软，把头靠在朋友的肩膀上："求求你，别再这样，别再把我一个人撇下了！”她求他马上带她离开那里。

“你生活在什么世界，小宝贝？”特雷莎讲完事情经过后，他亲热地打趣道，“我早就跟你说过，这不是你来的地方。”他搂着她，温情地抚摸着她的脑袋，直到她平静下来。

玻璃城酒吧的狂欢结束了，那些晚上九点本应该待在家中，令人尊敬、循规蹈矩的一对对情侣，平静地，以轻浮的穆尔西亚人和偷偷摸摸的“树墩子”无法企及的高傲，手持加了柠檬片的金酒，客气地拥吻道别。

此后的几个下午，特雷莎的情绪悄悄发生了变化。新的景致出现了：卡梅洛山欢快热闹的夜晚，邻居的欢闹声，穿汗衫的漂亮小伙子，月光下柔情绵绵的漫步，德利西亚酒吧恢复工人工作权利的标语……长久以来，年轻的女大学生就渴望认识这沸腾的生活。然而，她对卡梅洛山，对这片神秘的大地（如同佛罗里达对当初的征服者同样神秘）发现和占领得太晚了。对她来说，到目前为止，那仅仅是一个相距遥远、幽深莫测的朦胧世界，因为马诺洛一直不肯带她去卡梅洛，不肯把她介绍给他的朋友们。可是，有一个名字，女大学生却格外熟悉：贝尔纳多。

为了回避一些她可爱地强行加到他身上、可他又从未经历过的奇遇（他喜欢这样称呼它们，尽管特雷莎使用一种敏感的和生物学的字眼：细胞组合），马诺洛早就打定主意：一提到贝尔纳多，就模仿大学生提到费德里科时的神秘样子。于是，贝尔纳多成了大名鼎鼎的领导人，掌握着无法接近、无法探听的重大机密：“你认识贝尔纳多吗？你听说过他吗？要是贝尔纳多，一定会比我更清楚地告诉你那件事进行得怎么样了，可我什么都不清楚。”每当姑娘的好奇心使他为难时，他就这样说。“马诺洛，改天你把他介绍给我好吗？”“这可不是闹着玩的。”他解释道。所以，虽然特雷莎还不认识贝尔纳多，但是已经对他佩服得五体投地，既因为他对马诺洛表现的吸引力，也因为她自己大胆的内心理解。不过，她既大胆又冒失的内心理解——特雷莎精神上的现实主义，并非她所认为的，来自认真的分析，而是来自爱情。所以有朝一日，她将大失所望。

一天晚上，她一直把马诺洛送到卡梅洛山顶，分手时她提议围着镇子转一圈。开始他拒绝了，可是又想到山那边，到一丛灌木后面抱抱姑娘，和她一本正经地谈谈脑袋里转了很久的事情（是否可能通过塞拉特先生找一份工作），于是，他让步了。“好吧，咱们到那边走走，我把埃夫伦山谷指给你看。”他们把汽车扔在路上。他搂着特雷莎的肩膀，避开一些正在大门口乘凉的邻居们的目光，拉着她向格兰比斯塔大街走去。经过德利西亚酒吧时，几个孩子在马路上玩耍，一家大门射出的灯光下，两个姑娘手拉手在唱歌：

我们家的庭院
很特别，
落雨时水汪汪一片
像别人家的……

特雷莎走到女孩子们跟前，蹲着和她们唱了一会儿。激昂的声调又可怕地高了起来。夜色柔美，繁星满天，月光裹着绿色的薄纱，懒洋洋地在屋顶游动，天际一片嫣红。一家露台上，一架收音机不协调地使劲响着，在月夜中播放着一支平庸而粗俗的乐曲。格兰比斯塔大街尽头的空地上，一条汽车路从那里直通到吉纳尔多公园。他们在一个半圆形的破石凳上坐了一会儿，然后手拉手沿着斜坡，穿过公园的冷杉树林走下山。蟋蟀发出清脆的叫声。特雷莎躺在草地上。那天晚上，她的双唇吐尽心声，她的眼神驯服温顺，充满了妩媚和柔情。“也许是向她坦白的时候了，”他想，“是时候了，告诉她我没有工作，感到前途渺茫，也许她父亲能给我，如果她向父亲请求的话，给我一个多少负点责任的、有前途的工作……”

“我说，小大人，你爸爸，你爸爸，你爸爸能不能……”

她滚烫的嘴唇和草莓般尖耸的乳房使他说起话来吞吞吐吐，但绝不是踌躇不决。他握在手心里的这片双重天地在烧灼着他，提前给了他未来的尊严和幸福所能有的全部甜美而又亲切的惊喜……他欠起身准备稍稍整理一下自己的思绪。特雷莎躺在草地上，困乏的眼睛望着他。他又一次对她产生了怀疑：是的，他能够把她搞到手，让她当一段时间的情人，也许好几个月，可是，这样做又能得到什么？情人，这个巨大的字眼意味着什么？哪个现代派姑娘，不管她是不是大学生，只要有钱，有新思想，不都有情人，有了跟没有一样？一转眼，我看见你了，但我实在想不起来了。不错，他相貌堂堂，但照样说完就完。男女之间就是转瞬即逝的激情和短暂的结合，这不新鲜，生活就是如此。不，傻小子，你对和特雷莎上床的想法未必完全正确：因为一个人也许可以拥有一个像她那样可爱，那样有知识而又令人尊敬的姑娘(的确，她的精神防线并不像她的社会地位那样稳固)，但是，他不可能永远拥有她的世界：高贵、文化价值、风度和尊严。注意，你只要抚摸一下这金子般的头发和丝一般光滑的膝盖，你只要在手掌里握一次草莓和珍珠的双重天地，你就会懂得，他们是某种社会努力的佼佼者，他们应当同样努力无愧于这一称号，仅仅伸出颤抖的手掌接受它是不够的……

特雷莎起身走到朋友跟前，从背后搂住他。“从这儿看一切多漂亮呀，是吧！”她说。冷杉和松树在周围散发着浓郁的香气。远处，蒙特堡和埃夫伦山谷灯火通明，汽车亮着车灯沿着公路纷纷驶过，一辆接一辆开进城里。特雷莎松开他，笑着，围着他连转了几圈。“我真喜欢你们这儿。”她说，“我请你去德利西亚酒吧吃肠。”“应该说吃香肠。”他笑着纠正道。“行，吃一顿德利西亚香肠。”马诺洛回味着她的话，笑着，梦中一样飘近她，一次又一次地亲吻她，轻咬她的脖子，将脸埋在她的金色秀发中，(“你爸爸，你爸爸……能不能……”）她笑着挣脱开引他来追。马诺洛跌跌撞撞地跟着她，一会儿追上了，一会儿又跑丢了。小宝贝，叫我发疯的小宝贝。“我要一根肠，我要一根香肠！”她固执地嚷道，“带我去德利西亚酒吧吧，等会儿咱们再到这里待一会儿好吗？”她带着一丝难以拒绝的微笑提议道。突然，她拔腿向山顶跑去，一直跑到公路上，在那儿稍稍站了一会儿，回过头望了望他，继续朝格兰比斯塔大街方向走去。马诺洛低着头，手插着兜，慢慢跟在她身后，蟋蟀的叫声使他心神烦躁。走到街上第一排房子前，他加快了脚步。特雷莎不见了。正在这时，他听到五十米外的姑娘发出一声尖叫，大街上一片漆黑什么也看不清楚，可是，他立即猜到了，拔腿向特雷莎奔去。只见特雷莎靠着墙，双手捂着脸，背对着大街对面的黑暗处，肩膀抖个不停。

“你怎么了？”他问。

特雷莎使劲定了定神，两手叉腰舒了一口气。与其说是被什么吓着了，不如说是在发怒。

“那儿，”她讷讷道，“那边的门洞里，有个人……”

她指着一个隐没在黑暗中的角落说，那是卡萨·贝奇紧靠小山连拱挡土墙的一个墙洞，里边住着人。这一段路上，只有街角有一盏路灯，灯光照不进墙洞里，可是却隐约照见了陌生人：一双旧鞋子，一条长得出奇的裤子，挽起的裤腿上沾满了泥巴，拖在脚面上。“吓死我了，这个疯子。”特雷莎嘟囔着，“他准是个疯子，突然从暗处蹿了出来，站到我面前，张着两个胳膊，扣子全……全解开了，嬉皮笑脸地望着我。真叫人不敢相信！”黑暗处传来一声喘息，陌生人的脚动了一下。马诺洛如离弦之箭，朝他冲过去，手伸到暗处，摸到一个满是油污的衬衣领（他的手指碰到了三四天没刮的胡子和摸上去非常熟悉的大鼻子），一股令人难以忍受的酒气扑面而来。“嘿！过来吧，脏鬼！我看见你了！”他嚷着，使劲往前一拽：微弱的灯光下，那个人仿佛一个没头没脑的家伙晃晃悠悠地从黑暗中走了出来，一点没错，正是桑斯，确切地说，是在要命的夫妻生活枪口下当了将近两年靶子的他。“丧门星，都是当爹的人了，真不要脸！”马诺洛摇晃着他说，倏地一下火上心头，举拳就打。马诺洛知道，在一个这样偏僻、不开化的小镇，桑斯的放荡行为不是什么新鲜事。但是，他却赏给桑斯这么一顿惩罚（其实，是一种远比侮辱特雷莎所激起的更强烈的复仇感在驱使着他），就连姑娘也感到吃惊。“不要再打了，快放开他。”可是马诺洛仍不罢手。“他没有权利活着！”他嚷着，“我早就对你说过，早就提醒过你！丧门星！你看你落得这副德性！”桑斯已经完全醉了，凄惨地笑着，被逼在墙边，用胳膊挡着脸。“我不知道！”他呻吟着，含混不清，舌头发硬，“我没看见你，我发誓没看见你……”最后，他终于脱开身，跌跌撞撞，几乎连滚带爬地逃之夭夭。马诺洛还在冲他嚷：“酒鬼！畜生！混蛋！活该！谁叫你这样吓唬没有防备的女人，这就是你的下场！你滚吧，死了算了，你有什么权利活着！”他回到特雷莎身边，她正用诧异的眼神望着他，他用胳膊搂着她，解释说：“这些地方，我曾经跟你说过。这些街道危险，正派姑娘晚上不能单独出门。结过婚的女人有时也不行。我嫂子也出过事。有一天晚上她哭着回家了……唔，他怎么你了？”“没怎么，没怎么……是镇上的年轻人吗？你好像认识他。”“你看，我差点把他打死。他人不坏……”他若有所思地回答道，“他人不坏，你别不相信。生活太复杂了，他的事惨透了，但全怪他自己。我一直这么说，我早就提醒过他。现在完了，他光顾喝酒，除了蠢事什么也不干，总有一天会碰个头破血流。”“可是，”特雷莎说，“既然是你的朋友，你为什么这样打他呢？其实他也没碰我。”

“我不是跟你说过了吗？因为他罪有应得，他自找苦吃。”马诺洛悻悻地回答。

不用说，他竭力回避，不想告诉她，其实，这个破衣烂衫的疯子就是大名鼎鼎的贝尔纳多，卡梅洛又一位无名英雄。但是，无论他怎么回避都无济于事，因为当他们回到汽车上时，姑娘还想去德利西亚酒吧喝一杯（虽说她已经不像先前那样兴致勃勃，却借口需要喝一杯压压惊）。当马诺洛回过神来想回避时，特雷莎已经走进了酒吧。贝尔纳多在那儿，一个人坐在角落里的桌子旁，气喘吁吁，鼻子淌着血，安静得像一只受惊的老鼠。特雷莎没想到马诺洛的哥哥竟然会在那儿。一看到她走进来，人们纷纷转过身。两名公共汽车售票员手撑着柜台，正在同“痞猴”的哥哥说话，四个小伙子在玩多米诺骨牌，一个老头坐在大门旁边。马诺洛的哥哥走到他们面前，不信任地笑了笑，脑袋晃来晃去。这个男人三十多岁，高大但驼背，有一张黝黑阴沉的长脸和一嘴黄黄的大牙齿；他四平八稳，行动缓慢，一身土气，格外讲究客套，穿了一件满是油污的工作服，似乎只剩这么一件衣服。镇上的人都把他当二傻子，没人理睬他。他特别喜欢说些短促的俏皮话（“有那么多，那么多旱灾，大树在狗后面跑，嘿嘿……”），可令人费解的是，说起其他事情时，他却刨根问底，一丝不苟，拿腔拿调地东拉西扯些让人不想搭理的废话。酒吧里的人都躲着他，往往不等他说完就甩下他一个人，于是，他学会了一种零打碎敲说事的怪招：他常常在一个地方跟别人（不等听他说完便转过身去）讲开了，然后突然跑到另一个地方寻找对象，准备接着讲下去。由于他经常这样，结果成了没完没了、且听下回分解的章回小说，平均分配到几个熟人手中，至于开头还是结尾，没人感兴趣。但是，特雷莎却对今天晚上故事的结局产生了兴趣，因为它恰好关系到贝尔纳多。马诺洛不得不介绍了一下特雷莎（“一个朋友，我们马上就走”），他哥哥非要姑娘喝一杯卡利塞（“这酒最适合女人喝。”他解释说，他也搞不清楚那么客套到底是为什么）。特雷莎有礼貌地表示感谢。她发现马诺洛的哥哥挺和善，脸上那种驯服使人联想起被人骑的马。不过，她只顾看贝尔纳多·桑斯了。他缩在角落里，满面羞愧。马诺洛的哥哥又走到柜台前喝啤酒的两个售票员面前，对他们讲着什么，可是，人家硬是背对着他，他只好脚跟着地利索地转了半圈，面对着特雷莎继续讲下去：

“……据说这一次把他揍得够呛，您看他，您可以看看，对吧，好大一片。不过你别以为他有危险，主要是他老婆不一般。这不，我兄弟这个没用的东西（他指着马诺洛），在这儿，他可以说说。从前，他和贝尔纳多（他指着贝尔纳多说，听到贝尔纳多的名字，特雷莎一下怔住了）形影不离，那阵子大家事事如意，干活有兴趣，遇事讲点面子。贝尔纳多找了罗莎，才倒了霉，那是个蛮不讲理的疯女人。罗莎是他老婆。”他像做详细的案情报告似的结束了他的话。

晚上的戏，已近尾声。特雷莎心想，开始肯定同样精彩。但是，已经不可能重来了，它大概早已消失在两位公共汽车售票员的记忆中。不管怎样，可怕的疑问明摆着：难道马诺洛三番五次对她提到的那个伟大的贝尔纳多，那个她曾经把他同费德里科（飘忽不定的幽灵）相提并论的人是墙角这个头破血流的小流氓？当她发现身旁的马诺洛偷偷瞟了她一眼，窥探她的反应时，她的疑心加重了，她突然又生出星期天舞会上被占有时那种恶心的感觉。她看见贝尔纳多站起身，朝外走去：难道这个像瞎子和危险的疯子，这个走起路来摇摇晃晃、弯腰驼背、固执地探头探脑的可怜虫，这个精神和肉体的颓废鬼，会是贝尔纳多，一个从事地下工作的伟大、坚强、刀枪不入的人吗？要不是那个背影，那双沉重的脚，那个被压得喘不过气来的骨瘦如柴的卡梅洛人太凄惨，她一定会笑出声来。这样不负责任的人，这样一个未来的性罪犯，难道会为大学生们印小册子奔波？她知道，她一直疑心：卡梅洛山不是卡梅洛山，马诺洛的哥哥也不是搞汽车买卖的，而是个修理工，这里根本没有什么工人觉悟，贝尔纳多是他自己幻想革命的产物，而马诺洛本人……

她自己也不知道怎么回事，要了一份小香肠（这招来马诺洛哥哥的一场哄笑），同时，用眼睛询问着小伙子，显得不知所措，为刚刚发生的事情感到沮丧。然而，在朋友黑黑的眼睛里，除了崇拜已经看不到一点神秘的力量，一点临危不惧的勇气和一丝一毫除崇拜她之外的其他感情。她急急忙忙离开了德利西亚酒吧，向汽车走去。耳畔传来邻居家收音机高声播放着优美却不合时宜的旋律，谁用得着这旋律呢，漂亮的小伙子们早已身穿汗衫在月光下漫步了。马诺洛走在她身边，望着她，带着一丝慈父般的关心，注视着她的一举一动，仿佛她真是一个蹒跚学步、会摔倒的小女孩（“想得好，以为我会跟一个跌跌撞撞的小姑娘一样”）。他害怕特雷莎做出反应，怕雪崩似的问题接二连三地落到他的头上。可是，特雷莎一言不发，脚步急促，一副尊严受到冒犯的神情，任由他在夜色中陪她走着。来到汽车跟前，她往方向盘前一坐，目视前方，一动不动地思考着。马诺洛像一只轻巧的猫溜进车里，似乎不想打断她的思路，静静地观察了她好久，然后用嘴唇轻轻蹭蹭她的太阳穴。

“够了，马诺洛，求求你，”特雷莎说，“你以为我是个蠢丫头吗？”

“我几次想跟你说说镇上的情况，劝你不要抱太多的幻想……”

“别说了，你真会做戏。”

特雷莎转过身，气势汹汹地盯着他的眼睛。公路两旁，传来阵阵蟋蟀的叫声。马诺洛忍受着姑娘蓝色的目光。他从来没有像现在这样崇拜她：他感到只不过几分钟的光景，特雷莎变了，变成一个既可以在她的床上和生活中为他永远留出一席之地，又可以将匕首刺进他胸膛的大人了。他想：是否就现在，在这儿跟她坦白呢？是否要向她坦白自己是个无足挂齿的、没有工作的穷光蛋，一个乡下的可恶扒手，一个恬不知耻的恋人呢？等一等，先沉住气。

“我只想知道，”她没好气地说，“你答应为我们解决的复印机和复印件究竟怎么办？”

马诺洛用手搔了搔头发。他早把那个奇怪的，不假思索便承担下来的诺言忘得一干二净了，这会儿，他想不出任何理由来为自己辩解。

“你下去。”特雷莎命令道。

“什么？”

“叫你下车……”她的声音骤然间变得不连贯了，“你对我为什么不坦白？我觉得，觉得我真不值得。”

他刚想说什么，特雷莎已经打开车门，急匆匆地下了车。她摔上车门，把他扔在车里，两手一抄，站在公路上。身后，蟋蟀在歌唱，满城的灯光眨着眼睛。

“真可笑！”她嚷道，“但愿玛露哈马上治好，彻底结束这一切，我走，结束夏天，结束假期，结束这一次次闲逛，结束一切。我烦死了！烦死了！”

“原谅我，特雷莎，”他说，“我会跟你解释的。来吧，上来吧。”

她没有动。马诺洛打开车门：

“来呀，姑娘，上来吧。”

“你下来我就上，如果你不介意的话。”

她望着远方，下巴低垂在胸脯上，一脸忧伤的表情更凸显出上嘴唇满不在乎的滑稽。他欣赏了她一会儿，这个高举匕首的新特雷莎奇怪地使他怦然心动，他发现她生气时更讨人喜欢。他把他的感觉说了。“滚。”她咕哝着，两只眼睛泪汪汪的。看到她哭了，马诺洛急忙跳下车向她走去。谁知姑娘一闪身躲开他，坐到方向盘跟前。“特雷莎，你听我说……”他请求着。她发动了汽车，但是没有立即开走，好像挂挡（一挡挂不上）有困难，要不就是装的，也许在期望什么。马诺洛明白，不应该不加解释——管它是什么解释，就放她走。“看来，”他暗暗想，“对这位小姑娘来说，阴谋与爱情依然是同一件事情。”于是，他做出了反应。“好吧，随你便。”他说，一只手大胆地伸向她的头发（她做出一种让人捉摸不透的爱搭不理的表示）。“明天我得去取你朋友的小册子。你来找我，一言为定。上午十点钟我在医院等你。”

特雷莎最后伤心地瞪了他一眼，车子猛然开动了，发出那种一直使穆尔西亚人毛骨悚然的、年轻气盛的狂吼。小伙子沿着公路慢慢向远处走去。回到家，他从柜子里拿出一条白色长裤，请嫂子熨了明天用。而后，倒在他的硬板床上（他哥哥在厨房叫他，骂他，可他不理不睬），精心策划起来。

至于特雷莎，她一回到家就给医院打了电话：玛露哈还好，也就是说，还是老样子。随后，她冲了个澡，光着脚，穿着睡衣，耷拉着脑袋独自一人（父亲在傍晚的时候到布拉内斯去了）坐在餐厅的桌子旁。比森塔给她端来晚饭，她动都没动。她打开阿塔瓦尔帕·尤潘基的唱片，喝了两小杯加了很多冰块的杜松子酒，又端起第三杯走到床边，满脑子疑问和胡思乱想。她对自己年轻的朋友百般审视，最后才惊奇地发现她并没有老老实实问自己。自我批评像有趣的影子围着她转，她对思想中出现的变化感到吃惊。她生自己的气，她感到自己对马诺洛的行为滑稽可笑，愚蠢得可爱——她承认小伙子的政治地位对她早就无关紧要了，必须承认这一点，她现在想。她躺在蓝色墙壁卧室的床上无法入睡（急促跳动的腹部有如一支拨动的吉他），那杯美妙的杜松子酒洒在手腕、唱片和书本上，她将脸颊在裸露的肩头轻轻地蹭了蹭。自由，对抗，祖国……究竟什么是对立？入党在一番事业中意味着什么？特雷莎浑身香汗淋漓，一辆摩托车飞快地穿过圣赫瓦西奥静静的夜晚。“总算，”她想，“就我一个人了，直到昨天，我还一直生活在幻觉的包围中。”孤独、豪爽、多愁善感、好奇心、兴趣、困惑、贪玩；她可以列出所有情感，因为她认为已经找到了小伙子和她自己这么做的症结：两个人，各自以自己的方式同命运抗争。然而，她还是感到好奇。一个马诺洛那样的穷小伙子怎样看待自由呢？在“佛罗里达”上坐在她身边，以一百五十多公里的时速冲刺？老老实实地吻妈妈的手？或在太阳海岸同一位富有的女游客做爱？或许只是争取时间，只是同贫困、不幸和遗忘抢时间的权宜之计。是的，一个打算争取时间、同命运抗争的男人，这就是马诺洛，这就是我们大家。那么，她又怎样看待自由呢？一辆赛车，一辆风驰电掣、闪闪发亮的敞篷车。一辆属于全世界（你不要掉队，要跟上）的赛车，而不是一个人人可能都有一辆佛罗里达赛车的世界。她看错人了，这不怪她，某种意义上说来也无所谓，也就是说那是正常的。他聪明、迷人、豪爽，但是狡诈、放荡，很可能还是个骗子：他竭尽全力自卫。因为我怎么知道贫困会对大脑产生什么奇怪的作用。我怎么会知道一个他那样的小伙子所能忍受的寒冷、饥饿和确实可怕的压迫！况且我根本没问过他挣多少钱，我们一直竭力回避谈论一个男人的工资，只谈他的行为（“行了，伙伴们，我断言一个男人的所作所为取决于他的工资”），就在今天，我还像一个在司机面前耀武扬威的愚蠢的侯爵夫人，逼他下车，不帮助他反而盘问他。况且他是那么迷人，那么潇洒，那么平心静气地对我……他什么时候查过我的政治立场？没有。但是，他却答应明天交小册子，虽然这很可能只是一派胡言。胡言乱语又碍我什么事。对我的马诺洛说什么都没用：不管是真理还是谎言，不管他有什么阶级觉悟，不管他怎样看待未来，真正的问题是…… （“啊，妈妈，我睡不着！”）

首要的问题在于：他究竟能为我走多远？

18. 勇气

……勇士

胆量胜过盔甲。

——贡戈拉

大街宛如一条河，河底满是污泥、水草和鹅卵石。不到一年光景，它仿佛经历了一场来势凶猛的洪水，沉陷了。特雷莎暗想：一个从未听说过布莱希特的青年工人该是什么样子？高大的烟囱直耸云天，抹得天空一片阴霾。大街深处，蒙锥克突兀的山嘴清晰可见。他们沿着工厂长长围墙旁坑坑洼洼的人行道默默地向前走着。围墙那边，机器像跳动的脉搏，发出尖厉的轰鸣声。眼前见不到一个人影，这条街是死的，无处可通。上午，将近十一点，阳光格外灼人。工厂的嘈杂声使马诺洛又回想起冬天那次闲逛和特雷莎用膝盖夹住陌生男人时的惶乱身影。他想起玛露哈的笑声，想起她挎着他的胳膊，想起沉重的箱子……一群孩子从一家大门里跑出来，拿着玩具枪尾随他。来到大街尽头，马诺洛停住了脚步。

“就是这儿，”他指着一家小门面说，“我应该能在平台上找到他们。你最好在这儿或者车上等我，随便你。他们不喜欢陌生人。不过，如果我耽搁太久了，你就上去。行不行？”

特雷莎没有回答，她注意着马路对面玩耍的孩子们，但她听清了。她用眼睛的余光看着马诺洛进了大门。只剩下她一个人了，她的心剧烈地跳动起来。自从半小时前在医院见面起，她只主动跟他说过一次话。与其说她在生他的气，不如说她不知所措。她发现他在小册子的事情上坚定不移，他在不遗余力地挽回她的好感和信任。还有，今天上午在医院发生的事一直使她心神不定：他们待在病床旁，当马诺洛准备拿掉她额头上一团剪掉的鬈发时（人家把她的头发剪得很短），玛露哈倏地睁开一双惊恐、哀求和发烧的眼睛盯住特雷莎。迪娜也在场，但是无论她还是马诺洛好像都没察觉到什么，或根本就没当回事。然而，那何止是眼皮简单的神经反应，何止是被病魔击垮的女人双眸中那模糊的晶体中一种偶然而盲目的迷离。她敢发誓（起码在当时），玛露哈想跟她说什么，她甚至动了动嘴唇，她敢发誓那是她在直截了当呼唤她清醒，呼唤她注意小姐的身份，那是她突然回光返照，在以某种方式请求她信赖小伙子，不要让他胡作非为了……难道她已经察觉到了？他们离开医院上车时，她本打算把自己的感觉告诉马诺洛，可他却满不在乎，非要她把他送到普埃夫洛·塞科去。一路上，只有他一个人说话：夏天多美丽呀，大街落满水花，空气香味扑鼻，漂亮的城区仿佛在沉睡，空空荡荡，啊，特雷莎，巴塞罗那是属于我们的，等等。“你怎么了？”他又说，“你还在生气吗？”她飞快地驾驶着汽车，精力集中，神态优美，带着她特有的桀骜不驯的风采（她真美：身体在座位上使劲向后仰着，两只结实、笔直的胳膊伸向方向盘，下巴埋在胸前，露出挑战的目光——詹姆斯·迪恩死时大概就是这副样子），留意着路面的情况，拒不理睬他。她把昨天开始的强烈好奇心和腹部的音乐动感掩藏在不露声色的假面具后面。再看看穆尔西亚人，一身便装，黑色带兜长袖上衣、篮球鞋，外加一条干净极了的紧身白色长裤，显得格外精神。他打算干什么？当他们来到帕拉莱洛时，他让特雷莎拐进左边一条街，把车停在路口。她认出了街道，大吃一惊。

“在这儿？”她惊奇地问道。

“对，咱们把车停在这儿吧。”

这是她唯一一次开口。“我怎么老这么疑神疑鬼呢？说不定我怀疑的正是他最可贵的品质呢。”她立刻问自己。她走进大门，准备去看个究竟。这是一座又黑又窄的楼梯，一道铁扶手，每层有一个门。特雷莎一个人等了不到五分钟（他算的是十五分钟）就悄悄摸索着墙壁和扶手爬到了最高的三层。那儿有十来级台阶直通一团耀眼的金光：那是一扇已经被蛀虫蚀坏的小木门，缕缕阳光穿门而入。门上有两个钱币大小的洞，阳光有如穿过一条旧麻袋，像两把明晃晃的利剑破洞而出。特雷莎慢慢向上走去，战战兢兢地靠近那团光，从一个小洞往里看去。顿时，阳光晃得她眼花缭乱。过了一会儿，她才看清那是一座楼顶平台，地上铺满了细沙子，铁丝上晾着衣服，一个满头金色鬈发的漂亮小男孩光着屁股跑来跑去。深处，五个身穿背心的年轻人坐在地上，背靠栏杆，在看杂志和儿童画报。特雷莎隐隐约约看见一个小伙子光着身子坐在中间，戴着一副深色的墨镜，抚摸着依偎在怀里的小猫在晒太阳。他的脚下，两个身穿游泳衣的女孩子，仰面躺在浴巾上，脸上涂满了防晒油（她们撅着下巴，像保持平衡和准备接吻似的露出一副热切的表情），特雷莎立刻认出来了，那天下午突然闯到她家打听马诺洛的就是她们。她们旁边的地面上，有一些带插图的小说和杂志、啤酒瓶、一只小水桶和一个袖珍收音机，收音机里正播放着一支舞曲。特雷莎的视野常常被小男孩满头金发的脑袋完全遮住，他挥动着湿漉漉的小手，从水桶到门口跑来跑去。戴深色墨镜的年轻人好像在紧紧盯着一个她看不到的人(也许是马诺洛)，不时冲他说着什么，从他的表情看，似乎没什么好气。他趾高气扬地打着手势，叫那个人过去。但是，因为乐曲声太吵，特雷莎听不清他在说什么。突然，她听出了马诺洛的声音，声音离她很近，她看见他的后背慢慢进入了她的视线。阳光在他雪白的裤子上熠熠生辉。她紧紧地趴在门上想看个究竟，在局外偷听使她感到亢奋，这个机会可使她在不被发觉的情况下放心观察（说实话，她隐隐约约感到：阳光像一只亮闪闪的手在召唤她）。这时，收音机停了，她听到马诺洛吐出的话："不是我的东西，我根本不来要，如果说我有什么不高兴的话，帕科，那就是我不高兴你两个妹妹说谎。""这家伙，想犯混吗？"她听到有人说。"既然无事登门，又欠账不还，那他和红衣大主教的疯丫头……"西斯特斯姐妹费力地抬起油乎乎的脸望着马诺洛。"他是来侮辱咱们的，来找碴的，你们难道没看出来吗？！”其中一个人嚷道。乐曲声重新响起来，分外刺耳：一首军队进行曲。鼓乐声中，特雷莎听见他们说马诺洛同一个叫赫琳卡的人有什么关系；两姐妹中的妹妹说红衣大主教家里举行过一场私人晚会。“要不是真的，我马上死在这儿。那个小姑娘衬裙底下一丝不挂（特雷莎听了觉得有点奇怪），这个不要脸的家伙，把她夹在腿上。我记得清清楚楚，就是那一次，他蛮不讲理，还否认动过箱子里任何一件餐具……”戴深色墨镜的年轻人慢慢欠起身子，小猫从他怀中跳下来，莫名其妙地待在地上，怒目圆睁、蜷身躬背，虎视眈眈，一副制作标本的绝佳姿态。“我早就告诉过你，马诺洛！如果再在这儿见到你，我就撕烂你的嘴。”一阵风撩动着紧挨马诺洛脖子晾晒的衣服，那个猴头猴脑的小家伙，撅着红彤彤的小屁股，紧紧抱着他的腿，用小手拽着他的白裤子。看到这个场面，特雷莎不禁笑了起来。当马诺洛转身要把小家伙拉开的时候，眼睛猛然盯住大门，盯住小洞（盯住自己那双偷看的蓝眼睛，她敢发誓）。不过，那只是一小会儿工夫。没一会儿，小家伙好笑地从马诺洛的腿上摔了下来，马诺洛眼疾手快，一弯腰把他扶了起来，亲热地笑了笑。这一下，他们的位置突然出现了变化，她没有看到：因为阳光刺得眼睛差点流出泪来，所以她的眼睛离开了小洞。等到她重新往里看去时，只见另一个年轻人，满脸咄咄逼人的表情，把正看着的画册往地上一扔。偶尔有几次，马诺洛的声音压过乐曲声送过来几个字眼：“印刷品”，“利波蒂米亚”，（究竟是开玩笑，还是他连话都说不利索了？）还有她的名字，特雷莎。

但是，他们没有理睬他，看不出是满不在乎还是少见多怪，火气倒是越来越大。“他说胡话呢。”其中一个小伙子说。他们互相交换着不耐烦的眼色，戴深色墨镜的年轻人摆摆手，做了一个安静的手势。特雷莎被吸引住了。她听到离她很近的地方传来扇动翅膀的声音：可能是个鸽子笼。

她看见马诺洛比比画画地朝那群人跟前靠了靠，把手从兜里抽了出来，可还是原先那样毫无表情，不露声色。“他要干什么？”她想。看旁边人的脸色，他显然在要什么东西，结果惹怒了他们。她眼盯小伙子的脖子，使劲贴紧木门上的小洞，看见一个姑娘站起来（太可怕了，好吓人的屁股）把人群中的孩子拽了出去。“这儿要出事了。我马上推门进去？他说过如果耽搁久了……可是，还不到两分钟。”她看着表暗想。眼前，是工厂林立的烟囱，平台上晾晒的衣服和烟雾缭绕的天空。与此相对是普埃夫洛·塞科这片平台。她不想对这处寒酸的私家浴场（不对，他们哪里会是地下组织，真荒唐？简直是一群流氓或无业游民）和平台上所看到的一切妄下结论，她决心尊重事实。所以，她不偏不倚（没准儿除了那些花花绿绿、与太阳争辉的美丽图片）地观察着这个异乎寻常的场面，绝对客观地注意着某些细节和随之而来的后果。刚才照得她几乎睁不开眼的阳光，这会儿也不那么刺眼了，一片浮云正好挡住了太阳。可是，怪事突然出现了：小男孩的身影，他满头金色鬈发和沾上口红的小脸蛋倏地挡住了她的视线，她知道小家伙脸上惊恐的表情说明他看到了可怕的场面。他闪开时（他妈妈的手使劲拽了他一把），她看见马诺洛被围在中间，她明白一场厮打就要发生了。她清楚地听到他的声音在喊:“不许你这样说特雷莎!你少提她!”他的声音中混杂着乐曲声和戴深色墨镜的年轻人咬牙切齿发出的断断续续、怒气冲冲的辱骂声,紧接着是马诺洛挥拳猛击的声音和一阵呻吟声。“他疯了。”有人说。也许是为了躲闪一个她看不到的危险动作,其他人纷纷往后退了一步,你看我,我看你。那个叫帕科的人猛扑到马诺洛身上,这下她看到了,就在眼下,有一片裸露的后背,一团扭打在一起的胳膊和肩膀,于是,她冲着大门又喊又叫,又捶又踹,可是门没有开。小洞那边,马诺洛挣扎着,衣服撕破了,黑黑的、肌肉健壮的腹部在拳打脚踢下蜷曲着。(她两手张成一个十字,紧紧抵住大门,用两只手和被阳光烤得发烫的肚子拼命挤,但门还是没挤开,没挤开。)她看见他往后退着退着,突然绊在一个姑娘的腿上,向后倒去。那伙人蜂拥而上,他拼尽全力,使劲扭着汗水淋淋、健壮有力的脖子,朝她回过头来,声嘶力竭地喊了一声:“特雷莎!”她以为他死了。她抽泣着,继续徒劳(她觉得过去了好多年)地推着门,等她终于来到平台,朝他跑去的时候,那伙人已经松开他了。他趴在地上,身旁的收音机送出阵阵动人的旋律。她的突然出现使众人大吃一惊,纷纷闪到一边,急忙收拾起东西。特雷莎看也没看他们一眼,大喊了一声:“你们放开他!快放开他!”扑到他身上。马诺洛艰难地喘着粗气,在特雷莎的帮助下转过头来,睁开一只红肿的眼睛,强作微笑地看了看她。他一边眉头开裂,半边脸沾满鲜血和沙子,头发蓬乱,白裤子上一片污垢,破衬衣没了扣子,从上到下敞开着。特雷莎颤颤巍巍地帮他往前挪了一下（简直不可想象，他好像精疲力竭，悄悄伸出手够着了收音机，把正在播着乐曲的半导体拿在手中），让他背靠着栏杆。当她抬眼四下看去时，所有人早已无影无踪了。

“马诺洛，他们怎么你了？为什么这样打你？”她轻声轻气地说，不敢碰他的脸，“到底为什么这样胡来？”

“他们想打你和你母亲的主意……”

“为什么？都是些什么人？我们为什么到这儿来？”她掏出一块手帕，擦干净他的脸，抚摸着他，理顺他耷拉在前额上的绺绺黑发。他歪歪斜斜放在她跟前的收音机，忠实地履行着它的职责，播放着悠扬的乐曲。“唉，看他们把你打的……求求你，你说话呀，你告诉我呀……”

“这帮人……他们和我势不两立。不过，也只有他们才能帮助你，明白吗？”他抬起头，冲着太阳眨了眨眼睛，想用活动身体来掩饰内心的紧张。后面的行动，即使不是最危险的（这顿打得太狠了，远远超过他的预料，他妈的帕科），也是最错综复杂的了。“我想……想争取为你们大学生把那个利波蒂米亚搞到手。”

特雷莎更惊讶了，继而喜出望外。

“啊！我的上帝呀，马诺洛，你说什么？你疯了吗？”

“没有……你已经看到了，我争取过了，值得一试……不过，没有创造奇迹。我答应过帮助你们，只因为我爱你，只为你……为了你的事业。”

“我知道，我知道，可是亲爱的，你现在不要说了，忘掉大学生，忘掉小册子，忘掉一切吧。利波蒂米亚，利波蒂米亚，你说了，我亲爱的！”

她浑身酥软地抱着他，用胳膊搂着他裸露的腋窝，头发在他的喉咙处蹭来蹭去。“他们关咱们什么事？”她说。“利波蒂米亚，利波蒂米亚。”她小姑娘似的又哭又笑，不住地重复着这个字眼（在他们身边，小收音机唱起了一支歌，一个士兵献给未婚妻的一首充满幸福回忆的歌曲）。马诺洛慢慢倒在地上，说：“过来，到这儿来，躺在我身边，使劲抱住我。现在你听我说，特雷莎。”

“你什么也别说，你什么都不用说。”她搂着他的脑袋讷讷道，“亲爱的，疼吗？”她用颤抖的手摸了摸他的嘴和红肿的眉头，“你一定很疼，咱们回家吧，我给你包一包……”

她打算扶他站起来。

“等等，”他说，“晒晒太阳挺好。再说，我一定要跟你好好解释解释，我一定要跟你解释。”他神不知鬼不觉地调高了收音机的音量：昨天晚上／我向明月诉说／我向明月诉说我的悲伤／诉说我的忧伤／诉说我爱你的执着。“我应该坦白地告诉你……”

“已经用不着了，”她打断他的话，“我什么都不在乎，无论什么，你明白吗？我爱你，我爱你，真的，我爱你！”她用热吻印满他的脸庞；为了不弄疼他，她几乎没碰着他，然而就这轻轻的一吻，已经令人心神荡漾。

“特雷莎，我的处境很不妙。”他突然说。

“你怎么了？”她惶惶不安地看着他，“你干什么坏事了？”

“不，不，我没有工作。”

“没有工作？”

“是的，没有工作。我的意思是，我失去了原来的工作。”

“咳，”她松了一口气，“我还以为是什么了不起的事呢。”

她轻轻抱住他。这时，两人真的躺在了平台上，她倚着栏杆，把头埋在马诺洛胸前，神情缠绵，目光缱绻。

“这对我很重要。没工作哪有脸见你？”穆尔西亚人婉转地诉说着，“特雷西娜，我的宝贝，你是我的天使，可是，你父母会怎么说？你的朋友们会怎么说？”他一边把手溜到特雷莎的膝盖上，一边缀上一句。

“我不在乎，”特雷莎哼哼着，“我什么都不在乎。看他们把你打的。”她把头埋在他身上，任由披散的金色长发触摸马诺洛开裂的嘴唇，放低声音说：“都怪我们，都怪我和我的朋友们。不行，天哪，这场游戏总算完了。你知道吗？人家会以非法结社和非法宣传的罪名把你抓起来，你做得已经超出了你的能力，超出了学校应有的需要。”

“这算不了什么。”小伙子一本正经地回答。不用说，他那两只不安分的手，在以格外令人信服的方式强调着他的回答。“时间长着呢，你等着瞧吧，我们可以大有作为。我什么都听你的，我愿为你当牛做马，因为我爱你。”

“马诺洛，你爱我吗？你发誓。”

“我爱你胜过世界上的一切，我爱你，我需要你。”

特雷莎的双唇好似一缕飞动的阳光落到他的嘴上。过了一会儿，她说：“亲爱的，你就看我们的行动吧，你别担心，我一定帮你，帮你找份合适的工作肯定轻而易举，跟爸爸说一声就行了，他认识很多人，包在我身上。”

“你告诉他，我很会做生意，另外……”

特雷莎弯下腰，又吻起他来。空气中到处回荡着乐曲声：……昨天晚上／我和明月诉说／明月对我敞开心扉／他许今天晚上／你会再来吐露心声……

阳光和音乐使他们陶醉，满怀的激情使他们浑身酥软，他们毫无顾忌地倒在地上，良久地拥抱在一起，仿佛进入了梦乡。一种表面的现实使特雷莎神魂颠倒、不能自已。最后一个可爱的影子，最后一个幽灵终于从她在穆尔西亚人胸膛上亲昵地拱来拱去的小脑袋里溜走了。她那位温情而勇敢的男朋友同她一样孤独、迷惘，这才是现实。“我现在浑身没劲，”她心里说，“但是我太幸福了。”一切简直让人莫名其妙：她从未想到爱会这样，从未结识过像他一样的人，像他一样独自在生活中苦苦挣扎的人，从未想到贫困会成为他的力量，会激励他执着地追求真理。她猛然感到，在此之前，自己从来没有感到如此孤独和迷惘，尽管事情不顺心，不像大家所说的那样，不像在家里和学校中所教的那样。但是现在他使我承认了，承认我们孤独而迷惘，承认事情就是如此，现实就是如此。

他们听到平台上传来一阵脚步声：小男孩光着屁股向他们跑来，跑到跟前拿起收音机，两只水灵灵的大眼睛看了他们一会儿，便走开了。

19. 寒夜

从青年男女的热烈同居，不难想象他们何等快乐。

——波德莱尔

虽然，神话渐渐破灭，但是，它总算带来了欢乐：特雷莎看见了，摸着了，而且信以为真。

至于他，一个星期之后，唯一看得出来的挨打痕迹就是额头上一块又小又红、形状奇怪的伤疤。他在镇上游荡，找机会见朋友，可怜巴巴地讨上十个八个杜罗混日子，熬时间。他总觉得自己的一部分已经留在卡梅洛的某些角落里了（他怀疑，至少怀疑赫琳卡淡蓝色的目光表现的那种可疑的、不达目的誓不罢休的劲）。趁一天晚上去他家包扎伤口的机会，他背着红衣大主教，想方设法从姑娘那里借了一百比塞塔。那次，他的代价是一个吻（兄妹般的吻），并正式答应她第二天带她坐摩托车出去兜风。出门以后，他揣着钞票，直奔德利西亚酒吧，凑了一桌“胡莱贝”，下了四个杜罗的赌注，一直玩到凌晨两点半酒吧关门。运气不错，一百比塞塔变成了四百。第二天上午，他给了嫂子二十个杜罗——尽量不当着哥哥的面，用余下的钱买了一件白衬衣和一瓶香水，随后到公共浴池冲了个澡。当天下午，他来到了奥古斯塔大街那间窄小冷清的酒吧。女大学生在那里等他（九月初开始他们不再在医院见面，他已经三天没有见到玛露哈了）。

特雷莎用胳膊搂住他的脖子说："今天晚上打扮得漂亮点。几个朋友请咱们去家里吃饭。"

"我们俩？"

"那还用说，关于你的工作呗。你高不高兴？让你再说我不管你。"

"我可从没说过你不管我，特雷莎，"他争辩道，"你跟你父亲说过了？"

"还没有，他在别墅。不过我已经开始给你打听了。今天上午，我跟阿尔韦托·博里说了。他原来和我一起上大学，现在搞书籍出版和发行工作，我也不清楚，反正和图书馆领导及图书管理有点关系，爸爸忙里偷闲也……"

"忙里偷闲？"

"嗯，你知道，爸爸也涉足商业出版的生意，还有什么我也不太清楚，我不感兴趣。"

"那你就不对了，你应该感兴趣，他是你父亲。"

"嗯，不过，问题是阿尔韦托比我更了解爸爸的行踪，他会跟我们通气的。再说，博里两口子是我的老朋友。喂，记着我们的事。九点我到罗西影院酒吧接你，别晚了。打上领带，说不定咱们要出去喝点什么。钱还够用吗？”

“我，喝几杯正好。”他心事重重地说。

“我给你点。喂，你不要一本正经地板着脸，我要生气了，就算我借给你的嘛！”她笑着扑进他的怀里，手伸进他的头发，注视着他因为思考而抽搐的脸，飞快而冲动地吻了他一下。她的心中又重新建立了一个理想和希望的小天地。

“喂，你是不是还穿着蓝色牛仔裤，还有……”

“你别说了。我总不能在你朋友们面前有失体面吧。”

特雷莎发出一阵爽朗的笑声。

“跟我来小资产阶级这套啊。”她语气一转又说，“你答应我，一定要对玛丽·卡门客客气气的，这很重要。”

“玛丽·卡门是谁？”

“阿尔韦托的妻子。”

“我给她带一束花去？”

又是一阵开心的笑声。她用手指摸了摸他额头上的伤疤，把一绺头发向后撩去。

“我太爱你了，”她说，“不用，天哪，你什么也不用做，以你平常的样子就可以了。他们都想认识你，大家一起热闹热闹。咱们最好和他们出去逛逛，我好像几个世纪没见人了。你不想出去吗？有时我总觉得，我也不知道，总觉得生活在另一个城市，一个陌生的城市，只有你和我。”

“暑假什么时候结束？”他望着她的眼睛悄声道。

“那有什么，我上我的学，你上你的班，我在大门口等你，我们在雨下漫步……”

九点半，博里夫妇等着他们。仿佛真的从愉快的远游中归来，他们受到了热烈的欢迎、款待和赞赏：婚礼般的新奇，甚至有密谋（特雷莎和玛丽·卡门两人凑在一起又是亲吻，又是嘀嘀咕咕，像新婚女人发出小河流水、木棒敲击、吟咏歌唱般的声音）的光芒在闪动。但是，谁也没有打听他们进展如何，只想知道他们是如何认识的（马诺洛觉得被冷落了，他发现，最使特雷莎和所有人好奇的是：他们是怎样、在什么地方、以什么机会认识的）。他和阿尔韦托·博里交谈时，玛丽·卡门低声对特雷莎说：“特雷莎，你真是满面春风呀！你家里知道你跟他出来吗？”特雷莎没有回答。这些话使他感到夜晚可能会像自己那本旧画册上的一张画一样奇特。然而并非如此。奇特的是他的联想使夜晚无情地疏远了，奇特的是一顿简单而隆重的冷餐（沙拉、通脊、法国奶酪和盛在别致的小陶罐中的上等葡萄酒，摆在一张带有珐琅装饰的矮腿桌上）第一次失去了他一直同特雷莎的世界联系在一起的奢华和令人恐惧的滋味。墙上挂着一张年轻的博里夫妇的近照：他们站在一艘船上，手扶船舷，半侧身子，仰面望着空中。可能在看一只鸟儿，眼睛里洋溢着一股激情，滚动着艺术家的空虚和模糊灵感，使他恍惚联想起游客莫雷一家，想起被神秘葬送了生命的玛露哈，仿佛有一道神奇的光环围绕着他们，像一个里面听不到任何声音和任何呼救声的玻璃柜保护着他们，使他们栩栩如生。他来了一会儿便暗暗想：“傻小子，无论什么事，哪怕是举手之劳，这帮人也不会帮你。”

博里夫妇住在哥特式的住宅区里，顶楼舒适、华丽，同大教堂的钟楼咫尺相望（从窗口望去，夜色中闪闪发亮的塔尖仿佛一件奇妙的装饰），但略显杂乱：一边是陶瓷器具、画稿、通俗读物、毕加索作品的临摹画（那幅巨大的《格尔尼卡》单色油画主宰着这顿晚餐）和西班牙年轻的现实主义流派的雕刻作品；另一边，是多得惊人的关于销售和工人管理制度的小册子和图书目录。工具书堆在扶手椅上（其中一本压着一副近视眼镜），有一本马尔柯汀《实例四十则》。长沙发上，特雷莎古铜色的、黝黑的膝盖旁放着一本《青年必读》。“你们不用到处看了，”玛丽·卡门说，“拿阿尔韦托实在没有办法，我们三天前才从卡达盖斯回来，不到半个小时，他就把这变成了一间办公室。”

博里夫妇出身名门，没有子女，在阁楼上生活得自在幸福。他们曾经在巴黎住过一段时间，两人都有工作。阿尔韦托是一位清瘦的年轻人，个子高高的，戴着一副眼镜，说话飞快，为人热情，风度迷人。这位左派文人怀才不遇，违心地转而从事出版。玛丽·卡门二十五岁，没学完文学，就在热恋中结了婚。毕业时，等到班上的姑娘们结婚工作时，她才发现自己，再没有机会了（这是尽人皆知的道理，然而对于玛丽·卡门·博里这样一个胸无大志的人来说，则并非如此。她办大事不看时机，往往会带来严重的后果。她常年六神无主，精神压抑，已经危及她的婚姻）。她不知如何是好，最后托丈夫的朋友们，终于在一家出版社的翻译室找了份差事。这是一位讨人喜欢、相貌平常的小巧女人，目光蒙眬留着男孩子一样的头发，不施脂粉，一副巴黎人特有的神态。她穿着一件薄的黑色高领运动衫，胸脯平平，两肩端起，典雅中透着乏味。这种双重的社会生活、双重的表现充斥着阁楼（与《格尔尼卡》和马尔柯汀为伍），很快便通过语言表现出来了。“真可惜，马诺洛不懂外语，”玛丽·卡门对特雷莎说，“不然我可以介绍他做做翻译。”“行了，当推销员也不坏，”阿尔韦托用刀子使劲往面包上抹着奶酪，肯定地说，“从推销员做起就很不错了。”“最好能在管理部门找点事，对不对？”特雷莎嘟囔着，“我希望最初每个月能挣七八千，我去找爸爸试试……”“这得看马诺洛能干什么，”阿尔韦托看着小伙子说，“眼下，我觉得推销员最合适。”“也许你说得对。”特雷莎回答说。玛丽·卡门笑了。“你这么以为吗？”她在一旁悄悄对她说，“你不了解他，又跟你没什么关系。”“不，他需要工作，起码现在需要工作，你明白吗？他一直念叨工作的事。不骗你！他很着急！”女朋友一边带着一丝神秘的微笑看着她，一边细嚼慢咽着，耳朵里灌满了庄严的风琴曲（整个晚饭时间，都在放阿尔比诺尼[①]的唱片）。马诺洛话不多，他在观察阿尔韦托·博里。“当然，”阿尔韦托说，“相貌对卖书很重要，但不是主要的。你的头发可能长了一点，你觉得呢，玛丽？”“这样很好，小伙子，你别理他，阿尔韦托是个嫉妒鬼，”她看着马诺洛说。“玛丽，我说正经的。”“得了吧！我也说正经的，你才不了解男人呢。”她飞快而狡黠地同特雷莎交换了一下目光，两人笑了起来。“我可

① 托马索·阿尔比诺尼（1671－1751），意大利作曲家，其歌剧和乐器作品以文雅和富有魅力著称。

能不了解男人，”阿尔韦托说，“可我了解书商们的心理。我和头发没什么过不去的，但是，这对工作不会有什么帮助。”“特雷莎，你是当事人，你说说看？”玛丽·卡门问道。特雷莎笑了笑：“你们敢动他一根头发，我就要你们俩的命。”她一口气把小陶罐里剩下的酒喝了个精光。你也这样，美人，你也起哄。马诺洛想，只要能找到工作，他随时可以把脑袋剃光。

话题扯到了避暑的朋友们，扯到了已经开始返城的人们。他们谈巴黎，谈做广告的怪规矩。阿尔韦托·博里说：“跟这个国家的其他事情一样邪门，”他看着马诺洛说，“最有前途的是做广告。这真是对时代的极大嘲弄，真是时代最大的不幸之一，反正我装傻充愣混日子。可是，你看见了吗？这付出了多大的代价，马诺洛。你不要以为这个工作不需要什么特长，不管你还是别人都能干，你想……”他话题一转，又谈起他对做广告的看法。但是，他又好像开玩笑（马诺洛尚未了解他的幽默感）地说：“在公路上装一套特殊的夜间广告系统，通过一个自动开关来控制，汽车经过时自动竖起来，醒目一点；或者把广告做在餐厅的盘子上、屋里的天花板上、公共厕所里和妓女的屁股上，等等。”“这都是我绞尽脑汁想出来的好主意，”他最后说，“问题是我们对这种规模、这么欧化的做法还没有准备。”女人们笑了起来。“痞猴”完全看不出有什么好笑的，他觉得这些主意都不错。再说，他希望重新回到找工作的话题上来。

然而，博里夫妇周围有一只神秘的手臂在挥动，有一丝令人讨厌的气息在扩散，要把这个夜晚变成一场闹剧。玛丽·卡门打定主意要干点事。他们开怀痛饮，吃完晚饭又分乘两辆车（博里夫妇有一辆“塞阿特”）到迪亚戈纳尔大街的巴加特拉酒吧喝了几杯。在那儿，特雷莎吻马诺洛的时候，顺手往他兜里塞了三张一百的钞票，然后提议到蒂贝特酒吧去。“那儿是马诺洛发现的.”她特意这么说。经过山顶的镇子时，他们发现大街上张灯结彩，灯火通明，熙熙攘攘的人们有的散步，有的随着乐队奏出的刺耳音乐狂舞。“这是马约尔节。”马诺洛介绍说。走在博里夫妇前面的特雷莎停下脚步，提议到最热闹的地方走一圈。桑雷依广场支起了大棚子，里面有舞会和游艺。他们买了冷饮和纸彩帽，连蹦带跳地转了几条街。最后，坐在一家小酒店的平台上，要了几杯“库瓦利夫雷”喝了起来。那条街叫劳雷尔，是一条不长的大街，街旁有树，彩纸的天棚上挂满五颜六色的彩灯。大街中央紧靠一所修道院的院墙，搭起了乐队演奏的台子。附近的人们纷纷坐在家门口的椅子上，观看一对对男女翩翩起舞，往来穿梭。马诺洛徒劳地等了一晚上，没人再提起他的工作。特雷莎玩得格外开心，可是，玛丽·卡门（开始她还兴致勃勃，甚至同一位怯生生邀请她的年轻小伙子跳了舞）随着夜色渐浓，陷入一种无法解释的压抑之中。某个时刻，马诺洛从背后走近他们（他带特雷莎去酒吧洗手间回来时）发现玛丽·卡门目光死死地盯着丈夫，说：“你想帮忙吗？我了解你，阿尔韦托，你总是想入非非，并且口是心非，你其实并不想帮这个小伙子……”后来，当两人坐在桌前，特雷莎把头靠在他的肩头的时候，他看见他们在跳舞。玛丽·卡门背对着他，丈夫闭着眼睛，两人紧紧抱在一起跳着，几乎不动，仿佛情深意重。可是过了一会儿，他们又慢慢悠悠地转过身，这次轮到阿尔韦托背过身去了。一双冷若冰霜、极端空虚而可怕的眼睛，一双既不是因为拥抱她的男人，也不是因为跳舞或任何事情而来的女人的眼睛，一双制成标本的鸟儿或一尊雕塑的眼睛，在阿尔韦托·博里的肩膀上闪动。

“嗨，”马诺洛对特雷莎说，“他们关系好吗？”

特雷莎耸了耸肩。

“阿尔韦托对玛丽很好，见不到她就跟丢了魂儿似的。可她……你看，玛丽·卡门有点失落，你知道是怎么回事吗？”

“不知道。”

“上大学时，阿尔韦托是个很有希望的小伙子，很有才。”

“他们的日子不是很不错吗？”

“不是这个问题，亲爱的。”特雷莎昏昏沉沉地闭上眼睛，脑袋靠在他的肩膀上。“不是日子过得好不好的问题。阿尔韦托是个搞学问的人……”

“她对他不忠诚吗？”

“哟，那我可不知道，亲爱的，你别再问了。”她笑了笑，“我想吻你。”

乐队停止了演奏，博里夫妇走进了酒店，很长时间没有露面。大概出什么事了，因为他们出来后，突然出人意料地要告辞，“我们走了，时间太晚了。”阿尔韦托说。玛丽·卡门背着身子站在他身旁，浑身发冷似的抱着胳膊，看着乐队和仅有的几对一动不动、昏昏欲睡的舞伴。微微颤抖的娇弱肩膀似乎表明她对这一切——那种没完没了的拥抱和已经变成打击乐器干嚎的音乐，感到有些可笑、空虚和厌恶，她也许憋得受不了了，因为她几乎是不辞而别：手随便一挥，爱搭不理地说了声“再见”，便眼皮也不抬，抱着胳膊径直向汽车走去。她优雅地缩着身子，躲避着跳舞的人群，好像在保护自己的胸膛不受任何威胁和污染。特雷莎起身追了上去。阿尔韦托·博里向马诺洛伸出了手，马诺洛尽量装得镇定自若地望着他的眼睛。

“好吧，有什么情况就告诉我。说真的，我需要那份工作，你别忘了。我现在处境不好。”

“没得说，伙计，我给你……我还是给特雷莎打电话吧。”不知什么原因，阿尔韦托·博里无法正视穆尔西亚人直率的目光。“回头见。”他出门时迎面碰上了特雷莎：“再见，特雷莎，你们接着玩吧。”

特雷莎往马诺洛身边一坐，吻了吻他的脸颊。

“代玛丽·卡门吻你，原谅她这种法国式的告别。你和阿尔韦托说什么了吗？”

“他说他会打电话。不过，我不大相信，你想听我说句话吗？我只相信正经人，比如说，相信你父亲。”

“你不要因为玛丽·卡门而胡思乱想，她动不动就愁眉苦脸的，我们每次出来她最后都是这个样子。不过，她是个很好的女孩子。阿尔韦托也是的，你就等着吧……”

“他是个混蛋。我一看他的脸就知道。”

“亲爱的，别这么说，”特雷莎把脸贴在朋友的胸膛上，“我知道你又不高兴了！”

“谁不高兴了？”他笑着说，他吻了吻她的耳朵，“走吧，送我回家行吗？我玩够了。”

“嗯，就不嘛！”她嚷道，“人家玩得正高兴呢！再说我今天一晚上都有时间，我已经跟比森塔说过了，我可能留在博里他们家过夜……”

她那双清澈、湛蓝而充满信任的眼睛望着他，蜷缩在他的怀抱之中。夜，渐渐生出一丝凉意，一阵微风突然吹拂着树叶和纸的天棚。“我冷，亲爱的，”她仿佛在睡梦中低语，“你别走……”马诺洛将脸埋在姑娘的颈弯中。突然，空气中有什么告诉他马上就要下雨了，他隐隐约约觉得夏日（那座敞开双臂欢迎他们的金色小岛）即将过去，特雷莎或许也将一起结束。周围，街头巷尾仍在狂欢。

半小时之后，特雷莎陪他来到了卡梅洛。她把车停在山顶公路上。马诺洛吻了她一下打算告别。“等等，”她说，“你先别走……”可是，太遗憾了，他有事在身，竟然没等到她开车离去，便拐过了街角。在离家很近的地方，他遇到了熟人。“拉蒙，”他招呼着，“到德利西亚去吗？”“嗯。”“今晚开盘吗？”“不知道……我这就去那儿。”“我换换衣服就找你们去。”他哥哥不在家。嫂子和孩子们正在闷头大睡。他摸着黑，不声不响地蹬上牛仔裤，穿起耐克衫就走。他低着头急急忙忙地走着，上了公路，差点撞在停在那儿的一辆汽车上。

“哎，你怎么还没走？”

特雷莎胳膊趴在方向盘上，死死地盯住他。

“等你。你骗我？”

“傻丫头……”

“你去哪儿？”

“散散步，我睡不着……听我的话，回去吧，太晚了。你父母要是知道……”

她悲凉地笑了笑，两只眼睛在黑暗中闪闪发光。“你害怕了吧，”她说，“真想不到你会这样，”她脑袋一歪唏嘘着，“你怎么能叫人家相信你？”马诺洛爬上汽车，温情地搂着她。“特雷莎……”他的脸紧紧贴住姑娘芳香的长发，顿时感到自己彻底崩溃了。

“好了，姑娘，好了，我哪儿也不去了。就在这儿，你别哭了。我只是要到酒吧去，你知道吗？你想知道我干什么去吗？我去玩一会儿，我玩牌手气好，我需要钱。这下该明白了吧。”

“真是这样吗？你没骗我？”特雷莎双手搂着他的脖子，他的嘴紧紧贴在她裸露的肩膀上。他感到软弱无力。

“我真的玩牌去。我在这儿除了闲等着，还能做什么事？你又不能管我……”

“一切会好的，马诺洛，今天晚上别再去玩了。我求求你，留在我身边吧。啊，就这样，求求你……”

她任由身体慢慢倒在座位上。她散发着香气的皮肤和闪烁生辉的泪眼使马诺洛心潮澎湃。他久久地吻着她。咸咸的泪水和甜甜的嘴唇混合在一起。“这儿真冷。”她悄声说道。已经是凌晨两点多了。

“好吧，咱们走吧。”

他们决心不放过夜晚为他们保留的每一寸光阴，尽情地在他们先前待过的那条狂欢的大街上延长他们的希望。他们重新占据了茂密的大树下那张大理石桌子。他们慢慢地跳着，两双眼睛你看我，我看你，忘却了一切，甚至没有察觉乐队奏出的乐曲愈来愈乏味，愈来愈走调。不一会儿，突然掉了几滴雨点，下起了小阵雨，人们嬉笑着跑到门前避雨。雨势缓和后，一切又恢复了原样。他们同其他人一起玩到庆祝活动结束，往头上扔彩球，挂彩环，拥抱，跳灯笼舞和老式的告别华尔兹舞，最后一批离开那里的人。人们纷纷散去，附近的居民则回到家中，乐手们收起了乐器，街道庆典委员会的年轻人们，按老规矩，把他们的主席扛起来游行，然后将折叠椅堆在舞台旁，罩好钢琴，熄灭了灯光。

身后，小酒店已经打烊。他们便搂着腰肢，头顶着微风轻轻摇曳的、天棚上高悬的、一片五彩缤纷密林般的彩带花环，脚踩着松软地毯般的纸屑，沿着大街缓缓向山下走去。大街一如往常，重新发出汽灯昏黄而龌龊的光亮。然而，这光亮却照射出一幅光辉灿烂的青春梦景，照射出如此良宵在大街栖息了几个小时的温情而热烈的身体，照射出那个不甘心被秋天抹去和吞噬的联想。现在，惨淡的灯光照到了他们身上，最后的夜游神们好奇地望着他们（如同他们之间的装束迥然不同，这对恋人同整个景色格格不入）神情冷漠地踏着白色海绵，缓缓地向街角停放着的汽车走去。可是，没等他们走到赛车前，第一阵秋风就劈头盖脸吹来，吹得他们闭上了双眼。纸屑的雪白翅膀在他们脚下出现，围着他们展开，把他们紧紧裹在当中，不辨方向。

那是九月十二日的凌晨。那一天记住了他们身后散乱的花朵和亲吻，记住了包含一切的依依惜别。当他们来到特雷莎家的花园栅栏前时，他们的头发上还落着点点纸片，眼睛里还保留着道道闪亮的彩带。群星已经消失，一片殷红的晨曦照到了奥古斯塔大街深处。几片灰蒙蒙的云彩，气势汹汹地卷过来遮住了天空。

“明天下雨。”马诺洛说。他们对视着。他预感到命运之手马上就要触到自己的前额。他们穿过栅栏，走进花园。特雷莎打开门。“比森塔睡了。”她低声提醒道。两人摸着黑，手拉手来到大厅。特雷莎打开了灯。这时，前厅响起了电话铃声。特雷莎生怕吵醒比森塔，急忙跑过去拿起电话。电话放在一棵枝叶繁茂的硕大植物和楼梯栏杆之间的一张小桌子上。“喂？”“是你吗，特雷莎？”一个带着睡意的女人低声说，“吵醒你了吧？原谅我……”“没有，没有，”她听出是玛丽·卡门的声音，“我正在看书呢……”一阵沉默。“把你吵醒了，真对不起。”她的声音里听不出一丝歉意，反而像鸽子似的满意地咕咕叫。“现在不是打电话的时候，可是你知道，我这人专门在晚上打扰朋友。”又一阵沉默，只有窃窃低语声、远处的笑声和喘息声。过了一会儿，特雷莎听到玛丽·卡门发出一阵急促的喘息声。“玛丽，你在哪儿？”“我还能在哪儿？在家，在床上。”“我们真的没吵醒你吗？”“没有，你就放心吧……”“本来阿尔韦托不让我给你打电话……”她冷不防发出一声尖笑，好像被人挠了痒痒一样，声音一下变远了，特雷莎听到一阵被单翻卷和身体在床上滚动发出的沉闷声音。她转身朝在大厅门口等她的马诺洛打了个手势，叫他过去。“真是一对疯子！”她用手捂住话机对走过来的他说。她憋住笑声让小伙子和她一起听，两人的脸贴到了一起。前厅一片黑暗。玛丽·卡门的声音似乎从一口深井里传了出来：“喂，请原谅，朋友。第一件事，你别忘了告诉马诺洛原谅我不辞而别。”“记着呢，记着呢……”“还有一件事，你那位马诺洛有电话吗？”“没有。”“反正一样……你能不能老实点，烦死人了！”她笑着补上一句，然后又冲着特雷莎，“我在说阿尔韦托呢，他老在旁边捣乱。我们谈了几件开心事。对了，你知道吗？我有好消息，我一高兴就忍不住想给你打电话：你的马诺洛有工作了，已经办妥了。叫他后天一定给我打电话。我刚刚吵醒了几个人，说不定他们现在还在骂我呢。不过，你的心上人下个月就可以上班了。肯定，你知道我办事没错的。”“玛丽，你太可爱了！”特雷莎望着马诺洛嚷道。“正合我意，在销售部。太好了，对吗？不过，他得马上动起来，哪怕上几门函授，随便什么课，因为他必须在很短的时间里全面了解情况。”“那当然，大家一起帮他吧……”“阿尔韦托认为刚开始应该能挣个五六千的……”特雷莎感觉到了马诺洛贴着她的脖子发出的哈气。电话那头又是一阵沉默，随后是窃窃私语、笑声和越来越弱的挑逗声。与此同时，他的手却溜到了她的腹部，紧紧抱着她的肋部，迫使她转过身来。特雷莎体会到一种难以形容的快感，它既有电话另一端夫妻缠绵的刺激，也有一种遥远的不安：玛丽突然对小伙子热心起来。听声音，她仿佛在一张落满枯枝败叶的床上滚动……“亲爱的，你在听吗？对不起，那个鬼东西不让我说……”特雷莎笑了，她也如此，她把话筒紧贴着自己和马诺洛的耳朵，胳膊肘高高举过他的头顶，挪开碍事的电话线，随着他的爱抚转过身去，靠在墙上。大片的绿叶在黑暗中散发着浓郁的气味。她动不了，任凭他用嘴轻轻碰着她的嘴唇。她听见连衣裙窸窣作响，他悄悄活动着把自己的身体贴住她的身体——好像为了听清玛丽·卡门在说什么：“特雷莎，反正——”他们从声音中听出她在同什么东西挣扎（还有阿尔韦托的嘟囔声）——“你别忘记告诉小伙子，后天给这儿或阿尔韦托办公室打电话。再见，亲爱的，祝你幸福。别干傻事哟，阿尔韦托让我告诉你，你把爱情看得太美了。我改天再给你电话，咱们俩单独聊聊，再见。”“你们真是一对活宝，”特雷莎喃喃道，“谢谢，回头见。”“晚安，亲爱的。”

特雷莎原地未动，从头顶把耳机换到另一只手上，电话线夹在她后背和墙壁中间了。她试着摸了摸小桌子，身体一放松，靠马诺洛更紧了。她挂上电话，可是，电话线却缠在了小伙子的胳膊上，两人笑着挣扎了一会儿。“你听见她的话了吗？”特雷莎忍住心中的喜悦，悄声说，“你听清了吗，我们找到工作了！”他们居然没有发现自己早就气喘吁吁了。马诺洛用嘴唇轻轻蹭着她的头发。他不想开口。毫无疑问，命运之手已经触到了他的前额：他在姑娘柔软的美发和散发着香气的裸露肩膀之外，在一片昏暗的大厅之中所看到的，已经不是一幅童年伊始便精心保存的美丽图画，而是一个年轻有为的男子拎着公文包走进一间现代化办公室，是他拎箱子时的自信（他想起在报纸上看到的一条招聘启事：精力充沛，举止优雅，年轻，欧洲标准收入，晋升迅速）。正在这时，不知哪儿又响起了电话铃声，但，他不去接，让低级职员们去接吧……特雷莎的胳膊吊在他的脖子上，黑暗中，她那慵懒的表情和无精打采的眼睛，简直就是一支麻醉剂。他决心试探一下她的目光。他的手终于解开了电话线，轻轻地放在她的肩头，拉下她衣服一边的背带，又拉下另一边。她张大嘴向他凑过去，完全倒在他的怀抱中，最后倒在地板上。马诺洛轻轻弯下腰抱住她，情不自禁地接受着姑娘的奉献：奇怪的是，到目前为止，特雷莎的纯洁是他渴望在豪门大户、在达官贵人和荣耀的工作之中出人头地的最大保证。他刚刚博得了她和她朋友们的信任，如今，他们倾心相爱，任何力量也无法阻止他得到特雷莎。可是，他未来办公室里的电话真奇怪，刚才在幻觉中响，现在却在他们身边响个不停。特雷莎仿佛在梦中，嘟囔了一句“这个时候能是谁呀，”最后终于伸出胳膊拿起了电话，顺口说了声：“喂。”而他，恍恍惚惚中感到了现实的可怕，松开了姑娘。正在这时，大厅的灯突然亮了（令两人无地自容的场面，早来的冬天）。老女仆比森塔身穿酱紫色睡衣，耷拉着乱蓬蓬的灰白头发出现在他们面前，惊奇和责怪地望着他们。

她睡意正酣的小眼睛似乎在告之：电话是医院打来的，玛露哈死了。

20. 迟来的死亡

……然而，时代的勤奋和财富的欺骗，扼杀了言论，使其一无所获。

——圣马特奥。13，22

清晨五点，惨淡的晨光下，医院一扇扇灯火通明的窗户笼罩着一片可怕的寂静。同往年一样，紫红、赭黄的灰暗色调明显地在博纳诺瓦大道上变得浓重起来。几乎可以肯定，今天不会是云开日出的好天气。两个年轻人漂亮犹疑的面孔晃来晃去，亮晶晶的脑门软绵绵地贴在四楼一扇窗户的玻璃上。一位发烧失眠的病人不知在何处有气无力地呻吟着。他们望着花园，一片铅灰色的天空下，高大的棕榈树枝叶参天，宛如一道道铁钩。远处的大街上，依然闪亮的路灯、木制长椅、树木和一辆萤火虫般在铁轨上爬行的有轨电车尽收眼底。与此同时，他们看见一群穿白大褂的人在身后，在玛露哈的房间里走来走去。虚掩的门里传出一阵匆匆举行临终仪式（修女好像也迟到了）的嘈杂声，他们暗暗发现，自从那些天下午在小客厅翻阅杂志起就有的、一说话心里就发颤的感觉消失了；那种好似旷野电话线的嗡嗡声，使人联想起童年朦胧的记忆，然后突然烟消云散，化为一片死一般的沉寂和后来从太平间传到他们耳朵里的两位卡塔卢尼亚口音的医生的可怕对话：

“通知她父母了吗？”

“通知了，大夫。”

“塞拉特先生呢？”

“说一会儿就到。”

据夜班护士讲，披着落满雨珠的透明塑料雨衣赶来的迪娜也伤心地说，可怜的玛露哈没有遭罪，她什么都不知道了。凌晨四点半的时候，玛露哈开始进入一种严重的昏迷状态，差十分五点时便静静地停止了呼吸，睡着了。虽然她的病情总让人提心吊胆，但谁也没想到会突然出现这样的结果。就在当天下午，塞拉特夫人和往常一样从布拉内斯打电话询问病人的病情时，她，迪娜本人还告诉她姑娘略有好转，后背因为身体衰弱长出的褥疮都快好了。后半夜，她突然陷入一阵可怕的昏睡之中，病情一下子就严重了，有人通知了萨拉迪奇医生，并且按他的吩咐往塞拉特先生在巴塞罗那的地址打电话。可惜，塞拉特先生的电话一直占线（她说到这，特雷莎的手不由自主地摸了摸站在身旁的小伙子的手），后来电话通了，可又好长时间没人接。玛露哈死的时候，萨拉迪奇大夫和一位年轻的助手及两位护士在场。迪娜一边说着，一边把一把蓝色的小雨伞靠在墙上。

他们久久地伫立在窗前，拉着手。周围，包围圈愈来愈小（威胁着他们那寸土必争的夏日之岛），迷雾在步步推进：上午将近十点，塞拉特先生和妻子赶来了，随后，玛露哈的父亲在庄园两个身穿做礼拜的丧服、浑身怪里怪气的乡下伙计的陪伴下，从雷乌斯租了一辆车赶来了。玛露哈的哥哥（一个皮肤黝黑的士兵，厚嘴唇，塌鼻子，小而寒酸的秃脑袋和绿色的军服在绵绵细雨下散发着刺鼻的鸡粪味）也在下午葬礼开始前从贝尔加赶来了。

雨从上午就淅淅沥沥地下个不停，一直伴随着三辆汽车组成的黑色送葬队伍到西南公墓。也许是因为下雨，葬礼进行得隐秘而迅速。阴云、潮湿的柏油路、街巷，和一张张面孔在天空飘然落下的灰色雾霭中一片朦胧。塞拉特夫人分外悲伤。人们抬起棺木时，她哭了。没过一会儿，她又同女儿低声争执起来，因为女儿非要坐马诺洛（的确，谁也没有看见他上车，塞拉特先生分派人的时候，他已经坐在车里了）和雷乌斯两个农民已经占了的那辆车到墓地去。塞拉特先生同玛露哈的父亲及哥哥在第一辆车上。虽然特雷莎如愿以偿，但她看出母亲顺着她的时候，脸上露出深深的担心和不安，她怀疑母亲知道了什么，说不定她和比森塔谈过了，对她和穆尔西亚人的关系已经有所察觉。从中午开始，尤其是吃午饭的时候，塞拉特夫人就一个劲地打听特雷莎这些天在做什么，打听马诺洛今天是几点到医院的，是谁向他报的丧。她没有刨根问底，并不是她不想问，而是因为卢卡斯在场：毕竟马诺洛曾是玛露哈的未婚夫。后来，特雷莎再也没给母亲与自己单独说话的机会。至于父亲（谁也不知道他什么时候高兴，什么时候不高兴），一到医院就板着个脸忙东忙西的，离得远远的。不过他一定是有什么话要留到丧事结束之后再说，从他时不时向这对年轻人投来的目光看，至少是这么回事。

特雷莎穿着那件带帽子的白色风衣。她和小伙子一动不动地伫立在蒙锥克积满雨水、难以通行的黑色土地上（人们往泥里垫了几块厚木板，以便将灵柩抬进墓穴），看着雇工们忙碌。前面几米外，塞拉特先生目空一切地挺着笔直的腰板，背着手与卢卡斯及其儿子说话。一个农民在一旁为他们打着伞，塞拉特先生发现后，连忙把伞拿了过来，可是过了一会儿，他仔细想了想，又把雨伞还给了农民,自己躲到一旁(他穿了一件灰色的粗呢外套)，让雨伞遮挡着卢卡斯。于是，一种尴尬的场面出现了，似乎谁也不想让农民给自己打伞（天上掉下来的东西其实也用不着遮挡）。最后，卢卡斯和儿子带着无可奈何的神情顺从地躲在了黑色的绸布伞下。有人拿出香烟，大家纷纷抽了起来，缕缕深蓝色的浓烟在绵绵细雨中飘荡。特雷莎目不转睛地看着工人将墓穴一点点封死。马诺洛默默地待在她身旁，咖啡色上衣的领子高高竖起，湿漉漉的头发紧贴前额。塞拉特先生回过头看着他们。她发现小伙子在她臀部周围摸索着她的手，就从兜里掏出手伸过去，没有看他，甚至没有活动一下几个小时前就觉得难受、僵硬得发疼的脖子和肩膀。她哭了。

起初，她并没有哭，面对病床上的尸体，望着那张依然闪现着噩梦和心中一丝遥远幻觉的面孔，望着那张最终被噩梦吞噬、消瘦得可怕（鼻子和牙齿已经认不出来，完全换了一副模样）、苍白如蜡、镶嵌在人们为她梳到后面的又黑又短的头发中的面孔，她不能哭。马诺洛还在和她偷偷拉手，但她不能哭（她觉得他的确哭了，她温情地握了握他的手），就连她发现玛露哈的父亲迈着战战兢兢的步子一次次走过来，迟疑不决地望着他们俩，似乎有什么事要问的时候，就连她发现那个一直手拿沾满油渍的军帽、害怕长筒靴上的铁钉出声而不敢走动的士兵用红肿和恐惧的黑眼睛盯着她的膝盖的时候，她都没有哭。可是现在她哭了，她伤心地流下了滚滚热泪，她为她的朋友，为自己和马诺洛，为突如其来的稀泥、雨水和灰蒙蒙的天气潸然泪下。

葬礼结束了。众人向汽车走去，他们看见塞拉特先生离开人群向他们走来。他们停住脚步等着他，可是塞拉特先生没有走到他们面前（他在一大摊烂泥前不知如何是好）便站住不动了，他冲女儿挥了挥手叫她过去。特雷莎顺从了。她兜了一个小圈子，绕过那片泥地，来到父亲身旁。她听父亲说了点什么，满头金发的脑袋一歪，缩进风衣帽子里，留在了他的身旁。看到姑娘不回来了（他们俩说好去走走，散散步），马诺洛便两手往上衣兜里一插，哗啦哗啦蹬着稀泥（他觉得这没什么了不起的）径直朝父女俩走去。塞拉特先生掏出一块手绢擤了擤鼻涕，看看站在汽车旁等他的人们，然后看看女儿，最后又看了看刚刚站到他面前的马诺洛。

“好了，小伙子，”塞拉特先生说，“看来这件事结束了。我们可怜的玛露哈再也不用受罪了，我们大家都会有这一天的。”

他小心翼翼，好像摆弄什么精致的东西似的，眼朝下，慢慢地将手绢叠来叠去。“我知道你很爱她，但是你要经得住悲伤，你很年轻，一定会坚持住的，总会忘掉她的。”说到这儿，他突然带着一种凄凉而亲切的微笑向他伸出手，“再见。如果有什么需要我帮忙的话……也许我们再没有机会见面了。”

马诺洛根本没听他讲什么：眯缝着两只眼睛，紧紧盯住远处一缕阳光。其他人也站在汽车旁看着他，拉长的面孔、模糊不清的身影，在霏霏细雨下俨然一个庄严的法庭：好一个无可挑剔的告别。说时迟，那时快，马诺洛的视线离开塞拉特先生，隔着泥坑朝特雷莎伸过手去，他不是为了告别，而是为了拉住她的手让她随自己走。他突然发现姑娘含情脉脉的蓝色目光，于是，手就僵在把他俩隔开的烂泥坑上一动不动，说道：“特雷莎，”他用平静而温和的声音说，“你过来，我有话跟你说。”

她缓缓却又毫不迟疑地低下头，把脸缩在风衣帽中，向马诺洛伸出手，从泥坑上跳了过去。他们简单地道了个别，然后沿着倾斜的路面向墓地出口走去。穆尔西亚人知道特雷莎的父亲在看着他们，他忍不住回过头。简直让人目瞪口呆：透过淅淅沥沥的雨点，一丝充满宽厚和呵护（上车前他甚至轻轻挥了挥手向他们打招呼）的含蓄的微笑，一丝慈祥、和蔼、殷勤得可怕的微笑，浮现在塞拉特先生齿轮般精巧的嘴唇之上。

第二天下午，特雷莎没有露面。他们本来约好，四点半她开车到莱塞普斯公园接他。五点过后，马诺洛往特雷莎家打电话，可是没人接。晚上，他又在德利西亚酒吧打了几次电话，还是没人接。于是，他想起了博里夫妇。他们也不在家。他心想，他们可能到外面吃晚饭去了。第二天上午，他接着往特雷莎家打电话，可是没人在家。他打电话给玛丽·卡门，她告诉他："不知道，特雷莎的消息我一点也不知道，大概在别墅吧。是的，一声不吭就走实在太奇怪了……的确。太抱歉了，不过，工作的事现在还没有任何消息，还是等特雷莎回来再说吧……"

这天下午，他来到塞拉特家在奥古斯塔大街的别墅。所有窗户都紧闭着。花园里，一个脑袋锃亮、秃得一根头发也没有的老头，在一处铁栅栏上缩着身子，歪着脖子看着他。马诺洛隔着栅栏冲他打了个招呼，问他家里有没有人。老头说没有，随后问他有什么事。小伙子回答说，他给特雷莎捎来了一个口信。老头告诉他说，塞拉特夫妇和女儿昨天上午到布拉内斯去了，月底以前恐怕回不来了。

晚上，他不知如何是好，又给玛丽·卡门·博里打电话，说有急事要跟她面谈。她推说要到外面吃晚饭，说她好不容易才说服阿尔韦托到附近随便吃点，那比家里更经济……马诺洛打断她的话，提议说他们可以在晚饭后到一家酒吧见面。"你稍等。"玛丽·卡门不情愿地说。他听见她在和阿尔韦托商量。一阵沉默。最后，她说好，并且选定了时间和地点：十一点，大教堂对面的一家咖啡厅。约定的时间到了，他一边盘算着博里两口子能帮他什么忙（可能只能得到别墅的电话号码），一边顺着拉耶达纳路向山下走去。突然，他的目光被一团红黄相间的火焰（特雷莎的红纱巾和金色头发），被飞速拐进街角的汽车吸引了，只见闪闪发光的“佛罗里达”的车尾刷地发出一道白光。也许姑娘说服他们让她回巴塞罗那了，正在找他。他立刻去追，可是拐过街角，汽车早已无影无踪了。他断定那是特雷莎。他顿时忘记了博里夫妇，立刻到山下所有他们一起待过的酒吧找了起来。他以为她也一定在找他，他整整转了一个半小时，到圣赫尔马因问了（热情的哑嗓子拦住他，要给他介绍一位新来的女招待，一位硬说几年前就认识他的、面孔有棱有角、心中激情如火的姑娘），到帕斯蒂斯打听了，卡迪斯和汉博雷等全都问过了。他在皇家广场的啤酒店和兰布拉斯找了又找，已经失望了。猛然间，想起了蒂贝特酒吧，便拦了一辆出租车。没错，她如果在巴塞罗那，除了卡梅洛附近的蒂贝特酒吧，她还能到哪儿去找他呢？出租车司机是一个操着瓦伦西亚口音、长着棕色头发的小个子，他在方向盘上抻着脖子，跟他说什么冬天快要到了。真是的，一年一晃就过去了，永远不再回来。他开起车来磨磨蹭蹭，让人恼火。他一定是惦记孩子们，（汽车的操纵台上贴了一张大大的照片，照片上，两轮梳着辫子的明月，两张笑嘻嘻的小脸蛋儿，两个小姑娘脸贴脸，在照片上望着他，照片下面写了几个歪歪扭扭的小字：“爸爸，别开快车！”）可是，马诺洛已经回过神来，他嚷道：“喂，当爸爸的，别想你的千金了，赶紧吧，来不及了。”出租车司机扯着嗓子抱怨道：“年轻人，出什么事了？我可不急着进坟墓。”马诺洛扑到他耳边咆哮起来：“我可没有小崽子在家等我，你少废话，快开！”司机通过反光镜看了看他，发现乘车人不是开玩笑，便加快了速度。

特雷莎不在蒂贝特酒吧。已经一点多了。他精疲力竭，不住地埋怨自己运气不佳。他给博里夫妇打电话。等了好久才有人来接电话，是阿尔韦托，他们已经睡下了。他对没有赴约表示歉意，说是因为他以为看到特雷莎了。阿尔韦托·博里打断他的话，爱搭不理地告诉他请他明天再打来。没有，他妈的，他们既没有见到特雷莎也没有她任何消息。

最后一个希望：奥古斯塔大街的一家小酒吧，上星期他们常到那儿去。酒吧里空空荡荡的，但他一进门就发现侍者（一个特雷莎很有好感的阿尔梅里亚小伙子）望着他。熟悉的蓝色笔迹像浪花包围了他的脑袋。小姐昨天上午动身之前给他留了一张纸条。“她好像匆匆忙忙的。”小伙子补充说。这是一张名片，装在一个没封口的信封里。名片上写着：“几分钟之后我就要和妈妈到别墅去。方便时我会给你写信告知一切。得到我的消息之前，切莫轻举妄动。我爱你。特雷莎。”

第二天（风和日丽，大片云朵向南飘去），他决定弄辆摩托车到别墅去，到那儿想想办法，碰碰运气，兴许能见到特雷莎。他不甘心坐等她的消息，不应该等，也不能等。他需要见到她。再说，时间不饶人，一小时一小时，一天一天，过得真快，在这座城市简直太孤独了。这边，喜气洋洋、花枝招展的漂亮游客走光了，那边，一群群欢蹦乱跳、古铜色皮肤的可怕的卡塔卢尼亚人又挤满了全城。不行，不能等，要么接受城里人的忠告，（“喂！您也不看看这是在哪儿？！”）要么就在汽车底下轧死算了，快，马诺洛，快点……下午六点，他找了很久才发现马拉加利大街一座气势威严的别墅前停着一辆“蜜蜂”，他只能知足，至少可以摆脱落到奥尔塔警察手里的危险。因为车没有上锁，他一脚就发动了（他看见那个人沿着人行道向他跑来，那人穿着长袍，教士服裹在膝盖上，挥动着手臂，面目清癯，憔悴得好像一具骷髅，带着金边眼镜，边跑边喊：“喂！小伙子，那是我的车！我的车！”他跑得挺快，可是衣服很碍事）。

当然，十分钟之后，他不得不扔掉“蜜蜂”，因为车的油门线断了。他已经到了巴达洛那。高度的紧张、不安和晦气使他直到晚上十一点才找到一辆合适的摩托车（这次是在化工厂对面一条不起眼的胡同里，那儿可不会再蹿出一个神父来），这是一辆头部受了伤的老“列虎”，一匹心脏不好、五脏六腑长满霉菌、气喘吁吁的骆驼。他两腿跨着破烂似的车子（也许是目前还在跑着的最老的车型之一），沿着科斯塔路全速冲去。这会儿，路上已是车少人稀，他心急火燎，但路上还是花了一个多小时。老掉牙的“列虎”已经无能为力。他已经过了布拉内斯。当他放慢车速沿着路向别墅滑去时，听到了大海的喧嚣，他知道他到得太晚了。

别墅一片寂静，窗户、平台没有一丝光亮。夜色沉沉，记忆中任何一个情意绵绵的夜晚都无比深沉。巨大的别墅比往日更显富丽堂皇，轮廓更加朦胧、威严冷峻，在茫茫夜色中既近在眼前又远在天边。他把老态龙钟的“列虎”藏在松林里。周围，一切都在安睡，蟋蟀叫声和翻腾的浪涛声不时响起，一团白雾从海上飞来，在仙境般幽深的松林间飘荡。马诺洛在花园的蓝桉树下一直走，然后绕到别墅后院，在墙下停住脚步。常春藤缘墙而上直通平台。闪亮的树叶下一片模糊，一条波形瓦的下水管通向高处。他记得有一次和玛露哈聊天时她似乎说过，特雷莎的房间和这个平台连通，紧挨着孩子们的房间，而孩子们的房间正好在玛露哈的屋子上面。可是，这面墙上只有一扇窗户，一扇他曾经跳过无数次的窗户。马诺洛望着它，窗户容颜已改，常春藤半遮面孔，窗扇紧闭，一副戒备森严的样子。他的视线迫不及待地离开窗户，捡起一块石头朝平台扔去。他一连扔了几块，没有任何反应。难道特雷莎的房间不通这个平台？他恨自己来得太晚，他希望遇到起床后的特雷莎，比如在花园里……想着想着他朝后退了几步，一屁股坐在地上，靠在一棵松树上。他把手指扎进潮湿的土里，不知如何是好。恍恍惚惚中，仿佛一张充满渴望的嘴在熟悉的常春藤的暗影里召唤他，使他心惊肉跳：是玛露哈的窗户，那里曾有一双裸露而热情的手、两只灼热的眸子使他振奋，令他常来常往……

玛露哈，是这么一个女人，你或许记不住她的乳房多么美丽动人，但你却忘不了她乳房的功能和惊艳，忘不了她略显苦涩和僵硬的嘴，还有那战战兢兢缩回黑暗处的黝黑的后背。马诺洛常常想起她口水中隐含的蓝桉或薄荷味，想起接吻时她喉咙的呼噜声，甚至想起她在镜子前，缩着娇弱的肩膀，带着固有的冷漠，一丝不挂、难为情地穿过房间时无力的脚步。他仿佛又看到她在冬天一个寒风凛凛的下午，穿着那件紧绷的老式花格大衣，头扎一条红色丝带，爬上卡梅洛。然而，所有印象中，他永远忘不了的是，她在格兰比斯塔大街一团尘雾的旋涡中，在一群拿着石块、戴着大口罩、只露出一双好奇的小眼睛的孩子们的包围中害怕地眨动眼睛的模样；胸前那只紧紧抓住大衣领子而微微颤抖的手；她热切地并拢两条腿时的温存以及不为沦为娼妓的女仆身份感到羞耻，一动不动地站在德利西亚酒吧等他，宽容地，甚至招人喜欢地歪着脑袋的样子……

突然，马诺洛噌地蹦了起来，（“我怎么一站在窗前就胡思乱想，好像可怜的小东西还在里面等我似的。”）他隐约感到自己对玛露哈，对那个焦躁不安的女性生出了点点思恋，也许这种怀念会使他付出代价，会悄悄地将他吞噬……他发现自己干了一件傻事，跑来这里不如等特雷莎的消息。他沮丧，伤心，迈向惨淡的蓝色星光照耀下的空旷海滩。凉风习习，海浪闷声地拍打着岸边，溅出白色的水花，随后带着愈来愈微弱的回声向远方散去。海风，海滩，对这一切，他的肌肤多么熟悉。但是，令人惊讶的是从他开始和特雷莎出去到现在仅仅两个月，他也许感觉有好几年了，女大学生用在他身上的时间似乎大大超过了用在玛露哈身上的时间。他在与特雷莎相处的不多时间里，有一种和玛露哈在一起时所没有的深情厚谊。他喜欢回味他尽善尽美地拥有这段时间的每个时刻。他突然发现自己太过天真，太容易轻信别人。如此自以为是的他居然会上当受骗，居然会认为特雷莎早已属于自己！唉，我真是瞎了眼！我真废物！他心想。他想起怀抱中的女大学生，想起海滩、黑暗的大街，天哪！那天晚上他们离开恩卡娜酒吧，靠在墙上接吻时，她那哀求的目光是多么动人！吉纳多公园的山坡上，她那着了凉的少女的沙哑声音在草丛中呼唤着他，还有西斯特斯姐妹家屋顶上那个难忘的早晨，在一轮迷人的红日下喁喁私语，互相爱抚。不过细细想来，他一直有所收敛，这种收敛恰恰是因为有一种欲望比简单的肉体占有更加强烈，这种收敛让他不会显得一无所能：倒霉的玛露哈葬礼前几天，从特雷莎欣喜若狂的样子看，女大学生现在比任何时候都更属于他。是的，他尊重她，但是如果不给他时间巩固他们的关系，这一切又有什么用？到头来，他会成为那些一辈子杞人忧天的家伙的无用而愚蠢的牺牲品。当然，他没有大多数一本正经的恋人的故作多情和虚情假意，但是他同样值得可怜。此时此刻，在凄凉之感的重压下，穆尔西亚人觉得自己被欺骗和愚弄了，他为自己身上发生的某些变化而不知所措：为了某种好处，他没有对特雷莎百依百顺，更有甚者，他对他人偏听偏信，渐渐同别人同流合污，分不清什么是持重和轻信。他从来不是人们说的好小伙子（他再也不可能成为一个好小伙子，他想，除非和特雷莎结婚），他究竟中了什么邪，在多数场合表现得那么差劲？他到底为什么，为什么心甘情愿地落到这样一种有尊严、受尊重却没有出路的境地？为什么如此神速、如此天真地卷入男女结合的陋习？缘于何种道德准则、协定、契约、审时度势之道、尊严或社会标准，他在不到三个月的时间里在特雷莎面前变成了一个伪君子？他对一个出身高贵、渴望温情和爱抚的痴情姑娘如此无礼究竟有什么好处？如今，他悔恨交加，重新回味起特雷莎的每一次亲吻，他发现心中升腾起对女仆伟大而无穷无尽的爱，他爱姑娘，爱她那滥用激情的天赋。他怀着鳏夫的真情回想玛露哈死去的那天晚上，他和特雷莎紧挨着电话，隐藏在那片灼热的云彩之中。的确，在那里他已经变成了一团燃烧的火焰，在那里，他决心将特雷莎占为己有。可是，那天晚上来得太晚了：追逐那只尊贵的白羚羊使他白白失去了太多的时间……不管怎么样，还来得及补救，还来得及再做一次他一直是、永远不会不是的勇敢的杂种和混蛋的地痞。太不谨慎了，你心慈手软，别人却活活折腾你，所以还是慢慢来吧。他在海滩上的一堆烂海藻上狠狠跺了一脚，拿定了主意。

虽然，四天前，他在城里没有了时间观念，不知黑天白夜和子时卯时，但是，在这儿（在这片海滩上徘徊和等待仿佛那样长久，那样亲切），他推算出大概三点多了。既然来了，又无事可做，干脆等到天亮。如果天气晴朗，特雷莎说不定会来游泳。他钻进树林，跳过尚未修理的篱笆，打算在地上堆满细砂和松叶的坑里睡一觉。寒气和大海的喧嚣使他无法入睡，于是，他回到别墅的花园避风，躺倒在破篷布遮挡下的一张活动沙发上，缩成一团。

一个阳光明媚的早晨来临了。薄雾仿佛被贪婪的风吸着，飞快地向松林退去。他手脚僵硬，以为是在做梦，但是，当他把胳膊从脸上挪开，透过道道金色阳光看到了一个活生生的美妙现实：一个身材高大、皮肤黝黑的年轻人，胳膊下夹着一个网球拍，肩膀上搭着一条毛巾，向他走来。静谧的清晨，塞拉特家花园小路的石子，在陌生人白色运动鞋下，吱嘎作响。他身体修长，步伐灵活，肩膀宽阔，身穿一件运动衫，翻领立起，雪白的短裤下露出一双健壮有力的古铜色大腿。年轻人径直朝他走来，脑袋却冲着太阳，眯缝着眼睛，用手遮挡着阳光。穆尔西亚人知道陌生人没有发现他，急忙一转身，从活动沙发上向后一翻，连滚带爬地躲到一丛天竺葵后面。快走到他跟前时，年轻人闪身拐进一条直通网球场的小路。马诺洛突然觉得那就是自己的影子（同样黝黑、平直的头发，同样精力充沛、气宇轩昂的身影）。过了一会儿，塞拉特先生出现了，他一身同样的打扮，也拿着网球拍，沿着年轻人经过的路走去。马诺洛往后退了退，在树林里挑了一处更隐蔽的地方，继续监视着花园。没有特雷莎的影子。他等待着。他听到拍子击打网球的啪啪声、叫好声和惋惜的喊叫声，有人还时不时装出一股讨人喜欢的绝望劲（是塞拉特先生，他速度缓慢，体力不济，当然无法同年轻的对手争个高低），最后相互夸奖着。大约十点，塞拉特夫人出现了，一个新来的年轻而胖墩墩的女佣把托盘里的咖啡和烤面包片放在一张遮阳伞下的小桌子上。清晨，夫人的声音格外清脆悦耳，一时同网球场传来的欢叫声奇妙地联在一起，仿若一阵舒缓而优美的和声。不一会儿，一个农民模样的人拿着水管出现了，夫人同他说了几句话，然后从玻璃门走进家中，她一会儿出来，一会儿进去。“真讨厌，”马诺洛想，“特雷莎不在，这个该死的夏天愈来愈无法忍受。”快到中午时，他摸了摸脸，发现胡子都长长了，他猜想自己的样子一定不堪入目。这副样子你可熬不下去，他心想。他又渴又累，骨头都要散架了，于是决定还是回巴塞罗那等消息去。他顾不得车发动时发出的声响（至少特雷莎会知道他就在附近），不一会儿便来到大路。一辆辆小巧玲珑的“塞阿特 600”，嗖嗖地从他右边驶过。他没有达到一百公里。垂死挣扎、满身痨病、浑身骨头都在吱呀作响的“列虎”在将近两个小时之后才把他送到巴塞罗那，他把已如一具僵尸的车子扔在圣保罗医院后面，徒步走上卡塔赫纳大街。

当天下午，德利西亚酒吧收到了一封给马诺洛的信。一个小男孩把信送到了他家。是特雷莎的信。信封上只写着：卡梅洛街德利西亚酒吧马诺洛·雷耶斯收。信封里有三张纸，边边角角上写满了密密麻麻的小字，字体漂亮、流利（显然是仔细修改后重抄的，）只有一处改动过。

信件开头那个亲爱的“爱”字，被使劲或者说狠狠地描了一下，不过，信的另一边像漂亮的蜗牛，上面又加了一段话：“抱歉这么久才给你信，我没有你的地址，另外，我本以为可以马上回巴塞罗那。家里人非要我在别墅待着，直到开学。多高明的把戏……”之后是类似的话，可想而知，全是些对家里做出如此讨厌的决定，对那场“漂亮的把戏”的愤愤不平的叙述。年轻的大学生用她热情而炽热的笔毫无畏惧地为自己目前的“精神”（兴奋）状态，为几个不眠之夜，做出了令人心满意足的分析。她说“我在苦苦等待”，说“被单冷得无法形容”，最后她才坦白为什么（的确叫人怀疑）这么心急火燎和胡言乱语：“我在床上烧了两天，说胡话（这个动听的字眼裹着冠冕堂皇的玫瑰色睡袍，在穆尔西亚人眼前跳动了几秒钟），”“直到今天我都觉得没力气给你写信。因为淋雨，我患了重感冒，玛露哈突然死了，随后又见不到你，都使我焦头烂额，所以一到这儿就躺倒在床上。一开始我是晕头转向，垂头丧气……”她接着又说什么从另一方面讲，也没有理由灰心丧气，因为除了暂时分别让人心烦意乱以外，没什么大不了的。或许最让人恼火的是她父母的态度（“从另一方面讲，咱们也不必大惊小怪”），对她来说，他们的态度代表着家规，这证实了家里确实有一种邪恶从小以某种方式限制着她的个性。认识马诺洛以后，她的个性变得更加鲜明：“……我接受的愚蠢的家庭教育就是一个新的例子，这就是他们的所作所为，就是他们保护误入歧途、恬不知耻的女儿的想法和反应，没看到为时已晚。我真想气死、羞死算了。你会怎样看待我和我们大家呢？马诺洛，你不知道我多么无聊，多么想念你！”她又说，还是那些意思，说她觉得别墅荒无人烟，别看里面有人，有远房亲戚和不速之客（“从马德里来了一位风趣而雄心勃勃的表哥，说等我好了要打网球赢我”），但好像一场灾难，把她抛进那里稀奇古怪的人和习俗之中。突然，她又谈到了孤独，一阵和煦的海风，一片特雷莎式的蓝色波浪，她又回到了她的热望之岛：“不过，使我失望的不是这些，马诺洛，不是周围敌视我的环境，而是你不在。同见不到你相比，亲爱的，亲爱的，亲爱的，同这无法忍受地夺去你的嘴唇、你的双手，使我恍若隔世的一天又一天相比，再可怕的孤独也是一座天堂，再可怕的灾难也会成为一种祝福，再大的疾病也会成为一张婚床……”虽然马诺洛又激动又感慨（瞧她的学问，特雷西娜可太会表达感情了），但他还是迫不及待，一目十行地寻找更具体的消息。在这段情意绵绵的话语——只要是一个比南方年轻人更有修养的大脑，一定可以立刻看出这些形象出自哪些文学作品——之后，特雷莎一下转为实际和通报情况的语气：她说她和父母进行了一次讨厌的谈话（谈话时双方都有所保留），根本没有涉及实质问题。谈话是在可怜的玛露哈下葬那天晚上进行的：“虽然谁也没有直截了当地提到这件事，但我估计，那个多嘴多舌的迪娜，那个手术室的小娼妇肯定说了咱们什么，还有比森塔。当然，妈妈是豁出来了。我可以毫不夸张地告诉你，妈妈早在认识你之前就担心你打她女儿的主意。真是胡说八道！我不是告诉过你吗，家里还把我当成半个马克思主义者，我就不告诉你他们说我疯疯癫癫，和人同居的事都能干得出来的话了。”不过，她坚持认为没有提到他们的感情问题：“很简单，他们断定玛露哈的死影响了我，所以到了应该好好管管我的时候了。爸爸认为我太多情，说我还是个孩子，说今年夏天烦心事太多了，说什么我精疲力竭，神经高度紧张。总之，说我需要好好休息，而且哪儿也不如别墅好；说我需要换换空气，最好换换思想。实际上，他没有谈到你。”看到这儿，马诺洛觉得塞拉特爸爸的态度倒是有点名堂：因为特雷莎发誓说从来没见过父亲对她这么感兴趣，就连学生游行她被抓都没有这样。看起来，他们谈论了大学和大学生们在学校听到的政治传闻。“真痛快。我不知道你能不能接受，不过这在爸爸身上可有点不寻常了。”她又说，在她认识马诺洛以前，父亲对这类事漠不关心，顺便说一句，他喜欢取笑人（特别是对我的朋友，尤其是对路易斯），而且非常幽默（爸爸很爱开玩笑，虽然看他的样子不像）。“至于我们俩的事情，”她后来又说，“可以肯定没有人张扬，也没有人对他说三道四，不过，我们不能信以为真，应该现实些：我父母的情绪实际上已经提出了问题。”他们不是担心特雷莎思想激进，已经冒冒失失地做了什么，而是担心怎样面对她往后会做的事。“倒不是关于品德的问题，这一点说来话长，不过我向你保证，在我生活的世界里，哪怕最正派最值得尊敬的人也不会认为心甘情愿提前失去贞操会像一场丑恶的婚姻那么严重和难以收拾。”紧接着她又就“我国资产阶级自我感觉良好得令人闻所未闻和不可思议”发表了一通大胆然而不必要（在穆尔西亚人看来）的看法，随后她又给家里因她发生的争论的性质下了一个奇怪的定义（因为女儿使他们大失所望，他们才把我对你的爱同我的进步思想混为一谈），她或许已经意识到，这就是她认识和接触小伙子以后，在他的怀抱中体验到的那种惶乱感觉的原因。对此，她用一份骄傲的声明，简明扼要地做出了最后的回答：“马诺洛，如今，就我而言，爱情已经代替了同情（信写到这出现了唯一一处涂改，大概她一写下友情两个字便觉得不合适，划掉了，可是，或许是没有找到更合适的词，又重新把同情写上了），更确切地说，爱情已经将同情放在我心中适合它的位置，一个同样重要的位置，因为我爱我的国家，然而这种同情没有祈求，没有思想上的缠绵缱绻，没有矫揉造作……亲爱的，原谅我用这些晦涩难懂的词语，因为唯有如此，我才能理清思绪。”她还说，她心烦意乱，在屋里一待就是几个小时，看书，或站在平台上眺望大海。“没有你，真烦人，真没意思！你知不知道我是多么需要你。如果能见到你，跟你谈谈我此时此刻的感受，如果你能在我身边，哪怕是一小会儿，那该有多好！”她又提醒他说她到十月份才开学，到那时一切就好办了（再也没有任何东西可以把我们分开）。可是，眼下怎么办？难道没有什么办法能使他们早点见面吗？写到这，她用一行密密麻麻的蓝墨水保证说，她曾经打算不再想他，可是办不到。一串串省略号（一条微微向下的斜线）又扑灭了重新燃起的热望：“你是我认识的唯一一个真正的男子汉，我在你身边学会了生活，我开始觉得自己是一个女人……”

下面是告别的话，再往下是一段字迹模糊、潦草的附言。字写得哆哆嗦嗦，有一处字迹模糊到好像一滴眼泪把墨水洇了（也可能只是溅上了海水，信封里有几粒砂子，表明这信，至少这段附言是在海滩上写的）。小伙子过了一会儿才明白这封信的意思。“愿你至死坚强、骄傲、勇敢。有一天晚上，我梦见你来看玛露哈，我看见你站在松树下望着平台。你从来没注意到美丽茂盛的常春藤吗？亲爱的，一夜又一夜我为你牵肠挂肚，为你发烧，彻夜不眠，与此同时，这个资产阶级化的、我为属于它而感到羞耻的装腔作势的家庭，却在睡大觉。永远属于你。吻你。特雷莎。”

马诺洛欣喜若狂，小心翼翼地叠好信，把它放进衣兜，来到大街上。已是下午三点半，这天是星期六，天气晴朗、炎热。依照信后附言里发出的胆怯而含糊的召唤，他决定今天晚上同特雷莎会面。他肯定见到她以后一切都会和以前一样。来信从另一方面证实，他可敬的调情战术还不是太糟糕；特雷莎还是他的人，她在等着他，等着他！他在兴奋中度过了大半个下午，兴奋又额外给了他疯子的狡黠：不能傻乎乎地骑着偷来的车去冒险，麻烦事太多。他第一个念头是坐火车去，可是没钱买票，而且，火车只到布拉内斯，从火车站到别墅还有四公里多的路。他想起红衣大主教有一辆老式的“赛马”。六点刚过，他敲响了红衣大主教家的门。

“舅舅不在家。”赫琳卡说。马诺洛走进大门，来到花园，姑娘跟在他身后。一进花园，他便急步向深处的小棚子走去，摩托车就放在那里。他一边走一边告诉赫琳卡：他急着出去一趟，需要用用老头的“赛马”。

“很远吗？你为什么不带我去？”她问，“你答应过我……”

“今天可不行，”他打断她的话，“改天再说，今天我实在没空。”

顶棚不高，他不得不低着脑袋。颜料盆和花园的用具已经被潮气腐蚀。摩托车昂首挺胸地立在地上几张沾满油污的报纸上，看来车况不坏。马诺洛开始拧动油箱盖。

“满的，”姑娘在背后说，“我自己灌满的。”

冷淡而不快的语气没有逃过马诺洛的注意。他慢慢转过身，肩膀上仿佛有一团模糊的影子压得他喘不过气。赫琳卡的手里拿着一条叠好的红裤子——大概她早有准备，放在什么地方，经过时顺手拿来的，望着他，眼里闪动着企求的目光。“我马上就换……”

他想了一会儿，然后说：“明天。我答应你。今天我确实有点急事，不是跟你说过了吗。”

赫琳卡顾不上裤子掉到地上，背过身去，一边往外走一边说：“好吧，你要想把摩托车推走，等我舅舅回来跟他借。你自己看着办吧！”

马诺洛拽着她的胳膊把她拦住。“你等等，”他笑着说，“你等会儿，小老虎。”一想到特雷莎正在等着他，他就满心欢喜。他飞快地在脑子里盘算了一下：最好是夜深人静的时候到别墅去，所以还有足够的时间带姑娘坐摩托车兜兜风，彻底了结这笔微不足道的陈年旧账。他细细一想，甚至为今天就能了结这笔账感到高兴：在伟大而幸福的事件到来前夕，在这场可能会使他最终加入成年人行列的约会到来之际，满足赫琳卡这种天真幼稚的任性，别有一番情趣。“好吧，伯爵夫人，”他笑着说，“我带你去。不过你可准备好，你这就知道兜风是怎么回事了。”姑娘发出一声高兴的叫喊，想穿上那条红裤子，可是他说不能等了，穿白色长裙更有味道，更漂亮。

事情再简单不过了，不用说，他邀请赫琳卡去散步是为了借到摩托车，也因为他觉得今天有必要让她高兴，或许让自己感到隐隐满足。现在他才渐渐明白，他突然情不自禁地生出一种快感，感到有什么事要发生。他风驰电掣地沿着埃夫伦山谷的林荫路奔上奔下，姑娘使劲搂住他的胸膛，他感觉到了姑娘紧贴后背的脸颊，硬硬的乳房、呼呼跳动的毫无城府的心脏，这透过薄薄的衬衣传给他一种可怕的绵绵柔情。“抓紧！姑娘，使劲抓紧！”他冲她喊道。姑娘一直没有开口：她搂着他。最后，她身体冻僵了，眼睛被风吹得泪水直流，央求他回家去，因为她感到头昏脑涨。马诺洛不想把摩托车放在外面，从后门把车推进了花园。赫琳卡面色苍白，晃晃悠悠地走向小棚子，去拿那条尚未试过的红裤子。她绊了一下，马诺洛轻轻扶住她的胳膊，赫琳卡孤独而颤抖的青春玉体，仿佛随着阵阵节奏模糊、拖沓的海浪声，不时碰到他的身体。他不安地保持着沉默。此时此刻，夜雾笼罩下的花园沉浸在一丝凄凉的失落之中，他突然设置了一个可怕的亲情的圈套。而今，这一切已经结束了，再没有比这悲伤的分手了，但是我走了……他想打破赫琳卡的沉默，拼命在脑海中搜寻话题，可是，脑子里空空荡荡，冠冕堂皇的话似乎突然失去了意义，失去了他总跟姑娘夸耀的那种令人破涕为笑、讨人欢心的功能。这天晚上，如果他没有在言谈话语中看出一种命运的征兆和标记，没有看出某种东西在燃烧无边无际和颤抖的明天，他的大脑就不准备开动，他的嘴还不准备开口讲话。然而，一想到放在衣兜里、贴在他心头的特雷莎的信，他便回到现实中来。此时此刻，赫琳卡颤抖的肩膀揉搓着兜里的信，同烟盒一起发出沙沙的声响，使他重新恢复了幸福的责任感。时间紧迫，沉沉夜幕已经落下，当他在小棚子里弯腰拾起姑娘的红裤子，转过身准备交给她时，看到她两只郁郁寡欢的眼睛在黑暗中注视着他。外面，大门口灰蒙蒙的灯光下，她的身影纹丝不动，简直就是特雷莎的影子，不过，（姑娘，为什么你的头发没有光泽？为什么你的眼睛寒气逼人？）也仅仅是影子而已。尽管如此，也足够了，他热烈地、关爱地看了她一眼，打算挽回局面。他老练地拍了拍姑娘发烧的脸，那是一种随青春而增加，又将毁灭青春的可怕经验，不过他突然被一种苦杏仁的清香包围了，他揽过她，俯在她身上亲吻起来。

仿佛一座壮观的舞台，走廊的灯光将花园照得透亮。他们听见老头温和的声音在召唤赫琳卡。不过，他们决定再等一会儿。

夜色愈来愈深。过了一会儿，他们才走出花园。“你来，求他把摩托车借给我们。”她拉着他的手纤声细气地说。马诺洛不知所措地跟着她。晚风徐徐,又使他重新回到现实中来。他一进走廊，便松开了姑娘的手。他们在饭厅遇到了红衣大主教。

“不行，我说不行，”红衣大主教想了想说，“咱们就说到这儿吧。”

“我有一个朋友病得很厉害，”穆尔西亚人编着瞎话，“在蒙卡达……”

“不行就是不行。”

“你没看事情紧急吗，真是的，你别跟我这么小气！”

“不行。”

他不但不借车，还向他索要欠款，那笔不久前用“狡猾而虚伪地答应谈恋爱”作手段，从赫琳卡那儿抠走的钱。

“那是胡说。”他反驳道。

老头坐在长沙发上看报纸，赫琳卡双手拿着一叠洗好的衣服在走廊里走来走去（她已经把熨衣板靠在餐厅角落那盏落地灯旁边的两把椅子上），最后，放下衣服，坐到桌子旁边听他们说话。她的头发卷成一个半散的发髻。舅舅站起身，将报纸甩到地上，突然又一次那样步履庄重、神态威严虔诚地围着整个屋子转悠起来。马诺洛紧紧跟在他身后，蹭着他紫色长袍飘起的下摆，仿佛一个随从在请求特别的召见。红衣大主教从一层到二层，楼上楼下走来走去，在这儿摆弄摆弄画，到那儿鼓捣鼓捣烛台，吹掉塑像上的灰尘，拽平地毯上的褶子，摆正椅子，摆好大花瓶和一堆垫子。好个老头，一副狂躁症患者的样子，仿佛一个多愁善感戴了绿帽子的男人，嘴里没完没了地唠叨，拒不跟小伙子搭话，似乎在回答自己心中的问题。“你说一个好朋友，病在蒙卡达了？说谎！”他好像在对自己说话，反复念叨着。他发现年轻的穆尔西亚人急切的目光里清楚地写着姑娘的名字，不过那还不算最糟糕的，对于他这样的男人，对于像他这样见多识广、终于艰难地认识到自己的错误（他搞错了时代、国家、信仰和性别）、得出某些并不因为令人痛苦而有失正确的结论的男人来说，很久以来一直在折磨这个聪明伶俐的小伙子的真正原因可以归结为他时常挂在嘴边的一句一语双关的名言：“对所爱之人我们爱得何其少，对我们自己又爱得何其过分。”除此之外，红衣大主教对他热恋的姑娘毫无恶意，不过，“我知道，应该同一个人生活一段时间，哪怕只是玩弄她。可是，要随心所欲地玩弄她。恰恰要先抛弃她，这就成问题了。孩子，女人可弄不懂男人生活中翻来覆去的花花肠子。”“红衣大主教，你别跟我来这一套，把车借给我，你太没劲了！”“不行，不行就是不行！”他继续跟他大谈特谈生活以及生活的危险。他多年来一直如此，讲起话来口若悬河。“你非毁在那个乌七八糟的地方不可，”他预言道，“不过当然，如果青春是病，那谁也不愿治好这个病。”听声音，他好像没喝多，却又像那些嗜酒成性、善于打发孤独的老酒鬼，活灵活现地模仿着他们，学着他们的举动，东倒西歪，指手画脚地悠来荡去。

大概赫琳卡对这种场面已经习以为常了，所以她没有跟他们在家里转悠。可是过了一会儿，舅舅突然疲惫不堪地坐到藤椅上，脑袋靠在椅垫上。马诺洛发现姑娘一动不动地站在他身后，死死盯着地上什么东西，两只手插在药剂师的白大褂兜里，使劲往下压，抻得衣服长长的。她刚刚解开头发，穿上了高跟鞋。后来他才回想起如下的细节：他曾从衬衣兜里掏出烟请红衣大主教抽，当时赫琳卡还是那么不冷不热地微笑着，可是不一会儿，他发现她不见了，只觉得她从背后走近他，弯了一下腰便急急忙忙地走开了。这时，红衣大主教还是坚持不借给他车。他满不在乎地威胁说他要离开这个家，再也不回来了。不过，他还是试着又递过一支烟，结果又遭到了拒绝，（“一根烟？不行！臭小子，磨呀！磨呀！”）过了一会儿，他为他捡起靠垫，殷勤地用手掸了掸，重新放到他身后。“拿开！伪君子！”老头在空中挥了一下手，嚷道。穆尔西亚人还在唱着最后一支动听的哀求小调，但是，红衣大主教除了他心中的音乐（仿佛一个站在事业顶峰，两耳失聪而又孤独的西班牙贝多芬）什么也不想听，无论穆尔西亚人怎样哄骗，都没有任何结果。小伙子只得离开了。他以为赫琳卡在熨衣服，可是经过饭厅时却发现她背对着他坐在桌子旁，耷拉着脑袋。姑娘猛然惊醒似的转过身，两只手放在身后（好像在藏什么东西，不过他没有注意到），一双湿润的眼睛一直望着他穿过饭厅，最后才低下那双仿佛突然红肿了的眼睛。快到走廊之前，马诺洛回过身：“赫琳卡，你怎么了？”屋外，走廊玻璃外的那一边，红衣大主教无力地倚在藤椅上，一阵晚风拂动着他的缕缕银丝。“小兔崽子，你别走。”他们听到他说。红衣大主教像个被挤得干干的柠檬。马诺洛不明白究竟是怎么回事，不过预感到大事不好，便急忙向走廊跑去。他觉察到赫琳卡两只蓝莹莹的眼睛紧紧盯着他的后背，不过，他没有回头，一直走到大门口。开门时，他听到老头在花园喊着他的名字："马……诺……洛……"叫喊声犹如从一口深井或是一座峡谷的最深处传来，一阵可笑而动人、声嘶力竭和格外遥远的回声。从卡梅洛的任何地方，甚至山顶，镇上，大概都会清清楚楚地听到他的喊声："马……诺……洛……"再见了，大师，老混蛋，亲爱的老头。一切都白费了，还浪费了一段宝贵的时间。但是，就是骑驴，也要到别墅去，不能让任何人和任何事把他拖在这里。他一定要见到特雷莎，一定要重叙旧情，一定会得到一份工作，再往后，他就改邪归正。塞拉特岳父（有什么办法，他的膝盖上跳动着外乡人的光彩，年轻人不知好歹。可不管怎样，穆尔西亚还是美丽的）神通广大，一定会助他一臂之力……

这种洋洋自得于广阔前程的飘然感觉，毫无疑问地使他无法观察到每天准点准时、不可避免来到的黄昏。当他隐隐约约地看出赫琳卡心中那股早熟的妒火时，一切已经为时太晚。她尾随他离开了家，像影子似的飘下公路，远远地跟着他一直来到桑雷依广场。她当然明白他在打那辆车的主意。他刚刚跳上车座，就发现她蹲在二十米外一家大门口下，咬着指甲，死死地盯着他。马诺洛顿时就知道（他的手闪电似的伸到衬衣兜里）他把特雷莎的信弄丢了，应该是掏烟时掉在凉棚里了，不用说，那个毛丫头一定把信看了。来不及了，如果不想让车主或什么人发现的话，就该尽快溜走。可是，他却用惊异的眼睛望着姑娘，一侧膝盖弯在空中，脚瘫在离起动杆几厘米的地方。赫琳卡在想什么？答案使他一惊，这突然的一惊带动了他的神经，神经又带动了大腿，他不由自主地打开了油门。摩托车在他的胯下轰响起来。他最后望了赫琳卡一眼。后来，他想，不管怎样也应该跟她说上几句话，叫她在家等着，告诉她，他马上就回来，明天一定带她坐摩托车兜风，也可能带她去看电影，想去哪儿就去哪儿。谁知道呢，也许一个手势，一丝微笑（这些都是他后来想起来的），就足够了。可他什么也没做，什么也没说，只是加大油门，向科斯塔方向急驰而去，将姑娘抛在那家大门外。姑娘小猫似的蹲在那儿，宽阔湿润的颧骨和死灰一般恶狠狠的眼睛里滚动着点点泪花。

21. 末路

如果我死在军前。

——阿波里奈尔

夜光下，一只被遗忘的橡皮天鹅在私家海滩静谧的水面上漂来漂去，挺着气鼓鼓的肚子在月光下的潋潋银波上缓缓而行，随波逐流，风度翩翩，悠然自得地迎着公海遥远、奇怪指令下扑面而来的水流和汹涌海面的波浪在原地打转。一会儿，海风推着它直扑停在码头的摩托艇。此时此刻，只有一片不好客和格外冷漠的极地冰川似的寒光，洒落在别墅周围，将苍翠青绿的松林和海岸的点点黄沙染得一片洁白。夕阳，几个时辰之前，披着红袍隐遁到附近峰峦叠嶂的群山背后，一时间，落日余晖有棱有角，紧贴地面，成一个扇面地洒落在别墅之上，宛如一扇虚掩的门缝里射出的灯光。微风吹过，夜幕降临。花园里，年轻的冷杉树好似准备轻歌曼舞的高朋贵客，惊异、不安而激情地在波光粼粼的海面吸引下轻轻地扭动着腰肢。

“痞猴”弓背缩肩，两条腿紧紧夹住热烘烘的油箱。衬衣被风兜起一个鼓包，他顶着星光，风驰电掣地狂奔，顾不上看身边的路牌(他心中只有一个目标:箭头所指的布拉巴海滨)。这一次，他骑了一辆锃光发亮、劲头十足的“杜卡迪”，他知道这是一辆好车，论电镀和紫颜色，堪称一绝，像一团燃烧的神火，深得行家里手和阔少爷们的青睐（他刚出道的时候，曾经梦寐以求得到这么一辆“杜卡迪”)。不过他也知道，它就像年龄小的母马一样反复无常，难以驯服。他咬紧牙关抵御着凛冽的狂风，像水面一片浮萍似的死死贴住神经质的朋友全速飞驰，心脏合着她起伏而优美的节奏一齐跳动。车沿着比尔亨·蒙特塞拉特大街狂奔。他超过了一群下班的骑车人、一辆灰色的达芬尼和一辆“塞阿特”。驾驶“塞阿特”的是一个满头白发的男人，身旁有一条大狼狗，一个年轻的女人向后仰着脑袋哈哈大笑，他用一个指头（马诺洛之所以能看得这么细，是因为两辆车并排开了好一会儿）驾着车在大道正中央开着,没有让路的意思。可是马诺洛不但超了过去，而且危险地从他面前横穿而过，逼得他踩了刹车。马诺洛大摇大摆地穿过马拉加利大道，钻进加西拉索大街，一直来到康塞普西翁·阿雷纳尔，他放慢车速，往左一拐，朝圣安德列斯方向奔去。有一阵子，一片废墟挡住了他的去路，孩子们在那儿点起了篝火。他在市民猜疑的目光下穿过圣安德列斯。车速很快达到了八十公里。来到兵营时，他放慢车速，往右一拐，把比奇路甩到了左边，在那儿，黑色的“塞阿特”（他早把它忘得一干二净了）又莫名其妙地超过了他，没错儿，它也去海边，跟他一样心急火燎。到了拐弯处，他猛地贴近它，狼狗狂吠起来，也许，那老家伙的手正摸着漂亮姑娘的大腿，因为车突然冲上了人行道，向兵营的围墙撞去。然而这还不够，眼看快到贝索斯河大桥的时候，他又如法炮制了一次。他已经看到了圣科洛马的灯光。前面还有三公里，路面宽阔，交通拥挤，他身体轻轻一扭，从左边逆行插进车队，在一辆公共汽车的拱猪嘴和一辆大篷车后窗户（车上挂着薄薄的花窗帘，像个地地道道的家）之间拐来拐去，终于超过了一辆满载玉米的卡车。对面来车不多，为了甩开身后不到两米的两辆车，他又驶入逆行，不并线，径直从远处直超一辆大卡车，大卡车喘着粗气，洒满灯光，司机好似漂泊在蓝色的旋涡之中，像母鸡护小鸡似的护卫着骑车人。他根本不把对面的来车放在眼里，没命地向大桥奔去。一辆"塞阿特600"愣头愣脑地向他扑来，可是他胸有成竹，知道它最后肯定会让到一边，结果果真如此，"杜卡迪"仿佛一个脾气急躁的姑娘哆嗦着，令人叫绝地为他跑出了一百一十五公里的车速，既没有痉挛，也没有异样反常的抖动。"妈的，又是一个水坑。"马诺洛想。一根根电线杆和点点灯火在反光镜里刚一出现便消失了，被一个凹状的黑色旋涡吞没得无影无踪。沿途的司机简直不敢相信自己的眼睛，不敢相信在周末，居然有人敢如此腾云驾雾和有恃无恐的狂奔。赫琳卡被抛得愈来愈远，恍恍惚惚地同软硬不吃的老头、车铺、家庭、他的家以及全镇一起，消失在反光镜冰冷的记忆中。近几天，从特雷莎的突然失踪到随之而来的心急火燎的时光、迷宫般的城市、精疲力竭的寻找、令人神经错乱的惊人信件、赫琳卡的亲吻、饥饿（几个星期，也许几个月前，吃饭的时间就被彻底打乱了）和身后一辆可笑的“塞阿特600”急刹车轮胎擦地的焦煳味，一切都发展得如此迅速，简直让人几年静不下心来。但是，用令人眼花缭乱这个常用词还不足以说明变化的一切，并没有包含他原始冲动（通宵达旦的熬夜、连续不断的出游和狂欢舞会）的全部实际：丝丝柔情蜜意，点点热情交欢，总而言之，一股强烈的力量萦绕在穆尔西亚人骄傲的脑海中。

月光宛如轻纱洒落在别墅的楼台之上，海浪在呼啸，六十五公里跑完了，他感到格外清静和自在。别的就不一定了。她或许没有入睡，但不是在等他。地点：（莫雷太太卓有远见地选择的地方）地中海上一个真正属于“痞猴”的房间。时间：大约十二点。

除了海浪的呼啸更加猛烈、咄咄逼人外，一切如故。他在高大的蓝桉树下悄悄地往前走，踩着网球场铁丝网旁边的层层残叶，走到爬满常春藤的院墙和平台前。他极度兴奋，先用两只哆嗦的手（镇静点，傻小子）试探着摸了摸月光沐浴下枝叶茂盛、五彩缤纷、有如绿色瀑布一般冰凉而潮湿的常春藤叶子，同时寻找着隐藏在叶子里面的下水管和稍粗的藤条，以帮助自己爬上去。他一动不动，迟疑着，飞快地躲闪着记忆中飞过的一只带着死神翅膀的、墓地里的蝴蝶。他看到了玛露哈的面孔，看到她惊慌地躺在枕头上，告诉他自己马上就要摔倒了（他从反光镜里看见不知所措的修女向后走去，高举着胳膊，可能在喊叫，像陷进流沙似的奇怪地隐没在柏油路之中）。不过，他的手终于摸到了粗糙的常春藤枝叶，开始向上攀爬。点点月光洒在每一片晶莹的绿叶上。他翻上平台。平台上，一把遮阳伞、一张小桌子和两把帆布椅（一把红的，一把黄的）正对着波光粼粼的大海打哈欠。月光随着他滑动，在他身边帮着他在难以想象的重重威胁和谩骂中闯出一条路（汽车窗户里探出一张张愤怒而惊恐的面孔，喊叫着），向特雷莎房间镶着一格格玻璃的大门走去。那里，一大盆花，点点雪花般盛开的白色花朵守卫着大门。屋内，一片蓝色的月光下，可以清晰地看到紧挨墙壁深处，一条被单盖着一个女人的身体，仿佛一道峰峦起伏的山脉。他推了推玻璃门，门往里一闪，映出放着两把帆布椅子的那片平台（怎么搞的，远处也有一辆摩托车的灯光）。哗！一阵海浪拍打在码头上发出轰响，一阵微风吹开了耷拉在额头上的乱发，玻璃门发出咯吱咯吱的声音。他已经进了大门。一阵困意袭来。他好像一只蝙蝠感到轻飘飘、阴森森。他忽而踏着镶木地板，忽而踩着地毯，最后迈上白色的山脉，来到尽头。

她会如何穿戴呢：一件紫红色（哇）的高级睡衣，金发上扎着一条黑丝绒发带。四平八稳地睡在一张带书橱的小床上，侧着身子，背对着他，几乎趴在那里，被单一直盖到腰部稍稍往上的位置，恍惚像她游泳时的姿势，在不深的温暖海水中，一只胳膊在脑袋旁摆动，另一只滑到了臀部，幸福而自信地搏击风浪，优美地舒展着身体，畅饮理想的阳光。阴沉的蝙蝠可怜地收起了翅膀，在青铜般闪闪发亮的肩膀吸引下，惊异而恭敬地向她弯下腰去，观察着即使在梦中也依然在她狍子一样的颈项中跳动的蓬勃生命力。突然，飘忽的粉红色梦境将他团团围住：一个散发着樱桃花香的中午。多么懦弱、多么毫无戒备的小姑娘？看到她清晰地呈现在白色枕头上的纯洁无瑕的身影，不难想象在母亲严厉的监督下，她每天（甚至现在，塞拉特夫人娇小的身影仿佛在屋中的某个角落游荡）缩在多疑和恐惧的家庭包围圈中，而这种多疑和恐惧正是这两片漂亮、含蓄、郁郁不乐、由于耍小孩子脾气和不知天高地厚的嘴唇中吐出反资产阶级狂言所引起的。废话少说："她父母和客人会睡在别墅哪边呢？离他们感到失望的女儿是近还是远呢？"他一边回忆着她的信，一边想。他这样瞻前顾后地注意睡梦中的姑娘，这样注意有没有卡塔卢尼亚亲属在近旁，自有它的重要性（除了他今天上午在花园见到的黑黑的、漂亮的网球手，那个马德里来的表兄，可能还醒着，天知道他后来手把手教表妹发球时搞了什么鬼名堂），但并不是因为他害怕别人听到他们的动静，而是因为他从小就缺乏一定的保护和家庭的温暖，从某种意义上说来，这种经历使"痞猴"更容易动情。因为设想一下她父母正睡在一张大床上（可能的话再挂上一顶黄蚊帐），而他则小心翼翼，带着巨大的责任感，仿佛肩负着全家的重托，为了大家的利益把少女变成少妇。这时，特雷莎的膝盖动了一下（他进屋时没有把平台的门关严）。百叶窗将缕缕月光洒在她的臀部上。她的呼吸急促起来，她不安地晃了晃金发蓬乱的脑袋，向梦境索求着一片少些凄凉、少些烦恼、更加热闹的海滩，她的微笑似乎在告诉人们她得到了。"啊，特雷西娜，你多么幸福！既然你有甜美的梦境，你将会有更加甜美的现实！"这位噩梦专家、孤苦伶仃的蝙蝠含情脉脉地望着她想。特雷莎发出一声呻吟。她好像在游泳，划动的手在臀部旁伸着有气无力的手指，依然在这个疯狂的世界里索求朋友的友谊和保护，于是，马诺洛一条腿跪在床边，轻轻把她的手握在自己的手中。一道光线晃得他睁不开眼睛（就像上桥之前那个可恶的“塞阿特”第二次紧急刹车，一下冲出公路，无路可走，“杜卡迪”却完好无损，对此上帝也会拍手叫好。汽车玻璃上闪动着大狼狗、老家伙和姑娘扭曲的面孔，一只令人讨厌的手放在女孩子美丽的膝盖上）。这使他觉得不该和女孩子们打交道，不该脱光衣服上床，不该拥抱特雷莎。年轻的大学生一定会沿着一条奔向南方的新婚旅途，没有惊慌、满怀喜悦地醒来。可是，“她会不会拒绝我？”他想。马诺洛，过去和现在有谁知道你的心。又一阵轮胎的擦地声从很远的地方传来，他暗暗祷告了一声，（“我的特雷西娜！四月的玫瑰！穆尔西亚人的公主！快把我领进卡塔卢尼亚家门！”）同时温存地吻了吻她的头发。他的手在发烧。叫醒她之前也许应该稍稍约束一下淫秽的恶魔，不到时间一定不下手（过去和现在有谁知道你的心），以免惊动她。特雷莎独自一人待在这间屋子里，而整个别墅高傲、自信、悠然自得地蒙头大睡。所以，他不用害怕。除非他害怕自己。周围乱糟糟的，透着可爱的孩子气：衣服、杂志和唱片到处都是，一只长毛绒小黑熊的玻璃眼珠在黑暗中闪闪发亮，一个洋娃娃，还有一双网球鞋。他的另一条腿跪在玛丽莲·梦露（一期崭新发亮的服装杂志《她》的封面，特雷莎今天晚上一定算过里面的卦了）那红得叫人嫉妒的嘴上，但是，他更喜欢盯着床头柜上那个插着五朵玫瑰花的细瓷花瓶。玫瑰花格外迷人。难道是玫瑰花带来的梦？难道是玫瑰花将梦镶嵌在一个特定的春天？他忍不住想在拥有特雷莎之前闻一闻玫瑰花。一闻到花香，他的心中顿时充满了大教堂庄严婚礼的神圣之感（特雷莎·德·雷耶斯身披白纱，喜气洋洋、满不在乎地挺着大肚子，站在祭坛前）。这时，一个淫秽的恶魔冒了出来，打算拥抱未婚妻。但是，他既不是一个无赖，也不是一个贪小便宜的庸人，他唯一的举动就是稍微用力握了握姑娘的手，想把她叫醒。他担心出现可怕的局面，可又没有出现，因为特雷莎又一次使问题简单化了：她毫无表示地松开手，从表面上看，没有觉察这个敏感、谨慎、出奇规矩（谁把你放在眼里了……）的不速之客的存在，发出一声沉沉的梦呓，嘟嘟囔囔地翻了个身，面朝着他。她叹了口气，眨了一下眼睛，然后突然睁开蓝眼睛，惊奇地望着他。

特雷莎一下从床上坐了起来，看样子一点也不在乎透明得让人喘不过气的睡衣。深情的目光下（蓝似湖水的眸子，纯情十足的紫色乳头）一切是那么纯真。霎时间，两位恋人像圣诞卡上勾勒出的一幅小天使们天真烂漫的画面，歪着头，紧紧靠在一起，呆呆地祈祷着少女怀抱中焕发出救世主的光芒。“嘘……”特雷莎手指压在嘴唇上，连笑带哼哼，又喜又怕地、发电报似的一个字一个字地往外蹦：“疯子……你来了……真没想到……要是他们发现我们的话。”闲话少说：他抚摸着她的满头金发和灼热的肩膀，把她紧紧贴住自己的胸膛。“我收到你的信了。见到我高兴吗？”他激动得只能说出这两句话。姑娘眼睛里有一丝担心（不过，那完全是装出来的），造成这种担心的既不是他（一团尚未熄灭的火焰，不过她已经准备、准备心甘情愿地融化在这团火焰之中）的双手和嘴唇传给她的热望，也不是因为别墅沉浸在一片寂静之中。随即出现了一个非常平常的现象，谁知，虔诚到了如此地步的“痞猴”，居然没有明白过来。特雷莎突然挣开他的臂膀跳下床，没头没脑地转了一会儿，最后好像躲避什么危险似的向大门跑去，乍一看似乎在绝望地奔命，毫无防备、半裸着身体、心惊胆颤地一次又一次地逃出一个妖怪的魔爪（他是这么想的）。她光着脚，披散着金发，穿着那件薄薄的睡衣，跑动时手指轻轻按着大腿，尽量让睡衣紧贴着大腿，这一切使一个个人影飞快而紧张地依次浮现在穆尔西亚人脑海中。一个个以最丑恶的想象来整理和加工的人影浮现在脑海中。比如红衣大主教，有一次他梦见自己逗得他发出乡下老农一样压抑的笑声，跟在一位漂亮姑娘后面奔跑，随意践踏着住宅区的花园，同此时在别墅如出一辙。今天晚上，在这好似逃命的仙女面前，他理所当然地有希望再进一步，换句话说，本来是有希望成功的。不一定是一场“床上追逐”的演出。如果时间的流逝没有把马诺洛放在这间屋子，使他处在充满希望的亢奋状态中，没有把他变成一个诚实、胆怯而自尊的追求者，一个反映他本来面目的忧郁、动摇的影子的话；如果今年夏天的爱情经历也没有把特雷莎变成一个现实的大学生，认清了双方的社会地位和感情状况的话，那么，所有和野蛮二字联系在一起的行为都会在这间屋子里发生，而且带着色魔的满心欢喜和无比愉悦。但是，他没有阻拦她，只是直挺挺地站在床前。在他的袖手旁观中看不出对特雷莎真实用心的丝毫了解和怀疑。其实，特雷莎的真实目的并不是逃出他的怀抱，只是为了随便证实一下别墅里的人是不是都睡了，是不是没有危险了？所以她才小心翼翼地打开卧室的大门，一只光脚悬空翘起，掀起了睡衣的衣摆，探头往黑乎乎的楼道和前厅张望了一下，然后慢慢地关好门（也许锁上了，噢，没错，锁上了），转过身，背靠大门向他笑着。突然，她又拔腿向洗澡间跑去，打开灯，消失在里面（透过虚掩的大门，他恍惚看见她站在镜子前幸福地使劲挥了挥手臂，飞快地捋了捋头发，摸了摸发烧的脸，抻了抻睡衣），随即又跑了出来，好像他每次骑完摩托车那样，脚踩门槛，带着胜利者的微笑。她一动不动，在刺眼的灯光下怯生生地笑着，紧紧注视了他一会儿，然后跑过来，扑进他的怀抱中。

她的头发上已经不系黑绸带了。

“特雷莎，你对我是诚心诚意吗？有时候……”

“什么？”

“我也不知道，我觉得你会丢下我。你害怕吗？”

“不怕。”

“你真的病了吗？”

“已经好了。”

是的，一切都过去了。如今，只有融化在燃烧的手指中的柔情蜜意和富有弹性的尼龙内裤在他的皮肤上留下了一道轻微而优美的痕迹。散发着丁香花香的海雾笼罩着她的身体，使她急不可耐地前挺的两胯和象牙般白净的小小乳房更添魅力。海雾飘落在地面、她的光脚周围、在女人黑白分明的永恒界限之上翘着的脚尖周围浮动，在过去支配他的人里，她也许是最渺小、最脆弱却是最具决定性的人（她的表情那样自然、洒脱。她把金发从脸上撩开，一次又一次地将红润的嘴唇转向他，仿佛在畅饮一股免费的泉水），然而她也是最遥远、某种意义上来说最坚定不移、不可侵犯的人，她可爱的面孔仿佛隐没在片片晚霞和朵朵云彩下，深深地陷入另一场梦，陷入别墅另一处更加遥远而禁闭的境地和她的阶层世袭的保险箱之中。第二天醒来（如果他在这儿、在她身边醒来的话），那些保险箱或许会比这间屋子里的保险箱更难对付。可能还有某个空隙，还有一段没有记忆、一时无以充实的时间，还有决定性的几分钟，他们站在秋叶红遍的山顶紧紧拥抱，抵御着冬天和理智的双重进攻。她枕着枕头，他干燥的双唇嘬着姑娘毫无血色的漂亮嘴唇，合上她那疲劳的双眼，然后沿着她的脖子和双肩游走，最后窜到下面，在金子般平缓的小山谷里向南方畅游。

他躺在一张金色海沙堆起的床上，躺在一片浸透着大海的喜怒哀乐、铸就和融化了整个夏天不尽的热望和欢乐的海岸之上。天鹅也会随着一阵强于以往的海风，悠闲自得地越过点点浪花和缓缓水流（依附于一股股更加缓慢的水流），像熟悉自己的手掌一样将你美丽皮肤的优美线条铭记在脑海中。明年夏天再和你一起游泳，我会看透你晒黑的美丽臀部隐蔽而自由的活动，至死对你忠贞不渝。见鬼去吧，小镇的姑娘们！见鬼去吧，默默无闻、裹着遮羞布和愚蠢希望的乳房！我走了！让头发在船头、在飞机舷梯、在面向大海和明月的平台随风飘扬吧，让我们的后代漂亮的前额和蓝色的眼睛成长在游艇、远洋巨轮和飞驰的特快列车之上，成长在烛光围绕的三角钢琴旁和私家游泳池边，让他们在铺着虎皮的床上，享用端到嘴边的早餐。不再是看东西有碍观瞻、看别人臀部变形、令人窒息的夜晚，是也罢，不是也罢，反正我们已经在一起了，修长、漂亮而端庄的大腿已经走到一起了。大腿上阳光留下的印记在冬天已经成熟，好像镀金的鳄鱼、贴在自己行李箱上的远方旅店的标签和记录着老人年轻时海岛奇遇的伤疤一样。你听到这首乐曲了吗？我们知道它从何处来，我们知道美丽的黄昏在熟悉的花园里挥动着网球拍和手帕，挥动着红色丝带扎好的、尚未打开的礼物等着我们。是的，今非昔比，一切都属于你，属于我：亮晶晶的酒杯、苦苦期求的比翼双飞、高级床单及花园草坪上的接吻，还有尊严、恭敬和一切，所有的一切。小东西，你使我发狂，一切属于我们了，特雷莎，亲爱的，一切……

“证件。”

一个沙哑而冰冷的声音说。这一次，迎面射来、逼得他冲出大路、刹不住车摔倒在地的不是两道汽车灯光，而是两辆摩托车（两辆凶神恶煞、神出鬼没的“桑格拉斯”和它们脚蹬长筒靴、头戴头盔、身挎皮带、手拿记录本的可恶主人），他们大概从他直奔贝索斯大桥而去的时候就开始追踪他了。他们追上他，两边夹着他，最后猛地挡住他的去路。当时，正好有一辆卡车和一辆卧车在他前面慢慢腾腾地开着，使他根本无法逃脱。他顺着一垄长满青草的土埂跑了一会儿，最后失去平衡，向右边栽去。他明白得太晚了，因为除了大海的喧嚣（愈来愈响、咄咄逼人的“桑格拉斯”的咆哮），他的脑子一直在想别墅。他发现他们没让他来得及离开巴塞罗那。他刚到圣塔科洛马大道，前面是大桥，一边，路面往下几米处是长满芦苇的河塘、铁路线和一片阴暗的破房子。他撑着还夹在两腿之间、车身颤抖、发动机不住呻吟的摩托车站了起来，用手掸了掸裤腿上脏乎乎的泥巴和杂草，眼看着“杜卡迪”明亮的灯光消失在旷野那堆杂乱的废墟之中。他伸出一只苍白无力的手，平息了在他胯下吭哧吭哧挣扎的忠实伙伴最后几下心跳。他根本没理睬警察的盘问。他们向他要摩托车的证件，打算记下他的牌照号码。他的左边，一辆辆汽车亮着车灯，带着悦耳动听的呼啸急驰而过，同最后的惊梦相映成趣。警察摁了摁手中的圆珠笔，可是笔头弹不出来。小伙子望着他刮得干干净净的脸颊、修饰得齐齐整整的小黑胡子和带着厌恶的眼皮，似乎在这张脸上看到了一个不解之谜。另一个警察支好摩托车，沿着公路走过来，冲着过往的车辆拼命地打手势，叫他们快过；他在空中挥着手，仿佛要收回被肆无忌惮的司机们降低的权威。小伙子知道一切结束，一言不发。只是老老实实地申明他这么急急忙忙是“去看我的未婚妻”。他的话引起警察们一阵哄笑。他一边等着他们履行完可恶的手续后把他带走，一边用手抚摸着“杜卡迪”（再见了）亮闪闪的漂亮车灯，依然在回味同特雷莎在一起的那个晚上，一个热烈而平静、充满希望的夜晚。那天晚上他听到了不信任的笑声，预示着这幅惊人而凄惨的景象：那是玛露哈死前很久的一天，特雷莎的车正在修理，他们亲亲热热地溜达了很久，才突然发现已经是半夜了，于是便坐在格兰比斯塔大街的一条长凳上等出租车回家。他搂着特雷莎的肩膀，不时把嘴唇滑到她脸上，低头享受着那团粉红色的梦。在他们头顶，一片漆黑的天空上，群星在翩翩起舞。大街上空空荡荡，悄然无声，只有汽车偶尔开过，压在路面上发出沙沙的响声。但是，在一次次的亲吻中，他解开了心中的疑惑，明白了他从不相信会出现在自己成功之路上的卡梅洛的极大嘲笑，明白了一个模模糊糊的影子，一个谁都不像，又似曾相识的影子，那是窗户里安睡的邻居，是驶过的汽车中伸出的奇怪面孔，是身旁和远处的行人，是今天和明天的朋友，是大街上的树木、路灯和长凳。突然，这侮辱人的怀疑和丑恶的感觉变成了一个肩扛长枪的警察："证件。"他看着马诺洛伸手喝道。他好像一个不同寻常的瑞士小伙子，红红的雀斑、明亮的眼睛讨人喜欢。喂，拿证件呀。看样子（后来在出租车上，特雷莎用神秘的口吻向他解释说）昨天晚上有人往一家报社扔了一个炸弹，附近的地区都处在严密监视之下。特雷莎交出了自己的身份证（他则推脱说自己的忘在家里了），因为光线弱，所以警察吃力地检查着。正在这时，突然又冒出一个警察，肩上也扛着枪，站在他们面前，歪着脑袋，死死地盯了他们一会儿，显然脑子在飞快地转动着（似乎想不用证件来确认他们，尤其是马诺洛的身份），最后，从漂亮的摩尔人嘴里吐出一句话："就是他！"他那查询和不信任的目光从小流氓的耐克衫和牛仔裤一直扫到小姐雪白的长裤、凉鞋和丝衬衣，目光和善，没有怀疑。马诺洛不明白那句话是什么意思，像是在算卦。这时，警察往前跨了一步，冷冷一笑，吼道：“妈的，和小姐套近乎！”好个有着安达卢西亚口音和严厉目光的狡猾的塞尔罗克·奥尔梅斯（过后，特雷莎准会笑着这样说）。马诺洛低下眼睛，满不在乎。那天晚上同今天晚上一样，他面对那个嘲弄地望着他、不信任地笑着的人热切地说：“她是我的未婚妻。”同现在一样，早在那时他就感到，最丢脸、最令人伤心和痛苦的并不是哪天进监狱，或者不得不放弃特雷莎，而是无论是谁，甚至那些亲眼见过他动情地吻特雷莎的人，从不拿他当回事，从不相信他有能力得到她的爱情的可怕念头。

也许正因为如此，他现在才毫无反抗，瞎子似的把手腕并拢向前伸去，束手就擒。甚至当一个小时之后，他在奥尔塔的警察局里知道对他下了逮捕令时，也不感到奇怪。

赫琳卡，那朵无香的花，告发了他。

尾　声

忘却无穷的烦恼和黑暗，

温柔的心收集着往日的灿烂时光！

——波德莱尔

清晨，一辆有轨电车满载着成群结队的人们从山上向海边开去，大地在隆隆的车轮声中颤抖。这是一个星期天。滚滚的车水马龙从城市的四面八方向海边缓缓涌去。火车站和汽车站人山人海，熙熙攘攘，大喊大叫，挤成一团。特拉法尔加大街上，男男女女排起一条条弯弯曲曲的长队。一群群兴高采烈的小伙子和姑娘们，连挤带拱，横冲直撞地闯进地铁车厢。太阳冉冉升起，一条肮脏并且龟裂得无法想象的柏油路暴露无遗。恩桑切一些街道却冷冷清清，在慢慢燃烧的夏天之中沉睡。街上过客寥寥，只有自己的脚步发出阵阵回声。轮船的汽笛发出一阵懒洋洋的哀鸣，宛如毒辣的阳光里一丝扑面而来的清风，从远处，穿过大街小巷，传到他的耳中。他心中的眼睛看见船上彩旗迎风飘扬，好似干渴的长舌，在高高的桅杆上向后抻着，舔着明媚晴朗的蔚蓝色天空和片片起伏飘动的白云。眼前，收音机在敞开的阳台上呻吟，空空的有轨电车爬坡发出嘎吱嘎吱的声响，无人乘坐的出租车毫无目的地四处游荡。

突然，他拐过一个街角，来到了兰布拉斯。首先，引起注意的是一大群外国游客。他一边往下走，一边寻找着树荫和久违的咖啡厅。忽然，交通中断了，耳边传来砰的一声，好像有人启瓶盖似的，他听到了杯盘撞击的叮当声，听到了林间鸟儿的啁啾和微风吹动树叶的哗哗声。进入偏僻的街道,他一反常态，急忙迈开大步前行，似乎有人在等他，似乎星期天真的为他保留着什么……

那一天，路易斯已经牢牢地留在了记忆中。那时，他已经被学校开除，跑到圣赫尔马因酒吧来混日子，再也没有密谋的兴致了，使他大名远扬的丰富思想宝库也变成装满苦涩的天意和成见的小提包。他一直认为这是今年夏天最闷热的一天，而星期六那个神经颓丧的幽灵萦绕在脑海周围的时刻是最闷热的。那天他仿佛飘浮在朋友费利波那红色耐克衫发出的寒光中，突然听到背后传来熟悉的、蹑手蹑脚的声音，一阵胶鞋底轻轻擦地的声音，他感觉到有一双眼睛盯着他的脖子。他没有看到他进来，不过，可能是那顿臭揍，使他的背后一直有刺疼的感觉，从而能感觉到别人目光的无声语言，所以他立刻猜到是他。可是当他转过身，看到眼前那个模模糊糊的身影，竟一时没有认出来。表面上，穆尔西亚人手插着兜，肩上搭着一件灯芯绒旧外衣，似乎正聚精会神地欣赏着恩卡娜的那幅披着湿漉漉的白纱的画像。费利波也在看着他。他们听见女招待问他想喝点什么。“一杯啤酒。”他说。酒吧里除了他们三个和女招待之外再没有别人。路易斯带着近乎怜悯的专注仔细打量着他：“他怎么剃光了脑袋？”一个个小亮点组成的反射光从临街的大门照进屋里，同他肩上那件夜游的黑灯芯绒外衣混合在一起。他把这件不知从哪儿——也许是码头、肮脏的小旅店或者他现在住的地方，翻出来的东西搭在身上；还穿了一件紧绷绷的无领白衬衣，袖口窝窝囊囊地一直系到手腕上；球鞋没系鞋带，牛仔裤靠大腿的位置连洗带磨地出现了两块白色的印迹，随着他的脚步（慢慢走近柜台去拿他的啤酒）赋予他一种敏捷而不安的神态。然而，最引人注目的是他剃得精光、有碍观瞻的脑袋，光秃秃的鬓角和脖颈不禁让人联想到一种残酷的纪律约束。他重新欣赏起恩卡娜的画像，脸上流露出一丝轻蔑而含蓄的平静。一抹元气伤尽、神情沮丧的不安正在他那微微蜷缩的脑袋和肩膀周围浮动。

路易斯和他打招呼。“你不记得朋友们了？”说着伸出手，挨拳头的事早已抛在脑后。马诺洛微笑着走到他身边。大学生发现他没有表现出惊讶，显然，小伙子一进门就认出了他，只是不想先打招呼而已。也许，他过了这么长时间才来的原因很简单，说来也好笑，那就是了解特雷莎的情况。

“好你个马诺洛，”路易斯说，“好久没见了。有两年吗？”

“是的，两年。”

“怎么样，伙计，别来无恙？”他笑了笑，话锋一转，“好了，我说着玩呢，我知道你不好受。”

“我出门了。”

路易斯高高地坐在长腿凳上，微微摇晃着身子，大笑起来。他用胳膊悄悄地捅了捅好友费利波，不知什么原因，他觉得实在值得为穆尔西亚人今天这番脱口而出的谎话干第一杯杜松子酒。于是，他要了一杯加了很多冰块的酒，也给费利波要了一杯。

“马诺洛，你也来一杯？”

“不了，谢谢。”

这时，路易斯用手拍了拍他的后背，重新笑了起来，说：“何必瞒我呢。我知道你进监狱了。”他稍作停顿，想看看他的话会引起什么反应，可是马诺洛无动于衷，只是死死地盯着他的眼睛。

路易斯又说：“你什么时候出来的？”

“前几天。”他爱搭不理地说。然后稍稍歪着脑袋，整了整搭在肩头快滑落下来的外衣。

“老兄，这有什么丢人的，”路易斯的眼神和语气中带有几分往日的优越感，用讥讽的口吻接着说，“有人说，从道德上讲，抢银行同建银行是一码事……”

“我可从没抢过银行，你少跟我扯淡。”

“……我可以告诉你，说不定这对你能有点安慰。四年前，我也被关过一段时间，尽管我被关的理由和你不一样。不过，如果你希望我说实话，那我觉得没什么区别。归根结底，我们打的是一个主意：和特雷莎·塞拉特上床。就是这么回事。”

他连喘带咳地笑了起来，伤心地摇晃着脑袋。这是他第一次在小伙子面前提到特雷莎。可是，他的期望落空了，小伙子不会向他打听什么，也不会告诉他自己为什么到这里来。马诺洛保持着沉默，似乎只有眼睛具有生命力，宛如一只虎视眈眈的猛兽，稍有刺激就会表现出一种富有智慧的奇妙的生命力。路易斯想了解他目前的状况：做什么工作，住在什么地方。“我跟你说过我刚出来。”马诺洛紧盯着他不耐烦地说。虽然大学生紧追不舍，可是除了含糊不清的搪塞和漫不经心地提到一份临时性的工作，他什么也没有得到。突然，穆尔西亚人问道：“你怎么知道我的事？”“从特雷莎那儿。”路易斯连忙回答，话音里有一丝难以察觉的喜悦，随后又说，“你想不想知道特雷莎听到你的消息后都干了些什么？”“你说吧。”路易斯把一只手放在他的肩膀上。“她笑了起来，马诺洛。我说的千真万确，说不定现在还在笑呢。”他停住了，等着马诺洛再问他些什么。马诺洛没有开口，但是他的眼神和态度依然表明：不管你说什么，我都准备听下去。

就这样，他知道了想知道又不敢打听的事，路易斯告诉他，特雷莎奇怪他怎么没有动静，便在那年十月初到卡梅洛山去了一趟，从而知道了他被抓的消息。有一阵子，她谁都不想见，除了一个马德里的表兄，她经常和他一起出去。几个月之后在学院的酒吧，她又支支吾吾地好像述说一个已经淡漠了的却又格外有趣的老笑话似的，把这一切告诉了路易斯本人。那年冬天，听大学生们说，她终于喜结良缘，第二年她出色地结束了学业。之后，和玛丽·卡门·博里形影不离，现在经常在她的陪伴下和一些他——

路易斯·特里亚斯无法忍受的知识分子混在一起。他还说如果马诺洛认识博里夫妇，一定对他们的事情感兴趣。他们后来分手了，玛丽·卡门现在和一位画家同居。最后，他说自己放弃学业以后就跟父亲工作了，如果不能说同国家，至少同自己、同自己不多的杯中物及一些可靠的朋友们能够和睦相处，无忧无虑，与世无争。从此不问政治，被人遗忘了。但是他衷心地希望新大学生们更敏锐、有更好的运气。

“总之，很开心。”他最后说。

或许是在一瞬间听命于一个夏天的旨意，或许是在一瞬间想到了令人眼花缭乱的丝绸和明月，穆尔西亚人阴沉的面孔对这些消息，甚至那些有关特雷莎的消息没有丝毫的反应。“看来，”路易斯心想，“他来这儿只是为了证实已经听到的传闻，但是无论证实了什么，都不会对他有丝毫影响。”因为从一开始，从第一天晚上他和特雷莎在这儿靠说谎和耍赖跟大家作对时起，马诺洛一直将这种证实，冷酷无情地、不可改变地写在他带着嘲讽的眼睛里。

马诺洛打算付啤酒钱。

“算了，我请你。”路易斯说，“你要走吗？再喝一杯，我们再聊会儿……”

“谢谢，我有急事。”

路易斯重新把手放在他的肩膀上。

“你现在打算做什么？”

“看看再说。再见。”

“痞猴”转过身，双手插兜，离开了那里。

图书在版编目（CIP）数据

与特雷莎共度的最后几个下午 /（西）胡安·马尔塞著；王军宁译. -- 天津：百花文艺出版社，2018.1
ISBN 978-7-5306-7405-5

Ⅰ. ①与… Ⅱ. ①胡… ②王… Ⅲ. ①长篇小说－西班牙－现代 Ⅳ. ①I551.45

中国版本图书馆CIP数据核字(2017)第257211号

著作权合同登记号 图字：02-2017-242

与特雷莎共度的最后几个下午
〔西班牙〕胡安·马尔塞 著
王军宁 译

出版方 百花文艺出版社
地址 天津市和平区西康路35号 邮编 300051
电话传真 +86-22-23332651（发行部）
+86-22-23332656（总编室）
+86-22-23332478（邮购部）
主页 http://www.baihuawenyi.com
发行方 新经典发行有限公司
电话(010)68423599 邮箱 editor@readinglife.com
经销 新华书店

责任编辑 刘佩莲
特邀编辑 汤胜 赵雅平
装帧设计 朱琳
内文制作 王春雪

印刷 河北鹏润印刷有限公司
开本 850毫米×1168毫米 1/32
印张 13
字数 263千
版次 2018年1月第1版
印次 2018年1月第1次印刷
书号 ISBN 978-7-5306-7405-5
定价 55.00元